editionblaes

Mo Kramer

Abwehr

MACHT DER BALANCE

Thriller

edition**blaes**

Mo Kramer ist ein Pseudonym. Der Mensch hinter Mo Kramer arbeitet im Bereich der Psychologie, der Kommunikation und Mediation. Nach diversen Sachbüchern liegt nun der erste Thriller vor. Mo Kramer möchte mit diesem Buch spannend unterhalten und gleichzeitig nachdenkliche Momente schenken.

Haftungsausschluss
Die Nutzung dieser Publikation und die darin enthaltenen Informationen erfolgen ausdrücklich auf eigenes Risiko. Haftungsansprüche gegen Herausgeber:in/Autor:in für Schäden gesundheitlicher, materieller oder ideeller Art, die durch die Nutzung oder Nichtnutzung der Informationen bzw. durch die Nutzung fehlerhafter und/oder unvollständiger Informationen verursacht wurden, sind grundsätzlich ausgeschlossen. Rechts- und Schadenersatzansprüche sind daher ebenfalls ausgeschlossen.

Bibliografische Information der Deutschen Nationalbibliothek
Die Deutsche Nationalbibliothek verzeichnet diese Publikation in der Deutschen Nationalbibliografie; detaillierte bibliografische Daten sind im Internet über http:/dnb.d-nb.de abrufbar.

Impressum
Copyright © 2022, Mo Kramer
Umschlaggestaltung: Jaqueline Kropmanns. Unter Verwendung von © adike, Menschenmenge, die von oben betrachtet wird, shutterstock.com
Lektorat: FEINSCHLIFF, Gisela Lehmeier
Korrektorat und Buchsatz: Renate Blaes
Verlag: Edition Blaes, Am Steig 11, D – 86938 Schondorf
Druck: booksfactory, Szczecin (Polen)
ISBN 978-3-942641-90-6
Auch als E-Book erhältlich. ISBN 978-3942641-92-0

Abwehrmechanismen

Abwehrmechanismus ist ein in der Psychologie verwendeter Begriff. Er beschreibt unbewusst ablaufende Prozesse der Abwehr bei seelischen Konflikten. Diese Abwehrprozesse helfen uns, in innerer Ruhe und Balance zu bleiben. Sie schützen uns davor, von verunsichernden und chaotischen Gefühlen überflutet zu werden. Abwehrmechanismen helfen uns, wunde Punkte in uns zu schützen. Die Prozesse laufen so geschickt ab, dass wir fest davon überzeugt sind, wahrhaftig zu handeln und zu fühlen. Wir täuschen uns selbst.

Es ist möglich, diese Abwehrmechanismen aufzuspüren. In einem intensiven Prozess mit uns selbst ist es sogar möglich, sie zu verändern.

Zu den bekanntesten Abwehrmechanismen zählen Projektion, Abwertung, Verdrängung, Verleugnung sowie Rationalisierung und Intellektualisierung.

Prolog

1989, Riga, Lettland

Der Mann wurde vom heftigen Poltern an der Tür geweckt. Penetrantes Gehämmer. Viel fehlte nicht und die Tür wäre eingeschlagen worden. Sein Herz raste. Er sprang aus dem Bett und rannte in das Zimmer seiner Tochter. Auch sie war erwacht. Im schwachen Lichtschein der kleinen Nachttischlampe blickte sie ihn schlaftrunken an. Ihr Gesicht hatte einen besorgten Ausdruck.

»Was wollen die denn schon wieder? War irgendetwas in der letzten Zeit?«

»Seit wann brauchen die einen Anlass? Ada, zieh dich schnell an und versteck dich. Rasch!«

Die Tochter schlüpfte aus dem Bett und huschte zum Schrank.

Das Hämmern an der Tür wurde lauter. Jemand trat kontinuierlich dagegen.

»Balodis, aufmachen! Wir wissen, dass du da bist.«

»Ich komm ja schon!«, rief der Vater und schloss die Schranktür hinter seiner Tochter.

In diesem Moment gab das Schloss der Wohnungstür nach. Mit einem metallischen Geräusch fiel das Schließblech auf den Boden. Die Tür knallte an die Wand. Drei uniformierte Männer stürmten in die Wohnung. Jeder mit einem leichten Sturmgewehr bewaffnet.

Der Erste erschien im Türstock vom Zimmer der Tochter.

»Balodis, du hättest aufmachen ...«

Er stockte. Sein Blick fiel auf das Bett, glitt durch das Mädchenzimmer, verharrte einen Moment auf dem Vater, um dann zum Schrank zu wandern.

Mit schnellen Schritten war er dort, riss die Tür auf und zerrte die Tochter heraus.

»Wen haben wir denn da?«

Er brüllte einen kurzen Befehl Richtung Flur. Sofort erschienen die beiden anderen Männer und drückten sich ins Halbdunkel des Zimmers.

»Was wollt ihr denn schon wieder hier? Könnt ihr normal arbeitende Menschen nicht einfach schlafen lassen? Was treibt euch her? Habt ihr keine Familie, die euch hält? Wird in russischen Familien kein Anstand gelehrt?«

Während er redete, versuchte der Vater, sich vor seine Tochter zu stellen. Doch die Männer bewegten sich ungerührt durch den Raum und musterten mit gierigen Blicken das Mädchen. Einer drängte sich zwischen Vater und Tochter. Der andere griff sie fest am Arm und zog sie in den schwachen Schein der Nachttischlampe. Der Vater wollte eingreifen, wurde aber mit vorgehaltener Waffe an die Wand gedrängt.

»Ganz ruhig! Du bleibst hier stehen und machst keinen Ärger!«

Der dritte Mann, offensichtlich der Anführer, knipste das Deckenlicht an. Jeglicher Schutz, den die Dunkelheit geboten hatte, war genommen. Das Mädchen stand im grellen Licht und war in ihrer spärlichen Bekleidung den Blicken der Männer ausgesetzt.

Der Anführer pfiff durch die Zähne.

»Wir wussten ja gar nicht, dass du eine so hübsche Tochter hast! Das hättest du uns eher erzählen sollen, dann hätten wir uns lieber mit ihr beschäftigt.«

Die anderen Männer lachten. Immer wieder glitten ihre Blicke über die Tochter, von oben bis unten, über ihr hübsches Gesicht, noch mehr über ihren Körper. Sie versuchte, sich aus dem Griff des Mannes zu befreien. Der packte sie jedoch fester und bog ihr beide Arme schmerzhaft auf den Rücken. Sie schrie auf und blickte zu Boden.

»Lasst sie in Ruhe. Sie ist doch fast noch ein Kind. Ich komme ja schon mit. Sie hat nichts getan. Ich ziehe mir eben Hose und Schuhe an. Ich komme mit. Aber bitte lasst sie in Ruhe.«

Die Männer schauten grinsend ihren Anführer an. Der blickte

nachdenklich vom Vater auf die Tochter. Schließlich schien er einen Entschluss getroffen zu haben. Sein Blick ruhte auf dem Mädchen.

»Balodis, heute hast du Glück, du kannst dich wieder hinlegen und weiterschlafen. Wir nehmen deine Tochter. Die verspricht uns mehr Vergnügen.«

»Niemals! Ihr dreckigen Ratten! Nur über meine Leiche.«

Mit diesen Worten stürzte sich der Vater auf den Anführer. Der hatte den Angriff jedoch erwartet. Er trat einen Schritt zur Seite und ließ den Gewehrkolben seitlich gegen den Kopf des Mannes krachen. Der ging zu Boden und blieb reglos liegen. Aus einer Wunde schoss Blut.

»Nein! Ihr Schweine!«

Die Tochter trat wild um sich und versuchte, sich loszureißen, um zu ihrem Vater zu gelangen.

Der Anführer schlug ihr mit voller Wucht ins Gesicht. Ihr Kopf flog herum und Tränen schossen in ihre Augen. Sie schluchzte auf.

»Los, nehmt sie mit!«

Das Mädchen brüllte. Wie irr wand sie sich im Griff ihres Peinigers. Vergeblich. Erneut fing sie sich einen Schlag ins Gesicht. Dennoch gab sie nicht auf. Der Anführer trat jetzt ganz dicht an sie heran und griff ihr in den Slip, ließ seine Hände über ihren Hintern gleiten und presste sie an sich.

»Wenn du nicht sofort still bist, zeigen wir dir gleich hier, wie wir mit Widerständlern umgehen«, zischte er in ihr Ohr.

Mit einem Nicken Richtung Tür gab er seinen Männern das Zeichen zum Abmarsch.

Mit den Händen auf dem Rücken wurde das weinende Mädchen barfuß durch den Flur geschoben.

Als der Vater wieder zu Bewusstsein kam, war er allein. Er blickte auf das leere Bett und sank in sich zusammen. Stöhnend schlug er seine Stirn auf den Boden, immer und immer wieder.

Kapitel 1

2014, Göttingen, Deutschland

Noah bediente an Tisch fünf im Wasserwerk, dem Tisch neben der alten riesigen Pumpe. Stammgäste, die er nicht mochte. Alte Männer über 50, die es geschafft hatten, finanziell jedenfalls. Bräsig und arrogant saßen sie da, schauten verächtlich auf ihn und die ganze Welt. Wie immer meckerten sie über irgendwas und hatten tausend Extrawünsche.

Ihm war klar, dass sich seine Abneigung in jeder seiner Bewegungen ausdrückte. Er war eben im Begriff, in die Küche zu gehen und sich mit dem Koch über Tisch fünf auszulassen, als Pia vom Tresen rief.

»Noah, Telefon für dich.« Sie winkte auffordernd mit dem Hörer.

»Für mich?«

Sie nickte.

»Wer denn?«

»Keine Ahnung, klang ausländisch.«

Wer wusste denn, dass er hier arbeitete? Heute? Ein Blick auf das Display zeigte ihm nur eine lange Zahlenreihe, die ihm nichts sagte.

»Ja?«

»Noah Winter? Ilan Jost vom International Medical Center in Kiew. Entschuldigen Sie die Störung. Ihr Mitbewohner war so freundlich, mir diese Telefonnummer zu geben. Ihre Handynummer scheint nicht mehr aktuell zu sein. Haben Sie einen Moment Zeit?«

Noah prüfte die Lage. Noch war nicht viel los.

»Ja, worum geht es denn?«

»Herr Winter, Sie hatten sich vor zwei Jahren, kurz vor Ende Ihres Studiums, für einen internationalen ärztlichen Einsatz beworben. Wahrscheinlich dachten Sie, da Sie so lange nichts von uns hörten, dass Ihre Bewerbung verloren gegangen ist. Ich kann Ihnen versichern, das ist mitnichten so.«

Hier machte der Anrufer eine Pause, die sich zu dehnen schien. Noah fragte sich, ob eine Antwort von ihm erwartet wurde.

»Sie hatten am Gymnasium Russisch als zweite Fremdsprache. Das habe ich Ihren Daten entnommen. Wir suchen einen Arzt mit russischen Sprachkenntnissen. Wir hätten einen Einsatz in der Ukraine für Sie. Die ukrainische Sprache und das Russische sind sich sehr ähnlich. Da finden Sie sich schnell rein. Es geht um ein kleines Krankenhaus, nahe der Grenze zu Russland. Kriegsbedingt kommen da viele Verletzte herein. Wir benötigen dringend einen Arzt zur Unterstützung. Ich möchte Sie fragen, wann Sie sich von Ihren sonstigen Aufgaben freimachen können. Also, wann können Sie anfangen?«

Noah war geistesgegenwärtig genug, nicht sofort auf die Frage einzugehen.

»Sie werden verstehen, ich habe vielfältige Verpflichtungen«, sagte er stattdessen, »ich kann jetzt gar nichts sagen. Können wir morgen noch mal in Ruhe telefonieren?«

»Ja sicher, Herr Winter, rufen Sie mich am Vormittag unter der angezeigten Nummer an. Die Nummer wird doch angezeigt, oder?«

»Ja, alles bestens.«

Noah ließ den Hörer sinken. Eine Stelle als Arzt im Ausland. Das, was er immer gewollt hatte. Damals. Bevor das mit Tara passierte. Der Haken war nur: Er hatte sein Medizinstudium kurz vor Ende hingeschmissen. Er war kein Arzt.

Kapitel 2

Noah betrachtete zufrieden das vor sich liegende Stück Papier. Seine kriminellen Fähigkeiten überraschten ihn selbst. Die Kopie war perfekt geworden. Ein paar Stunden am Computer, und das Ergebnis konnte sich sehen lassen. Dieses Dokument wies ihn als Arzt aus, Abschluss an der Uni Marburg.

Ihm war klar, dass es ein Abenteuer werden würde. Nicht nur wegen des Betrugs, sondern auch wegen seiner dünnen Kenntnisse der ambulanten und stationären Patientenversorgung. Aber andererseits: Was hatte er zu verlieren? So wie in den vergangenen Jahren wollte er nicht weitermachen. Ins Ausland gehen und als Arzt tätig sein – das würde ihm zumindest das Gefühl geben, einen Teil des gemeinsamen Traums mit Tara leben zu können. Das Risiko war es ihm wert.

Wie hoch war die Wahrscheinlichkeit, dass sein Betrug aufflog? Wer würde in Kiew nachforschen, ob seine Zeugnisse echt waren? Noah legte das Papier schulterzuckend auf den Tisch. Als Nächstes stand das Gespräch mit seinem Mitbewohner an. Sonst hatte er keine Freunde mehr in der Stadt, von denen er sich verabschieden musste. Seine wenigen Möbel hatte er bereits verschenkt. Nur noch ein paar Formalien, und sein Dasein als Arzt in der Ukraine konnte beginnen.

Kapitel 3

2007, Göttingen, Deutschland

Tara studierte auch Medizin. Sie war Noah gleich in der Einführungswoche aufgefallen. Eine besondere Ausstrahlung umgab sie, als wäre sie in weiches Licht getaucht. Wenn Noah sie ansah, breiteten sich Wärme und Geborgenheit in ihm aus. Bisher hatte er sie nur aus der Ferne beobachtet, so, wie man ein kunstvolles Gemälde betrachtet. Sie war schön. Besonders, wenn sich beim Lachen ihre ebenmäßigen weißen Zähne gegen ihren dunkleren Teint absetzten. Dann schien sie von innen heraus zu leuchten.

Oft saß er völlig entrückt im Hörsaal und schaute sie minutenlang an. Er versank gerne in der Vorstellung, er würde ihren Nacken entlang streichen und mit ihrem kurzen schwarzen Haar spielen.

Anatomieseminar. In diesem Semester stand die Präparation eines Körperteils auf dem Plan. Da die medizinische Fakultät nicht genug Tote erhalten hatte, sollten jeweils zwei Studierende zusammenarbeiten. Ausgerechnet mit Tara würde er ein Team bilden! Das musste Schicksal sein, dachte Noah. Einen Arm sollten sie sich teilen. Taras Aufgabe war es, zuerst die verschiedenen Hautschichten herauszuarbeiten. Er würde anschließend den Halteapparat und die Sehnen freilegen. Er stellte sich vor, wie er und Tara zusammenarbeiten würden, ganz dicht und …

»Hi, ich bin Tara.«

Noah wurde aus seinen Gedanken gerissen. Sie stand direkt vor ihm. So dicht, dass er ihren Geruch wahrnehmen konnte. Sie roch nach frisch gewaschenem Haar und nach kühlem Morgenwind.

»Hi …«, er musste sich räuspern, seine Stimme wollte ihm nicht gehorchen. Er setzte erneut an.

»Hi, ich bin Noah. Sieht so aus, als würden wir zusammenarbeiten.«

»Ja, ich bin echt gespannt auf das Präparieren. Lass uns gleich unsere Handynummern und E-Mails tauschen, dann lässt sich besser planen.«

Tara strahlte ihn an. Noah lächelte beseelt zurück.

Fast alle Medizinstudenten waren vor der ersten Präparation aufgeregt. Schließlich wurde an Teilen von echten Menschen gearbeitet, und jeder hatte dazu irgendeine Gruselgeschichte gehört. Von entstellten Leibern, halb verwesten Körpern oder dem ekelhaften Geruch. Auch von reihenweise umfallenden Studierenden wussten viele zu berichten.

Seit die Teams bekannt waren, hatte Noah kaum Interesse, sich diese Geschichten anzuhören. Seine Gedanken und Befürchtungen kreisten um Tara. Sie würden bei der Präparation ganz nah beieinandersitzen und zusammenarbeiten müssen. Sie könnten miteinander reden!

Als er das Anatomiegebäude betrat, steigerte sich seine Aufregung. Sein Magen krampfte sich zusammen, seine Kopfhaut prickelte. Wie ferngesteuert fand er den Weg zum Präpariersaal und steuerte den Vorraum mit den Kleiderspinden an. Er hatte sich extra einen neuen weißen Kittel mit Stehkragen und verdeckter Knopfleiste besorgt. Zumindest äußerlich wollte er bei ihrer ersten richtigen Begegnung einen perfekten Eindruck hinterlassen.

Mit Latexhandschuhen, Präparierbesteck und dem Anatomie-Atlas unter dem Arm betrat er den Saal. Tara saß bereits an ihrem Tisch. Mit linkischen Bewegungen trat er zu ihr und versuchte, sie so locker wie möglich zu begrüßen. Für einen Moment ruhten ihre Blicke aufeinander. Noah hatte das Gefühl, als ginge eine unsichtbare Energie direkt von Taras Augen in seinen Körper. Sein Zwerchfell verkrampfte sich, und seine Atmung setzte für einen Moment aus. Er spürte, wie er errötete. Schnell wich er dem Blickkontakt aus und rückte umständlich seinen Stuhl und seine

Sachen zurecht. Sie saßen sich nun direkt gegenüber. Wenn sie sich beide nach vorne beugten, würden sich ihre Köpfe berühren.

Die Körperspende lag schon bereit auf dem Tisch. Im gesamten Saal roch es nach Formaldehyd. Tara begann zu präparieren und entfernte die einzelnen Hautschichten und das Fettgewebe. Er versuchte, sich zu konzentrieren und ihr zu assistieren. Es fiel ihm schwer, bei der Sache zu bleiben. Sein Blick glitt immer wieder zu Tara.

Die Zeit schien stehen zu bleiben. Es war, als würde er über seinem Körper schweben und die Situation von außen betrachten. Er nahm alle Geräusche nur noch unklar und gedämpft wahr. Wie in Zeitlupe. Als hätte er mit diesem Abstand die Freiheit zu entscheiden, wie sich die Situation entwickeln würde. Während er mit der Pinzette irgendeine Hautschicht so straffte, dass Tara gut schneiden konnte, war seine Fantasie damit beschäftigt, ihre Zukunft zu entwerfen.

Darin würde er ihr jetzt über den Kopf streichen und liebevoll einen Kuss auf ihr Haar drücken. Sie würde zu ihm hochschauen, ihn anlächeln, und ihr Blick wäre voller Zuneigung. Eine unbändige Freude und Verbundenheit würde sich in ihnen beiden ausbreiten. Und eine Lust aufeinander. Sie würden in einer einzigen Bewegung aufstehen, einfach alles liegen lassen. Ihre Hände würden sich wie selbstverständlich finden, und sie würden geradewegs zu ihr nach Hause gehen. Kaum dass die Tür geschlossen wäre, würden sie ihrem Verlangen freien Lauf lassen und sich gegenseitig die Kleider vom Körper reißen. Dann endlich ihre heiße Haut aneinanderpressen. Ganz fest, eng umschlungen, küssend zum Bett stolpern, um ihre Körper zu erkunden …

»Noah? Hallo, jemand zu Hause? Noah?«

Erst jetzt merkte er, dass seine Hand mit der Pinzette in der Luft schwebte, völlig fehl am Platz.

»Oh, sorry!«

Er verzog seinen Mund zu einem entschuldigenden Lächeln und versuchte, sich schnell einen Überblick zu verschaffen. Tara war offensichtlich mit ihrem Teil der Arbeit fertig. Die Muskeln lagen frei. Nun war er gefordert.

»Äh, du bist fertig, das sieht klasse aus.«

Sie saßen beide nach vorn gebeugt, ihre Gesichter nah voreinander. Er konnte ihren Atem auf seiner Haut spüren und die Erektion in seiner Hose.

Ihre Blicke trafen sich, und Noah hatte das Gefühl, sie würden sich körperlich berühren. Er wollte sie küssen und nie wieder aufhören. Stattdessen lachten sie sich verlegen an. In Noahs Wahrnehmung begann der Raum zwischen ihnen zu vibrieren und das Licht zu pulsieren. Immer wieder trafen sich kurz ihre Augen. Noah senkte langsam seinen Blick zu ihrem Mund. Nach ein paar flatternden Augenblicken fixierte auch Tara seine Lippen. Ganz von allein, wie durch eine Jahrtausende alte Programmierung, bewegten sich ihre Köpfe aufeinander zu. Als sich schließlich ganz weich ihre Lippen berührten, hatte die Zeit ein Einsehen und blieb stehen. So kam es Noah jedenfalls vor. Die Außenwelt verschwand, es gab nur noch Tara und ihn.

Ein lautes Räuspern zerriss ihre Verbindung abrupt. Die Professorin stand neben ihnen und betrachtete sie grinsend über ihre Lesebrille hinweg.

»Ich sehe, Sie haben die Hautschichten und das Fettgewebe schon präpariert. Sehr schön. Vielleicht sollten Sie unter Berücksichtigung Ihrer momentanen Verfassung die weiteren Arbeiten auf einen späteren Termin verschieben.«

Sie nickte beiden kurz zu und wandte sich zum nächsten Tisch.

Tara und Noah schauten sich an und lachten. Kaum hatten sie den Anatomietrakt hinter sich gelassen, fanden sie erneut zueinander. Sie standen in der winterlichen Kälte, umarmten und küssten sich. Beiden war klar, dass sich hier etwas anbahnte, dennoch trennten sich ihre Wege erst einmal. Tara bat darum. Sie müsse sich ihrer Gefühle klarer werden und bräuchte ein wenig Zeit.

Die folgenden Tage waren schwer für Noah. Seine Gedanken waren fast ununterbrochen bei Tara. Langsam wurde er unruhig, doch er wollte nichts überstürzen, nichts falsch machen. Er wartete zwei Tage, dann hielt er es nicht mehr aus und rief sie an. Noah hatte einige fachliche Fragen vorbereitet, um die Unterhaltung zu beginnen. Doch mit der Zeit ließ seine Aufregung nach, und es fühlte sich ganz natürlich an, mit ihr zu telefonieren. Am Ende verabredeten sie sich für den nächsten Tag.

Noah machte sich zeitig auf den Weg. In der Bar suchte er einen ruhigen Tisch und bestellte Prosecco für sie beide.

Gerade als er überlegte, ob er schon einen Schluck nehmen sollte, trat Tara durch die Tür. Energievoll warf sie ihren Mantel über einen der Stühle und strich sich mit ihren schlanken Händen die Haare hinters Ohr. Ihre kurzen, farblos lackierten Nägel glänzten im Licht. Noah blieb für einen Moment die Luft weg. Sie sah einfach umwerfend aus. Die Jeans und das helle Shirt betonten ihre Figur und unterstrichen ihre schöne Bräune. Sie bewegte sich souverän, fast majestätisch. Tara war ganz dezent geschminkt, trug eine feine goldene Kette und blau schimmernde Ohrringe. Sie hatte sich offensichtlich schön gemacht. Für mich, schoss es Noah durch den Kopf. Sein Herz klopfte. Froh begrüßte er sie.

Sie sprachen über ihr Studium, über Professoren, die Stadt, den Stadtwald, in dem sie beide gern unterwegs waren. Das Gespräch lief. Dann schlug Noah vor, ein wenig spazieren zu gehen. Er wollte sich bewegen, sich klar werden, was er wagen konnte. Am liebsten wollte er sie küssen und in den Arm nehmen.

Nach einigen hundert Metern platzte es aus ihm heraus:

»Tara, ich bin total aufgeregt und unerfahren in so was. Ich denk schon die ganze Zeit, ähm, am liebsten würde ich dich küssen.«

»Sorry … das geht mir zu schnell.«

»Geht auch etwas anderes?«, fragte sie nach einer kleinen Pause und blieb stehen.

Sie drehte sich zu ihm um und umarmte ihn. So standen sie lange, eng aneinandergedrückt und hielten sich. Noah bekam eine Erektion. Es kam ihm seltsam verrückt vor, so erregt zu sein, obwohl so wenig geschah. Sie schafften es, diesen Moment auszudehnen, nichts zu machen, sich nur zu halten. Nach einer gefühlten Ewigkeit und einer realen halben Stunde lösten sie sich voneinander.

»Ich muss jetzt los, lass uns telefonieren«, sagte Tara, drehte sich um und ging davon. Diesmal dauerte es nur einen Tag, dann rief sie an und lud Noah zu sich zu Weihnachtskeksen und Glühwein ein.

Er kam aus der Dämmerung und betrat ihre hell erleuchtete Wohnung. Alle Konturen erschienen ihm stärker, die Farben intensiver. Er merkte Beklemmung in sich aufsteigen und begann ein belangloses Gespräch über seinen Herweg. Er wollte irgendetwas sagen und hoffte, damit dem unsicheren Gefühl zu entkommen. Tara legte ihm schließlich die Hand auf den Mund und zog ihn zu sich heran. In dieser Umarmung, sich behutsam suchend, standen sie lange, ohne zu sprechen. Ihre Köpfe waren so dicht beieinander, dass sie ihren Atem spüren konnten. Endlich hatten sie wieder zueinandergefunden, und ganz langsam näherten sich ihre Lippen. Und das, was dann folgte, war schöner als alles, was Noah sich hätte ausmalen können.

Ein Jahr später.

»Wie hast du früher Weihnachten verbracht?«

Tara hockte vor dem geöffneten Backofen. Noah betrachtete freudig ihre Bewegungen, wie sie zum gefühlt hundertsten Mal den Gänsebraten einpinselte. In der Wohnung roch es verführerisch nach einer Mischung aus gebratenem Fleisch und gebackenen Keksen.

»Wir backen erst Weihnachtskekse und nutzen dann die Ofenwärme für unseren Braten,« hatte Tara gesagt, »so sparen wir Energie, und alles hat mit Weihnachten zu tun.«

Die Wohnung hatte sich inzwischen wohlig aufgeheizt, und in der Küche war es so warm, dass Tara und Noah ihre Pullover ausgezogen hatten. Auf dem Tisch brannten vier Kerzen, und im Hintergrund lief leise Weihnachtsmusik. Jetzt drehte sie sich zu Noah um. Ihr Gesicht war von der Wärme leicht gerötet. Für einen Moment hielt er inne und genoss den Anblick. Dann beantwortete er ihre Frage.

»Die schönsten Weihnachten hatte ich in den Jahren, in denen meine Mutter noch gesund war. Da war ich relativ klein. Es war alles immer ganz aufregend. Ab Mittag durfte ich nicht mehr ins Wohnzimmer. Mein Vater holte den Tannenbaum vom Balkon, stellte ihn auf und schmückte ihn. Meine Mutter kümmerte sich um das Essen. Es roch damals im Haus genauso lecker wie heute hier. Und ich erinnere mich daran, dass immer leise Weihnachtslieder liefen. Auch wie hier. Ich wusste nicht, wohin mit meiner Aufregung und lief ziellos in der Wohnung herum. Wenn es dann endlich dunkel wurde, gingen wir zum Wohnzimmer. Wenn meine Mutter die Tür öffnete, brannten bereits alle Kerzen und Lichter am Baum. Wir hatten viele goldene und silberne Kugeln. Die glitzerten im Kerzenschein, und das Lametta funkelte. Ich war immer total beeindruckt.«

Noah blickte ins Leere, versunken in alten Erinnerungen, vor seinem inneren Auge wurden die Bilder von damals wach.

»Und gab es dann Geschenke, oder musstest du erst etwas singen oder ein Gedicht aufsagen?«

Taras Frage riss ihn aus seinen Gedanken. Noah drehte den Kopf langsam in ihre Richtung, die Augen noch irgendwo im Raum verhaftet. Nach und nach tauchte er aus seiner Erinnerung auf und begann erst die Küche und dann auch Tara wieder wahrzunehmen. Sie lehnte an der Arbeitsplatte und schaute ihn mit ihren dunklen Augen abwartend an.

»Ja, tatsächlich musste ich erst ein Gedicht aufsagen. Irgendetwas Kurzes. Ich fand das immer total nervig. Aber das war eben die Hürde, um an die Geschenke zu kommen. Dann schnell auspacken und sehen, welcher meiner Wünsche in Erfüllung gegangen war. Wenn die größte Aufregung vorbei war, gab es Essen.

Wir saßen dann am Tisch und hatten Zeit. Es war immer eine schöne Stimmung. Ich glaube, wir haben immer ganz viel gegessen, weil es so lecker war und so gemütlich. Mit Nachtisch und Eis und so. Ach, das war schon toll damals.«

»Wie war es in den Jahren danach, als deine Mutter krank wurde?«

»Wenn sie nicht gerade in irgendwelchen Bestrahlungen oder Chemotherapien steckte, dann schlief sie viel und hoffte, dass sie die Krankheit besiegen könnte. Vieles war ihr egal geworden, oder wahrscheinlich schaffte sie es kräftemäßig nicht mehr. Trotz seiner Arbeit versuchte mein Vater auszugleichen, wo es nur ging. Aber er konnte sie natürlich nicht ersetzen. Da war einfach diese Lücke, sie fehlte mir so.«

Es entstand eine Pause, in der Noah in graue Erinnerungen tauchte.

»Na ja, und schließlich war alles Leiden und Hoffen nutzlos geworden. Ich war elf, als sie starb. Danach feierten wir kein Weihnachten mehr. Irgendwie schien es das nicht mehr zu geben in unserem Leben. Es gab schon Geschenke für mich. Aber es war freudlos geworden. Ihre Krankheit und ihr Tod hatten einen Schleier über unser Leben gelegt. Krebs ist einfach ein Scheiß.«

Noahs Stimme hatte einen belegten Klang bekommen, und sein Gesichtsausdruck wurde hart, fast wütend. Etwas Unerreichbares umgab ihn, als wolle er verhindern, dass jemand ihm zu nahe kam. Verhindern, dass er diesen Schmerz noch einmal spüren musste. Seine Anspannung drängte die Gemütlichkeit aus dem Raum. Außer der leisen Musik war lange nichts zu hören. Noah versuchte, die heranflutenden Bilder zu stoppen. Er konzentrierte sich auf seine Atmung, und es gelang ihm, den Schmerz des Verlustes zu kontrollieren. Als Tara schließlich auf ihn zuging und ihn behutsam in die Arme nahm, ließ er es geschehen.

Er versank in der Umarmung. Ihre Festigkeit und Wärme taten ihm gut und gaben ihm Halt. Er merkte, wie er sich auf einmal ganz klein und hilflos fühlte. Bei ihr fiel es ihm leicht, seine Gefühle zu zeigen. Alle. Er ließ seinen Tränen freien Lauf. Ein Beben ging durch seinen Körper. Nach einer gefühlten Ewigkeit legte sich seine Anspannung. Ihm war nun fast feierlich zumute. Er löste sich aus der Umarmung, wischte sich mit dem Arm über das Gesicht, räusperte sich. Kurz schüttelte er wie ein nasser Hund den Kopf und schaute ihr dann ruhig in die Augen.

»So, nun genug von alten Zeiten. Heute bin ich hier mit dir. Und das ist wunderschön. Lass uns den Tisch decken und unser zweites Weihnachten feiern. Daran will ich mich erinnern.«

2012, Göttingen, Deutschland

Es war Spätsommer. Die Arbeitswoche war vorbei, endlich Freitagabend.

Noah stand in der Küche und bereitete das Abendessen zu. Er hatte frischen Zander besorgt. Natürlich hatte er darauf geachtet, dass es sich um nachhaltig produzierten Fisch handelte. Tara war das wichtig. Zander im Kartoffelmantel auf Fenchelgemüse mit Senfsoße sollte es geben. Kochen war zwar nicht unbedingt Noahs Lieblingsbeschäftigung, aber er wusste, Tara würde sich freuen. Sie würde von der Uni kommen, froh, die Woche geschafft zu haben. Und sie würde hungrig sein. Er liebte es, sie zu überraschen, und er liebte es, sie begeistert und glücklich zu erleben. Sie konnte so dankbar sein und sich auch an Kleinigkeiten erfreuen. Seit drei Jahren wohnten sie jetzt zusammen. Keinen Tag würde er missen wollen. Es fühlte sich so vollständig an, seit sie in sein Leben getreten war. Etwas in ihm strömte ihr entgegen, immer. Als wären sie unsichtbar miteinander verbunden. Mit ihr konnte er ausgelassen lachen und hatte das Gefühl, echt sein zu können. In ihrer Nähe war er einfach Noah. Er liebte sie.

Noah stellte eben die Form mit dem eingewickelten Zander in den Ofen, als es an der Tür klingelte. Schon vom Flur aus konnte er durch die Milchglasscheibe erkennen, dass drei Personen auf dem Treppenabsatz standen. Er hatte den Summer nicht gedrückt, also musste die Tür unten offen gewesen sein. Er entriegelte die Wohnungstür. Ein Mann und zwei Frauen in blauer Uniform. Polizei. Sofort fing sein Kopf an zu rattern. Hatte er etwas verbrochen? Hatte er irgendetwas Rechtswidriges getan? Obwohl ihm nichts einfiel, brach ihm der Schweiß aus, und er spürte sein Herz laut klopfen. Unsicher und vorsichtig blickte er die drei Besucher fragend an.

»Guten Abend! Sind Sie Noah Winter?«

»Jaah?«

»Ich bin Oberwachtmeister Orkan Güner, das ist meine Kollegin Kommissarin Maria Hankel, und das ist die Polizei-Psychologin Cathrin Hedden. Dürfen wir reinkommen?«

Sie hielten irgendwelche Ausweise in die Höhe.

Noah war irritiert. Alle drei machten ernste Gesichter.

»Okay, kommen Sie rein.«

Er trat zur Seite.

»Äh, gehen Sie ganz durch, hinten ist die Küche. Da ist Platz zum Sitzen.«

Noah trat ebenfalls in die nun volle Küche, lehnte sich an die Arbeitsplatte und starrte den Oberwachtmeister erwartungsvoll an.

»Herr Winter, wollen Sie sich nicht setzen?«

»Nein, geht schon. Worum geht es denn nun?«

»Sie leben mit Tara Johns in dieser Wohnung?«

»Ja, das ist richtig.«

»Ich muss Ihnen leider mitteilen, dass Frau Johns bei einem Verkehrsunfall am Berliner Ring tödlich verunglückt ist. Sie ist mit ihrem Fahrrad unter einen Lkw geraten und überrollt worden. Sie war sofort tot.«

Kapitel 4

2015, Mariupol, Region Donezk, Ukraine

Am liebsten hatte er mit Schwester Darya Dienst. Nicht nur, weil sie sehr gut Englisch sprach. Er sprach zwar inzwischen wieder ganz gut Russisch, allerdings unterschied sich Ukrainisch doch ein wenig davon, und er drückte sich holprig aus. Sie hatten sich deshalb darauf geeinigt, die medizinisch-fachlichen Dinge auf Englisch zu besprechen.

Darya hatte sich nach ihrer Ausbildung zur Krankenschwester ihr Psychologiestudium durch Extrawachen finanziert. Nach Ausbruch der Krimkrise hatte sie sich sofort freiwillig im Krankenhaus gemeldet, die verletzten ukrainischen Soldaten zu versorgen. Darya arbeitete gern frei und selbstständig. Das passte gut, so konnte er stressfrei zuschauen und dazulernen, und seine Angst aufzufliegen, war am kleinsten.

Er hatte ihr von Anfang an bei den wesentlichen Arbeiten den Vortritt gelassen, denn Daryas Wissen und ihre Fertigkeiten waren beeindruckend gut.

Noah hatte zwar die Famulatur absolviert und auch im klinischen Abschnitt des Studiums praktische Erfahrungen gesammelt. Allerdings fehlte ihm ein großer Teil des praktischen Jahres, und seine Kenntnisse und Fertigkeiten waren durch die Jahre in der Kneipe nicht besser geworden.

Hinzu kam, dass die medizinische Arbeit mit den zum Teil schwer Verletzten ihn zunehmend belastete. Manchmal lag er abends im Bett, und die blutigen Bilder des Tages liefen als Film in seinem Kopf. Er hatte nicht mit diesen massiven Verwundungen gerechnet und keine genaue Vorstellung gehabt, was genau die Arbeit eines Arztes im Kriegsgebiet bedeutete. Jedoch sicher nicht diese verheerenden Verletzungen, die ein Krieg erzeugt.

Ein Gewehrschuss riss beim Austritt zum Teil große Gewebestücke mit. Zurück blieb eine übel zerfetzte, stark blutende, lebensbedrohliche, große Wunde. Noch schlimmer waren die Verstümmelungen durch Granaten oder Minen. Abgerissene Arme und Beine und durch Splitter entstellte, schrecklich aussehende Gesichter und Körper. Die chirurgische Arbeit in dem vielen Blut und an den zerfaserten Fleischrändern weckten in Noah Bilder von Schlachthäusern. Er versuchte sich zunehmend von den schwersten Verletzungen fern zu halten und sich um die leichter Verletzten und um die OP-Nachsorge zu kümmern.

Obwohl sie nie offen sein Arbeiten oder seine Vorgehensweise kommentierte oder kritisierte, hatte er das Gefühl, Darya betrachte sie geringschätzig. Vielleicht hatte sie einfach nur den Eindruck, dass die Ausbildung in Deutschland doch nicht so gut war, wie ihr Ruf.

Im Moment hatten sie einen Soldaten mit einer Kopfverletzung vor sich. Beim fluchtartigen Verlassen seiner Stellung war er in Panik durch eine aufgesprengte enge Maueröffnung gehechtet. Leider war das Gebäude von außen mit Blech verkleidet, das scharf und ausgefranst war. Die Kopfhaut auf seiner linken Seite war zum Teil abgeschält worden. Der Schädelknochen lag nur noch unter einer dünnen Gewebeschicht und war deutlich in dem Blut- und Wundwassergemisch als gelblichweiße Fläche zu erkennen.

Darya hatte den Behelfsverband abgenommen. An dem großen Hautlappen, der seitlich herabhing, klebten schwarze Haare. Der Mann stöhnte auf.

Noah fielen Metallplattenköpfe aus Spielfilmen ein. Was sollte er tun? Er gab sich nachdenklich und stand, lange auf den Mann schauend, tatenlos im Raum.

Wieder kam ihm Darya zu Hilfe. Auf Englisch bat sie ihn, das Areal um die offene Wunde herum zu betäuben. Sie hielt ihm die fertig vorbereitete Spritze vors Gesicht.

Noah gab ihr mit einer Geste zu verstehen, dass sie das selber machen dürfe. Ohne Kommentar wandte sie sich dem Mann zu und setzte geschickt entlang des Wundrandes mehrere kleine Depots des Lokalanästhetikums. Sie war ruhig und behutsam, hatte schöne Hände. Nicht das erste Mal standen sie so nah beieinander. Das blieb nicht aus bei ihrer Arbeit. Während sie den Verletzten versorgte, konnte er sie betrachten. Ihre schlanke Figur, die etwas herben Gesichtszüge, die großen braunen Augen, sie gefiel ihm. Mit ihrer makellosen, etwas dunkleren Haut und den dunklen Haaren erinnerte sie ihn an Tara. Jeden Tag rettete sie ihn mit ihrer Erfahrung, obwohl sie noch keine dreißig sein konnte. Im Versuch, ihren Geruch zu atmen, neigte er sich ein wenig weiter vor. Abrupt hob sie den Kopf und wäre fast mit ihm zusammengestoßen. Noah schreckte zurück. Sie legte die Spritze in die Schale und schaute ihn herausfordernd an. Der Schweiß brach ihm aus unter seinem Kittel, und er merkte, wie ihm die Röte ins Gesicht schoss.

Trotz seiner Verwirrung versuchte er, sich wieder auf die Arbeit zu konzentrieren. Mit geübten Händen reinigte Darya die Wunde, spülte und tupfte dann auch den Hautlappen ab. Noah assistierte. Der Mann zog scharf die Luft ein und fluchte in einer unverständlichen Sprache.

Schließlich zog Darya die Haut wie eine Mütze über den Schädel des Verletzten. Jetzt sah der Kopf schon fast wieder vollständig aus. Noah betrachtete zufrieden das Ergebnis. Da hielt sie ihm die eingefädelte Nadel unter die Nase. Offensichtlich erwartete sie, dass er die Behandlung abschloss.

Noah lächelte sie an. Sie blickte ihm direkt in die Augen und lächelte auch. Daryas Energie schoss durch seinen Körper bis in den Unterleib. Ein Gefühl, das er seit Tara nicht mehr gehabt hatte.

Auch der Verletzte nahm den besonderen Augenblick wahr. Obwohl er trotz der örtlichen Betäubung große Schmerzen haben musste, schaute er von einem zum anderen und fing an zu grinsen. Wie ferngesteuert begann Noah zu nähen. Es würde eine Narbe zurückbleiben, aber der Mann sah nicht so aus, als würde ihm das Probleme bereiten. Zum Abschied fing er Noahs Blick ein, nickte in Daryas Richtung und schmunzelte.

Sie stand am Waschbecken, zog sich die Handschuhe aus und legte den Mundschutz ab.

Der Kollege Dr. Schukow betrat den Raum und sah kurz auf den Soldaten. Mit hochgezogenen Augenbrauen betrachtete er die chirurgische Arbeit, enthielt sich jedoch jedes Kommentars. Stattdessen ging er eilig zu Darya, zog sie an sich und küsste sie auf den Mund.

Kapitel 5

Keine Ahnung, wie die Russen tickten. Ein Menschenleben war nicht viel wert, glaubte Noah. Waffen, KGB-Veteranen, Wodka und Drogen waren allgegenwärtig. Auftragsmorde überall. In Noahs Augen waren die Russen brutal. Die Schwere der Verletzungen, die bei ihm eintrafen, schienen sein Urteil zu bestätigen. Schukow war doch Russe, oder? Was machte ein Russe überhaupt im Ukrainekonflikt hier? Jeden Moment konnte er irgendwo auftauchen. Hatte er schon bemerkt, dass Noah die Augen nicht von Darya lassen konnte? Er würde ihn töten. Sicher. Oder Schlimmeres. Noahs Kopfkino lief.

Er stand mit Darya im Behandlungszimmer. Wie so oft in den vergangenen Wochen hatten sie den ganzen Tag zusammengearbeitet. Noah kam ihre gemeinsame Zeit wie eine Prüfung vor. Wenn sie Zeit hatten, diskutierten sie psychologische Behandlungsmethoden bei Traumata. Noah hatte nach Taras Tod einige Verfahren kennengelernt, und Darya wusste dank ihres Psychologiestudiums, zumindest theoretisch, einiges über die neueren Vorgehensweisen. Irgendwann hatten sie beschlossen, einige der Verfahren bei den Verletzten anzuwenden.

Viele Soldaten und Soldatinnen litten aufgrund ihrer Kriegserlebnisse an posttraumatischen Belastungsstörungen. Sie hatten mit ansehen und erleben müssen, wie ihre Kameraden und Kameradinnen durch Minen oder Granaten zerfetzt, verstümmelt, schwer verwundet oder getötet wurden. Aus nächster Nähe. Sie hatten das Blut spritzen sehen, Eingeweide oder Gliedmaßen eingesammelt und wie in Trance versucht, die unkenntlichen Fleischhaufen wiederzubeleben.

Die Frauen und Männer litten unter massiven Schlafstörungen, hatten Angst einzuschlafen und schreckten von Albträumen geplagt nach kurzer Zeit wieder hoch. Ihre Schreckhaftigkeit und die Angstzustände steigerten sich bis zu Panikattacken. Sie hatten

Tränen in den Augen, ohne weinen zu können. Diese seelischen Traumata erschwerten die Heilung der körperlichen Verletzungen. Die Menschen fanden nicht den inneren Zustand, der für eine Wundheilung optimal war.

Noah und Darya setzten traumatherapeutische Methoden ein. Anfangs zögerlich und die Verläufe genau beobachtend. Ihre erstaunlichen Erfolge gaben ihnen recht. Die Soldatinnen und Soldaten begannen über ihre Erlebnisse zu sprechen, und die Spannungen lösten sich langsam. Die Flashbacks nahmen ab und verloren ihre massive schmerzliche Belastung. Die Genesungsverläufe der so behandelten Personen waren deutlich besser, sie fanden nach und nach zu einem entspannteren Zustand. Das sprach sich im Krankenhaus herum.

Für Noah war diese Arbeit weitaus angenehmer als die chirurgische Arbeit an Schwerstverletzten. Er hatte das Gefühl, dass sie seiner Persönlichkeit eher entsprach. Er fühlte sich wohler und träumte nicht mehr von zerfetzten Körpern. Es kam ihm daher sehr gelegen, dass die Krankenhausleitung beschlossen hatte, Darya und ihn vorrangig für die traumatisierten Menschen einzusetzen.

Ihre berührende und achtsame Art der psychotherapeutischen Arbeit hatte auch Einfluss auf Darya und Noah. Sie waren sich näher gekommen. Noah war der erste Mann, mit dem Darya über Gefühle reden konnte. Er war anders als alle Männer, die sie bisher kennengelernt hatte. Er war feinfühlig und gab ihr immer das Gefühl, wertvoll zu sein, genau richtig zu sein. Sie arbeitete sehr gern mit ihm zusammen. Ganz besonders mochte sie seine respektvolle Art. Er hatte ihr von Anfang an die schwierigsten Arbeiten zugetraut und überlassen. Sie hatte ihre Fähigkeiten entwickelt, und ihr Selbstvertrauen war gewachsen.

In der rein medizinischen Versorgung war es Darya, die die Hauptarbeit verrichtete. Noah schaute und assistierte. Er roch ihren Körper, kannte ihre Bewegungen, ihre Haut, ihre Augen, inzwischen war alles so vertraut. Seine Fantasie ging mit ihm spazieren. Wie so oft, wenn er mit Darya zusammen war. Der Impuls, die Hand auszustrecken, ihr über die Wange zu streicheln, ihre Hand zu fassen, sie in die Arme zu nehmen und an sich zu pressen. Diese Nähe zu spüren. Ihre Wärme, die Körper, die sich aneinanderschmiegen würden. Wie er endlich ihre Lippen berühren würde.

Manchmal schob sich Tara dazwischen. Allerdings erst dann, wenn er sich vorzustellen versuchte, mit Darya Zeit zu verbringen. Mit ihr über den Strand zu laufen, zu lachen und zusammen den Alltag zu gestalten. Dann kroch die Angst in ihm hoch. Sich so einzulassen, wie er sich auf Tara eingelassen hatte, das war unvorstellbar, und immer war der mögliche Verlust bedrohlich mit dabei. Er löste Magenkrämpfe in ihm aus. Das Gefühl, Tara zu verraten und das Andenken an ihre Liebe zu beschmutzen, tat das Übrige.

Der letzte Soldat war medizinisch versorgt worden und gegangen. Im Gebäude hatte sich eine abendliche Ruhe ausgebreitet. Es war warm im Raum. Sie standen zusammen am Waschbecken. Sehr dicht. Ihre Körper berührten sich. Wie fremdgesteuert drehte er sich zu ihr, legte seine rechte Hand seitlich an ihr Gesicht. Er wollte endlich wissen, wie sie sich anfühlte. Die Fantasie endlich mit Fakten füllen. Sie drehte sich ganz langsam zu ihm und schaute ihm lange in die Augen. Dieser Blick öffnete ganz tief in ihm eine lange verschlossene Kammer, ließ für einen Moment sein Herz stolpern, die Atmung stocken.

Er zog sie an sich. Körper an Körper nun. Ganz dicht und innig. Verbunden jetzt, zwei Menschen. Überströmende Energien. Diese Wärme. Es wurde sehr heiß im Raum.

Plötzlich Realitätslandung. Es war nicht Tara, die er so hielt. Er stand mit Darya. Innig umarmt. Die Freundin von Schukow. In einem fremden Land. Was, wenn das rauskäme? Sie entdeckt würden. Wie käme er da lebend wieder raus? Oder noch schlimmer, wenn Schukow Darya etwas antäte. Das Kopfkino ging wieder los. Der Moment zerfiel und verlor jedes Leuchten. Noah löste sich aus der Umarmung. Ohne sie anzusehen, drehte er sich zum Waschbecken. Er konnte nur zur Wand sprechen.

»Darya, ich kann das nicht. Es tut mir leid. Du bist wunderbar.« Kurze, herausgepresste Sätze. Er kämpfte mit den Tränen.

»Das hat mit mir zu tun.« Er schüttelte den Kopf. »Das ist alles zu viel für mich. Vielleicht später. Ich brauche Zeit.«

Sie legte ihm kurz ihre warme Hand in den Nacken. Dann ging sie hinaus.

Kapitel 6

1992, in der Nähe von Riga, Lettland

Ein warmer Sommertag, der Himmel wolkenlos. Der ältere Mann mit dem eleganten, beigefarbenen Hut ging mit sicheren, langsamen Schritten auf die Häuserruine zu. Er hatte einen silbernen Aktenkoffer bei sich. Im Schatten des überdachten und etwas zurückliegenden Eingangs erwartete ihn ein jüngerer, schwarz gekleideter Mann. Seine breiten Schultern und sein mächtiger Brustumfang wiesen ihn als gut trainiert und athletisch aus. Mit seiner Körperspannung, dem ruhigen, wachsamen Blick und seinen geschmeidigen Bewegungen strahlte er etwas Bedrohliches aus.

Mit einem knappen Nicken begrüßten sich die Männer.

»Ich gehe davon aus, du hast dieses Haus sorgfältig ausgewählt und alles ist vorbereitet?« Die Stimme des Älteren war warm und freundlich.

»Sie finden alles im Obergeschoss. Der große Raum, der nach hinten liegt.«

»Gut. Geh nun bitte. Ich möchte nicht, dass du mitansiehst, zu was ich fähig bin. Ich würde mich in deiner Gegenwart zukünftig schmutzig fühlen. Du hast gute Arbeit geleistet, aber die nächsten Schritte will ich allein tun. Ich melde mich, wenn ich hier fertig bin. Wir sehen uns dann morgen.«

»Sie kennen meine Meinung dazu. Aber wie Sie wollen.« Der Jüngere klatschte laut in die Hände. Es klang fast wie ein Pistolenschuss.

Mit schnellen Schritten verschwand er. Der Ältere wartete, bis er den dunkelroten Jaguar auf die Straße fahren sah. Erst als das tiefe Röhren des starken Motors in der Ferne verklang, betrat er das Haus. Die beiden Männer mittleren Alters lagen nackt und geknebelt mit dem Rücken auf dem abgestoßenen Holzfußboden.

Ihre Augen waren mit einem speckigen weißen Stoff verbunden. Sie lagen wie gekreuzigt, die Arme weit auseinandergezogen, die Hände waren an kräftige Haken am Boden gefesselt. Ihre Beine waren maximal gespreizt, die Geschlechtsteile entblößt, die Füße wie die Hände am Boden befestigt. Der Raum war dreckig und trostlos. Von den Wänden blätterte die weiße Farbe ab, in Bodennähe breitete sich schwarzer Schimmel aus. Es roch feucht und muffig. Bis auf einen schäbigen Tisch war der Raum leer. Das Glas der zwei großen Fenster war unten mit einer bunten Folie beklebt. Der obere Teil war staubig-schmierig. Dennoch fiel genug Licht in den Raum. Der Mann stellte den Koffer auf den Tisch, öffnete die Verschlüsse und klappte die Hälften auseinander. Er zog einen langen, weißen Kittel aus dem Koffer über, setzte eine Schutzbrille auf, legte einen chirurgischen Mundschutz um und schlüpfte in Latexhandschuhe.

Schließlich entnahm er dem Koffer eine aufgezogene Spritze und wandte sich den Männern zu.

»Solltet ihr im Zweifel sein, warum ihr hier seid, so will ich euch aufklären.«

Er hielt kurz inne. Als er dann weitersprach, hatte seine Stimme alles Freundliche verloren. Er sprach schnell und laut. Die Wut war deutlich herauszuhören.

»Ihr gehört zu den russischen Verbrechern, die unser Land terrorisiert haben. Ihr habt alles Menschliche verloren und euch wie Tiere benommen. Ihr seid aber nicht etwa stellvertretend für alle Russen hier. Darum kümmere ich mich später. Ihr zwei habt damals meine Tochter verschleppt. Ihr habt sie vergewaltigt, auf unvorstellbare, unaussprechliche, menschenverachtende Weise misshandelt. Ihr Schweine! Meine unschuldige Tochter, mein Alles.«

Er stockte kurz.

»Ihr werdet euch wahrscheinlich gar nicht erinnern, so viele Verbrechen, wie ihr begangen habt. Ihr seid Monster.«

Er holte tief Luft.

»Damit ist es jetzt vorbei. Ihr werdet für eure Taten büßen, und ich werde sicherstellen, dass ihr nie wieder für irgendwen gefährlich sein könnt. Gleichzeitig werdet ihr viel Zeit zum Nachdenken und Erinnern haben. Wenn ihr wieder aufwacht.«

Der Mann trat zwischen die beiden Gefesselten. Vom Knacken der Bodenbretter aufgeschreckt, spannten die Männer ihre Muskeln. Unbeirrt setzte er nacheinander mit geübten Bewegungen die Spritze. Nach kurzer Zeit löste sich die Spannung an den Fesseln, die Muskulatur der Männer erschlaffte.

Der Mann kniete sich mit einer Schale chirurgischen Bestecks zwischen die Beine des ersten Mannes. Entschlossen griff er sich Penis und Hoden und trennte sie mit wenigen tiefen Schnitten vom Körper. Achtlos warf er sie zu Boden und begann mit geschickten Bewegungen, die größeren Blutgefäße zu unterbinden. Mit großer Sorgfalt zog er die umliegende Haut glatt und nähte sie zusammen. Eine Öffnung für die Harnröhre verblieb.

Schließlich wandte er sich dem zweiten Mann zu. Auch hier erfolgte dieselbe Prozedur.

Sichtbar zufrieden ließ er seinen Blick einen Moment auf den verstümmelten Männern ruhen. Zwischen ihren Beinen hatten sich blutige Flecken gebildet. Er durchtrennte die Fesseln, entfernte die Knebel und Augenbinden.

Die blutigen Geschlechtsteile sammelte er in einen Beutel und warf ihn Richtung Tür.

Sich neben die Köpfe der Männer hockend, öffnete er den Verschluss einer kleinen Glasflasche, zog das Augenlid des ersten Mannes nach oben und gab mit einer Pipette einige Tropfen der Flüssigkeit aufs Auge. Sofort stieg Dampf auf. Der Augapfel warf Blasen. Er hielt das Lid so lange geöffnet, bis die einsetzende weißliche Trübung der Hornhaut deutlich zu erkennen war. Danach widmete er sich den übrigen Augen.

Sämtliche Gerätschaften und seine Schutzkleidung warf er achtlos in den Koffer und verließ den Raum. Seinen Wagen hatte er ein Stück weiter hinter einem alten Schuppen geparkt.

Die Rückfahrt unterbrach er nur kurz, um die Genitalien in den Schweinetrog eines Bauernhofs zu werfen. Sofort fielen die Schweine mit lautem Schmatzen und Grunzen darüber her. Er sah ihnen zu, und in dem ansonsten ernsten und freudlosen Gesicht entstand ein Lächeln. Ein Teil seiner jahrelang lodernden Wut und der Spannung fiel von ihm ab. Fürs Erste war sein Verlangen nach Rache befriedigt.

Kapitel 7

2015, Mariupol, Region Donezk, Ukraine

Es fühlte sich wahrscheinlich überall auf der Welt gleich an, dachte Noah, nach einer durchgemachten Nacht aus einer dunklen, lauten Diskothek zu kommen. Wenn der Morgen schon am Horizont zu erahnen war. Diese Mischung aus Müdigkeit, Überdruss und dem Gefühl, etwas erlebt zu haben, dabei gewesen zu sein, einfach gelebt zu haben.

Wenn sich die Augen, sobald man aus der Tür trat, erst an das fahle Morgenlicht gewöhnen mussten. Dieses automatische Frösteln. Wenn der Körper sich leicht geschunden anfühlte, die Kleidung durchgeschwitzt, die Haut klebrig war. Das Dröhnen der Musik noch im Blut, die Bässe noch in den Knochen, ein Piepen im Ohr. Sie hatten die Treppe genommen und standen nun auf dem Gehweg. Auch diesem waren die Spuren der Nacht deutlich anzusehen. Die Partys waren zu Ende, Abfall lag herum, und hier und da standen Alkoholisierte und redeten, sich irgendwo anlehnend, aufeinander ein. Nur Taxis, Polizei und Türsteher waren noch aktiv. Eine merkwürdige Stille, fast schon Traurigkeit, schien in diesen Stunden über allem zu liegen.

Noah hatte sich überreden lassen mitzufahren. Einige vom Krankenhaus wollten mal rauskommen und feiern – mit Disco, Drogen und allem. Etwas vom Leben sehen, nicht nur Verletzte und Tote. Noah stürzte sich ins Getümmel. Drei Areas voller junger Menschen, die Spaß haben wollten. Er begann zu tanzen und ließ sich von den Wellen der Techno-Musik tragen. Sobald seine Lockerheit und Tanzkondition nachließen, warf er sich die nächste bunte Pille ein. Rosa mit einem geprägten Mercedesstern. Kleiner Gruß aus Deutschland. Heute Nacht war ihm alles egal. Er wollte loslassen können und den Kopf frei kriegen – einmal ohne Gedanken an Tara oder Schukow sein.

Drei Pillen und sieben Stunden später standen sie auf der Straße. Darya und er. Darya war ähnlich verstrahlt wie er. Sie wirkte glücklich und trotz des Schlafmangels sehr lebendig. Sie hatten auf der Tanzfläche hemmungslos ihre Körper gesucht und sich ihren Impulsen hingegeben. Egal, was die anderen dachten.

»Noah, lass uns noch an den Strand fahren und baden.«

Ganz schwach protestierte eine Stimme in ihm. Mit Darya allein am Strand konnte alles bedeuten. Doch die Bedenken waren zu leise, der Wunsch nach körperlicher Nähe zu groß.

»Oh, okay! Ja, lass uns das machen. Du fährst, du kennst dich hier aus.«

Auf der Fahrt zum Strand hielten sie kurz an einer Tankstelle und kauften Wasser und Schokolade. Darya ließ das Wasser ohne Luft zu holen durch ihre Kehle laufen.

Sie waren immer weiter gegangen, bis keine Strandhütte mehr zu sehen war. Die Sonne wärmte schon. Es würde ein schöner Tag werden. Sie waren völlig ungestört, ganz allein. Unter ihnen warmer weicher Sand, hinter ihnen der Kiefernwald und vor ihnen das träge Meer. Selbst das kniehohe Dünengras bewegte sich nur ganz leicht. Kein Geräusch war zu hören.

In einer Senke in den Dünen zogen sie sich aus. Für einen Moment war unklar, was nun passieren würde. Schließlich nahm Darya seine Hand und zog ihn zum Meer. Sie liefen wie kleine Kinder, Hand in Hand. Laut prustend und lachend stürzten sie sich ins Wasser. Zurück in den Dünen ließen sie sich von Sonne und Wind trocknen.

Darya trank aus der Wasserflasche. Nackt stand sie vor Noah. Sein Blick glitt über ihren schlanken Körper, ihre glatte braune Haut und die schön geformten Brüste. Er genoss den wunderbaren Anblick. Ihre aufgestellten Brustwarzen neigten sich leicht nach außen. Er konnte nicht anders und zog sie an sich. Sie roch nach warmer Haut und Sommer. Noah nahm ihr die Flasche aus der Hand und hielt sie ihr an den Mund. Nach ein paar Schlucken ließ er das Wasser einfach über ihr Kinn und ihre Kehle zwischen ihre Brüste rinnen. Er trat einen Schritt zurück und betrachtete sie. So wie sie dastand, strahlte sie Sicherheit aus und wirkte sinnlich und verrucht. Die feinen Härchen auf ihrer Haut hatten sich aufgestellt. Jede Pore zeichnete sich ab. Ihre selbstverständliche Nacktheit erregte ihn. Sein Atem ging schneller.

Er legte sich mit dem Rücken in den warmen weichen Sand. Ihre Hände greifend, wollte er Darya auf sich ziehen. Doch sie befreite sich und stellte sich über ihn, ihre Füße rechts und links neben seinen Lenden. Sie blickte ihn aufreizend an. Sein Blick wanderte langsam an ihrem nackten Körper hoch, bis er in ihren Augen sein Ziel fand. Den Augenkontakt haltend, ging sie ganz langsam in die Hocke. Ihre Scham streifte seinen Bauch. Die rosafarbene Haut hob sich deutlich vom restlichen Braun ab. Sie blickte ihn herausfordernd an. Noahs Atem ging stoßweise, er öffnete den Mund und stöhnte. Als wäre das ein Startsignal, legte sie ihren Kopf in den Nacken und ließ los. Heiße Flüssigkeit schoss auf seinen Bauch. Stoßweise ließ sie ihre Flut laufen, hielt wieder an und schaute ihm in die Augen.

Noah war wie im Rausch. Er zog sich an ihren Füßen nach unten, sodass er mit seinem Gesicht direkt vor ihr war. Er sog den fein säuerlichen und gleichzeitig leicht würzigen Geruch tief ein. Darya ging ganz in die Hocke und drückte sich vorsichtig an sein Gesicht. Sie begann sich langsam vor und zurückzubewegen, dabei stöhnte sie lustvoll im selben Rhythmus. Plötzlich drückte sie sich hoch und trat zurück. Ihre Füße standen nun rechts und links neben Noahs Knien. Darya nahm die Hände an ihre Scham, zog sie auseinander und ließ ihr Wasser laufen. Heiß traf ihn der Strahl. Dieser Anblick, er war wie elektrisiert.

Langsam zog er sich an ihr hoch, ihre Flüssigkeit lief von seinem Körper. Er presste sie an sich und glitt tief in sie hinein. Darya stöhnte laut auf. Stehend begannen sie sich zu bewegen. Alle Hemmungen waren von ihnen gefallen und der Lust gewichen.

Kapitel 8

1989, Riga, Lettland

»Ist das ein Renoir?«

Ein Ja drang aus dem Nebenraum zu ihm.

»Wirklich? … Ein echter Renoir?«

Während Elina Jerschow in der Küche das Teewasser aufgoss, nickte sie fortlaufend, und auf ihrem knitterigen Gesicht mit der pergamentenen Haut breitete sich ein Lächeln aus.

»Unglaublich!«

Balodis schüttelte lächelnd den Kopf. Er stand im Flur einer großen Wohnung in der Alberta iela in Riga. Einer Straße, in der viele Gebäude standen, die von berühmten lettischen Architekten im Stil der nationalen Romantik erbaut worden waren. Jugendstilartig gestaltete Häuser mit kunstvollen Ornamenten, die zur Blüte ihrer Zeit einmal herrschaftlich und prunkvoll gewirkt hatten.

Heute waren diese Häuser im Verfall begriffen. Die Fensterrahmen zerfielen, die Scheiben waren zum Teil durch Pappe ersetzt. In den Dachrinnen wuchsen Gras und Gestrüpp. Der Putz bröckelte an vielen Stellen, und zum Teil waren großflächig die nackten Steine zu sehen, oft von Moos und Flechten überzogen. In den rissigen Fassaden hatten sich schon junge Bäume angesiedelt, und die kunstvollen Ornamente drohten in die Tiefe zu stürzen. Die schweren und überreich verzierten Haustüren waren abgestoßen und hingen schief in ihren Angeln. Auch hier war das Glas teilweise durch Bretter ersetzt.

Die Haustür hatte kein Schloss mehr, das Treppenhaus spiegelte den Zustand des Hauses, eine Klingel zur Wohnung der alten Frau war nicht vorhanden. Balodis klopfte laut, und die Tür ging sofort auf. Als hätte die Jerschow hinter der Tür gestanden und auf ihn gewartet.

Aus der Wohnung schlug ihm ein Geruch nach altmodischer Gesichtscreme, süßen Blumen und schlecht gelüfteten Wohnräumen entgegen. Sie öffnete mit einer raschen Bewegung die Tür ganz und bedeutete ihm mit einer gewandten Geste, einzutreten. Erst als sie die Wohnungstür wieder geschlossen hatte, begrüßte sie ihn mit der leisen und brüchigen Stimme einer alten Frau.

»Dr. Balodis, ich freue mich, dass Sie es zeitlich einrichten konnten. Es kommt sicherlich nicht jeden Tag vor, dass Sie eine Ihrer Patientinnen zu Hause besuchen, ohne dass eine Krankheit vorliegt. Dafür bin ich Ihnen sehr dankbar. Bitte kommen Sie herein und schauen Sie sich in Ruhe um. Ich muss mich in der Küche um den Tee und das Gebäck kümmern. Ich bin etwas ungeübt in solchen Dingen. Seit dem Tod meines Mannes habe ich keinen Besuch mehr empfangen. Auch davor hatten wir nur selten einen Gast. Das war nicht möglich, wie Sie gleich verstehen werden.«

Die Böden der Wohnung waren mit wert- und kunstvoll wirkenden Teppichen belegt. Obwohl sie offensichtlich alt waren, war ihr Zustand sehr gut. Die Tapeten waren bräunlich verfärbt, doch das blasse Gold der Ornamente zeugte noch von ihrer edlen Machart. An den Wänden hingen zahlreiche Bilder. Die Möbel wirkten ebenfalls teuer und antik. Überall standen silberne Gefäße und kleine Skulpturen. Alles war alt, museal und kostbar.

Die Wohnung war größer, als Balodis angenommen hatte. Er blieb vor dem nächstbesten Bild stehen, und sofort fiel ihm die Signatur ins Auge.

Mehr zu sich selbst hatte er halblaut die Frage nach dem Künstler gestellt. Doch Elina Jerschow hatte sie offensichtlich gehört und trat zu ihm.

»Ja, das ist ein echter Renoir. Sie werden feststellen, dass alle Bilder in dieser Wohnung von berühmten Malern stammen. Alle sind echt. Meine Galerie ist schon sehr außergewöhnlich.«

Mit diesen Worten verschwand sie wieder in der Küche. Balodis hörte sie mit Geschirr klappern.

Er ging nun von Bild zu Bild und suchte gezielt nach Signaturen oder eindeutigen Hinweisen, die einen Rückschluss auf den Künstler zuließen.

Rubens, Cranach, Reni, Bruegel, Krüger entdeckte er und andere Signaturen, die er nicht entziffern konnte. Er war kein Kunstexperte, trotzdem wurde ihm klar, dass hier ein unvorstellbarer Kunstschatz hing. Vom Wert der Bilder ganz zu schweigen.

Die alte Frau kam mit einem Tablett herein.

»Setzen Sie sich doch. Ich hoffe, Sie mögen Tee. Mein Mann und ich haben uns nie viel aus Kaffee gemacht.«

Nachdem sie das Tablett auf einen kleinen Biedermeier-Tisch gestellt hatte, wies sie mit einer Geste auf eine Sitzgruppe im gleichen Stil.

Behutsam befüllte sie die feinen Porzellantassen mit bernsteinfarbenem Tee und legte mit einer silbernen Zuckerzange je einen Keks dazu. Anschließend setzte sie sich seitlich in einen prunkvoll verzierten Sessel, dessen Armlehnen vom vielen Gebrauch blank poliert waren.

»Wo kommt das alles her? Hier hängt ja ein Vermögen.«

»Ein Vermögen, ja – wäre es möglich, alles zu Geld zu machen. Das ist in unserem Land leider undenkbar. Im Gegenteil, so ist es eine große Gefahr und eine schwere Bürde für mich.«

Sie seufzte und trank von ihrem Tee, bevor sie weitersprach.

»Mein Mann war russischer Kunstoffizier und 1945 im besiegten Deutschland im Einsatz. Er hatte den Auftrag, für den russischen Staat so viele Kunstschätze zu erbeuten wie irgend möglich. Seine Einheit durchsuchte Museen, Archive, Bibliotheken. Sie plünderten Kirchen, Schlösser und Privathäuser. Kirchenfenster, Schmuck, Goldgefäße, Bilder, wertvolle Bibeln, Möbel, Teppiche, Porzellan, Silber und vieles mehr ließen sie Richtung Moskau abtransportieren. Natürlich hatte er die Anweisung, alles an die in Moskau und Leningrad ansässige Trophäenverwaltung der sowjetischen Militäradministration zu senden. Es waren Tausende Güterwaggons, die von 45 bis 47 auf den Weg gebracht wurden.«

»Und wie gelangte einiges davon in Ihre Wohnung? Noch dazu so wertvolle Stücke?«

»Mein Mann war ein Kunstnarr. Er hätte es niemals ausgehalten, wenn all diese Schätze in geheimen Depots der Sowjetunion verschwunden wären.«

»Ah, wenn ich Sie richtig verstehe, dann hat Ihr Mann das ein oder andere Bild abgezweigt.«

Balodis hatte sich zurückgelehnt und ließ seinen Blick mit neuem Verständnis durch die Wohnung schweifen.

»Ja, so kann man es zusammenfassen. Manchmal gab er Soldaten seines Vertrauens ausgesuchte Stücke mit. Oftmals wussten sie gar nicht, welchen Wert sie da transportierten.«

Ihrem Blick konnte man ansehen, dass sie weit in ihren Erinnerungen zurückging.

»Wissen Sie, viele der im besiegten Deutschland stationierten russischen Soldaten nahmen sich, was sie wollten und brachten diese Souvenirs schließlich mit nach Hause. Später kaufte mein Mann das eine oder andere Stück davon oder tauschte es gegen eine Begünstigung oder einen guten Posten. Das war möglich, da er Einfluss hatte und die richtigen Leute in der Partei kannte. Da wusch eine Hand die andere. Das, was Sie hier sehen, ist der größte Teil seiner Sammlung.«

»Es gibt noch mehr davon?«

»An Bildern und Skulpturen ist das alles. Aber es gibt noch Goldbarren, Schmuck, Porzellan und Teile des Schatzes des Priamos. Die Schränke hier sind voll von Kostbarkeiten.«

»Goldbarren!« Balodis lachte laut auf. »Ich kann das nicht glauben. Aber was erwarten Sie nun von mir? Warum erzählen Sie mir das alles?«

»Die Sowjetunion ist der Auffassung, dass diese Kunstschätze ihr Eigentum sind. Wiedergutmachung. Die deutsche Wehrmacht hatte schließlich zuvor ihrerseits die russische Kultur zerstört und geplündert. Alle Anfragen der Deutschen wurden abgelehnt.«

»Verstehe, Sie fürchten also, wenn bekannt würde, dass all diese Gegenstände in Ihrem Besitz sind, würden die Russen kommen und sich alles nehmen.«

»Fürchten ist zu harmlos! Sie wissen doch, wie es läuft.«

Balodis nickte.

»Die Wohnung würde gestürmt und geräumt werden. Dann Verhör und Bestrafung. Sie würden wahrscheinlich schon das Verhör nicht überleben.«

Die alte Frau schlug sich die Hände vors Gesicht und sprach mit belegter Stimme weiter.

»Ich habe solche Angst. Freude bereiten mir diese Dinge schon lange nicht mehr. Im Gegenteil, ich sehe jeden Tag nur die Bedrohung in ihnen. Ich schlafe nicht mehr. Bei jedem Knarzen der Treppe schrecke ich hoch. Jedes Geräusch wird zur Qual. Ich bin alt, und es bleibt mir nicht mehr viel Zeit. Ich will endlich zur Ruhe kommen können und in Frieden sterben.«

Sie weinte. Bei jedem Schluchzen wurde ihr gebrechlicher Körper durchgerüttelt.

»Dr. Balodis, Sie sind mein Arzt und wissen doch, in welchem Zustand ich bin. Ich kann das nicht mehr. Bitte erlösen Sie mich. Befreien Sie mich!«

Sie hatte seine Hand ergriffen und drückte sie mit erstaunlicher Kraft. Dabei blickte sie ihm unverwandt in die Augen.

Balodis war verwirrt. Was verlangte sie von ihm? Sollte er ihr etwa bei ihrem Suizid helfen?

»Aber was soll ich für Sie tun? Wie kann ich Ihnen helfen?«

»Ich vertraue Ihnen. Irgendwem muss ich schließlich vertrauen. Ich bitte Sie, transportieren Sie nach und nach alles ab. Unauffällig natürlich. Sie werden schon einen Weg finden. Ich brauche nur das Nötigste und will meinen Frieden. Machen sie damit, was Sie wollen.«

Kapitel 9

2015, Mariupol, Region Donezk, Ukraine

Die Wochen nach der Disconacht und ihrem morgendlichen Ausflug zum Strand waren ein einziger Sinnestaumel für Noah. Wann immer sich die Gelegenheit bot, fielen Darya und er übereinander her. Als wäre durch ihr Erlebnis am Strand ein Damm gebrochen. Sie hatten jede Scheu und alle Bedenken verloren. Alles, was möglich war, wurde ausgelebt, an jedem Ort. Ohne sich abgesprochen zu haben, achteten sie allerdings bei ihrer Arbeit im Krankenhaus auf Zurückhaltung und Wahrung des Anscheins.

Noah hatte eine Möglichkeit gefunden, mit Darya zusammen zu sein, ohne in Verlustängste oder in Schuldgefühle Taras Andenken gegenüber zu kommen. Er beschränkte sich ausschließlich auf das Körperliche. Gefühle, die weiter gingen als Zuneigung, wischte er zur Seite. Allerdings wuchs gleichzeitig seine Angst vor Boris Schukow ins Unermessliche. Wann immer er das Thema in diese Richtung lenkte, wich Darya aus oder sagte, es sei ihr Problem und nicht seins. Und für sie sei das so in Ordnung.

Für Noah war es ganz und gar nicht in Ordnung. Ihm war klar, dass ihre Affäre jederzeit auffliegen konnte. Was dann passieren würde, malte er sich in den schrecklichsten Bildern aus. Schukow im Krankenhaus zu begegnen, wurde zur Qual. Linkisch wich er seinem Blick aus, bog unter einem Vorwand in einen anderen Gang ab oder betrat grundlos irgendwelche Nebenräume. Mittlerweile glaubte er, etwas Wissendes in Schukows Blick wahrzunehmen. Wenn Schukow manchmal in ihr Behandlungszimmer kam und Darya küsste, musste Noah sich schnell wegdrehen und den Raum verlassen. Dann wurde ihm von einem Moment auf den anderen übel.

Mit jedem Tag steigerte er sich mehr in seine Angst hinein. Seit Tagen aß er kaum und schlief schlecht. Bei der Arbeit war er noch fahriger als üblich. An einem Abend stand er nervös und bleich vor dem Röntgenschirm, als Schukow den Raum betrat. Bei seinem Anblick zuckte Noah sichtbar zusammen.

Der Doktor hatte schnell erfasst, dass Noah nicht mehr arbeiten konnte. Freundlich und sehr bestimmt bot er ihm an, ihn nach Hause zu fahren. Noah brachte es nicht fertig, abzulehnen.

Nun würde also der unausweichliche Kampf folgen. Das war besser, als so weiterzumachen.

Sie saßen in Schukows Auto. Der lenkte den Wagen mit hoher Geschwindigkeit über die dunkle Landstraße. Noah wurde schlecht beim Gedanken an die bevorstehende Auseinandersetzung. Er fühlte sich Schukow ausgeliefert. Der fragte ihn im Plauderton nach seinen beruflichen Plänen. Ob er beabsichtige, noch länger in der Ukraine zu bleiben. Noah hielt es kaum aus und wollte es hinter sich bringen. Er setzte an, Schukow alles zu gestehen. Da krachte es.

Der Wagen wurde in voller Fahrt herumgerissen, Glas splitterte. Grässlich scharfe, quietschende, kreischende Geräusche. Etwas Riesenhaftes krachte frontal auf Schukows Seite in den Wagen. Warme Flüssigkeit klatschte Noah ins Gesicht. Er spürte kühle Nachtluft. Da, wo eben noch Schukow gesessen hatte, lag etwas Undefinierbares, Blutiges. Der Wagen schleuderte mit schrecklichem Knirschen und Krachen hin und her und rutschte schließlich von der Fahrbahn. Er krachte seitlich gegen einen Baum. Die Lichter erloschen. Rumpelnd schleuderte er weiter und kam zwischen Bäumen zum Stehen. Dunkelheit. Der Motor war aus, kein Röcheln oder Stöhnen zu hören. Stille.

Noah tastete zum Gurt und fühlte klebrige, warme Flüssigkeit. Es roch wie Erde und Metall. Als Mediziner kannte Noah diesen Geruch. Blut. Aber in diesen Mengen? Was war da in ihren Wagen gekracht? Er musste durch schlüpfrige, verdickte Flüssigkeit greifen, um den Gurt öffnen zu können.

Allmählich gewöhnten sich seine Augen an die Dunkelheit. Im fahlen Licht des Nachthimmels konnte er nur grobe Umrisse erkennen. Eins war klar, Schukow konnte diesen Aufprall unmöglich überlebt haben. Die Menge an Blut konnte jedoch nicht von ihm stammen, zumindest nicht nur. Noahs Tür ließ sich nicht öffnen. Er ruckelte und drückte ohne Ergebnis. Mit den Füßen stemmte er die Reste der Frontscheibe nach draußen. Zitternd zog er sich zentimeterweise aus dem Wagen und kam auf der warmen Motorhaube zum Liegen. Neben ihm lag etwas Warmes, Blutiges, Haariges.

Ihm ekelte, alles war unheimlich. Hier in dieser karg besiedelten Gegend. Etwas Schreckliches musste passiert sein.

Eine weitere Anstrengung ließ ihn nach vorn von der Motorhaube rutschen und unbeholfen auf dem Waldboden aufkommen. Noah rappelte sich hoch und lehnte sich an den Wagen. Seine Gedanken wurden allmählich klarer. Sein Körper gehorchte ihm wieder. Er atmete ein paar Mal tief die klare Nachtluft ein.

Angestrengt versuchte er, zu erkennen, was da im Wagen lag. Tastete sich langsam zum Ende dieses Ungetüms. Als er schließlich einen Huf unter seinen Fingern spürte, dämmerte ihm, dass es sich um ein Pferd handelte. Sie waren in ein auf der Straße laufendes Pferd gerast. Es musste irgendwo ausgerissen sein. Durch ihre Geschwindigkeit und die Wucht des Aufpralls war das Tier in den Wagen gedrückt worden und lag nun nahezu vollständig im Wageninneren. Schukow unter ihm zerquetscht.

Kapitel 10

»Du bist schuld am Tod von Boris. Du Bastard. Was machst du bei uns? Nimmst uns die Arbeit und vögelst unsere Frauen! Mein Bruder ist tot, du Arsch. Und du bist schuld. Ihr habt das geplant. Aber ich werde es dir zeigen. Ihr sollt leiden. Du und Darya.«

Der Bruder von Boris Schukow brüllte Noah in einem Gemisch aus Deutsch, Englisch und Russisch hasserfüllt an. Er stand so nah vor ihm, dass Noah seinen Atem roch und Speicheltropfen ihn trafen. Sie waren am Rand eines großen Parks. Es war schon dunkel, und nur wenige Menschen waren noch unterwegs. Sie schienen sich nicht für den Streit zu interessieren oder wichen ihm weitläufig aus. Von dieser Seite war keine Hilfe zu erwarten. Eine Straßenlaterne warf mattes Licht auf die Männer. Ein zweiter Mann umklammerte Noah mit kräftigen Armen von hinten. Die beiden hatten ihn auf dem Nachhauseweg abgepasst und von der Straße in diesen Park gezerrt.

Ein Teil in Noah war versucht zu beschwichtigen, zu reden. Ihn in ein Gespräch zu verwickeln. Ihm zu erklären, dass das frei laufende Pferd nicht seine Schuld gewesen sei. Dass so etwas wohl unmöglich geplant sein könnte. Dass es ein Unfall gewesen sei. Der Teil, der Angst hatte, wollte nur weg. Schukows Bruder wirkte nicht so, als sei er Erklärungen zugänglich. Er würde so oder so zuschlagen, er wollte seine Rache, das war klar.

Die Zeit schien sich für einen Moment auszudehnen, und in einer Parallelwelt sah Noah plötzlich alte Kampfszenen vor sich, als wären sie gestern passiert. Als hätte er die Zeit, noch mal in Ruhe hinzuschauen, nachzudenken. Das waren Bilder aus seiner Kindheit, in der er in Raufereien oft unterlegen gewesen war. Er hasste Schmerzen, und er verachtete es, sich klein und schwach zu fühlen. Er war allen harten körperlichen Auseinandersetzungen ausgewichen. Die Demütigungen saßen tief. Momente aus der Oberstufe tauchten auf, in denen ein Schüler, ein schulbekannter

Schläger, ihn immer bedroht und schließlich zusammengeschlagen hatte. Die Schmerzen, die blauen Flecken waren schlimm, aber schlimmer waren die Schmach und das Gefühl von Wehrlosigkeit und Ohnmacht, die Erniedrigung gewesen.

Einmal als Sieger hervorgehen. Einmal einen Kampf bestehen. Mit diesem Wunsch hatte er sich im Studium zum Kampfsport angemeldet. Kein Schattenboxen oder Formationslauf. Er wollte Nahkampf für die Straße. Aber sein Training hatte trotz aller Technik und Inszenierung von realen Situationen und Angriffen in einem sicher abgesteckten Rahmen stattgefunden. Würde es hier wirklich funktionieren? Er war mit seinen 1,80 nicht klein und körperlich gut trainiert. Darauf hatte er immer geachtet. Aber konnte er kämpfen?

Er hörte die Stimme seines Trainers, der ihn aufforderte, zu agieren, sich zu wehren. Mag sein, du bekommst etwas ab, sagte er. Aber der andere auch. Wehr dich. Teil so viel aus, wie du kannst. Dem anderen soll es mindestens genauso schlecht ergehen wie dir.

Als Schukows Bruder immer aggressiver wurde und Noahs scheinbare Teilnahmslosigkeit ihn zu rasender Wut anstachelte, tauchte Noah wieder auf. Er würde einen anderen Abzweig nehmen und Neuland betreten. Er trat mit der Hacke mit voller Kraft gegen das Schienbein des Mannes hinter ihm. Riss mit Schwung seinen Kopf zurück und traf dessen Nase. Der Mann stöhnte laut auf. Noah drückte seinen Oberkörper leicht seitlich, holte mit dem Ellbogen aus und rammte ihn in den Magen des Mannes, der ihn festhielt. Der Mann ließ los. Noah drehte sich um, sprang einen Schritt zurück und trat dem Mann kraftvoll zwischen die Beine. Der Mann brach stöhnend zusammen. Blitzschnell drehte er sich zu Schukows Bruder um und stellte sich leicht seitlich vor ihm auf. Eine Faust oben, leicht vorn, die andere etwas tiefer und leicht hinten. Ja, das würde jetzt ein Kampf werden. Kein Ausweichen, kein Reden.

Der Bruder sprang auf ihn zu, schlug mit der Faust nach seinem Gesicht. Noah riss seinen Arm hoch, konnte den Schlag aber nicht vollständig abwehren. Er wurde seitlich im Gesicht getroffen. Schmerz. Einen kurzen Moment wollte er sich ergeben. Sich seinem Schicksal fügen. Es vorbei sein lassen. Hoffen, dass der andere ihn verschonte oder zumindest schnell fertig war. Um Zeit zu gewinnen, trat er einen Schritt zurück. Etwas in ihm zögerte, seinem Gegenüber ins Gesicht zu schlagen. Beißhemmung. Schukows Bruder hatte weniger Skrupel. Erneut hob er die Fäuste.

Noah täuschte einen Faustschlag an und zog gleichzeitig das Knie hoch. Das verfehlte seine Wirkung nicht. Der Bruder krümmte sich vornüber. Noah holte mit der Faust aus und traf ihn seitlich am Kopf. Knochen auf Knochen. Schmerz. Noah hielt sich die Hand. Der Bruder sackte zusammen.

Die Szene im schwachen Licht kam Noah unwirklich vor. Beide Männer am Boden. Eine Angstwelle überflutete ihn jetzt. Er begann zu zittern. Schnell entfernte er sich von diesem Ort und suchte in einem noch belebten Geschäft nach Unterschlupf. Von dort rief er Darya an.

Kapitel 11

2016, Mariupol, Region Donezk, Ukraine

»Noah? Ej, Noah, bist du das? Das glaube ich ja nicht! Was machst du denn hier?«

Noah fuhr zusammen. Er blickte vom Schreibtisch auf und seine Gesichtszüge entgleisten. Ein kräftiger, groß gewachsener, etwa dreißigjähriger Mann lenkte seinen Rollstuhl mit kraftvollen Bewegungen auf ihn zu.

»Ähm ... jaah ... äh, Kaji, was machst du denn hier?«

»Das fragst du mich? Das sollte ich eher dich fragen! Ich bin von hier. Hier geboren, Aussiedler und so. Weißt du doch. Ich wollte nicht nur vor der Glotze sitzen und meinen Landsleuten dabei zusehen, wie sie gegen die Russen kämpfen.«

»Und dann hast du dich freiwillig gemeldet? Zum Krieg?«

»Guck nicht so entgeistert. Hallo, das ist mein Land! Erst habe ich Hilfstransporte von Deutschland aus organisiert. Aber das war langweilig. Das sollten andere machen. Ich bin jung, ich wollte kämpfen. Kennst mich ja.«

Kaji zog eine Grimasse.

»Wie Krieg wirklich ist, mit haufenweise Verletzten und Toten, das konnte ich mir nicht vorstellen. Ich wollte mehr so rumfahren, an der Grenze stehen und Held sein. Hat aber nicht so geklappt. Mein Bein ist kaputt. Ich kann froh sein, wenn ich wieder laufen kann. Ne russische Landmine. Sind eigentlich verboten. Mein Kumpel ist Matsch. Ich habe nur den Rest abbekommen.«

Kaji schwieg, verlor sich in der Erinnerung. Schließlich gab er sich einen Ruck.

»Genug von mir. Erzähl, was machst du hier? Was hat dich hierher und in den Krieg gezogen.«

»Ich, ähm, lange Geschichte ... äh, Sanitäter. Mach mich nützlich. Es kam so ein Aufruf, dass die hier medizinisches Personal suchen. Hab mich gemeldet. So bin ich hergekommen.«

Die Tür ging auf und Viola, die Assistentin von Behandlungsraum drei, steckte den Kopf herein.

»Doktor Winter, wenn Sie hier fertig sind, können Sie sich dann mal das Röntgenbild in der Drei anschauen? Dr. Bogos bräuchte Ihre ärztliche Meinung.«

Noah starrte von Viola zu Kaji. Er bekam keinen Ton heraus und begann zu schwitzen. Da war er, der Moment, vor dem er sich immer gefürchtet hatte. Das Ende seines Betrugs. Die Stille zog sich endlos.

»Doktor Winter?«

Viola kam in den Raum und berührte Noah an der Schulter.

»Doktor Winter, haben Sie mich gehört?«

Noah nickte mechanisch.

»Was? Ja. In der Drei. Röntgenbild. Ich komme gleich.«

Viola verharrte einen Moment neben ihm und ging dann stirnrunzelnd hinaus.

Auf Kajis Gesicht stand Verwirrung. Es dauerte eine ganze Weile, bis sich sein Gesichtsausdruck änderte. Mit zusammengekniffenen Augen schaute er Noah an.

»Doktor Winter? Ärztliche Meinung? Mensch, Noah, was geht hier ab?«

Noah schwieg. Was sollte er sagen? In seinem Kopf arbeitete es fieberhaft. Egal, welche Geschichte er jetzt auf die Schnelle produzierte, Kaji würde ihm nicht glauben.

»Ich dachte, du hättest dein Studium abgebrochen. Bist du doch Arzt?«

Mit schmalen Lippen schüttelte Noah langsam den Kopf.

Kaji lachte laut los.

»Ach du Scheiße. Noah. Geil, du tust nur so.«

Kopfschüttelnd lachte er weiter.

Kapitel 12

Nach Schukows Tod war Darya nicht wieder zur Arbeit im Krankenhaus erschienen. Noah hatte sie am Tag nach dem Unfall nur kurz auf der Straße getroffen, sie hatten sich umarmt, und Darya hatte eine Zeit lang still an seiner Schulter geweint. Dann hatte sie sich von ihm gelöst und ihn um Geduld gebeten. Sie wolle allein sein, um mit der Situation zurechtzukommen. Wenn sie wieder bereit sei, würde sie sich bei ihm melden.

Das war jetzt drei Wochen her. Noah merkte, wie sehr Darya ihm fehlte. Dass er sie liebte, wollte er sich nicht eingestehen. Er erklärte sich seinen Zustand mit der Nähe, die gleichermaßen ihre gemeinsame Arbeit wie ihre erotischen Rendezvous gebracht hätten. Er vermisste die wärmende Vertrautheit mit ihr. Sehnsüchtig dachte er an ihre Haut, ihren Geruch, ihr Lachen und die Zärtlichkeit. Ein ziehender Schmerz breitete sich in ihm aus.

Endlich meldete sie sich und bat um ein Treffen. Noah wartete am Eingang zum Park auf sie. Er war aufgeregt und durcheinander. Einerseits war er froh und erleichtert darüber, dass Darya nun frei war. Gleichzeitig erschreckte ihn die Erkenntnis, dass er sich über den Tod eines Menschen freute. Er wusste, dass Schukows Bruder mit seiner Schuldzuweisung falsch lag. Dennoch bedrückte ihn die Tatsache, dass er beim Tod des Mannes dabei gewesen war, mit dessen Freundin er geschlafen hatte. Das war ihm zu nah, das ließ sich nicht gut auseinanderhalten.

Wie würde Darya wohl damit umgehen? Diese Frage hatte ihm in der letzten Zeit einige schlaflose Nächte bereitet. Vielleicht erging es ihr ähnlich wie ihm, vielleicht überwog bei ihr das schlechte Gewissen. Deshalb traf sie sich jetzt mit ihm, um die Sache zu beenden. Bei diesem Gedanken verklumpte sich Noahs Bauch.

Doch als Darya auf ihn zutrat, nahmen sie sich ganz vertraut in die Arme und hielten sich. Noahs Befürchtungen waren wie weggewischt. Er atmete ihren Duft und genoss ihre Nähe. Schließlich löste sie sich von ihm und blickte ihm ruhig ins Gesicht.

»Noah, lass uns ein Stück durch den Park spazieren. Im Gehen redet es sich leichter.«

Sie liefen schweigend nebeneinander her.

»Es war gut, dass ich mir die Auszeit genommen habe. So konnte ich runterkommen und in Ruhe das alles für mich sortieren. Weißt du, Boris war ok. Er war nicht mein Traummann, und es war auch nicht die große Liebe. Aber er hat mich respektvoll behandelt, und wir hatten Spaß zusammen. Dass sein Leben nun zu Ende ist, hat mich sehr traurig gemacht.«

Als sie weitersprach, blickte sie zu Noah. Sie wollte seine Reaktionen lesen.

»Als du dann in mein Leben gekommen bist, hat sich vieles verändert. Ich wollte das mit Boris beenden. Glaub mir. Und jetzt ist er tot, und ich komm mir schäbig vor, dass ich mich das nicht schon früher getraut habe. Dann wäre alles klarer. Aber das kann ich jetzt nicht mehr nachholen. Ich werde lernen müssen, damit umzugehen. Sicherlich werden die im Krankenhaus über uns beide reden. Ob wir vorher schon was miteinander hatten und ob Boris davon wusste und dich deshalb vielleicht zur Rede stellen wollte, und so was. Das auszuhalten, wird nicht leicht sein. Vielleicht nehme ich mir ein paar Stunden bei einer Therapeutin. Und du, wie ist es bei dir?«

»Na ja, wohl fühle ich mich nicht. Ich mein, der Mann, den wir betrogen haben, saß neben mir im Auto, als er starb …«

Noah suchte nach den passenden Worten. Schließlich fuhr er fort: »Ich hatte große Angst, wie du wohl reagieren würdest, und es macht mich ganz unruhig, dass ich nicht weiß, was nun aus uns wird.«

»Ja, mit uns. Ich hatte viel Zeit zum Nachdenken. Noah, ich liebe dich, und ich glaube, du liebst mich auch. Irgendetwas hält dich zurück, du lässt mich nicht vollends in dein Leben. Vielleicht hat mich das auch zögern lassen, mit Boris endgültig Schluss zu machen. Du wirst deine Gründe dafür haben, und vielleicht magst du sie mir irgendwann einmal anvertrauen. Ich will einfach nur, dass du weißt, dass der Tod von Boris nichts verändert hat an meiner Zuneigung zu dir.«

Noah entspannte sich.

»Darya, ich danke dir für dein Verständnis. Du hast mir gefehlt, aber ich möchte dem Ding zwischen uns keinen Namen geben. Meine Angst, dich zu verlieren, ist viel zu groß. Das ändert sich hoffentlich. Ich kann dir allerdings nichts versprechen. Ich freu mich nur wahnsinnig, dass es dich gibt, dass du so bist, wie du bist, und wir auf unsere Art zusammen sein können. Es wäre sehr schön, wenn wir dort, wo wir aufgehört haben, weitermachen könnten. So kann ich das.«

Noah war stehengeblieben und suchte Daryas Augen. Sie schlang die Arme um ihn und legte ihre Wange an seine.

»Ja, Noah, sehr gern. Lass uns da weiter machen, wo wir aufgehört haben. Ich liebe dich«, flüsterte sie.

Noah war den Tränen nah. Er schloss seine Augen und schluckte ein paar Mal. Gab sich einen Ruck und erzählte von der Krebserkrankung seiner Mutter und von Taras Unfall.

Er versuchte, in Daryas Gesicht zu lesen. Diese drückte sich an ihn und zog ihn enger an sich heran.

»Danke!«

Langsam drehte er seinen Kopf und küsste vorsichtig ihren Mund. Für beide fühlte es sich an wie ein Neubeginn auf einem anderen Niveau. Als hätten sie etwas Schwieriges hinter sich gebracht und eine Aufgabe erfolgreich bewältigt. Etwas Wichtiges hatte sich zwischen ihnen entwickelt. Ein warmes Gefühl durchströmte sie beide, und sie küssten sich mit dem Gefühl tiefer Verbundenheit.

Kapitel 13

Kiew, International Medical Center

»Ah, Herr Winter, guten Morgen. Schön, dass Sie es sich einrichten konnten und die Reise nach Kiew auf sich genommen haben. Kommen Sie rein. Ich bin gleich für Sie da.«

Noah nahm vor dem großen Schreibtisch Platz. Während Dr. Jost noch mit Papieren hantierte, schaute sich Noah in dem Büro um. Alles war ein wenig abgegriffen, aber ausgesucht stilvoll eingerichtet. Auf dem großen Eichenschreibtisch stand ein poliertes Messingschild: »Dr. Ilan Jost, Direktor International Medical Center.« Seitlich hinter dem Schreibtisch hing ein goldgerahmtes großes Bild einer Landschaft am Meer. Hohe Decken mit Stuck, große, hohe Fenster. Ein stellenweise abgetretener Orientteppich lag auf dem Eichenparkett. Trotz der winterlichen Außentemperatur war es angenehm warm in dem Raum. Es roch leicht nach Rasierwasser und Staub.

Noah erinnerte sich gut an ihr erstes Gespräch, nach jenem Anruf aus Kiew, der dazu geführt hatte, dass er sich nun Arzt nannte. Damals hatte er keine Angst gehabt, doch jetzt war er klamm vor Sorge, dass sein Betrug aufgeflogen war.

»So, Herr Winter, nun bin ich ganz für sie da. Sie fragen sich sicher, wieso ich Sie herbestellt habe. Ich habe mir Ihre Personalakte noch einmal angesehen und ein paar Erkundigungen über Sie eingeholt.«

Blitzartig ging Noah seine Möglichkeiten durch. Er würde nichts leugnen, wie auch. Welche Strafe würde das nach sich ziehen?

»Es ist viel passiert in den eineinhalb Jahren, in denen Sie jetzt hier sind. Sie hatten mit dem ersten großen Ansturm von Verletzten aus der Kriegsregion zu tun. Pausenloser Einsatz. Dann der tragische Tod von Dr. Schukow. Wenn ich richtig informiert bin, waren Sie direkt dabei. Schreckliche Sache.«

Dr. Jost sinnierte einen Moment, seinen Blick ziellos in den Raum gerichtet.

»Auf jeden Fall musste die Arbeit von Dr. Schukow auf andere Schultern verteilt werden. Nun, Herr Winter, um es rundheraus zu sagen, Sie haben sich hervorragend in das Team und Ihre Aufgaben eingefunden. Die Mehrarbeit nach Schukows Tod haben Sie klaglos und wie selbstverständlich übernommen. Sie haben Unglaubliches geleistet.«

Noah entspannte sich ein wenig. Heute sollte wohl nicht der Tag sein, an dem er aufflog. Im Gegenteil, er wurde mit Lob überschüttet.

»Herr Winter, wie Sie selber wissen, hat sich die Lage etwas beruhigt. Wie ich hörte, werden Sie zunehmend in den normalen Krankenhausdienst integriert.«

Nach einem kurzen Blick auf seinen Schreibtisch fuhr er fort.

»Ich komme jetzt zum Grund, warum ich Sie herbestellt habe.«

Jost machte eine Pause und fixierte Noah mit einem durchdringenden Blick.

»In drei Monaten findet ein internationaler Ärztekongress in Göteborg statt. Die schwedischen Kollegen haben mich gebeten, einen Vortrag zur Behandlung von spezifischen Kriegsverletzungen anzubieten. Es geht um integrierte Traumabehandlung. Chirurgische und prothetische Techniken und diese Augenbewegungen, die Sie so hervorragend in die Behandlung der Verletzten in der Ukraine integriert haben. EMDR und EMI. Die Erfolge geben Ihnen recht. Die Einheilungen verlaufen deutlich komplikationsloser, die Abstoßungsreaktionen haben sich minimiert, und den Patienten geht es auch psychisch deutlich besser. Woher kannten Sie diese Techniken?«

»Aus Selbsterfahrung. Ich kenne die positive Wirkung aus eigener therapeutischer Erfahrung.«

Josts Blick verharrte einen Moment länger auf Noah, und kurzzeitig wirkte es, als wolle er nachfragen. Er entschied sich dann aber dagegen. Stattdessen trank er einen Schluck Wasser.

»Ich habe in einem lettischen Fachmagazin einen Artikel darüber veröffentlicht. Ihre Erlaubnis vorausgesetzt, habe ich ganz allgemein die Arbeit und die guten Erfolge beschrieben. Nun wollen die Schweden einen Arzt aus unserer Einrichtung für ihren Kongress. Jemand, der maßgeblich beteiligt war. Sie. Ich habe Sie angemeldet. Was sagen Sie dazu? Großartig, oder?«

Noah war der Schweiß ausgebrochen. Seine Zunge klebte am Gaumen, er räusperte sich.

»Ähhr ... das geht nicht. Das kann ich nicht machen. Das ist ja nicht nur mein Verdienst. Ich habe eine großartige Kollegin, mit der ich zusammenarbeite. Sie hätten das mit mir absprechen sollen.«

Seine Stimme klang gehetzt. Sein Herz schlug viel zu schnell. Die Aussicht, international bekannt zu werden, war eine Katastrophe. Ehemalige Mitstudierende und Professoren würden den Artikel lesen. Und vermutlich nicht so lässig wie Kaji darauf reagieren, dass er den Weg zum Arzttitel abgekürzt hatte.

»Wie meinen Sie das? Herr Winter, seien Sie nicht so bescheiden. Sie haben gute Arbeit geleistet. Es ist eine gute Möglichkeit, die hervorragende und wichtige Arbeit des International Medical Centers weiter bekannt zu machen. Die Fahrt nach Göteborg ist doch auch ein willkommener und längst überfälliger Urlaub für Sie. Nehmen Sie sich ein paar Tage, und genießen Sie Schweden im Frühling.«

»Sie verstehen mich nicht. Das geht auf keinen Fall. Sie müssen jemand anderen schicken.«

»Aber Sie haben doch diese Arbeiten durchgeführt, oder nicht? Wenn Sie darauf bestehen, wird der Name Ihrer Kollegin ebenfalls genannt, und sie kann Sie begleiten.«

»Danke ... es geht trotzdem nicht.«

»Dann erklären Sie mir Ihre Ablehnung. Ich bin erstaunt und verwirrt und ehrlich gesagt auch ein wenig verärgert. Und langsam kommt mir Ihr Verhalten merkwürdig vor. Herr Winter, haben Sie etwas zu verbergen? Jeder andere würde sich freuen über die Auszeit und über die Möglichkeit, seine erfolgreiche Arbeit zu präsentieren.«

Dr. Jost schaute Noah mit schmalem Blick misstrauisch an.

Noah griff zur letzten Ausrede: »Ich kann nicht vor vielen Menschen sprechen. Das macht mir Angst.« Er senkte den Kopf.

Dr. Jost schwieg einen Moment.

»Soll ich Ihnen das glauben? Jemandem, der traumatisierten Menschen helfen kann? Das Problem werden Sie in den kommenden drei Monaten überwinden.«

Schließlich sah Noah keine andere Möglichkeit, als zuzustimmen. So verließ er das Büro mit der Übereinkunft, so schnell wie möglich den genauen Titel seines Fachvortrags mitzuteilen. Das International Medical Center würde dann alles Weitere sowie Hotel und Flugbuchung übernehmen.

»Und, Herr Winter, das eine will ich Ihnen noch mit auf den Weg geben: Glauben Sie bloß nicht, dass Sie mit einer vorgeschützten Krankheit dem Kongress entkommen. Ich will, dass Sie das machen.« Mit diesen Worten geleitete Jost Noah zur Tür.

Kapitel 14

2017, Göteborg, Schweden

»Wenn du nicht sofort zu mir kommst, schreie ich.«

Noah schaute von seinem Redemanuskript auf, das auf dem Tisch lag. Er hatte beim Hereinkommen nur einen flüchtigen Blick darauf werfen wollen und war doch hängen geblieben. Als er in Daryas Richtung schaute, breitete sich ein Strahlen auf seinem Gesicht aus. Anerkennend blickte er an ihr herunter. Sie stand, nur mit weißer Spitzenwäsche bekleidet, in der Tür zum Schlafzimmer.

Er hatte im Dienstplan durchgesetzt, dass Darya ihn für eine Woche zum Kongress begleiten konnte. Das International Medical Center hatte für sie in einem kleinen gemütlichen Hotel in Göteborg zwei Zimmer gebucht. Tagsüber waren sie in Göteborg unterwegs gewesen, hatten Quatsch geredet, Kuchen genascht, viel gelacht und in einigen Geschäften dies und das anprobiert.

In einem Dessous-Geschäft war er Darya in die Umkleide gefolgt. Sie war geräumig, hell, mit viel Gold und Stuck verziert und ließ sich mit einem schweren, mit Goldfäden durchwebten Vorhang vom Rest des Ladens trennen. In dieser Abgeschiedenheit hatte Darya ein paar Dessous anprobiert. Der Anblick war zu verführerisch, sie hatten sich leidenschaftlich geküsst. Mit viel Gekicher knöpfte sie ihm schließlich Jacke und Hemd auf und öffnete den Gürtel seiner Hose. Dicht aneinander geschmiegt berührte sich ihre warme Haut. Noah hatte längst eine Erektion. Daryas Anblick in diesem zarten weißen Höschen, ihre Rundungen, ihr glatter Bauch, ihre dunkle Haut und ihr Geruch nach Rosen in der Sonne erregten ihn. Er zog sie an sich und strich mit seinen Händen über ihren festen, runden, fast nackten Hintern.

Darya stöhnte leise auf. Laut genug, um Noahs Lust weiter anzufachen. Ihre Hände strichen langsam über seine Brust und verschwanden schließlich in seiner Unterwäsche. Mit sicherem Griff glitt sie zwischen seine Beine und umfasste seine Hoden. Er sog hörbar die Luft zwischen die Zähne, als die Erregung wie eine Welle über ihn flutete.

Über ihren Bauch streichend, nahm er eine Brust in die Hand und hob sie leicht hoch, als wolle er ihr Gewicht prüfen. Sanft drückte er zu und strich über ihre harte Knospe nach oben zu ihrem Hals. Zog ihren Kopf stöhnend zu sich und vergrub küssend sein Gesicht in ihren Haaren und an ihrem Hals.

Ihre Atmung ging schneller und wurde lauter. Darya schob seine Hose so weit nach unten, dass sie auf den Boden rutschte, und umfasste seine Erektion. Noah fuhr mit einer Hand zwischen ihre Beine und fühlte die schlüpfrige Feuchte auf dem dünnen Stoff. Er rieb zart darüber. Darya stöhnte laut in sein Ohr.

»Ist bei Ihnen alles in Ordnung?«

Die Stimme der Verkäuferin riss sie aus ihrer leidenschaftlichen Welt.

»Ja, danke, alles bestens«, lachte Darya. Lust und Lebensfreude strömten zwischen ihr und Noah. Laut prustend lösten sie sich voneinander, bezahlten die Unterwäsche und rannten fast zum Hotel.

Kapitel 15

Noah saß im Foyer des Tagungshotels und wartete auf seinen Auftritt. Noch über eine Stunde. Der Kongress fand im Skandic Opalen statt, einem modernen Gebäude aus Beton und Glas. Das Foyer war im typisch skandinavischen Stil eingerichtet. An den Wänden gab es Bücherregale, und überall standen kleine runde Holztischchen mit passenden bunten, gemütlichen Sesseln. Auf dem einzigen Sofa am Fenster hatte Noah eine Weile allein gesessen.

Obwohl fast alle Sessel frei waren, setzte sich ein älterer Mann zu ihm. Er hatte weißes Haar und war gepflegt gekleidet. Sie nickten sich höflich zu und ignorierten sich dann.

»Du hast das ja nicht kennengelernt. Keiner von euch. Du bist im Westen aufgewachsen, Coca-Cola every day, you lucky boy.«

Noah wusste nicht, ob der Mann mit ihm sprach oder Selbstgespräche führte. Die Stimme war leise. Er sprach langsam, in deutscher Sprache. Noah schaute sich um und schaute dann seinen Nachbarn an. Der reagierte nicht. Stattdessen sprach er in dieser leisen Stimme weiter: »Ich hatte eine Arztpraxis, mitten in Riga. Leider zur falschen Zeit. Mir machte meine Arbeit Spaß. Ich habe nicht gefragt, ob Russe oder Lette. Ich habe meine Kunst jedem zuteilwerden lassen, der den Weg in meine Praxis fand.

Belastungsdepressionen, aber nicht das, was du denkst. Nein, wegen der Umstände. Wegen der Russen. Jeden konnte es treffen. Nachts kracht es an deine Tür, bevorzugt um vier, die zerren dich aus dem Bett, nehmen dich mit. Zum Verhör oder Schlimmerem, um dich klein zu halten. Damit die Angst bleibt. Manchmal kamst du am nächsten Tag frei, manchmal wurdest du ein paar Tage festgehalten, manchmal länger. Je nach Laune des Obersten.«

Noah wurde die Situation unheimlich. Er machte Anstalten aufzustehen. Der Fremde musste das gespürt haben. Er legte langsam eine Hand auf Noahs Arm und drehte den Kopf in seine Richtung.

»Bitte bleiben Sie. Und bitte entschuldigen Sie mein Vorgehen. Mein Name ist Balodis. Doktor Aaron Balodis. Mein Deutsch ist etwas eingerostet. Meine Mutter war Deutsche, ich liebe die Sprache sehr, aber ich habe sie schon lange nicht mehr gesprochen.«

»Aha.«

Noah war unsicher, ob er nicht einfach aufstehen und sich höflich verabschieden sollte. Er hatte keine Lust, sich die Leidensgeschichte dieses Mannes anzuhören.

»Sie sind doch Doktor Winter? Dr. Noah Winter?«

»Das ist richtig. Woher kennen Sie meinen Namen?« Überrascht lehnte sich Noah wieder an das Sofa zurück.

»Das ist eine lange Geschichte. Sagen wir so, ich interessiere mich für jegliche Art von Traumabehandlung. Der Kongressankündigung konnte ich entnehmen, dass ein Teil Ihrer Arbeit auf EMDR und EMI basiert. Ich wollte Sie unbedingt kennenlernen.«

»Arbeiten Sie auch mit diesen Methoden? Sie scheinen sich auszukennen?«

»Inzwischen weniger. Aber ich bin noch immer auf der Suche nach Ergänzungen oder Varianten. Ich bin Psychiater. Jeder wollte sich erleichtern, jeder hat erzählt, alle haben gezittert und geweint. Blass, ihre Lebensflamme kurz vor dem Erlöschen. Über viele Jahre habe ich mir das angehört. Zu der Zeit verließ ich mich vor allem auf Medikamente. Ich war borniert, dachte zu mechanistisch und fühlte mich zu sicher.«

Der Blick des Fremden verlor sich irgendwo im Raum. Offensichtlich tauchte er in seine Erinnerungen ein. Langsam sprach er weiter.

»Von meinen Patienten erfuhr ich viel über die Methoden der Russen, irgendwann wusste ich zu viel. Mir war klar, dass sie irgendwann zu mir kommen würden. Das zermürbt dich. Am schlimmsten ist die Angst um deine Familie. Meine Frau war früh von uns gegangen. Aber meine Tochter Ada habe ich allein großgezogen. Diese Liebe macht so verletzlich, als brenne eine innere Wunde. Schließlich kamen sie, nachts. Ich dachte, ich wäre darauf vorbereitet. Aber wenn es denn kommt ... darauf kann sich keiner vorbereiten. Ach, davon weißt du nichts!«

Den letzten Satz schleuderte der Mann wie eine Beleidigung heraus. Es klang, als hätte Noah allein dadurch Schuld auf sich geladen, dass er nicht unter der russischen Herrschaft gelebt hatte.

»Sie haben meine Tochter mitgenommen. Sie kam erst Wochen später zurück. Als gebrochener Mensch. Mit stumpfem Haar und leerem Blick. Sie ist misshandelt worden, körperlich und seelisch. Nur die Hülle gaben sie mir zurück.«

Er blickte Noah feindselig an. »Du, du warst mit dir beschäftigt. Du Glücklicher. Konntest gehen, wohin du willst. Du bist frei geboren. Deine Sorgen drehten sich um Geld und schöne Kleidung und welches Auto du kaufen sollst.«

Noah merkte, wie er wütend wurde. Als wäre der andere durch sein Leid erhaben und stünde dadurch über den Menschen. Und zugleich war er neugierig. Was wollte Balodis von ihm? Wohin würde diese Erzählung führen? Balodis sprach in ruhigem Ton weiter.

»Ach, Geld, es ist ja nicht so, dass ich nichts hatte. Die Menschen waren dankbar und brachten, was sie konnten. Wir hatten es warm und zu essen auch. Ich hatte einmal eine alte Dame als Patientin. Immer hohen Blutdruck, voller Ängste wegen ihres versteckten Schmucks, ihrer wertvollen Bilder und Antiquitäten. Beute aus Kriegszeiten. Das müssen Sie sich einmal vorstellen: krank wegen ihres großen Vermögens. Das war die Zeit, in der meine Tochter verschleppt und verschwunden war. Ich hatte kein Verständnis für diese Luxusprobleme. Aber ich half der Frau, nahm ihr die Last ab. Kurz darauf starb sie. Dann kam Glasnost und Europa. Geld macht nicht glücklich. Aber was weißt du schon davon.«

Eine Welle des Zorns schlug über Noah zusammen. Der Fremde behandelte ihn, als wäre er ein kleiner Junge. Er blickte Balodis an.

»Was ich davon weiß? Mehr, als mir lieb ist! Meine Mutter ist krepiert wie ein Tier, lange Jahre hat der Krebs sie aufgefressen. Ich war ein Kind! Denken Sie, das ist schön? Ist das ein Luxusproblem? Und dann, dann ist meine Frau totgefahren worden. Plötzlich war sie weg, für immer. Und beide fehlen mir jeden Tag.«

Er sprang auf und brüllte den Mann an: »Sie haben sich bequem in Ihrem Leid eingerichtet, Sie selbstgerechter alter Mann. Denken, Sie sind der Einzige, der gelitten hat. Sie haben nicht das Recht, allen anderen ihr Leid abzusprechen. Mein Schmerz ist so groß wie der Ihre. Wie will man das überhaupt bewerten?«

Seine Stimme kippte um, er schlug sich auf die Brust. »Hier drin sitzt er!« Speichel spritzte aus seinem Mund. »Hier drin sitzt er, hier drin.« Schließlich kamen ihm die Tränen, und er fing an zu zittern.

Balodis war aufgestanden, trat neben Noah und legte vorsichtig eine Hand auf seinen Rücken. Mit beschwichtigenden Gesten gab er den Menschen, die näher gekommen waren, zu verstehen, dass alles in Ordnung sei und niemand sie stören solle.

Kapitel 16

Mit Herzrasen und hoher Körperspannung war Noah erwacht. Das Gefühl von Angst spürte er noch in jeder Faser seines Körpers.

Er brauchte eine Weile, um sich zu orientieren, und er versuchte, sich an die Einzelheiten des Nachmittags zu erinnern. Der weißhaarige Mann auf dem Sofa, seine Wut, wie er ihn angebrüllt hatte, der Schmerz in der Brust. Sein Vortrag. Er bekam jedoch kein klares Bild davon, wie er seinen Kongressvortrag hinter sich gebracht hatte. Nach seinem Zusammenbruch in der Hotellobby hatte ihm der ältere Mann beigestanden. Auch wenn Balodis der Auslöser für seine Wut gewesen war, hatte er das geschehen und sich von ihm zur Hotelbar bringen lassen.

Das Glas Wasser hatte eben vor ihm gestanden, als ein junger Mann mit einem Ausweis um den Hals auf ihn zugestürzt war.

»Dr. Winter, ich suche Sie schon die ganze Zeit. Sie sind jetzt dran mit Ihrem Vortrag. Wir müssen Sie vorab noch mit einem Mikrofon ausstatten und einen kurzen Tontest durchführen. Wenn Sie mir bitte rasch folgen würden.«

Noah war wie eine Maschine hinter ihm hergelaufen, kaum fähig, einen klaren Gedanken zu fassen oder zu protestieren. Er wusste noch, dass er die Luft im Saal stickig und die Bühne als riesig empfand. Als er schließlich vorn stand, hatte er wie in Trance seinen Vortrag abgespult. Ob er damit auf Interesse gestoßen war oder ob er inhaltlich halbwegs zusammenhängend gesprochen hatte, hätte er nicht sagen können.

Erst als Darya ihn nach dem Vortrag in den Arm nahm und sanft sein Gesicht streichelte, kam er langsam wieder in der Realität an. Er fühlte sich wie ein ausgewrungener Lappen. Um Jahre gealtert. Mit pochenden Kopfschmerzen und energielos.

»Du bist ja ganz bleich. War es so schlimm für dich?« Fragend und besorgt schaute sie ihm ins Gesicht.

»Das kann ich dir jetzt nicht erklären. Ich muss ins Bett. Ich will nichts mehr. Bring mich irgendwie ins Hotel. Ich kann nicht mehr.«

Im Hotel angekommen, hatte er sich hingelegt und war sofort eingeschlafen. Er hatte sehr realistisch geträumt, daran erinnerte er sich jetzt.

Er saß als Beifahrer mit einer gesichtslosen Frau in einem Auto. Sie fuhren sehr schnell, zu schnell. Obwohl er der Frau vertraute, sie kannten sich offensichtlich gut, hatte er Angst bekommen. Die Straße führte auf eine Art Hochstraße mit lang gezogener Kurve. Ein Blick nach unten verriet ihm, dass sie sich weit über dem Erdboden in schwindelnder Höhe befanden. Die Frau beschleunigte immer weiter, sie rasten jetzt auf die Kurve zu. Da wandte sie ihm ihr Gesicht zu, es war Tara. Sie schaute ihm einen langen Moment in die Augen und riss dann das Lenkrad herum. Sie wurden mit hoher Geschwindigkeit aus der Kurve getragen, um dann wie ein Geschoss ins Leere zu fliegen. Er hatte gebrüllt und gebrüllt. Dann war er erwacht.

Selbst jetzt konnte er noch das Gefühl im Bauch spüren. Das war ein freier Fall ins Dunkle, Bodenlose. Er hatte das Gefühl, dem unweigerlich irgendwann folgenden Aufprall machtlos ausgeliefert zu sein.

Darya, von seinem Brüllen erwacht, saß neben ihm und strich ihm beruhigend über den Rücken.

»Noah? Was ist denn los? Du hast schrecklich gebrüllt. Hast du schlecht geträumt?«

Noah nickte nur. Um diesen grässlichen Nachhall in seinem Körper zu beseitigen, stand er auf und ging ins Bad. Er warf sich lange kaltes Wasser ins Gesicht und putzte sich die Zähne. Nachdem er sich auch ein frisches T-Shirt angezogen hatte, stellte er sich vor das Fenster und schaute auf das nächtliche Göteborg. In der Ferne hörte er leise den Verkehr auf der Hauptstraße. Er fühlte sich noch ein wenig energielos, aber lebendig und zentriert. Er spürte, dass sich in seinem Inneren der Raum erweitert hatte.

So, als wäre ein vormals kleiner dunkler Raum nun zu einem hellen Saal geworden.

In die Dunkelheit schauend und seinen Gefühlen nachspürend, fiel ihm plötzlich ein Detail ein. Der weißhaarige Mann hatte ihm in der Hotelbar noch seine Visitenkarte in die Hand gedrückt. Er hatte sie sich mechanisch in die Tasche gesteckt.

Noah ging zum Sofa, suchte seine Hose und tastete seine Taschen ab. Schließlich fiel ihm die kleine grüne Pappkarte in die Hand. Dr. Aaron Balodis. Psychiatrist, eine Adresse in Riga und eine Telefonnummer. Er würde ihn anrufen.

Kapitel 17

Als Erstes hatte er gekündigt. Noah wollte dem Risiko entgehen, mitten im Dienst von der Polizei abgeholt zu werden.

Nach dem Eingang seiner Kündigung hatte Ilan Jost vom International Medical Center ihn sofort zum Gespräch gebeten, um nähere Gründe zu erfahren.

Noah versuchte seine Entscheidung so zu erklären, dass es ihm jetzt mit Kriegsheimkehrern reichen würde und er wieder mehr im normalen Arztalltag ankommen müsse.

Wahrscheinlich war er wenig überzeugend, denn zum Schluss schaute Dr. Jost ihn lange an. Als er dann sprach, hatte seine Stimme einen ernsten Ton angenommen.

»Zunächst muss ich Ihnen für Ihren Einsatz danken. Natürlich wird Ihr Fortgang ein großer Verlust für unsere Organisation sein, das wissen Sie. Ihre Sprachkenntnisse und Ihre Fähigkeiten, über das rein Medizinische hinaus, waren außerordentlich hilfreich. Ich verliere Sie nur sehr ungern.«

Er schwieg.

»Allerdings habe ich das deutliche Gefühl, dass andere, unausgesprochene Gründe zur Kündigung geführt haben. Ich kann Sie nicht dazu zwingen, darüber zu sprechen. Aber wie Sie sich bei unserem letzten Gespräch vor der Teilnahme am Kongress gewunden haben, hat bei mir den Eindruck hinterlassen, dass Sie etwas verheimlichen.«

Noah schaute ihn an und versuchte, seinem Blick standzuhalten.

»Na, wie Sie meinen. Ich kann Ihnen nur raten, bringen Sie das schnell in Ordnung. Sie sind noch jung und haben noch ein ganzes Leben vor sich. Ich würde mich sehr freuen, Sie später einmal wieder beim International Medical Center begrüßen zu dürfen, jederzeit.«

»Ich danke Ihnen.«

Noah war mit einem Kloß im Hals aufgestanden, und sie hatten sich zum Abschied die Hand gegeben. Erleichtert hatte er schnell das Büro verlassen. Er fühlte sich diesem Mann und der Organisation verpflichtet. Durch ihn hatte er die Chance gehabt, zu lernen als Arzt zu arbeiten und letztlich wieder ins Leben zurückzufinden. Er hatte ein schlechtes Gewissen.

Die Kolleginnen und Kollegen hatten ihm den Abschied noch schwerer gemacht. Viele waren zu ihm gekommen, um sein Gehen zu bedauern. Nicht Wenige hatten kleine Abschiedsgeschenke für ihn, zur Erinnerung. Oft musste er schlucken und seine Tränen zurückhalten. Manchmal gelang das nicht. Wenn sie ihn für seine Fähigkeiten lobten, senkte er den Blick. Er wusste, dass er am Anfang nicht mal die einfachsten ärztlichen Tätigkeiten tun konnte. Jetzt war er gut. Aber immer noch ein Betrüger. Bei der Frage, ob er wieder nach Deutschland gehen würde, wand er sich. Erst wolle er eine Auszeit nehmen, um sich über weitere Schritte klar zu werden.

Doch er wusste, wohin seine Reise gehen würde: nach Riga. Nach dem Kongress in Göteborg hatte er mit Balodis telefoniert. Dieser konnte sich sofort an ihn erinnern. Er habe sich schon gefragt, wann Noah wohl mit ihm Kontakt aufnehmen würde. Er freue sich außerordentlich und sie müssten sich bald zum Essen treffen. Er nannte eine Adresse in Riga und schlug einen Tag in drei Wochen und eine Uhrzeit vor.

Noah hatte sofort zugesagt.

Kapitel 18

2017, Riga, Lettland

Kaji trank genüsslich einen Schluck Cognac und gleich darauf einen Schluck dampfenden Tee. Er lehnte sich zufrieden in die Polster zurück und schaute Noah erwartungsvoll an.

»Krass, dass wir uns jetzt dauernd wiedersehen, nachdem wir uns so viele Jahre lang gar nicht gesehen haben! Lass uns mal von hinten anfangen: Gibt's unsere Wohngemeinschaft in Göttingen noch? Seit ich meine Zimmererlehre abgebrochen hab und nach Frankfurt zum Studium ging, hab ich keinen mehr getroffen. Hast du noch Kontakt? Mit deiner Freundin bist du nicht mehr zusammen, was? Nette Frau, wie hieß sie noch mal? Die mit der dunkleren Hautfarbe. Und wie kommst du jetzt von der Ukraine nach Riga? Also, Noah, erzähl mal.«

Noah lachte auf. Wortkarg konnte man Kaji beim besten Willen nicht nennen. So war er auch früher gewesen. Kurz tauchten Bilder ihrer gemeinsamen WG-Zeit auf. Mike, Kaji, Pascal und er hatten in der großen, alten Wohnung eine gute Zeit gehabt. Kaji nahm das Leben leicht, er ließ sich treiben und hatte immer verrückte Aktionen im Kopf. Einmal hatten sie zu viert in einer Nachtaktion frisch gepflanzte Bäume ausgegraben, weil Kaji deren Standort an der Autobahn unpassend fand und meinte, dass sich die Bäume im Park sicher wohler fühlen würden. Bei solchen Unternehmungen hatte Noah immer gern mitgemacht.

Er erzählte Kaji von Taras Tod, von seinem Absturz, von der Arbeit in der Kneipe und dass er alle alten Kontakte abgebrochen hatte.

»Die Sache mit meiner erschummelten Arztstelle kennst du ja schon. Darya hast du auch kennengelernt. Von meinem bevorstehenden Vortrag in Schweden hatte ich dir auch erzählt. Jetzt bist erst mal du dran! Wie kommst du von der Ukraine nach Riga?«

»Ich wollte erst nach Deutschland zurück, mein Studium beenden. Aber dann dachte ich mir ›Was soll die Eile‹. Ich war erst in Kiew bei Verwandten, und als ich wieder halbwegs laufen konnte, bin ich in den Bus gestiegen und ins Baltikum gefahren. Da war ich noch nie. Und stell dir vor, ich hab eine tolle Frau aufgegabelt! Jetzt wohne ich bei ihr und fahre in Riga Taxi.«

Kaji grinste breit und griff zu seinem Cognac-Glas.

»Und was ist das für eine neue Stelle hier? Beim IMC biste ja raus. Was sagt Darya dazu, und was ist das für ein ominöser Doktor, für den du jetzt arbeitest?«

»Also pass auf, Göteborg auf dem Kongress. Da spricht mich so ein älterer Mann an. Von wegen ich sei im Westen geboren und deshalb per se glücklich und so. Und er mit seinem Leid der Einzige, der Verluste hatte und Schmerz, und so weiter. Da bin ich ausgerastet und habe den angebrüllt. Hab mich ziemlich danebenbenommen. Und dann stellt sich raus, dass der Typ ein Psychiater in Riga ist.«

»Psychiater!«

Kaji zog die Augenbrauen hoch.

»Na, das passt doch. Kannst ihm gleich alles beichten. Biste befreit.« Er grinste.

»Na, jedenfalls habe ich den angerufen, und wir haben uns getroffen. Und …«

Kaji fiel Noah ins Wort.

»Wie, erst brüllst du den an und dann rufst du ihn an. Wolltest dich entschuldigen oder was? Wie blöd ist das denn.«

»Soll ich nun erzählen, oder willst du mich immerzu unterbrechen und kritisieren?«

Kaji hob beruhigend beide Hände und ließ sich in die Kissen fallen.

»Irgendwie war das gut mit dem, also das Ausrasten. Ich hatte das Gefühl, der versteht das. Das hat mir gutgetan. Ich wollte mich bedanken und klären, ob ich für ein paar Therapiestunden zu ihm gehen kann. Aus Mariupol musste ich ja eh weg. Ich bin zu ihm geflogen, und er hat mir gleich auf den Kopf zugesagt, dass ich offensichtlich alte seelische Traumata mit mir herumtrage. Dass es an der Zeit wäre, diese zu bearbeiten und so. Dann hat er von seiner Arbeit in der Praxis erzählt. Das klang ein wenig mysteriös am Anfang. Hier in Lettland sei es lockerer, als ich das aus Deutschland kenne. Er soll ganz andere Möglichkeiten der Behandlung haben und seit Jahren an einer neuartigen Behandlungsmethode forschen.«

»Noah, Alter! Wonach klingt das denn? Nach Menschenversuchen? Ohne dass jemand etwas davon mitbekommt.«

»Den Gedanken hatte ich auch als Erstes.«

Jetzt trank auch Noah von seinem Tee.

»Köstlich!«

Er machte eine lange Pause, um Kaji ein wenig zu ärgern.

»Als könne er meine Gedanken lesen, hat er mir erklärt, dass es sich um legale Forschung mit rein natürlichen Substanzen handelte. Noch wollte er mir keine Einzelheiten verraten. Es ginge darum, den Körper zu regenerieren, wenn die Psyche bereits wieder heilen würde.«

»Drogen. Also Psychopharmaka«, schnaubte Kaji.

»Keine Ahnung. Er sprach davon, dass es oft Jahre dauert, den geschundenen, psychosomatisch gestörten Körper wieder zu gesunden. Dass viele das nicht schaffen, weil der Körper zu sehr gelitten hat. Dann sei es unmöglich, auch die Psyche vollends zu heilen. Ich kann mir vorstellen, dass da etwas dran ist.«

»Aha«, brummte Kaji. Mit skeptischem Gesichtsausdruck schaute er Noah an.

»Verstehe ich dich richtig? Er sagt, dass die körperliche Gesundung der psychischen hinterherhinkt und dass sie zu spät oder gar nicht mehr einsetzt. Dass man eigentlich nicht wieder ganz gesund werden kann.«

»Ja, genauso habe ich das auch verstanden. Er setzt parallel zu irgendwelchen neueren psychotherapeutischen Verfahren sein Präparat ein, das die Heilung ermöglicht.«

»Das klingt komisch, Noah. Lass die Finger davon. Wenn das auf diesem Wege funktionieren würde, wäre es schon bekannt geworden. Der setzt wahrscheinlich einfach nur Drogen ein, und alle fühlen sich gut.«

Kaji lachte.

»Natürliche Substanz, ist klar, Pilze wahrscheinlich.«

Noah ging nicht darauf ein.

»Jedenfalls hat er mich gefragt, ob ich nicht Lust hätte, für ihn zu arbeiten.«

Erneut lachte Kaji auf.

»Ist das lustig! Ein Arzt, der keiner ist, arbeitet als Psychologe bei einem Drogendealer. Du hast abgelehnt, oder? Hast gesagt, dass du bei so etwas nicht mitmachen willst.«

»Mensch Kaji, sei mal ernst! Nein, das hab ich nicht. Ich fand die Art, wie er das beschrieben hat und sein ganzes menschliches Auftreten sehr überzeugend. Ich hab ihm gesagt, dass ich es mir überlegen würde. Am nächsten Morgen habe ich ihm zugesagt. Seit zwei Wochen bin ich nun dabei.«

»Nein! Du weißt doch gar nicht, was genau er macht. Ob das halbwegs legal ist. Der benutzt dich. Deutscher Arzt, klar, der will dich als Aushängeschild. Und weil du bei ihm mal aufmachen und ein wenig Ballast abwerfen konntest, fühlst du dich ihm verpflichtet.«

Kaji schaute Noah herausfordernd an.

»Und was ist mit Darya? Hast du die einfach zurückgelassen?«

»Nee, die ist auch hier. Sie will bei mir sein.«

»Wie klingt das denn? Du willst sie nicht bei dir haben, oder was? Weiß sie von deinem gefälschten Doktortitel?«

»Nein, das habe ich mich nicht getraut. Dafür geht das schon zu lange. Wenn sie jetzt davon erfahren würde, dann wäre das ein zu großer Vertrauensbruch.«

»Klar. Dennoch, sag's ihr. Irgendwann wird sie doch davon erfahren.«

»Mensch Kaji, das weiß ich. Aber ich steck in einer Klemme.

Ich kann mich nicht ganz auf sie einlassen, und gleichzeitig lähmt mich das Risiko, sie wieder zu verlieren.«

Noah blickte Kaji direkt an.

»Verstehe. Und jetzt arbeitet sie auch bei deinem ominösen Doktor?«

»Nein, Quatsch. Bei Balodis wird sie nicht arbeiten. Aber was sie hier macht, ist noch nicht raus. Im Moment bemüht sie sich um eine Beratertätigkeit in einem Team der Ukraine. An der Grenze zu Russland. Um ihrem Land weiter helfen zu können und um sich für eine friedliche Lösung zu engagieren, wie sie sagt.«

»Oha! Da macht sie mehr als ich im Moment. Mutig, grüß' sie von mir.«

Kapitel 19

Balodis' Praxis war im selben Gebäude wie seine Wohnung, einem großen, frisch renovierten mehrstöckigen Altbau nahe der Innenstadt. Ihm gehörte das ganze Haus, oben wohnte er mit seiner Tochter, unten war seine Praxis, und dazwischen lagen Büro- und Konferenzräume. Noah hatte den Eindruck, dass einige Räume leer standen. Das Haus war so überdimensioniert wie die Tatsache, dass es eine Sicherheitsschleuse gab und einen Wachmann vor dem Haus. Vermutlich hing das mit der Geschichte von Balodis Tochter zusammen. Noah hatte sie noch nie gesehen, nicht einmal ihren Namen wusste er.

In den ersten Wochen begleitete er Balodis' reguläre Sprechstunde. Das hieß, er saß dabei und hörte zu. Im Anschluss diskutierten er und Balodis kurz den Fall und besprachen das jeweilige Vorgehen. Balodis legte großen Wert auf Noahs Meinung und seine Ideen aus dem Bereich der bilateralen Stimulationen, den Methoden aus EMDR und EMI. Noahs Kenntnisse dieser absichtlich herbeigeführten wechselseitigen Verschaltungen der Hirnhälften, sei es nun durch Augenbewegungen, Geräusche oder Berührungen, waren wohl auch sein Einstellungsgrund gewesen.

Noah wurde den Patientinnen und Patienten immer als der neue Praxispartner vorgestellt, der moderne psychotherapeutische Methoden aus Deutschland anwende.

Anfangs war Noah die Bezeichnung Praxispartner und die lobend und gleichzeitig Erwartungen schürende Vorstellung unangenehm gewesen. Aber Balodis war in seiner Art sehr bestimmt und glaubhaft. Diese ließ keine Zweifel an dem Gesagten, sodass auch Noah allmählich Gefallen daran fand. Durch die vierzig Jahre andauernde Russifizierung der Bevölkerung sprachen die Menschen in Lettland, insbesondere in Riga, überwiegend russisch. So konnte sich Noah problemlos verständigen.

»Dr. Balodis, warum nehmen Sie Menschen mit so unterschiedlichen Störungen an? Wir haben hier psychotherapeutische, psychosomatische und psychiatrische Störungen. Warum haben Sie sich nicht auf einige wenige Gebiete spezialisiert?«

Balodis schaute ihn lange an, bevor er antwortete.

»Das, was den Störungen zugrunde liegt, ist im Grunde bei allen gleich. Die Ursache ist nicht in den nach außen gezeigten Störungen zu suchen. Das sind nur Anzeichen für eine grundlegende Disbalance der wichtigsten Funktion im menschlichen Körper. Meines Erachtens ist es also sinnlos, so kategorisch zu unterscheiden, wie Sie das vielleicht aus Deutschland gewohnt sind. Gedulden Sie sich noch ein wenig. Wenn ich Sie über meine Forschung in Kenntnis setze, werden Sie begreifen, wovon ich spreche.«

Schon nach etwa drei Wochen hatte Noah zunehmend eigene Patienten, die er eigenverantwortlich weiter behandelte. Von der neuartigen Forschung und den rein natürlichen Substanzen hatte Noah noch nicht mehr erfahren. Balodis hatte ihn auf später vertröstet und ihn gebeten, erst einmal in der Praxis Fuß zu fassen.

In der Praxis arbeiteten nur Balodis und Noah sowie zwei Frauen. Anna, eine resolute, gut fünfzigjährige und leicht übergewichtige Frau, erledigte den Bürokram und betreute das Telefon. Manchmal trafen sie sich in der Teeküche, und Noah erfuhr schnell, dass sie eine glühende Kämpferin für den Schutz der Natur war. Sie kannte sich auch gut mit den Patienten aus und fachsimpelte gelegentlich mit Noah über ihre Fortschritte.

Die zweite Frau war Milana. Sie war für das Labor und die Forschungsarbeiten zuständig, auch wenn Noah nicht klar wurde, was sie erforschte. Sie war etwa dreißig Jahre alt, groß und hatte eine durchtrainierte Figur. Sie war attraktiv und wirkte lebenserfahren, aber vor allem freudlos. Nur gelegentlich hörte er sie mit Anna lachen, und wenn die beiden Frauen in der Mittagspause spazieren gingen, plaudernd, manchmal Arm in Arm, sah er, dass sie trotz ihres erheblichen Altersunterschieds ein vertrautes und inniges Verhältnis hatten. So, als würden sie sich schon viele Jahre kennen. Er selbst wurde nicht warm mit Milana, was offensichtlich auf Gegenseitigkeit beruhte.

Einmal hatte er sich erhofft, einen Einblick in diese nebulösen Forschungsarbeiten zu bekommen. Er war etwas früher zur Arbeit gekommen und hatte Milana in einem Seiteneingang des Hauses verschwinden sehen. Mit eiligen Schritten war er zur Tür gehastet und hatte diese, kurz bevor das Schloss einschnappte, zu fassen bekommen.

Er zog die Tür auf und trat ein. Ein Gang führte zu einer breiten Treppe in den Keller. Das Licht brannte, Fenster gab es keine. Ein leichter Kanalgeruch war wahrnehmbar. Mit dem aufgeregten Gefühl, etwas Verbotenes zu tun, ging er die Treppe hinab. Am Ende der Treppe gab es eine weiße Stahltür, die verschlossen und mit einem elektrischen Codeschloss gesichert war. Noch mit der Energie des Abenteuers klopfte er an die Tür. Milana öffnete einen Spalt und schaute ihn überrascht an.

Durch die schmale Öffnung strömte ein warmer, intensiver Geruch nach Fäkalien. Als der Gestank Noah entgegenschlug, rümpfte er angeekelt die Nase.

»Herr Winter, was machen Sie denn hier unten? Wie sind Sie überhaupt reingekommen?«

»Guten Morgen, ich habe Sie hier rein gehen sehen und war neugierig. Dr. Balodis macht immer so ein Geheimnis um seine Forschung. Ich dachte, ich könnte vielleicht ein bisschen Einblick in seine Arbeit nehmen. Puh, warum stinkt das hier so? Wie halten Sie das aus?«

Noah reckte sich, um an Milana vorbei in den Raum zu schauen. Soviel er erkennen konnte, handelte es sich um ein vollständig eingerichtetes Labor. Alles wirkte neu und hochwertig. Wenn nur dieser Geruch nicht wäre.

»Tut mir leid, Herr Winter. Ich darf Sie nicht hineinlassen. Ich habe genaue Anweisung von … Dr. Balodis. Sie müssen sich gedulden, bis er Sie mit hierher nimmt und in seine Forschung einbezieht.«

Damit schloss sie die Tür. Noah blieb nichts anderes übrig, als den Rückweg anzutreten.

Kapitel 20

»Und das ist alles?« Skeptisch starrte Noah den Arzt an.

»Ich hatte Medikamentenforschung oder neuartige Behandlungsmethoden erwartet.«

Balodis lehnte sich lächelnd in seinem Sessel zurück.

»Ah, ich merke schon, ich werde Ihnen die ganze Geschichte erzählen müssen. Erst dann können Sie den Inhalt und das Potenzial meiner Arbeit ermessen.«

Er hielt einen Moment inne und atmete tief durch.

»Bei unserer ersten Begegnung habe ich Ihnen von meiner Tochter erzählt. Nach dem Tod meiner Frau war sie das Einzige, das mich am Leben hielt und mich motivierte, morgens aufzustehen.«

»Ja, Sie haben mir von ihr erzählt. Nachdem Sie mir gesagt hatten, dass ich keine Ahnung von Leid und Verlust hätte.« Noah grinste.

»Verzeihen Sie, das war dumm und überheblich von mir. Manchmal trauere ich den verlorenen Jahren meines Lebens nach und bin voller Neid auf die Menschen, die auf der anderen Seite des Eisernen Vorhangs geboren sind. Das muss ein solcher Moment gewesen sein. Die Russen kamen immer aus dem Nichts, einfach so, bevorzugt nachts. Eines Nachts holten sie meine neunzehnjährige Tochter. Sie können sich vorstellen, dass diese Nacht die Hölle für mich war. Ich dachte, sie würde am nächsten Morgen zurückkommen, doch ich täuschte mich. Ich nutzte meine Kontakte, war laut und drohte, versuchte es mit Bestechung und Erpressung, riskierte erschossen zu werden, erfolglos. Sie blieb verschwunden. All meine Versuche, sie zu finden, zerschellten an dem, was sich ›Informationssperre‹ nannte. Sie können sich vielleicht vorstellen, wie ich mich gefühlt habe. Ich war am Ende.«

Balodis setzte seine Brille ab und fuhr sich mit den Händen durchs Gesicht. Sammelte sich, bevor er weitersprach.

»Eines Tages wurde mir meine Tochter zurückgebracht. Abgemagert, ausgezehrt und seelisch schwer gestört.

Sie war körperlich wiederholt schwer misshandelt worden, ihr Kiefer und einige Rippen waren gebrochen und schlecht verheilt. Ihre Haut sah schrecklich aus. An vielen Stellen hatte sie Brandverletzungen, offensichtlich durch Zigaretten. Auch ihr Unterleib war vernarbt und zerstört, sie würde nie ein Kind empfangen können.«

Er stockte, senkte den Kopf und wischte sich über die Augen.

»Entschuldigen Sie. Das ist lange her, aber der Schmerz brennt wie eine Flamme und lässt mich nicht vergessen. Das hat auch Gutes – diese Flamme zwingt mich dazu, weiterzumachen. Ein Jahr später kamen Glasnost und die Befreiung Lettlands.

Ich wollte Rache. Ich hätte alles gegeben, um die Schuldigen zu bestrafen, das kann ich Ihnen versichern. Aber es gab fast niemanden mehr, den ich hätte belangen können. Das russische System war zerschlagen, und mit ihm waren die meisten Unterlagen verschwunden. Immerhin hatte ich Geld. In Hülle und Fülle. Von einer alten Frau, die es loswerden wollte. Eine andere Geschichte, die ich Ihnen später einmal erzähle. Damit eröffneten sich mir Handlungsmöglichkeiten. Ich beauftragte Männer, Informationen zu sammeln. Zwei Peiniger meiner Tochter hatten es versäumt, das Land rechtzeitig zu verlassen. Ich kann Ihnen versichern, dass von ihnen nie mehr eine Bedrohung für irgendwen ausgehen wird!

Der Hauptverantwortliche, ein Oberst, lebt wohlhabend in Moskau. Er gehört zum erweiterten Stab des Präsidenten. An ihn kommt man schlecht ran. Doch meine Leute werden es mir mitteilen, sobald sich eine günstige Gelegenheit bietet, und dann schlage ich zu.«

Das waren Einzelheiten, die Noah nicht hatte hören wollen. Dieses gewalttätige Leben war ihm fremd. Vermutlich hatte Balodis recht: Jenseits des Eisernen Vorhangs herrschten andere Regeln.

Noah wusste nicht, wie er reagieren sollte. Er wollte weder taktlos sein und die schmerzhaften Erfahrungen von Tochter und Vater ignorieren, noch wollte er Näheres von dessen Rachefeldzügen erfahren. Balodis wirkte plötzlich bedrohlich, unberechenbar, wie ein verwundetes Tier, das um sich schnappt und Freund oder Feind nicht mehr unterscheiden kann. Offenbar war Noah sein Unbehagen anzusehen. Balodis lächelte ihn matt an.

»Dr. Winter, ich wollte Sie nicht mit meiner Rache verschrecken. Ich komme zur eigentlichen Geschichte zurück, die Ihnen den Weg meiner Forschung zeigen wird. Meine Tochter bekam die beste Pflege, die es geben konnte, und sie begann, körperlich langsam zu genesen. Seelisch jedoch ...«

Er zuckte bedauernd mit den Schultern und presste die Lippen aufeinander.

»Nun, ich bin Psychiater. Ich ließ ihr all meine Fähigkeiten, mein ganzes Wissen zuteilwerden. Aber die Seele heilt langsam, und Geduld wurde unser ständiger Begleiter. Ich konsultierte Kollegen und studierte alles, aber auch wirklich alles, was es zur Behandlung von Traumata gab. Ich reiste zu internationalen Kongressen, sprach mit Fachleuten auf der ganzen Welt und brachte neue Betrachtungsweisen oder neue Behandlungsmethoden mit. Dieses Wissen setzte ich natürlich auch in meiner täglichen Praxis ein, die ich die ganze Zeit aufrechterhalten hatte. Traumatisierte gab es schließlich zuhauf. Wir hatten lange genug unter der russischen Herrschaft gelebt. Ich erprobte die Methoden zuerst an Patienten und setzte sie dann für meine Tochter ein. Das mag sich für Sie unethisch anhören. Doch versuchen Sie zu verstehen, dass ich bei meiner Tochter auf keinen Fall einen Anfängerfehler riskieren wollte. Sie wissen so gut wie ich, dass mit einer neuen Behandlungsform, trotz aller Vorsicht, Fehler auftreten. Niemand kann genau sagen, wie sich was auswirken wird. Dazu braucht es Zeit und Patienten. Diese Erfahrungen, die im Übrigen jeder Therapeut machen muss, wollte ich nicht mit meiner Tochter sammeln.«

Noah nickte. Er erinnerte sich an seine Studienzeit und hatte noch die Stimme seiner Professorin im Psychologie-Seminar im Ohr: »Jeder Fehler des Therapeuten versaut einen Patienten. Das ist für die Erlangung von Erfahrungen unumgänglich. Machen Sie sich davon frei zu glauben, in jedem Moment das Richtige zu tun.«

»Und, hatten Sie Erfolg mit Ihren Behandlungen? Ist Ihre Tochter wieder stabil?«

»Stabil schon. Aber was heißt das? Sie nahm wieder am Leben teil, das schon, aß regelmäßig, verließ allein das Haus und hielt es mit der Zeit auch aus, allein in der Wohnung zu sein. Wenn Sie das meinen. Mit Lebendigkeit hatte das nichts zu tun. Sie war weder wütend noch fröhlich, nie. Körperlich hatte sie ständig wechselnde Beschwerden. Genesung braucht einfach Zeit. Zeit, die sie immer älter werden ließ und ihr bestimmte Erfahrungen vorenthielt. Psychische Genesung ist auch ein Kampf gegen die Zeit. Dieses Verrinnen galt es anzuhalten.«

Kapitel 21

Die Zeit anhalten. Das klang in Noahs Ohren nach dem Gerede eines alten wirren Mannes. Ihm kamen Zweifel, ob seine Entscheidung, für Balodis zu arbeiten, die richtige gewesen war. Er hoffte auf die große, bahnbrechende wissenschaftliche Entdeckung, die Balodis ihm nun erklären würde.

»Ich las eher zufällig von den Arbeiten eines Genetikers namens Joshua Lederberg. Kennen Sie ihn?«

Noah schüttelte den Kopf.

»In dem Artikel ging es um seine Forschungen in den frühen Fünfzigerjahren. Er hatte nachgewiesen, dass es zwischen Bakterien die Möglichkeit eines Gentransfers gibt. Das bedeutet, genetisches Material wird von einer Bakterienzelle zur anderen Bakterienzelle übertragen. Mikroorganismen reagieren mit diesem genetischen Transfer auf Veränderungen ihrer Lebensräume. Sie werden sich jetzt sicher fragen, was das mit meiner Geschichte und der Gesundung meiner Tochter zu tun hat. Haben Sie jemals vom Human-Microbiom-Projekt gehört?«

»Ja, davon habe ich tatsächlich in einer Fachzeitschrift gelesen. Ich erinnere mich vage, dass es irgendetwas mit Genforschung zu tun hat. Ist das nicht die Bestimmung des Erbguts sämtlicher Mikroorganismen, die im menschlichen Organismus leben?«

»Ah, Sie sind gut.« Balodis nickte erfreut. »Das ist richtig. Nun, nachdem ich den Artikel gelesen hatte, nahm ich Kontakt zu Dr. Lederberg auf. Er lebte in den Vereinigten Staaten. Ich folgte, wie gesagt, jedem noch so dünnen Lichtstrahl, der Sonne für meine Tochter versprach. Dr. Lederberg erwies sich als ein freundlicher und menschlich gebliebener Kollege. Wir telefonierten viel und schrieben uns. Kurz gesagt, wir freundeten uns an. Schließlich flog ich in die Staaten und besuchte ihn in seinem Labor. Kurz vorher hatte er beobachtet, dass dieser Gentransfer auch zwischen Bakterien und Körperzellen stattfindet. Verstehen Sie?«

Balodis hatte sich aufgerichtet, und seine Begeisterung ließ ihn jünger und agiler erscheinen.

»Eine Sensation! Bedeutet es doch, dass zwischen Körper und Mikroorganismen eine gegenseitige aktive Verbindung besteht, die Einfluss auf unseren Stoffwechsel hat. Wenn Sie so wollen, eine Steuerung des menschlichen Organismus' durch Mikroorganismen. Oder noch deutlicher: Wir werden vom ›Superorgan‹ gesteuert, der Gesamtheit der im Menschen lebenden Mikroorganismen. Ein Begriff, den übrigens ein Kollege von Joshua geprägt hat. Dieses Superorgan macht immerhin etwa 1,5 kg unseres Körpergewichtes aus.«

»Aber Dr. Balodis, was hat das mit Ihrer Tochter und ihren erlittenen Traumata zu tun? Ich verstehe nicht, wie diese Erkenntnis hilfreich sein kann. Und um das klar zu haben, mit Mikroorganismen meinen Sie Darmbakterien, oder?«

Balodis nickte und hob beruhigend die Hände.

»Ich merke Ihre Ungeduld. Aber bitte geben Sie mir noch einen Moment! Ja, ich meine Darmbakterien und alle anderen Mikroorganismen auf unserer Haut und Schleimhaut.

Joshua, also Dr. Lederberg, und ich diskutierten darüber, was diese Mikroorganismen beeinflusst. Wir waren uns schnell einig, dass auch Traumata und lang anhaltender psychischer Stress mit hoher Wahrscheinlichkeit zur Veränderung der Mikroorganismen führen. Die Folgen solcher seelischen Ereignisse wirken über Jahrzehnte fort. Um wieder gesund zu werden, ist es also nötig, das Superorgan Mikroorganismus wieder in Balance zu bringen. Wir wussten nur noch nicht wie. Da kam Joshua auf die Idee, das Human-Microbiom-Projekt ins Leben zu rufen. Er kannte die richtigen Leute, und 2007 wurde das Projekt durch die National Institutes of Health in den USA gestartet: Weltweit waren alle Forschungseinrichtungen aufgerufen, sich an der Entschlüsselung des Mikrobioms zu beteiligen. Um die Daten zu sammeln, wurde eine kostenlose Datenbank eingerichtet. Leider verstarb Joshua ein Jahr später. Durch seinen Tod wurde ich von vielen

Erkenntnissen abgekoppelt. Zudem fehlte dem Projekt von da an der lebendige Geist von Joshua.

Jetzt ist mir klar, dass wir alle damals zu wissenschaftlich dachten. Die Lösung ist viel einfacher, das begriff ich, als ich 2013 die Studie von niederländischen Ärzten im New England Journal of Medicine entdeckte. Sie hatten bei einer schweren und unheilbaren Darmerkrankung, der Clostridium difficile, das Mikrobiom von Gesunden auf den Kranken übertragen.«

»Wie meinen Sie das, das Mikrobiom übertragen? Mittels Operation Darmabschnitte implantiert, oder was meinen Sie damit? Das wäre ja ein gewaltiger Eingriff.«

»Junger Freund, Sie denken genauso kompliziert wie ich früher. Nein, die haben einfach die Stuhlspende eines Gesunden mit Wasser verdünnt, gequirlt und mittels Sonde in den Darm des Kranken gegeben. Stellen Sie sich vor, die Erfolgsquote lag bei 96 Prozent! 96 Prozent dauerhafte Gesundung. Zum Teil mit nur einer Übertragung. Das war für die Medizin eine Sensation. Ich wünschte, Joshua hätte das noch erleben können.«

Noah dämmerte allmählich, worauf die Forschungen von Dr. Balodis basierten. Jetzt war auch der Fäkaliengeruch im Treppengang zum Labor und im Labor verständlich.

Ihm wurde klar, was Balodis mit »wir übertragen Mikroorganismen« meinte. Allmählich bekam er eine Ahnung vom Zusammenhang, glaubwürdig wirkte das Ganze für ihn jedoch nicht.

»Das heißt, Sie kümmern sich gar nicht mehr um einzelne Mikroorganismen-Stämme, sondern Sie geben einfach ein komplettes gesundes Mikrobiom in den kranken Organismus?«

»Das ist etwas simpel ausgedrückt, aber ja, genau das tun wir.«

Kapitel 22

2017, Moskau, Russland

»Gregori, Sie machen das. Wenn Sie so wollen, Ihr letzter großer Auftrag für den FSB, für Ihr Land. Sie berichten direkt an mich. Ansonsten haben Sie freie Hand. Das ist doch was.«

»Verschonen Sie mich mit diesem Gelaber! Sie haben doch schon vier Mann auf diese Aufgabe angesetzt. Außerdem Lettland, das ist Ausland. Da ist die innere Abwehr gar nicht zuständig. Schicken Sie den SWR oder die GRU.«

Der Uniformierte fuhr herum.

»Hitzköpfe ohne Verstand! Sie wissen doch, wie es läuft. Wir zählen zu den Alten aus Sowjetzeit. KGB, ganz andere Ausbildung. Wir hatten viele Gelegenheiten, Erfahrungen zu sammeln. Ganz andere Zeiten. Nicht zu vergleichen mit heute. Die großen Momente sind Geschichte. Die, die denken konnten, sind im Ausland oder Oligarchen. Ich brauche aber jemand vor Ort, der denken kann.«

»Kommen Sie mit dem klar, was Sie haben und betrauern Sie nicht etwas, das seit 1992 tot ist. Sie sind wirklich alt.«

»Unter uns, Gregori.« Der Uniformierte stützte sich mit den Händen auf dem Tisch auf und blickte dem anderen in die Augen. »Was zieren Sie sich so? Sie haben doch eh nichts zu tun. Wenn Sie vom Schreibtisch wegkommen, hängen Sie vor dem Computer und schauen sich nackte Frauen an. Am Wochenende geht's in die Kneipe. Zumeist sind Sie dann zu besoffen, um noch angeln gehen zu können. Das ist doch kein Leben.«

»Lassen Sie mich überwachen?«

»Was für eine blöde Frage. Wir wissen immer noch gern, was unsere Mitarbeiter so treiben. Als ob Sie das nicht wüssten!« Der Uniformierte lachte kurz auf. »Überwachen … was das heute schon bedeutet. Ich kann alles am Computer erfragen, stillos.«

»Und wenn ich mich weigere?«

»Dann wird das Auswirkungen auf Ihren finanziellen Status und auf Ihre Ruhe haben. Sie kennen es ja: nachts geweckt werden, mit zur Wache, Konten beschlagnahmt, Wohnung verwüstet, Familie tyrannisiert, so was eben. Muss ich Ihnen wohl nicht erklären.« Die Stimme des Uniformierten war leise und schneidend geworden. »Gregori, das will niemand.«

Nach einer Pause, lauter und versöhnlicher: »Mein Gott, ist doch keine große Sache. Lettland. Ehemals Sowjetunion. Ich gebe Order, dass Sie nur für die Beobachtung und Einschätzung zuständig sind. Den Rest machen die hirnlosen Jungs vom SWR.«

Gregori verdrehte die Augen.

»Es bleibt mir wohl nichts anderes übrig. Welche Ausrüstung bekomme ich?«

»Nehmen Sie mit, was Sie für richtig halten. Wir vermuten einen Anschlag gegen unser Land. Es gibt Hinweise darauf, dass die es auf die Gesundheit der Bevölkerung abgesehen haben. Wir konnten keine Beteiligung anderer Staaten feststellen. Also möglicherweise irgendwelche Fanatiker. Aaron Balodis scheint der Kopf zu sein. Sie haben die Akte gelesen. Ja, ist noch dünn, ich weiß. Aber darum sollen Sie ja auch hin. Finden Sie heraus, was da los ist. Ist das nicht möglich, dann haben meine Leute den Befehl, alles zu vernichten. Diese Order gilt selbstverständlich auch für Sie. Gregori, ich bin froh, dass Sie das machen.«

Das leise »du mich auch!« von Gregori ging im Stühlerücken unter.

Kapitel 23

2018, Riga, Lettland

Noah war dabei, die Patientenkarten für den Tag zu sortieren. Ein lauter, berstender Knall und eine Erschütterung, die durch das ganze Haus ging, ließen ihn seine Handlung mitten in der Bewegung unterbrechen. Er hörte Gebrüll und Schüsse. Offensichtlich kam beides aus dem Innern des Gebäudes.

Er lief zur Tür und öffnete sie vorsichtig. Der Blick über das Geländer ins Erdgeschoss genügte: Zwei Männer mit Gesichtsmasken und Maschinengewehren liefen zu den Türen der unteren Räume und feuerten ins Innere. Der Sicherheitsmann, der immer im Eingangsbereich stand und die Sicherheitsschleuse bediente, lag blutüberströmt auf dem Boden. Die Schleuse war zerstört, und Teile des dicken Sicherheitsglases lagen wie Eisschollen herum.

Noah schloss die Tür. Einen Moment lang überlegte er, ob es sich um einen Raubüberfall oder einen Polizeieinsatz handelte. Er hatte zuvor noch nie mit dieser Art Gewalt zu tun gehabt.

Ihm wurde klar, dass es um sein Leben ging, egal wie die Antwort ausfiel. Er sah, dass seine Hände zitterten, spürte wie Panik von ihm Besitz ergriff. Wie konnte er hier heraus? Mit zwei Sätzen war er beim Fenster. Erst beim Blick nach draußen erinnerte er sich daran, dass das Erdgeschoss sowie die erste Etage mit Stahlgittern gesichert waren.

Ein dunkelroter Wagen raste auf das Haus zu und bremste schlitternd, mit weiß qualmenden Reifen. Geschmeidig sprang ein schwarz gekleideter, athletischer Mann heraus. Mit einer großkalibrigen Waffe in jeder Hand rannte er auf den Hauseingang zu.

Sofort war von unten das tiefe Donnern einzelner Schüsse zu hören. Das Rattern der Maschinengewehre antwortete. Noah schob den alten schweren Schreibtisch durch den Raum und wuchtete ihn, mit der Platte voran, hochkant vor die Tür. Als er eben dabei war, ein Aktenregal umzukippen, hörte er, wie die Türe aufging und gegen den Tisch knallte. Noah warf sich dagegen und stemmte den Tisch mit seinem Gewicht gegen die Tür. Ein Maschinengewehr bellte auf. Noah spürte harte kurze Schläge gegen den Schreibtisch.

Dann waren wieder die tieferen Schüsse der anderen Waffen zu hören. Direkt vor seiner Tür krachte etwas Schweres auf den Boden. Noah drückte mit dem Rücken gegen den Schreibtisch und hielt sich die Ohren zu. Er wusste später nicht, wie lange er so gesessen hatte. Minuten oder eine Stunde?

Als seine Starre ein wenig nachließ, merkte er, mit welcher Verkrampfung er die Hände gegen den Kopf gepresst hatte. Probehalber lockerte er seine Muskulatur und horchte auf Geräusche. Stille jetzt, unwirkliche Stille. Er ließ die Arme sinken, und sein Körper fing an zu zittern. Tränen liefen ihm über das Gesicht.

»Herr Winter?«

Eine unbekannte Stimme drang durch die Tür. »Alles in Ordnung bei Ihnen?«

Noah nickte.

»Herr Winter, sind Sie da drin?« Der Mann brüllte jetzt.

»Ja!« Noahs Stimme war kaum mehr als ein Flüstern. »Ich bin in Ordnung.«

»Gut. Die Gefahr ist vorbei. Sie können jetzt herauskommen.«

Für einen kleinen Moment fragte sich Noah, ob er der Stimme trauen konnte. Aber der Wunsch nach Normalität überwog. Immerhin kannte der Mann seinen Namen. Mühsam kam er auf die Beine. Seine verkrampften Muskeln wollten ihm nur schwer gehorchen. Als er den Schreibtisch ein wenig zu Seite schob, drückte der fremde Mann die Tür mit der Schulter auf. In jeder Hand eine Pistole stand er vor Noah und musterte ihn. Noah blickte auf die Waffen. Der Mann registrierte seinen Blick und ließ die Arme sinken.

»Es ist alles in Ordnung jetzt.«

Die Stimme hatte einen ruhigen Tonfall angenommen. Nichts verriet, dass derselbe Mann eben noch todbringend durchs Haus gerannt war.

»Sie sollten jetzt besser gehen. Es wird eine Weile dauern, bis hier wieder alles aufgeräumt ist und an seinem Platz steht. Antworten Sie bitte nicht auf die Fragen von den Leuten draußen. Gehen Sie einfach nach Hause. Wir regeln den Rest.«

Noah nickte mechanisch.

»Aber was war das?«, presste er hervor. »Ein Überfall? Was wollten die? Der Wachmann, ist der tot? Und was ist mit Anna und Milana?«

»Beruhigen Sie sich. Das war nicht das erste Mal, dass es einen Überfall gab. Milana hat sich im gesicherten Keller versteckt, und Anna geht es ebenfalls gut. Die wissen sich zu helfen. Aber Sie ja offensichtlich auch. Sie haben alles richtig gemacht.«

Mit seiner Waffe deutete er auf den umgekippten Schreibtisch.

Aber Noah reichte die Antwort noch nicht. Er starrte den Mann an und wartete.

»Diesmal waren es Russen. Die wollten Dr. Balodis.«

»Welche Russen? Mafia?«

»Der russische Geheimdienst. Aber wenn Sie so wollen, die Mafia. Gehen Sie jetzt bitte. Fragen Sie Dr. Balodis. Der wird Ihnen, wenn er es für richtig hält, alles erklären.«

Kapitel 24

Nach der Detonation machte sich Gregori auf den Weg. Die Aktion dauerte ihm einfach zu lange. Unkoordinierte Operation im Innern eines fremden Gebäudes – Wahnsinn. Er war von Anfang an dagegen gewesen. Zu viele unkalkulierbare Hindernisse. Aber die Jungen hatten nicht auf ihn hören wollen, auf ihn, den Alten. Er hatte noch Informationen sammeln wollen. Aber der Oberst hatte nicht warten wollen. Die Gefahrenabwehr für Russland habe oberste Priorität. Mehrere Institute vermeldeten Auffälligkeiten, die Häufung bestimmter schwerer psychischer Störungen. Anscheinend biologische Waffen. Und er, Gregori, habe keine wesentlichen Fortschritte gemacht. Also hatte der Oberst aus der Ferne einen eindeutigen Befehl erteilt: die Tötung aller Beteiligten, die Sichtung und Sammlung möglicher Beweise, die Sicherstellung möglicher biologischer Waffen sowie die anschließende Sprengung aller beteiligten Gebäude. Vernichtung möglicher Kampfstoffe und Produktionsstätten. »Machen Sie alles dem Erdboden gleich.« Gregori schüttelte den Kopf und fluchte leise vor sich hin, während er auf das Haus zuging.

Nun hörte er das Rattern der automatischen Gewehre, das Klirren von Glas. Er konnte zusehen, wie Passanten sich schweigend entfernten, gehetzte und zugleich neugierige Blicke zurückwerfend. Mit so etwas wollte hier niemand zu tun haben. Die Erfahrung mit den Russen saß einfach zu tief.

Für einen Moment hatte er das Grinsen seiner Kollegen vor Augen, als alle in filmreifer Pose ihre automatischen Gewehre hochgestemmt und einstimmig genickt hatten. Ein stummer Beweis ihrer Schlagkraft. Wo war sie nun, ihre Schlagkraft? Klar, sie waren ins Gebäude gelangt, hatten die Sicherheitsschleuse zerstört und waren offensichtlich auf dem Weg nach oben.

Für ein paar Sekunden glaubte auch er an den Erfolg ihrer Aktion. Da tauchte wie aus dem Nichts der Jaguar auf. Der weiße

Qualm der Bremsen, der den Wagen in einen diffusen Nebel hüllte, gab der Szene zusätzlich etwas Unwirkliches. Dieser Wolke entsprang ein bewaffneter Mann und stürzte ins Haus. Mitten im Schritt stoppte Gregori und schaute ungläubig auf die Szene. Der Leibwächter, natürlich. Er hatte die Kollegen eindringlich vor ihm gewarnt. Doch nicht einmal er hätte damit gerechnet, dass der so schnell auftauchen würde. Er musste, entgegen seiner Gewohnheit für diese Tageszeit, ganz in der Nähe gewesen sein. Ganz und gar nicht hätte die Aktion diesen Verlauf nehmen sollen. Die Männer waren übereingekommen, dass er draußen warten und nur im Notfall eingreifen sollte. Aber gegen diese Art von Notfall war er machtlos. Er war weder ängstlich noch untrainiert. Darauf hatte er immer geachtet. Er war stolz darauf, dass er es trotz seines Alters und dem Wodka in Sachen Fitness, Kampf und Schnelligkeit mit so manchen jüngeren Kollegen aufnehmen konnte. Aber alles hat Grenzen.

Er wusste um die Schlagkraft und Entschlossenheit des Leibwächters. Er hatte ihn über Monate in althergebrachter Art beobachtet. Ungeachtet der spöttischen Sprüche der anderen hatte er ihn aus sicherer Entfernung kennengelernt und eine Einschätzung bekommen. Zweifellos war dieser Leibwächter einer der Besten. Wahrscheinlich an den schrecklichsten Kampfplätzen der Welt geschult. Gebildet, diszipliniert und skrupellos. Schnell und effektiv. Menschen, die denken und kämpfen konnten, waren ihm immer die schlimmsten.

Wenn er jetzt hinterherrennen, entschlossen und schnell sein würde, hätte er vielleicht eine winzige Chance. Wie sollte er seinem Oberst das Scheitern der Aktion erklären? Wie sollte er vor allem erklären, dass er als Einziger unverletzt davongekommen war? Seine Kollegen würden höchstwahrscheinlich die nächsten Minuten nicht überleben. Junge Hitzköpfe, zu schade.

Warum hatten sie es nicht auf seine Art gemacht? Erst einmal in Ruhe alles auskundschaften, die Gewohnheiten checken, die wichtigen Personen finden und dann gezielt zuschlagen. Eine

Entführung und ein wenig Gewalt hatten noch immer alle Informationen geliefert. Dann hätten sie in Ruhe ihre weiteren Schritte planen können.

Doch jetzt würden sie von vorn anfangen müssen. Er drehte sich um, ließ die Hand unter seiner Jacke von seinem Revolver rutschen und eilte davon. Als er das vereinzelte, tiefe Grollen der großen Kaliber hörte, wusste er, dass das Spiel aus war. Er würde untertauchen müssen und geduldig auf eine Gelegenheit warten.

Kapitel 25

»Das war knapp. Hätte ich den Schreibtisch nicht vor die Tür gekippt, wäre ich tot. Meinen Sie nicht, Sie sind mir eine Erklärung schuldig?« Noah schaute Balodis mit funkelnden Augen an.

»Sagt Ihnen der Russe Ilja Metschnikow etwas?«

Noah hatte in den Anfängen seines Studiums tatsächlich schon von ihm gehört. Seine Theorien gehörten zum festen Bestandteil der Medizinerausbildung. Metschnikow war Zoologe und Bakteriologe und forschte Ende des 18. Jahrhunderts am Pasteur-Institut.

»Ja, das ist der Begründer der Immunitätstheorie. Fresszellen, Phagozyten, Makrophagen und so. Entdeckte er nicht auch die Immunabwehr der Leukozyten gegen Bakterien?«

»Allerdings. Übrigens bekam er dafür 1908 zusammen mit Paul Ehrlich den Nobelpreis für Medizin.«

»Ah, okay. Aber ich verstehe nicht, was das mit dem Überfall zu tun haben soll.«

Balodis ging nicht auf Noahs Einwand ein.

»Haben Sie auch von seinen wissenschaftlichen Theorien zur Erforschung des Alterns gehört? Er war einer der wenigen Pioniere auf diesem Gebiet.«

»Des Alterns? Nein, dazu ist mir nichts bekannt.«

»Nun, Metschnikow glaubte, dass von der Darmbesiedelung und deren Abfallprodukten eine allgemeine Vergiftung des Körpers ausgeht. Nach seiner Ansicht führt diese Vergiftung zu den Prozessen, die für das Altern verantwortlich sind. Er empfahl sogar, vorsorglich den Dickdarm zu entfernen, um diese Prozesse zu umgehen. Obwohl es erschreckend hohe Todesraten und massive Beeinträchtigungen nach diesen Operationen gab, was Sie sich wohl vorstellen können, wurden sie durchgeführt.«

»Den Dickdarm entfernen. Das klingt nach irregeleiteten Ärzten, nach Schlachthaus, Mittelalter und nach Fanatismus. Aber was bitte hat der Dickdarm damit zu tun, dass ich nur um Haaresbreite noch lebe?«

»Herr Dr. Winter, bitte, Sie werden gleich verstehen. Metschnikow empfahl, bestimmte Milchsäurebakterien zu sich zu nehmen, um diese unerwünschten, zum Altern führenden Prozesse zu minimieren. Zum Beispiel die Einnahme von Kefir in großen Mengen. Das hatte er bei den Bulgaren erlebt, bei denen er eine gute Gesundheit und hohe Lebenserwartung bemerkt hatte. Die Probiotika-Industrie hat sich dieser Theorie übrigens angenommen.«

»Ist das nicht genau das Zeug, dem nachgesagt wird, dass es erstens nicht wirkt und zweitens total überteuert ist?«

Balodis lächelte, ging aber auf Noahs Einwurf wieder nicht ein.

»Metschnikow war seiner Zeit weit voraus. Ich weiß heute, dass er nicht ganz unrecht hatte mit seiner Theorie von den schädlichen Darmmikroben.«

»Was?« Noah lachte schallend. »Sie wollen doch nicht ernsthaft behaupten, Sie haben den Schlüssel zum Jungbrunnen entdeckt?«

Balodis schaute Noah ernst an.

»Sie haben SilentBiota noch nicht gesehen. Das ist mein Unternehmen. Auf den Grundlagen meiner Forschung gegründet. Es ist ein großes, ein international agierendes Unternehmen, das hohe Gewinne macht. Glauben Sie nicht, wir machen die Gewinne mit Mikrobenfutter. Nein, da sind schon zu viele tätig. Was wir machen, ist so neu und einzigartig, dass die Reichsten der Reichen unsere Produkte haben wollen. Genau betrachtet erfüllen wir nur den ältesten Wunsch der Menschen. Den Wunsch nach ewigem Leben.«

»Ach so, darunter machen Sie es nicht. Ewiges Leben.« Noah schüttelte fassungslos den Kopf. »Das widerspricht jeder wissenschaftlichen Erkenntnis, das wissen Sie.«

»Die Wissenschaft ist viel zu verblendet und zu träge. Aber die alternden Menschen haben keine Zeit zu warten. Das mag für Sie in Ihrem Alter keine Rolle spielen. Sie haben wahrscheinlich noch das fantastische Gefühl, dass es ewig so weiter gehen könnte. Ihnen steht noch das ganze Leben bevor. Herrlich, dieses Gefühl, nicht?

Anders sieht es für einen Fünfundfünfzig- oder Sechzigjährigen aus. Stellen Sie sich vor, Sie sind ein erfolgreicher Unternehmer. Ihr ganzes Leben verbringen Sie unter Entbehrungen mit dem Aufbau und der Sicherung Ihres Betriebes. Wollen Ihre Familie versorgen. Diese bekommen Sie aus Zeitmangel nicht wirklich zu Gesicht. Und wenn doch, dann sind Sie im Grunde nicht bei der Sache, sondern sind mit Ihren Gedanken beim Gewinnoptimieren und nachhaltigen Sichern. Haben Sie es dann endlich geschafft, stehen Sie im Herbst Ihres Lebens. Sie sind unermesslich reich, aber Ihnen bleibt nur noch eine kurze gesunde Zeitspanne, um all das auszukosten. Sie fühlen sich um Ihre besten Jahre betrogen.«

»Ah, verstehe, Sie verkaufen Hoffnung. Also schon eine Art Betrug, das Ganze.«

Balodis ließ sich nicht provozieren, sondern fuhr unbeirrt fort.

»Nun kommt jemand und gibt Ihnen die Hoffnung, nahezu ewig leben zu können. All die Jahre nachholen zu können. Vielleicht sogar körperlich wieder jünger werden zu können. Seien Sie ehrlich: Sie würden beträchtliche Summen dafür geben, genau das zu bekommen.«

Noah hatte Balodis genau beobachtet. Während seiner Rede hatte er etwas Trauriges oder Verbittertes bekommen. Inwieweit glaubte Balodis wirklich an das, was er sagte? Oder diente der Schwindel nur dazu, den Reichen dieser Welt ihre Bankkonten zu leeren?

Noah nahm sich einen Moment Zeit, bevor er antwortete. Er suchte sein Gehirn nach Erinnerungen ab, nach Theorien über das Altern. Es stand für ihn außer Frage, ein Mittel gegen das Altern gab es nicht. Für ihn basierte das Altern auf genetischer Programmierung. Wollte man hier eingreifen, müsste man in der Lage sein, eine genetische Korrektur am lebenden Menschen durchzuführen. Das schien für ihn zu diesem Zeitpunkt unmöglich. Was genau tat sich hier also? Was war der eigentliche Zweck des Unternehmens, mit dem das immense Geld verdient wurde?

Es ist eine Sache, Hoffnung zu versprechen und Medikamente teuer zu verkaufen, und eine ganz andere, dieses Versprechen auch zu halten. Irgendwann fliegt der Schwindel auf und bringt den Geldfluss zum Versiegen. Möglicherweise stand dieser Moment kurz bevor.

Noah schaute zu Balodis und nickte.

»Ja, Sie haben recht. Ich würde es versuchen und mir die Auswirkungen anschauen. Ich würde mich über SilentBiota informieren und beim Ausbleiben der versprochenen Effekte meine Anwälte oder Schlimmeres auf Sie hetzen.«

»Okay, ich merke schon, Sie sind alles andere als überzeugt.«

»Überzeugt?« Noah lachte. »Das ist so abwegig, was Sie da behaupten. Und ausgerechnet Sie wollen den Schlüssel gefunden haben?«

»Ich kann Ihre Skepsis gut verstehen. Auch für mich war das anfangs unglaublich, und es ist immer wieder wie ein Wunder. Aber … bevor wir uns also weiter über meine Forschung unterhalten und darüber, wer es auf mich abgesehen hat, schauen Sie sich bitte mein Unternehmen an. Ich sage meinem Fahrer, dass er Sie hinbringen und herumführen soll.«

Kapitel 26

»Universität Göttingen, Büro von Prof. Dr. David Goldberg. Sie sprechen mit Frau Scholz. Was kann ich für Sie tun?«

»Noah Winter hier, guten Tag. Ich möchte mit Dr. Goldberg sprechen.«

»In welcher Angelegenheit darf ich Sie durchstellen?«

»Das muss ich mit Herrn Goldberg persönlich besprechen. Können Sie mich bitte verbinden?«

»Einen Moment.«

Es knackte und *Für Elise* in grässlicher elektronischer Version erklang. Noah hatte sich entschlossen, seinen alten Professor anzurufen. Er hatte nicht viele angenehme Erinnerungen an seine Studienzeit. Was zum Teil auch an Taras Schatten lag. Goldberg war ihm als zugewandter und über die Grenzen seiner Disziplin denkender Mensch in Erinnerung geblieben. Mit ihm wollte er einige offene Fragen diskutieren, bevor er zu SilentBiota fuhr. Der Professor schien ihm der einzig Richtige. Goldbergs Fachgebiete, Mikrobiologie und Biochemie, passten perfekt.

»Goldberg!«

Die Stimme des Professors kam Noah seltsam vertraut vor, obwohl Jahre vergangen waren und der Professor kurz vor der Pensionierung stehen musste.

»Noah Winter hier. Guten Tag, Herr Goldberg. Vielleicht erinnern Sie sich, ich habe vor ein paar Jahren Medizin studiert und hatte Vorlesungen bei Ihnen. Nun rufe ich aus Riga an. Inzwischen arbeite ich hier. Und da habe ich mit ein paar interessanten Theorien zu tun, die ich gern fachlich mit Ihnen diskutieren würde. Haben Sie einen Moment Zeit für mich?«

»Noah Winter … der Name sagt mir nichts. Das muss schon länger her sein. Nun, Sie haben Glück. Ich bin mit den Prüfungen durch, und im Moment ist der Betrieb ruhiger. Na, erzählen Sie, worum geht es denn?«

»Das ist sehr freundlich von Ihnen, dass Sie sich Zeit nehmen. Danke. Es geht um die Idee, eine Vielzahl von Krankheiten hänge mit der humanen Besiedlung mit Mikroorganismen zusammen. Es geht hier sogar so weit, Krebs, Aids und den Alterungsprozess zu beeinflussen. Kurz, es geht um das humane Mikrobiom. Haben Sie schon davon gehört?«

»Herr Winter, ich kann das Wort Mikrobiom schon nicht mehr hören! Seit vor ein paar Jahren die Niederländer mit ihren beeindruckenden Forschungen an die Öffentlichkeit gegangen sind, boomt die Branche. Was meinen Sie, mit wie vielen kruden Theorien ich in dem Zusammenhang schon zu tun hatte?«

»Mit Niederländer meinen Sie die erfolgreichen Fäkalbehandlungen bei Clostridium difficile?«

»Ganz genau. Das war schon spektakulär, was die sich getraut haben. Und sie haben es den Pharmagläubigen und der Industrie so richtig gezeigt.«

»Ja, ich hörte davon. Ich stimme Ihnen zu, das war ein großer Erfolg. Aber seitdem tauchen immer wieder Ideen auf, auch alle möglichen anderen schwer heilbaren Krankheiten mit Fäkalien zu therapieren. Was halten Sie davon?«

»Ach, Herr Winter, wenn Sie in meinen Vorlesungen waren, dann wissen Sie, dass ich immer versuche, eine andere Denkweise über Krankheit zu vermitteln. Sehr umstritten übrigens, bei den Kollegen. Ich vertrete die Theorie, dass wir Gesundheit nicht per se einfach so haben, sondern sie täglich entsteht, indem wir leben. Es kommt also sehr darauf an, wie wir leben, auf unsere Lebensführung. Was wir essen, trinken, was wir denken und wie wir mit uns umgehen. Wie viel Pause wir uns gönnen und wie viel Freude wir haben. Ob Sie den ganzen Tag vor dem Computer und dem Fernseher sitzen oder ob Sie sich an der frischen Luft bewegen und in Gemeinschaften eingebunden sind. Und denken Sie an die Ausbeutung der Natur – wie wir mit unserer Umwelt umgehen, wie wir mit den Tieren und den Pflanzen umgehen. Die Pestizide und Massentierhaltungen, die nur unter Medikamenteneinfluss möglich sind. All das wird Einfluss nehmen. Ich halte mich eher an Béchamp als an Pasteur. Die Mikrobe ist nichts, das Milieu ist alles.«

»Aha.« Noah fasste sich in Geduld. Der Professor holte offenbar zu einer sehr umfassenden Aussage aus.

»Weiterhin vertrete ich die zugegeben persönliche Ansicht, dass die verschiedenen Mikroorganismen in uns in ständiger Balance sein müssen, damit wir gesund sind. Abseits des Lehrbetriebs kann ich so etwas sagen. Ist das Milieu gestört, dann haben Erreger, die wir nicht wollen, plötzlich große Entwicklungschancen. In der Folge werden wir krank. Oder genauer gesagt, wir entwickeln Störungen, die eigentlich Mechanismen des Körpers sind, das Milieu wieder ins Gleichgewicht zu bringen. Wir nennen das dann Krankheit. Unterbrechen oder unterdrücken wir durch Medikamente diese natürlichen Bestrebungen des Körpers oder ignorieren sie, werden sich zu einem späteren Zeitpunkt heftigere, oftmals andere Krankheitssymptome zeigen. Diese werden dann als eine neue Erkrankung diagnostiziert. Tja, folgt man dieser Denkweise, ist es natürlich möglich, dass jedes Einwirken auf die uns besiedelnden Mikroorganismen einen Einfluss hat.«

»Ja, ich kenne diesen Ansatz.«

Noah ging dieser Ausflug in die allgemeine Diskussion über Gesundheit und Krankheit in die falsche Richtung. Er wollte etwas über die Durchführbarkeit und die harte Einschätzung des Professors hören. Doch der ließ ihn nicht zu Wort kommen.

»Leider ist dieser Ansatz wieder sehr mechanisch gedacht. Er setzt voraus, dass ein einmal aus dem Gleichgewicht gebrachtes System mit Maßnahmen zu behandeln ist, die von außen kommen. Nirgends wird in Betracht gezogen, dass es darum geht, die dahinterstehenden menschlichen Strukturen zu verändern, die wir verinnerlicht haben.«

»Menschliche Strukturen – was meinen Sie damit?«

»Na, ganz simpel, stellen Sie sich vor, Sie würden jeden Tag hektisch und unter Zeitdruck agieren und statt in Ruhe zu essen ein

Leben im Dauerstress führen. Oder Sie fühlen sich ständig klein oder haben Angst und haben deshalb Stress. Dann müssen Sie sich nicht wundern, wenn Sie in absehbarer Zeit krank werden.«

»Klar, das kenne ich sogar. Aber manchmal ist es nicht so einfach, an diesen Strukturen etwas zu verändern. Oft genug sind es ja schon urfamiliär entstandene Aufträge, Probleme und abgeschaute Verhaltensweisen. Diese zu verändern, kann Jahre dauern. Es könnten doch auch Sachzwänge sein, die uns zu dieser Hektik zwingen. Und natürlich gibt es Umweltverschmutzung und Pestizide und das ganze Zeug. Das ist ja nicht einfach so morgen wieder weg.«

»Ja, dass das einfach ist, habe ich auch nicht gesagt. Es wäre nur ehrlicher und zielführender, sich zumindest parallel auch um diese Gründe zu kümmern. Ich sage ja nicht, dass es Unsinn ist, im akuten Fall, wenn also durch das Verhalten das Milieu geschädigt wurde, antibiotisch zu behandeln. Da stellt uns die Pharmaindustrie schon das eine oder andere lebensrettende Medikament zur Verfügung. Ehrlicherweise sollte dann aber nicht so getan werden, als käme die Krankheit als Angriff von außen. Sie ist meines Erachtens durch eine bestimmte Lebensweise der Person und der Umwelt, in der sie lebt, in hohem Maße begünstigt worden. Aber Sie haben mich sicher nicht angerufen, um mit mir Fragen dieser Art zu disputieren.«

»Da haben Sie recht. Ich will konkret wissen, ob Sie es für möglich halten, den Alterungsprozess durch eine Veränderung des Mikrobioms zu beeinflussen.«

»Sicher ist das denkbar. Aber bitte, zitieren Sie mich nicht. Das ist eine sehr unpopuläre Sichtweise. Ich will nicht auf meine letzten Jahre hier noch großen Ärger mit dem verbohrten medizinischen Establishment bekommen. Ich gelte hier sowieso schon als Sonderling.«

»Da können Sie unbesorgt sein. Das ist lediglich ein Gespräch zwischen uns. Aber wie können Sie da so sicher sein, dass das möglich ist?«

»Es gibt bis heute keine schlüssige Erklärung für das Phänomen des Alterns. Nun, ein Teil unseres Alterungsprozesses wird den Mikroentzündungen in unserem Körper angelastet. Je länger wir leben, desto mehr Mikroentzündungen haben wir. Haben wir viele davon, schreitet der Alterungsprozess voran. Mikroentzündungen entstehen unter anderem durch Kontakt mit Umweltgiften, Staub in der Lunge, Schadstoffe in der Nahrung und vieles mehr. Allerdings auch durch die schädigenden Ausscheidungsprodukte der auf uns siedelnden Mikroorganismen. Das sind zum Teil Toxine mit hoher Pathogenität. Wenn sich die falschen Keime ansiedeln und wir ihnen Nahrung geben und ein Milieu, in dem sie sich unverhältnismäßig vermehren können, dann haben wir viele Ausscheidungen, die uns krank machen. Da wären wir übrigens wieder bei den Gründen, die dazu führen …«

Noah unterbrach den Professor schnell: »Nun gut, ich kann Ihnen da folgen. Aber woher wollen Sie wissen, welche die richtigen und welche die falschen sind?«

»Das muss ich gar nicht wissen! Es reicht völlig aus, das Mikrobiom zu verjüngen. Stellen Sie sich vor, Sie könnten Ihr altes Mikrobiom, äh, entschuldigen Sie, Sie sind ja noch jung. Also stellen Sie sich vor, ich könnte mein altes Mikrobiom durch ein junges, gesundes, ausgewogenes mit hoher Diversität ersetzen. Und stellen Sie sich weiter vor, es würde mir gelingen, dieses dann durch eine kluge, weise Lebensweise in Balance zu halten.«

»Ja, was wäre dann?«

»Mein Alterungsprozess wäre sehr verlangsamt und unter Umständen sogar reversibel.«

Noah beschlich das Gefühl, doch mit dem Falschen über dieses Thema zu sprechen. Vielleicht war der Professor einfach schon zu alt oder in einer Krise und hatte seinen neutralen Blick verloren, weil er sich ebenfalls ewiges Leben wünschte.

»Das klingt alles wie Science-Fiction und ein wenig esoterisch. Warum machen Sie das dann nicht?«

»Nun ja, ich sagte, es ist denkbar. Noch hat das in dieser Form keiner probiert. Zudem weiß niemand, welche anderen Auswirkungen dieser Prozess noch hat. Spätfolgen oder Kompatibilitätsprobleme, die zu schweren Krankheiten führen könnten. Und ganz ehrlich, ich will in Würde alt werden. All das noch mal … nee, dafür bin ich nicht der Richtige.«

»Verstehe. Wenn das nun jemand probieren würde und einen Weg fände, dieses Gleichgewicht im Mikrobiom ständig zu gewährleisten? Sie sagen also, dann würde die Alterung gestoppt werden können?«

»Ja, das behaupte ich. Herr Winter, jetzt aber mal langsam, Sie klingen so bestimmt, fast schon gehetzt. Sind Sie einer Verschwörungstheorie aufgesessen? Glauben Sie mir, das wird alles noch dauern. Riga sagten Sie. Na ja, da würde ich davon ausgehen, jemand versucht, mit Angst vor Alter und Tod Geld zu verdienen. Lassen Sie sich davon nicht blenden.«

»Ja, ich werde das beherzigen. Danke für Ihre Ausführungen und Ihre Zeit. Sie haben mir sehr geholfen.«

»Das freut mich zu hören. Vielleicht informieren Sie mich bei Gelegenheit, was bei Ihren Nachforschungen herausgekommen ist. Es würde mich sehr interessieren. Und passen Sie auf sich auf.«

Nachdem Noah aufgelegt hatte, ließ er das Telefonat mit Goldberg noch einmal Revue passieren.

Erst jetzt fiel ihm auf, dass auch die Niederländer in ihrer Studie zur Stuhlübertragung letztendlich einen großen Austausch des Mikrobioms vorgenommen hatten. Er wusste, dass die schwere Durchfallerkrankung Clostridium difficile bis dato nur durch sehr teure Antibiotika in Schach gehalten werden konnte. Den Erkrankten erging es trotz der Medikamentengabe sehr schlecht. Nicht selten verstarben die Patienten.

Nach dem Gespräch mit Balodis hatte er den erwähnten Artikel der niederländischen Versuche nachgelesen und auch erfahren, dass die WHO die Stuhlübertragung inzwischen als Mittel der Wahl bei einem Clostridium-difficile-Befall festgelegt hatte.

Dass im Darm und beim Einfluss der Mikroben noch einiges unerklärlich, aber dennoch wirksam war, ließ vermuten, dass Balodis hier möglicherweise entscheidende Schritte vorangekommen war. Vielleicht hatte er tatsächlich etwas entdeckt, das ihm einen Vorteil bei der Verfolgung seiner Ziele brachte.

Aber Noah wusste auch, dass im Fahrwasser solch bahnbrechender Erkenntnisse, wie sie die Niederländer publiziert hatten, die bizarrsten und hoffnungsvollsten Erklärungen in den Himmel wuchsen. Plötzlich war diese Methode das Allheilmittel für all die Krankheiten, auf die die Medizin bisher keine Antwort gehabt hatte. Die Möglichkeit, den Alterungsprozess zu beeinflussen, war sicher eine dieser seltsamen Theorien, an die sich viele klammerten. Noah glaubte nicht daran, dass sie durchzuführen war.

Und auch Goldberg, der den Ansatz als möglich betrachtete, hielt seine Umsetzung für unwahrscheinlich, zumindest in den nächsten Jahren.

Was Goldberg mit Pasteur und diesem Béchamp gemeint hatte, hatte Noah nicht verstanden. Er wollte beim Telefonat nicht nachfragen, damit Goldberg nicht noch weiter ausholte und seine Sichtweise von Gesundheit und Krankheit darstellte, aber auch deshalb, weil Noah noch nie von Béchamp gehört hatte. Offensichtlich erschien dem Professor die Sichtweise von Béchamp jedoch plausibler.

Noah nahm sich vor, in den nächsten Tagen im Internet nach den beiden Namen zu recherchieren.

Kapitel 27

»Mein Fahrer wird Sie abholen«, hatte Balodis gesagt. Als Noah nun vor das Haus trat, war er überrascht. Vor ihm stand ein glänzender, dunkelroter Jaguar. An das Auto gelehnt stand lässig ein großer Mann mit breiten Schultern und mächtigen Armen. Er hatte sie vor der ausladenden Brust verschränkt, eine Haltung, die seine Oberarme noch deutlicher hervortreten ließen.

Automatisch war Noah an der Haustür stehen geblieben und schaute sich aus sicherer Entfernung die Szene an. Noah hatte den Mann sofort wiedererkannt. Vor ein paar Tagen erst war er mit Waffen in den Händen todbringend durchs Haus gestürmt. Der Fahrer stieß sich vom Wagen ab und kam mit ausgestreckter Hand und einem strahlenden Lächeln in dem eher kantigen Gesicht auf ihn zu.

»Valmir, guten Tag. Sie müssen Noah Winter sein.«

Noah gab Valmir die Hand. Sie hatte dem Händedruck der großen Hand nichts entgegenzusetzen.

»Äh ja, sind Sie der, äh … Fahrer von Dr. Balodis?«

Valmir lachte ihn freundlich an.

»Fahrer und Sekretär und Beauftragter für schwierige Aufgaben, nennen Sie mich einfach Valmir. Ich glaube, wir sind uns vor Kurzem schon einmal begegnet.«

»Das war eher wohl im Zusammenhang mit einer schwierigen Aufgabe.«

»Da haben Sie recht. Das war ein unschöner Tag. Aber vergessen wir das und konzentrieren wir uns auf unseren kurzen Ausflug. Balodis hat mich beauftragt, Sie zum Unternehmen zu fahren und Sie ein wenig herumzuführen. Steigen Sie ein.«

Valmir klatschte in die Hände. Es knallte laut. Noah zuckte zusammen. Mit einer Behändigkeit in seinen Bewegungen, die einer großen Raubkatze glich, ging Valmir um den Wagen und ließ sich geschmeidig auf dem Fahrersitz nieder.

Noah nahm auf dem Beifahrersitz Platz. Hinten einzusteigen und sich chauffieren zu lassen, schien ihm unpassend.

Von der Seite betrachtete er seinen Fahrer. Sein Alter war schwer zu schätzen. Sein gesamtes Auftreten strahlte Ruhe und Bestimmtheit aus, wie sie Menschen eigen ist, die durch tiefe Lebenserfahrung innere Gelassenheit erlangt haben. Eine Haltung also, wie sie eigentlich etwas älteren Menschen zu eigen ist. Dennoch wirkte er körperlich wie dreißig, vielleicht fünfunddreißig.

Valmir hatte schwarzes Haar, das er streng nach hinten zu einem kurzen Zopf gebunden hatte. Die Seiten waren kurzrasiert. Er drehte sich nun zu Noah und schaute ihn aus seinen ruhigen blauen Augen an. Ohne sein Lächeln wirkte das Gesicht kantig und kalt. Noah hielt mit Mühe dem Blick stand und kam sich neben diesem Mann klein und schwach vor.

Als hätte Valmir seine Gedanken erraten, breitete sich ein Lächeln auf seinem Gesicht aus und zeigte ebenmäßige, gepflegte Zähne und Lachfältchen um die Augen.

»Sie müssen sich nicht fürchten, ich weiß, welche Wirkung ich im Allgemeinen auf meine Umgebung habe. Aber ich kann Ihnen versichern, dass ich eher ein Mann des Kopfes als ein Mann der brutalen Tat bin. Entspannen Sie sich. Wir haben etwa eine Stunde Fahrt vor uns, die uns aus der Stadt herausführen wird. Möchten Sie Musik hören?«

»Nein danke. Ich schaue mir lieber die Landschaft an.«

Noah hatte zudem den Wunsch, Valmir ein wenig auszufragen, Musik würde da nur stören.

Valmir klatschte in die Hände und startete den Motor. Mit routinierten Bewegungen lenkte er den großen Wagen durch den Verkehr. Noah fragte sich, wie es Valmir gelang, derart laut zu klatschen. Es hörte sich immer an wie ein Schuss. Muskeln? Doch dann lenkte er seine Aufmerksamkeit auf das, was ihm wichtiger war: »Arbeiten Sie schon lange für Dr. Balodis?«

Bevor er antwortete, schaute Valmir kurz zu Noah.

»Fragen Sie mich ruhig ein wenig aus. Ich werde Ihnen Rede und Antwort stehen. Das verkürzt uns die Fahrt.«

Noah fühlte sich durchschaut und merkte, wie ihm die Röte ins Gesicht schoss. Er senkte den Blick.

»Von Anfang an arbeite ich für ihn. Also schon ein paar Jahre. Direkt nach der Revolution benötigte Balodis für Recherchetätigkeiten und die Ausführung von Spezialaufträgen zuverlässige Leute. Ich war am Anfang nur punktuell eingebunden und zwischendurch anderweitig beschäftigt. Aber wir sind uns nähergekommen, sodass ich seit ein paar Jahren exklusiv für ihn arbeite.«

Noah nickte und brummte ein »Aha«.

»Und wo fahren wir jetzt hin?«

»Dr. Balodis hat Ihnen sicher erzählt, dass er vor ein paar Jahren ein großes Unternehmen gegründet hat.«

»Ja, ich war überrascht. Ich kannte ihn bisher nur als Psychiater und wusste von seinen Forschungen. Ich kann ihn mir schwer als Lenker eines großen Unternehmens vorstellen. Ich wüsste auch gar nicht, woher er die Zeit dafür nehmen sollte. Bisher hatte ich das Gefühl, er forscht vor allem, um seine Tochter wieder zu gesunden.«

Valmir nahm in einer schnellen Bewegung die Hände vom Lenker und erzeugte wieder sein lautes Händeklatschen, das einem Peitschenknall glich.

»Dr. Balodis war sehr geschickt darin, zum richtigen Zeitpunkt die richtigen Leute einzustellen. Inzwischen schaut er nur noch gelegentlich nach dem Stand der Forschung und gibt entscheidende Impulse. Die eigentliche Arbeit erledigen fähige Biologen, Mediziner, Rechtsanwälte und Geschäftsführer.«

Es entstand eine längere Pause, während der sie in der komfortablen Limousine aus der Stadt fuhren. Ohne den Blick von der Straße zu nehmen, sprach Valmir dann erneut. »Seine Tochter, ja, das war seine anfängliche Triebfeder. Tragische Geschichte. Haben Sie sie mal kennengelernt?«

»Nein, ich habe sie noch nicht zu Gesicht bekommen. Ich habe das Gefühl, Dr. Balodis versteckt sie vor mir.«

»Ah, ja, er ist da sehr eigen. Aber versuchen Sie, ihn zu verstehen. Sie ist sein Alles.«

»Also, was ist das nun für ein Unternehmen?«

»Es heißt SilentBiota. Offiziell produziert es Arzneimittel und Zusatzstoffe. Aber darüber hinaus produziert es alle möglichen Arten von Mikroben und versendet diese weltweit. Zudem werden dort viele Zusatzstoffe hergestellt, die ein Leben von Mikroben überhaupt erst möglich machen.

Als die übrige Welt noch um die Zulassung von fäkalen Mikrobenmischungen und deren Anwendung stritt, hat Balodis bereits gehandelt. Ihn störte nicht, dass es stank oder braune Farbe hatte. Vielleicht gehen wir mit solchen Dingen hier unbedarfter um. Wir waren es in Zeiten des Eisernen Vorhangs gewohnt, aus Scheiße etwas zu machen.«

Valmir lachte.

»Ihr Westler mit eurer übertriebenen Hygiene und Abscheu vor den natürlichsten Körperausscheidungen. Ihr seid ja selbst beim Sex noch hygienisch.«

Bevor Noah über den Wahrheitsgehalt dieser Sätze nachdenken konnte, setzte Valmir nach.

»Vielleicht liegt es aber auch an eurem sehr auf akademisches Ansehen, wissenschaftliche Hierarchie und Wirtschaftlichkeit ausgerichteten Gesundheitssystem. Ärzte und Pharmaindustrie arbeiten bei euch zu lange Hand in Hand und haben kein Interesse an kostenlosen stinkenden Heilmitteln.«

Er klatschte wieder laut. Der Knall schmerzte Noah in den Ohren.

»Dr. Balodis erkannte das unglaubliche Potenzial, das in den Mikroben-Kolonien steckt. SilentBiota hatte damit einen gewaltigen Vorsprung und ist nun weltweit führend in der Erforschung und Entwicklung von Mikroben. Auch für schwerste Erkrankungen.«

»Sie meinen, für die Behandlung von schweren Erkrankungen?«

»Das auch.«

Diese Aussage verwirrte Noah. Doch er traute sich nicht, genauer nachzufragen. Stattdessen hoffte er, mit einem Lob Valmirs Rede im Fluss zu halten.

»Sie kennen sich gut aus.«

»Na ja, wie soll ich sagen, auch ich profitiere von seiner Forschung. Schauen Sie mich an.«

Hier brach er jäh ab, um dann ein »Aber das soll er Ihnen selber erklären« nachzuschieben.

»Und warum hört oder liest man so wenig über die Arbeit und, wie Sie sagen, die Erfolge von SilentBiota?«

»Das hängt mit Balodis und seiner übertriebenen Angst vor Öffentlichkeit zusammen. Er hat verboten, irgendetwas nach außen dringen zu lassen. Eine eigene Abteilung kümmert sich darum, dass dieses Verbot auch eingehalten wird. Ehrlich gesagt hat es SilentBiota auch nicht nötig. Es verkauft zu Höchstpreisen an gut betuchte Einzelpersonen in der ganzen Welt. Die Abnehmer sind zu absoluter Verschwiegenheit verpflichtet. An die sie sich schon in ihrem eigenen Interesse halten.« Hier lachte er wieder laut und klatschte in die Hände.

An ihrem Ziel angekommen, entpuppte sich die Zentrale von SilentBiota als ein imposanter sechsstöckiger Gebäudekomplex innerhalb eines riesigen Areals. Das Gelände war mit einer Mauer und Stacheldrahtzaun umgeben, Wachen mit Hunden patrouillierten auf der freien Fläche. In der Seitenstraße wurde die Mauer von einer Längsseite des Gebäudes unterbrochen. Dieser Abschnitt hatte eine Laderampe, eine Metalltür und ein großes Rolltor. Valmir blieb auf der Hauptstraße und lenkte den Wagen durch den Haupteingang. Vor zwei massiv aussehenden, aus dem Boden ragenden Säulen, hielt er an. Offensichtlich kannte man ihn hier, denn die beiden Säulen verschwanden langsam im Boden und sie konnten passieren.

Im Gebäude gab es eine eigene Etage für die Geschäftsführung, vier Laboretagen und ein Stockwerk für die eigentliche Produktion. Alles hochmodern.

Die Rückfahrt verlief weitgehend schweigend. Noah stand noch unter dem Eindruck des Erlebten. Zudem tauchte in seinen Gedanken das Gespräch mit Prof. Goldberg immer wieder auf. Er nahm sich vor, noch heute mit seinen Recherchen zu beginnen.

Kapitel 28

Noah drückte den Klingelknopf zu Daryas Wohnung. Nichts passierte. Ein Blick auf sein Handy sagte ihm, dass die Zeit stimmte. Sofort war er alarmiert.

Er trat aus dem Eingang heraus und entfernte sich ein paar Schritte. Den Kopf in den Nacken gelegt, registrierte er, dass alle zu ihrer Wohnung gehörenden Fenster beleuchtet waren. Das beruhigte ihn ein wenig. Seltsam nur, dass sie nicht reagierte.

Sie hatten sich jetzt fast zwei Wochen weder gesehen noch gesprochen. Darya war zur medizinisch-psychologischen Beraterin der entmilitarisierten Pufferzone um die Halbinsel Krim berufen worden. Sie gehörte auch dem ukrainischen Beratungsteam zur Lösung des Konflikts an. Das Handynetz wurde in der Pufferzone immer wieder durch militärische Aktionen gestört. Eine Telefonverbindung war häufig nicht möglich. Aus Angst, wegen ihres Handys könnte sie der Spionage verdächtigt werden, hatte sie zudem selten eins dabei. Schon oft hatte er sie besorgt auf die unklaren Verhältnisse in der Krisenregion angesprochen. Jedes Mal versicherte sie ihm, auf sich aufzupassen und niemals ohne Begleitschutz unterwegs zu sein.

Es machte ihm schwer zu schaffen, dass sie manchmal Treffen und Gespräche in der Region hatte, die mehrere Tage andauerten. Er ertrug es kaum, sie nicht in Sicherheit zu wissen. Nichts von ihr zu hören und keinen Kontakt aufnehmen zu können, verschlimmerte seine Stimmung. Seit einigen Monaten war sie oft unterwegs.

In dunklen Momenten malte er sich aus, wie sie durch eine Mine zerfetzt oder durch einen Luftangriff getötet wurde. Sein Kino im Kopf lieferte ihm Bilder von Entführung, Vergewaltigung und wahlloser Erschießung. Er glaubte zu wissen, dass die Russen zu allem fähig waren. In solchen Momenten krampfte sich sein Körper zusammen, und eine vom Magen ausgehende Kälte breitete sich in ihm aus. Taras Tod hatte ihn für Liebesbeziehungen auf lange Zeit verschlossen. Wie eine gut gesicherte Burg mit hochgezogener Brücke. Nie wieder wollte er diesen Schmerz spüren müssen.

Darya hatte es mit viel Geduld geschafft, die Tür zu seinen Gefühlen schrittweise zu öffnen. Sie hatte einen Geheimgang gefunden, die Burgmauern zu überwinden. Von da war es ihr schließlich durch viel einfühlende Beharrlichkeit gelungen, die weiteren schweren Türen in sein Innerstes zu öffnen. Auch wenn er es sich nicht eingestand, er liebte Darya. Er würde es nicht überleben, sie zu verlieren.

Meistens lenkte er sich ab, indem er möglichst viel arbeitete oder sich mit Kaji traf. Seine Überlegungen zu SilentBiota und Balodis geheimes Getue trugen das Ihrige bei, ihm über solche Tage zu helfen.

Er war immer unglaublich erleichtert, Darya wieder in die Arme schließen zu können. Sie wusste von seinen Ängsten, und wenn sie sich wiedersahen, zelebrierten sie, ohne sich darüber jemals verständigt zu haben, ein aufwendiges Wiedersehen. So als könnte es ihr letztes sein.

Er aktivierte sein Handy und drückte ihre Nummer. Nur die Mailbox ging ran. Ein weiterer Blick auf die beleuchteten Fenster zeigte ihm keine Veränderung. Er musste irgendwie ins Haus. Sie hatten sich darauf geeinigt, in Riga erst einmal nicht zusammenzuziehen. Noah wäre das zu dem Zeitpunkt wie ein Eingeständnis einer Liebesbeziehung vorgekommen. Das hätte er noch nicht ausgehalten. Er verfluchte sich dafür, Daryas Angebot, ihm einen Schlüssel zu ihrer Wohnung fertigen zu lassen, abgelehnt zu haben.

Er trat wieder vor das messinggelb polierte Klingelbrett und betätigte, unten angefangen, Klingelknopf für Klingelknopf. Er hoffte, dass ihn ein anderer Hausbewohner einlassen würde. Zweimal erschallte durch die Sprechanlage die Nachfrage, wer er sei und was er wolle. Er schilderte seine Lage und hoffte auf

Verständnis. Doch niemand öffnete. Das Haus in der Altstadt von Riga war das frisch renovierte historische Stadthaus eines berühmten Architekten. Wahrscheinlich hielten die Bewohner ihn für einen Touristen, der sich Zugang verschaffen wollte, um die aufwendig restaurierten Treppenaufgänge und die mit Stuck, Farbornamenten, buntem Glas und poliertem Messing gestalteten Eingangsbereiche zu bestaunen.

Es blieb ihm nichts anderes übrig, als zu warten. Schließlich kam ein turtelndes, lachendes junges Paar nach Hause und ließ ihn ein. Ohne sich weiter um ihn zu kümmern, verschwand das Paar in der Erdgeschosswohnung. Im dritten Stock angekommen, drückte Noah abermals die Klingel. Er konnte durch die Tür das leise Summen hören. Darya öffnete jedoch nicht. Also würde er sich anders Zugang verschaffen müssen.

Kurz schätzte er die Gefahr ab, bei diesem Versuch entdeckt zu werden. Die Ungewissheit um Darya ließ ihn alle Bedenken ignorieren. Er zog seine Brieftasche, kramte zwischen seinen Plastikkarten und wählte eine unwichtige heraus. Wie er es schon mal im Fernsehen gesehen hatte, drückte er das Türblatt im oberen Teil nach innen. In den entstehenden Spalt schob er die Karte und zog sie schräg nach unten Richtung Türschloss. Er konnte nur hoffen, dass sie nicht abgeschlossen hatte. Die Karte klemmte an der Gummidichtung fest und schabte Farbe von der Kante des Türrahmens. Noah ruckelte die Karte heraus.

Mit den Fingernägeln fischte er das obere Ende der Dichtung aus dem Rahmen. Durch kräftiges Ziehen gelang es ihm, die Dichtung aus ihrer Vertiefung und bis weit unterhalb des Schlosses zu ziehen. Nun wiederholte er den Vorgang mit der Plastikkarte. Tatsächlich, nach einigem Ruckeln und Drücken konnte er die Schlossfalle nach innen drücken. Die Tür sprang auf.

Ihm war etwas unwohl zumute, auf diese Art die Wohnung zu betreten. Er schloss hinter sich die Tür und lauschte einen Moment. Die Stille kam ihm zäh und fast greifbar vor. Schließlich rief er Daryas Namen. Keine Antwort. Den Flur entlang gehend, schaute er kurz durch die geöffnete Tür in die Küche. Er merkte, wie er sich innerlich auf etwas Furchtbares vorbereitete. Alles sah jedoch aus wie immer. Abermals ihren Namen rufend, betrat er dann ihr Wohnzimmer.

Darya saß aufrecht auf dem Sofa, und ihr Blick ging ins Nirgendwo. Mit schnellen Schritten war er bei ihr, ging in die Hocke und blickte ihr direkt ins Gesicht.

»Darya, hey, was ist mit dir? Hast du mein Klingeln nicht gehört?«

Ihr Blick wanderte in seine Richtung und bei seinen Augen angekommen, flammte etwas wie Erkennen in ihrem Gesicht auf. Er legte behutsam seine Arme um ihren Oberkörper und drückte ihren Kopf an seine Schultern. Als wäre eine Schleuse geöffnet, fing sie mit lautem Schluchzen an zu weinen. Die Tränen liefen über das Gesicht, und ihr Körper schüttelte sich in krampfendem Wimmern.

Noah versuchte, durch kurze Nachfragen etwas aus ihr heraus zu bekommen. Das war jedoch nicht möglich. Erst nach etwa einer Stunde beruhigte sie sich ein wenig. Noah trug sie ins Schlafzimmer, legte sie auf das Bett, zog ihr Hose und Pullover aus und deckte sie zu. Darya ließ es teilnahmslos geschehen. Er löschte das Licht und setzte sich neben das Bett. Darya hatte die Augen geschlossen, und nach kurzer Zeit merkte er an ihren regelmäßigen Atemzügen, dass sie eingeschlafen sein musste.

Im Geiste ging er die Schrecklichkeiten durch, die Darya zugestoßen sein konnten. Ergebnislos brach er sein Gedankenkarussell schließlich ab und machte es sich neben ihr auf dem breiten Bett bequem. Er hoffte, dass der Schlaf sie insoweit beruhigen würde, dass er morgen mehr erfahren konnte.

Als er erwachte, fielen ihm sofort die gestrigen Ereignisse ein. Das Bett neben ihm war leer, Darya musste aufgestanden sein. Draußen dämmerte es bereits. Der Wecker zeigte sieben Uhr. Noah lauschte. Aus der Küche war das Klappern von Geschirr und das Stöhnen der Kaffeemaschine zu hören. Er stand auf und ging langsam auf die Küchentür zu. Kaffeegeruch kam ihm entgegen. Als er sie öffnete, drehte Darya sich um. Sie war mit einem weißen Bademantel bekleidet, und ihre Haare waren in einem ebenfalls weißen Handtuch eingedreht. Sie strahlte ihn an. Ihr Gesicht lachte.

»Du bist ja auch schon auf! Guten Morgen! Ich konnte nicht mehr schlafen. Da habe ich schon mal Frühstück gemacht. Ich hoffe, ich war nicht so laut, dass ich dich geweckt habe.«

Noah schaute sie nur an. Er antwortete nicht.

Darya kam auf ihn zu. Im Gehen öffnete sie den Bademantel und ließ ihn von ihren Schultern gleiten. Nackt drückte sie sich an ihn und küsste ihn auf den Mund.

Noah reagierte verhalten und schob sie auf Abstand.

»Noah! Was ist mit dir? Noch müde? Du schaust so irritiert.«

»Ja, ich bin erstaunt über gestern Abend. Was war mit dir?«

»Was meinst du?«

Noah machte einen halben Schritt zurück, um sie besser beobachten zu können. Nur mühsam konnte er seinen Blick von ihren betörenden Formen lösen. Ihre Nacktheit, ihre Wärme und ihr Duft ließen ihn fast schwach werden.

»Wie ›was meinst du‹? Das ist nicht dein Ernst. Ich habe geklingelt und du hast nicht aufgemacht. Ans Handy bist du auch nicht gegangen. Ich musste wie ein Einbrecher in deine Wohnung kommen. Im Wohnzimmer habe ich dich gefunden. Du hast auf deinem Sofa gesessen, völlig apathisch. Schließlich bist du in Tränen ausgebrochen und warst total aufgelöst. Ein Gespräch war unmöglich. Was ist passiert?«

Nun schaute Darya irritiert. Sie hob ihren Bademantel auf und zog ihn über. Den Mantel vorne zuhaltend, schaute sie Noah ins Gesicht.

»Gestern, häh? Wovon sprichst du? Keine Ahnung. Die Reise war anstrengend. Schlechte Unterkünfte und immer russisches Fast Food. Die ganz Woche war mir leicht übel. Gestern war ich wohl so müde, dass ich mich sofort ins Bett gelegt habe. Ich muss dann eingeschlafen sein. Vielleicht habe ich dich deswegen nicht gehört. Tränen, das denkst du dir doch aus, davon weiß ich nichts. Ich war einfach völlig erledigt von der Reise.«

Sie schüttelte den Kopf.

»Der Kaffee ist durch, komm, wir frühstücken.«

Noah schaute ihrem geschäftigen Treiben fassungslos zu. Was ging hier vor? Er drehte sich um, ging zur Wohnungstür und öffnete sie. Die Dichtung hing noch immer lose von oben herab und die Farbkrümel waren deutlich auf der Türschwelle zu erkennen. Es stimmte also.

Kopfschüttelnd ging er in die Wohnung zurück. Natürlich war er froh über die alte Darya, die leise summend das Frühstück zubereitete. Eine ungute, nagende Irritation blieb jedoch in ihm zurück. Er wusste, was er gesehen hatte.

Kapitel 29

Der Suchbegriff *Pasteur* ergab die üblichen, Noah zum Teil bekannten Eintragungen. Während er im Internet stöberte, machte er sich parallel Notizen.

Luis Pasteur lebte Ende des 18. Jahrhunderts in Frankreich. Er galt als ein Begründer der Mikrobiologie. Die Empfehlung, Milch zu erhitzen, um Keime abzutöten, geht auf ihn zurück. Ihm zu Ehren wurde diese Methode pasteurisieren genannt.

Pasteur lehrte, dass es gefährliche Erreger gebe, die es mit allen Mitteln zu bekämpfen gelte. Die sogenannte Erregertheorie der Krankheiten. Diese Erreger dringen nach Pasteurs Ansicht von außen in den menschlichen Körper ein und entfalten dort ihre krankmachende Wirkung. »Mikroben als Parasiten im Körper gilt es zu bekämpfen.« Er wies Mikroorganismen in der Luft nach. Auf ihn geht die Schutzimpfung zurück. Er entwickelte Impfstoffe gegen Milzbrand und Tollwut. Er sah es als Aufgabe der Medizin an, die Menschheit vor den angreifenden Mikroben zu schützen. Werden die Erreger getötet, ist der Patient gesund, so seine Theorie.

Gegen Ende seiner Recherche fand Noah noch: Manchmal hatte Pasteur bei seinen Forschungsergebnissen gelogen, um seine Theorie zu untermauern. Bei öffentlichen Reden demütigte er gern seine Kontrahenten und überzog sie mit Spott.

Noah lehnte sich zurück und dachte über das Gelesene nach. Ihm fiel auf, dass auf der Pasteur'schen Lehre die Ansätze der medizinischen Forschung fußten. Infektionskrankheiten sollten bekämpft und Mikroben getötet werden. Seit über hundert Jahren wurde mit dieser Annahme diagnostiziert und therapiert. Auch heute gelten diese Lehren als richtig und bilden das Fundament der Denkweise der Schulmedizin. Seitdem floss sehr viel öffentliches Geld in diese Richtung. Impfstoffe und Medikamente wie Fiebersenker, Antibiotika und Cortison wurden hierfür entwickelt. Die pharmazeutische Industrie verdiente damit viel Geld.

Zu Béchamp fand Noah Einträge eher auf Seiten mit alternativmedizinischem Hintergrund.

Antoine Béchamp lebte ebenfalls Ende des 18. Jahrhunderts in Frankreich. Béchamp warf Pasteur vor, seine Theorien aufgegriffen, verfälscht und als die eigenen wiedergegeben zu haben.

Béchamp stellte die Hypothese auf, dass alle lebenden Zellen aus kleinsten lebenden Partikeln bestehen, und er nannte diese Partikel *Mikrozyme*. Er vertrat in seiner Lehre des Pleomorphismus die Ansicht, dass die Mikrozyme sich unter bestimmten Umständen in andere Mikroben, etwa Bakterien, Viren und auch Zellen, umwandeln könnten. Demnach organisieren die Mikrozyme die Materie.

Die moderne Medizin lehnte das Modell des Pleomorphismus als unzutreffend ab. Lediglich in der Alternativmedizin fand es Beachtung.

Zur Krankheitstheorie notierte sich Noah Folgendes:

Béchamp wies darauf hin, dass Organismen nicht keimfrei sind. Er war der Meinung, dass Mikrozyme im menschlichen Organismus leben und dort in unterschiedlichen Erscheinungsformen, unter anderem als Mikroben, auftreten würden. Wenn es dem Organismus schlecht gehe, er also geschwächt sei, gerieten diese Mikroben außer Kontrolle. Dieser Vorgang wäre somit Folge und nicht Ursache eines Krankheitsprozesses. In einem Organismus, dem es gut gehe, würden die Mikroben wie in einem gesunden Ökosystem im Gleichgewicht leben. Daher der Satz: Die Mikrobe ist nichts, das Milieu ist alles.

Pasteur vs. Béchamp, zu diesem Suchbegriff gab es einige Einträge. Nachdem Noah auch diese gelesen hatte, fasste er für sich zusammen:

Weltanschaulicher Streit: Krankheitserreger kommen von außen. Sie sind zum Beispiel in der Luft vorhanden. Sie greifen den Menschen an und machen ihn krank. Durch Maßnahmen wie Desinfektion, Erhitzen und mehr kann der Kontakt mit ihnen minimiert werden. Die Erreger gilt es zu vernichten. Sind sie vernichtet, ist und bleibt der Mensch gesund. Die Verantwortung für Krankheit liegt bei den Mikroben. Basierend auf dieser Anschauung wird geimpft und Antibiotika werden verordnet.

Vs.

Je nach Milieu entwickeln sich spontan aus Kleinstpartikeln Mikroben, das sind zum Beispiel Bakterien und Viren. Mikroben sind immer im Körper vorhanden. Der Körper kann je nach Zustand damit umgehen. Nach dieser Anschauung liegt das Augenmerk auf der Gesunderhaltung der Umwelt, der Verbesserung der Lebensbedingungen, wie guter Nahrung, Stress- und Angstfreiheit, und der Symbiose zwischen Mensch und Mikrobe. Ein großer Teil der Verantwortung für Gesundheit liegt bei den Menschen. Selbstwirksamkeit.

Offensichtlich gab es einen Konkurrenzkampf zwischen den beiden Positionen und kein friedliches Miteinander, trotz vorhandener Gemeinsamkeiten. Pasteur war adelig und hatte mehr Geld. Die Welt folgte seinem Weltbild. Bis heute. Das führte dazu, dass Béchamps Anschauung vollkommen verdrängt wurde.

Kapitel 30

Noah wischte über das Display seines Smartphones. Irgendetwas stimmte nicht mit den Forschungen von Balodis. Noah glaubte keinen Moment daran, dass der den Schlüssel zum ewigen Leben in Händen hielt, da war er zu sehr Wissenschaftler. Was also tat sich hier? Irgendein Betrug oder Menschenversuche? Woher nahm Balodis das Geld, seine riesige Firma zu finanzieren und über Jahre im Betrieb zu halten? Da musste es eine wirklich gute Einnahmequelle geben. Noah wollte auf keinen Fall an etwas Kriminellem beteiligt sein, das Menschen als Versuchskaninchen missbrauchte oder drogenabhängig machte.

Er hatte beschlossen, eigene Recherchen zu starten. Sofort war ihm Kaji eingefallen. Andriy Kachinska … da war er ja, Noah tippte auf die Nummer. Nach dem zweiten Klingelton nahm Kaji den Anruf an.

»Kaji, ich würde mich gern mit dir treffen. Auf ein Bier oder so. Ich muss mit dir über meine Erlebnisse hier sprechen. Ich könnte deine Hilfe gebrauchen. Allein trau ich mich nicht.«

»Meine Hilfe, okay. Was ist passiert? Ist deine Tarnung als falscher Arzt aufgeflogen?« Kaji lachte.

»Nein, nein, das ist es nicht. Es geht um etwas anderes. Ich arbeite doch hier für diesen Psychiater. Inzwischen glaub ich auch, dass da ein krummes Ding läuft. Ich will dem ein wenig nachgehen. Dabei brauche ich Hilfe von jemand, der nicht zurückschreckt, wenn es illegal wird. Darya weiß noch nichts davon, ich will sie da auch nicht reinziehen, sie hat schon genug am Hals.«

»Ich habe ja gleich gesagt, du sollst die Finger davonlassen. Noch ist es nicht zu spät. Kündige einfach, und ab zurück nach Deutschland. Möglicherweise sind es ja doch Drogen, und irgendeine lettische oder russische Mafia hängt drin. Könnte gefährlich werden.«

»Drogen glaube ich noch immer nicht. Ich glaube eher an illegale Medikamententests oder so. Ja klar, irgendetwas Illegales wird es schon sein, sonst würde Balodis nicht so ein Geheimnis um alles machen. Außerdem ist er zu reich. Ich bin einfach neugierig.«

Noah wollte Kaji am Telefon nichts vom Überfall, von den Toten und Valmir erzählen. Er war nicht einfach nur neugierig, wie er Kaji glauben machen wollte. Einfach wieder nach Deutschland zu gehen, daran hatte Noah auch schon gedacht. Aber Darya war hier und hatte einen gut bezahlten Job als medizinische Beraterin gefunden. Er würde gern in ihrer Nähe bleiben. Auch wenn er ihren Kontakt noch immer nicht als Beziehung oder sich und Darya nicht als Liebespaar bezeichnen würde.

Außerdem, was sollte er auch in Deutschland? Wieder in der Kneipe arbeiten oder Taxi fahren wie Kaji? Nein, die Arbeit in der Praxis Balodis gefiel ihm, er lernte mit jedem Patienten dazu. Er verdiente zudem nicht schlecht. Alles Weitere würde sich zeigen. Er war so in seine Gedanken vertieft, dass er gar nicht mitbekam, dass Kaji ihn etwas gefragt hatte.

»Hallo, Noah!«

Noah tauchte wieder an die Oberfläche.

»Du warst ja völlig weggetreten. Ich sagte eben: Und bei *illegal* denkst du an mich? Klasse Noah, danke. Worum geht es denn genau?«

»Ich würde mir gern das Labor hier im Keller ansehen. Balodis macht ein Geheimnis daraus und lässt mich nicht rein.«

»Okay, Einbruch also. Ist ein altes Haus, oder? Was soll ich mitbringen?«

»Keine Ahnung. Na irgendetwas zum Türen aufmachen und eventuell auch etwas für Elektronik. Es gibt vielleicht eine Alarmanlage.«

»Vielleicht, eventuell, ich merk schon, du bist gut vorbereitet. Na, ich mach mir Gedanken und bring etwas mit. Wann soll denn das Fest steigen?«

»Kannst du am nächsten Samstag? Vielleicht vorher irgendwo was essen und warten, bis es dunkel wird und still im Haus.«

»Ja, das geht. Lass uns um acht im *Varenna* treffen. Kennst du das? Das ist am Markt. Italienische Küche, ganz lecker. Ich war da vor Kurzem mit Grazyna. Bring viel Geld mit, du zahlst.«

»Okay, das finde ich. Danke Kaji, bis dann.«

Kapitel 31

Es war soweit. In schwarzer Kleidung und mit Einbruchwerkzeugen näherten sie sich dem Gebäude.

»Ich bleib dabei: Drogen.«

»Kaji, still jetzt. Siehst du das große Haus da vorn, das mit den hellen Fensterverzierungen? Das ist das Haus von Balodis.«

Noah hatte seine Schritte verlangsamt und hielt Kaji am Arm zurück.

»Links an der Seite ist die Tür. Ich weiß, wie ich sie öffnen kann.«

Noah hatte seit dem Telefonat mit Kaji Abend für Abend im Verborgenen vor dem Haus gewartet. Als die Laborantin Milana aus dem Keller kam, um sich auf den Heimweg zu machen, sprang er im allerletzten Moment zur Tür. Vorgestern hatte er erfolgreich verhindert, dass sie ins Schloss fiel. Er hatte sich das Schloss und den Rahmen angesehen. Eine alte Tür mit einem einfachen Schnappschloss. Das ließ sich leicht mit einer Plastikkarte öffnen. Noah fühlte sich inzwischen als Fachmann für Türöffnung mit Plastikkarte.

Doch die eigentliche Labortür war ein ganz anderes Kaliber.

»Scheiße! Das wird nix.«

Kaji hatte seinen Rucksack mit verschiedenen Werkzeugen auf den Boden gestellt und betrachtete kopfschüttelnd die Tür.

»Mensch Kaji, das hatte ich dir doch gesagt, das ist ein Nummernschloss.«

»Davon hast du kein Wort gesagt! Du hast gesagt, es ist ein altes Haus. Im Keller gibt es ein Labor, und da willst du hinein. An was habe ich wohl bei dieser Beschreibung gedacht? Auf jeden Fall nicht an diese moderne Schließanlage an einer gepanzerten Stahltür. Über das Schloss kommen wir nicht weiter. Mein Werkzeug macht höchstens Kratzer und Dellen. Diese Verriegelung hier, das kannst du vergessen.«

Beiden war die Anspannung anzumerken. Bei jedem Geräusch reagierten sie schreckhaft.

»Okay, Scheiße, dann müssen wir neu starten. Ich muss nachdenken. Lass uns in Ruhe überlegen, wie wir weiterkommen.«

»Hier? Spinnst du, wenn uns hier jemand erwischt! Nee, lass uns abhauen. Wir denken besser ohne Anspannung.«

Valmir drückte das Gaspedal tiefer und jagte den Jaguar Richtung Innenstadt. Der Alarm hatte ihn in seiner Wohnung erreicht. Mit Sport und duschen eben fertig, war er auf dem Weg ins Schlafzimmer, als sein Handy pfiff. Ein Alarm, der ertönte, wenn der Bewegungsmelder im Kellergang zum Labor aktiviert wurde. Pullover, Hose und Schuhe waren in einer fließenden Bewegung rasch angezogen. Eine Minute später, vier Stufen auf einmal nehmend, rannte er in die Tiefgarage.

Während der Fahrt ging er die Fehlermöglichkeit durch. Der Bewegungsmelder aktivierte sich eine Minute nach Verriegelung der Labortür. Normalerweise genug Zeit für Milana, den Treppengang hinauf zu gehen und das Haus zu verlassen.

Entweder sie war gestürzt und befand sich noch im Treppengang, oder es gab unbefugten Besuch. Er öffnete das Handschuhfach und wählte eine Glock 17, die er sich in den Hosenbund schob. Eine robuste und treffsichere Waffe.

Mit quietschenden Reifen brachte er den Wagen zum Stehen. Sein Blick ging sofort zur Kellertür. Für einen kurzen Moment hatte er den Eindruck, als falle sie ins Schloss. Nur eine kleinste Bewegung, oder hatte er sich getäuscht? Mit raschen Schritten näherte er sich dem Haus. Alles schien erst einmal normal, die Tür war verschlossen. Er klatschte in die Hände, griff sich die Glock und entriegelte die Tür zum Treppengang.

Als Noah die quietschenden Reifen und kurz darauf das Klatschen der Hände hörte, wusste er sofort, dass ihr Eindringen nicht unbemerkt geblieben war. Klar war auch, dass es Valmir sein musste, der sich nun raubtiergleich um den Einbruch kümmern würde. Unwillkürlich zog er Kaji am Ärmel und drückte sich mit ihm Schutz suchend an eine dunkle Hauswand.

Kapitel 32

»Das war knapp!«

Noah zog Kaji hastig um die nächste Straßenecke und winkte ein Taxi heran.

»Hä, ich verstehe nicht. Was war knapp?«

»Hast du das Klatschen eben gehört? Das war Valmir.«

»Wer ist Valmir?«

»Das erzähl ich dir später. Jetzt erst einmal weg hier.«

Als das Taxi Fahrt aufnahm, begann Noah von Valmir zu berichten. Von Valmirs todbringendem Einsatz in Balodis Haus, von ihrer gemeinsamen Fahrt zu SilentBiota und vom einschüchternden Eindruck, den Valmir bei Noah hinterlassen hatte.

»Und wann hattest du gedacht, mir von dem Typen zu erzählen? Der klingt tatsächlich gefährlich. Wo fahren wir überhaupt hin?«

»Ich zeige dir SilentBiota. Damit du verstehst, warum ich glaube, dass hier etwas nicht stimmt.«

Noah war sich sicher, dass hinter dem nächsten Hügel die Gebäude von SilentBiota lagen, und bat den Taxifahrer, anzuhalten. Der schaute irritiert, ließ die zwei Männer jedoch am Straßenrand mitten im Nirgendwo aussteigen. Noah legte großzügig ein Trinkgeld drauf und bat den Fahrer, seinen Wagen zu wenden und eine Stunde zu warten. Er müsse sie dann wieder nach Riga zurückbringen.

»So, hinter dem kleinen Hügel müsste das Unternehmen liegen. Wir sollten leise sein. Nach meiner Einschätzung ist der Komplex bestens gesichert.«

Sie gingen schweigend an der Straße entlang und gelangten tatsächlich zu der breiten Zufahrtsstraße, die zu SilentBiota führte.

»Siehst du, wie riesig das Ganze ist!«

In dem sechsstöckigen Komplex brannte vereinzelt Licht. Nur schemenhaft war das ganze Gebäude zu erkennen. Dafür war das

Areal um das Gebäude weitläufig beleuchtet. Von ihrer Position waren der Stacheldrahtzaun und die Mauer gut zu erkennen. Vereinzelt patrouillierten Männer mit großen Hunden. Die umgehängten automatischen Gewehre waren gut zu erkennen. Kaji pfiff überrascht durch die Zähne.

»Was, sagst du, stellen die her? Mikroorganismen? Das sieht ja hier aus wie in einem Hochsicherheitstrakt.«

»So ist die offizielle Erklärung. Valmir wollte mich das glauben machen. Ich habe im Internet gestöbert. Auf ihrer Website weist sich SilentBiota als Produzent von Mikroorganismen aus.«

»Nie und nimmer ist das die einzige Aufgabe. Noah, das hier zu bauen und in Betrieb zu halten und Tag und Nacht zu bewachen, das kostet Unsummen.«

»Sage ich ja. Kaji, geh nicht so dicht ran. Ich will nicht entdeckt werden.«

»Keine Sorge, ich bin vorsichtig.«

Kaum hatte er das gesagt, begannen zwei Hunde anzuschlagen. Nach der Lautstärke des Bellens zu urteilen, waren die Hunde nicht weit entfernt und kamen direkt auf sie zu. Noah war froh, eine Mauer und den Stacheldraht zwischen sich und den Hunden zu wissen.

Doch irgendetwas stimmte nicht. Kaji rannte auf ihn zu. »Lauf Noah, die sind irgendwie auf unserer Seite. Lauf, schnell.«

Aussichtslos. Die Hunde waren schneller und kamen bedrohlich nah. Kaji, der dicht hinter Noah lief, drehte sich plötzlich um und schleuderte den Rucksack mit den Einbruchwerkzeugen in einer gekonnten Aufwärtsbewegung dem ersten Hund an den Kopf. Als hätte ihn etwas Großes gepackt und auf die Seite geworfen, schleuderte der Hund, kugelte sich und blieb leblos liegen.

Noah stolperte über einen am Boden liegenden Ast, voller Panik ruderte er mit den Armen. Den Atem des zweiten Hundes schon fast spürend, riss er seine Arme schützend vor Hals und Gesicht. Doch nichts passierte. Er drehte den Kopf und sah, dass Kaji die Bestie von hinten gepackt hatte und in den Schwitzkasten nahm. Der Hund zappelte, jaulte und versuchte zu schnappen. Kajis Würgegriff lockerte sich jedoch nicht, er bog den Kopf des Hundes weit nach hinten. Der röchelte und stieß kehlige Geräusche aus. Dann erlahmten seine Bewegungen und kamen schließlich ganz zum Stillstand. Kaji ließ den toten Hund fallen. Er packte Noah an der Hand und zog ihn auf die Beine.

»Los, zum Taxi, schnell.«

Als sie die Türen des Taxis aufrissen und dem Taxifahrer wie aus einem Mund zubrüllten, er solle sofort losfahren, sahen sie in der Ferne Taschenlampenkegel aufblitzen und über den Boden gleiten. Aber der Taxifahrer hatte verstanden. Er ließ die Reifen quietschen und gab Gas.

Kapitel 33

»Ah, Dr. Winter, setzen Sie sich.«

Erschrocken prallte Noah zurück. Es war kurz vor 9 Uhr. Er hatte eben wie gewohnt seinen Praxisraum betreten. Balodis saß an Noahs Schreibtisch und hatte offensichtlich auf ihn gewartet. Das war ganz und gar nicht wie jeden Morgen. Sofort zog sich Noahs Magen zusammen. Drei Tage waren vergangen, seit Kaji und er versucht hatten, in das Labor einzudringen. Er hoffte jedoch, dass das nicht der Grund für diesen ungewöhnlichen Empfang war. In den vergangenen Tagen hatte er den Ablauf des Abends immer wieder in seiner Erinnerung abgespult und war zu dem Schluss gekommen, dass trotz der toten Hunde keine Spur zu ihm führen würde.

Nun, jetzt müsste er abwarten und seine Reaktion mit Bedacht wählen. Was blieb ihm anderes übrig. Er nahm vor seinem Schreibtisch Platz und schaute, so sicher er konnte, sein Gegenüber an. Bevor Balodis schließlich zu sprechen begann, beobachtete er Noah mit unbewegtem Gesicht. Schon bei den ersten Worten war alle Hoffnung zunichte. Noah fühlte, wie er innerlich schrumpfte.

»Vorgestern versuchten Unbekannte, in das Labor hier im Haus einzubrechen. Eine Stunde später versuchten Unbekannte, das Gelände von SilentBiota auszuspionieren. Zwei Wachhunde wurden bei der anschließenden Verfolgung getötet.

Es soll sich bei diesen Unbekannten um zwei Männer handeln, die Deutsch sprechen. Was sagen Sie dazu?«

»Da fragen Sie mich? Die Deutsch sprechen? Tja, dazu fällt mir nichts ein. Woher wissen Sie denn, dass es zwei Männer waren, und dass sie Deutsch sprachen?«

»Valmir haben Sie ja bereits kennengelernt. Er ist sehr gründlich in seinen Recherchen. Ich will Ihnen auch nicht verheimlichen, dass sein Verdacht sofort auf Sie gefallen ist.«

»Auf mich?«

Noah versuchte trotz der Angst, die allmählich jede Zelle erreicht und mit grauem Nebel gefüllt hatte, den Überraschten zu mimen.

»Was habe ich mit Ihrem Labor und Ihrem Unternehmen zu tun?«

»Das habe ich ihm auch gesagt. Die grobe Beschreibung des Taxifahrers passt jedoch auf Sie. Leider war es zu dunkel. Der Fahrer konnte Sie auf einem Foto nicht eindeutig wiedererkennen.«

»Einem Foto, meine Güte, was für ein Aufwand!«

»Aufwand!«

Balodis fuhr ihn verärgert an. Mit blitzenden Augen und erhobener Stimme.

»Sie wissen nicht, was auf dem Spiel steht. In diesem Labor lagert mein Lebenswerk. All meine Entdeckungen, meine Forschungsergebnisse. Käme das in die falschen Hände oder an die Öffentlichkeit, wäre meine Arbeit zunichte und ich ruiniert. Mehr noch, wir wären alle unseres Lebens nicht mehr sicher.

SilentBiota ist mein ausführender Arm. Die Umsetzung meines Strebens, die Erfüllung meines Traums. Nichts davon darf in die falschen Hände gelangen. Das wäre tödlich für mich und meine Tochter, für viele von uns. Möglicherweise auch für Sie.«

»Tödlich, übertreiben Sie da nicht etwas?«

»Herr Winter, ich will ganz offen sein. Lassen wir das Versteckspiel. Ich wusste von Anfang an, dass Sie kein Arzt sind. Ich wusste um Ihr abgebrochenes Studium und um Ihre fingierte Stellung beim International Medical Center.«

Als wäre alle Luft aus ihm gewichen, sackte Noah in sich zusammen. Es dauerte einen Moment, bis er sich wieder unter Kontrolle hatte. Er wusste nicht, was tun, alles begann sich langsam zu drehen. Ohne aufzublicken, und mit leiser Stimme mühte er sich, eine Frage zu formulieren.

»Woher wissen Sie davon und warum haben Sie mich trotzdem hergeholt?«

»Ja, warum. Was glauben Sie?«

Noah war unfähig, einen klaren Gedanken zu fassen. In seinem Kopf raste ein unkontrolliertes Karussell. Nirgends ein Bremspedal. Er konnte nur abwarten.

»Ich wollte natürlich all Ihre Erkenntnisse aus der Traumatherapie, EMDR, EMI, und Ihre praktischen Erfahrungen mit den Kriegsverletzten. Für meine Tochter, Sie werden sich erinnern. Ich halte es nicht so mit akademischen Würden. Urkunden und Diplome sind mir egal. Es spielt keine Rolle, welchen Titel oder welche Legitimation Sie besitzen. Das Leben hat mir oft genug gezeigt, dass Menschen mit außergewöhnlichen Fähigkeiten keine Titel besitzen. Valmir ist ein gutes Beispiel. Wussten Sie, dass die großen Erfindungen der Welt von Laien gemacht wurden? Na, und ich hatte Gefallen an Ihnen gefunden. Nennen Sie es Sentimentalität. Weil Sie aus Deutschland sind, dem Heimatland meiner Mutter. Außerdem haben Sie das richtige Alter, um für …«

Balodis brach jäh ab und blickte schnell zur Seite. Er wartete einen Moment Noahs Reaktion ab, ehe er weitersprach.

Dieser war viel zu verwirrt, um nachzuhaken.

»Außerdem ist es hilfreich für die Treue und die Loyalität, wenn Sie nicht gleich zum nächstbesten Angebot greifen können. Als Arzt in Deutschland oder irgendwo auf der Welt. Das bindet. Für meine Ziele benötige ich vertrauensvolle, treue Mitarbeiter. Sollte ich mich in Ihnen getäuscht haben?«

»Aber ich weiß doch nur Allgemeines von Ihren Forschungen. Ihre Ziele kenne ich gar nicht. Ihre Tochter habe ich bisher nicht zu Gesicht bekommen. Sie machen immer nur viel Geheimniskrämerei und vertrösten mich auf später. Vielleicht sollten Sie mich über Ihre Ziele informieren.«

»Herr Winter, ist Ihnen klar, wenn ich das mache, und es stellt sich heraus, Sie sind gegen mich und meine Ziele …« Er machte eine Pause und schaute Noah direkt in die Augen. »… dann müsste ich Sie beseitigen lassen.«

Noah lehnte sich ungläubig zurück. War er hier in einem Agentenfilm gelandet? Hatte er richtig gehört? Balodis brüllte so plötzlich los, dass Noah nach hinten zuckte.

»Ist Ihnen das klar? Ich würde Sie töten lassen.«

Etwas leiser: »Sie haben angefangen, sich Fragen zu stellen. Das ist grundsätzlich gut. Aber ich werde Ihnen zu Ihrer Sicherheit nur so viele Antworten liefern, wie der Grad meines Vertrauens zu Ihnen ist. Und glauben Sie mir, ein Zeichen von mir, und Valmir lässt Sie verschwinden.«

Noah nickte stumm.

Kapitel 34

»Sie erinnern sich sicher noch an unser Gespräch über die Theorien des Russen Ilja Metschnikow zu den Prozessen des Alterns?«

Noah war eingeschüchtert, er fühlte sich entlarvt und ohnmächtig, versuchte aber, seiner Stimme Festigkeit zu verleihen und möglichst locker zu wirken.

»Ja, das war der Typ, der den Dickdarm rausschneiden ließ, weil er dort den Herd allen Unheils sah. Seine Patienten starben wie die Fliegen. Und irgendetwas mit Bakterien aus Kefir.«

Balodis ging nicht auf seine flapsige Antwort ein.

»Nun, es gibt keine plausible Erklärung für die Prozesse des Alterns, bis heute nicht. Schließlich erneuern sich unsere Zellen ständig. Warum also altern wir? Falten, Abnutzungen, Organprobleme und schwere Krankheiten, warum?«

Noah war unsicher, ob diese Fragen an ihn gerichtet waren oder einfach ein Teil der Ausführungen. Die Pause dehnte sich, und schließlich hielt Noah es nicht mehr aus.

»Ich würde sagen, es liegt in den Genen, in der Veranlagung, die jeder familiär mitbringt.«

»Herr Winter, langweilen Sie uns doch nicht mit solchen Allerweltsplattheiten. Wenn wir nicht weiter wissen, sollen es immer die Gene sein. Machen Sie sich frei von Ihrem angelernten Medizinwissen. Denken Sie über die Grenzen hinaus.«

»Sorry, aber Sie haben sich mit diesem Thema schon sehr lange und ausgiebig befasst. Ich bin Ihnen auf diesem Gebiet nicht ebenbürtig. Hatten Sie nicht erzählt, dass die gängige Theorie des Alterns von Mikroentzündungen ausgeht? Dass diese Mikroentzündungen im Körper die Zellerneuerung beeinflussen und behindern? Wäre es dann nicht hilfreich, einfach die Entzündungen zurückzudrängen?«

»Sie zeigen einen wachen Verstand. Sicherlich kann man diesen Weg versuchen. Und wissen Sie, das ist sogar der Weg, der in der Anti-Aging-Medizin propagiert wird. Neben der Idee, die Gründe für die Mikroentzündungen zu reduzieren.«

»Sie meinen Entgiftung, Biokost, Luftreinigung, Diäten und Bewegung?«

Wieder ging Balodis nicht auf Noah ein.

»Mein Weg ist ein ganz anderer. Ich gehe davon aus, dass sämtliche im menschlichen Körper lebenden Mikroben, also unser Mikrobiom, uns steuert. In uns leben etwa anderthalbmal so viele Mikroorganismen, wie wir Körperzellen haben. Sie sind in der Überzahl.«

»Uns steuert? Aber das würde allen Theorien vom Stoffwechsel, der Physiologie und so weiter widersprechen. Nur weil sie zahlenmäßig mehr sind, heißt das doch nichts. Das sind doch keine denkenden, mit Bewusstsein ausgestatteten Lebewesen.«

»Eine einzelne Mikrobe vielleicht nicht. Aber haben Sie schon einmal den Begriff Schwarmintelligenz gehört?«

Noah schüttelte den Kopf.

»Ich will Ihnen ein Beispiel geben. Eine einzelne Ameise hat nur sehr begrenzte Möglichkeiten zu interagieren. Ameisen haben schlechte Sinnesorgane, und ihr Nervensystem ist eher kümmerlich. Eine Ameise ist in ihrem Verhalten und in ihren Reaktionen sehr eingeschränkt. Ein Ameisenstaat ist jedoch eine sich selbst organisierende Gemeinschaft.

In der Beobachtung dieser Kolonien ergeben sich Verhaltensweisen, die wir mit Intelligenz bezeichnen müssen. Sie sollten sich einmal mit den Abläufen der Nahrungssuche bei Ameisen beschäftigen. Dabei wird Ihnen schnell unheimlich. Wussten Sie übrigens, dass die Biomasse aller Ameisen auf der Welt größer ist als die Biomasse der gesamten Menschheit?«

»Intelligenz, was meinen Sie damit? Setzt Intelligenz nicht Bewusstsein und Denkfähigkeit voraus? Sie wollen doch nicht behaupten, Ameisen verfügen über dergleichen?«

»Ah, Sie denken natürlich zuerst an den Menschen mit seinem Gehirn als die höchste Entwicklung und messen alles daran.

Mit Ihrem Drang, Intelligenz zu bewerten, sind Sie nicht der Erste. Intelligenztests stammen aus einer Zeit als es Ober-, Mittel- und Unterschicht gab. Es galt abzuwerten und sich abzugrenzen. Nur was für einen Erfolg in der westlichen Gesellschaft sprach, wurde mit intelligent bewertet. Können Sie sich vorstellen, wie Naturvölker da abgeschnitten haben?«

Balodis schaute Noah einen Moment prüfend an. Der reagierte jedoch nicht.

»Wenn Sie den Begriff Intelligenz jedoch als die Fähigkeit ansehen, Probleme aus deren Kontext zu lösen, kommen Sie schnell zu anderen Schlussfolgerungen. Stellen Sie ein einzelnes Individuum, egal welcher Spezies, vor ein Problem. Sie werden mir sicher zustimmen, dass das Individuum, das in kürzerer Zeit mehr Probleme löst oder bessere Lösungen findet, das intelligentere ist. Schwarmintelligenz ist also dann vorhanden, wenn eine Gruppe schneller bessere Lösungen findet als das einzelne Individuum.«

»Aber wird es dann nicht immer einen oder mehrere kluge Köpfe geben, die das Ganze steuern?«

»Sie sind mir zu sehr verhaftet in Ihren hierarchischen Strukturen. Eine Universität mit einem Dekan, ein Unternehmen mit einem Chef, eine Schule mit einem Rektor, eine Station mit einem Oberarzt, eine Armee mit einem General, die Studierten über den Unstudierten, ich könnte die Liste unendlich weiterführen. Oben und unten.

Wissen Sie, der Begriff *Hierarchie* entstammt dem kirchlichen Latein des 17. Jahrhunderts. Abgeleitet aus den Begriffen ›hierós‹ – heilig – und ›archē‹ – Herrschaft. Er bedeutet Rangordnung, Herrschaft, Autorität und Menschenführung. Mir wird schlecht, wenn ich an die Herrschaft und Menschenführung unter russischer Autorität denke.

Die ganze Welt kennt Hierarchie aus dem strengen System der römisch-katholischen oder der orthodoxen Kirche. Seit Jahrtausenden in unserem Denken als das Herrschaftsprinzip etabliert.

Freiheitsgrade oder gar Mitbestimmung sind den darunter liegenden Instanzen verboten.«

Balodis hatte sich in Rage geredet. Seine ganze Haltung drückte Aggression aus. Sein Ton war lauter geworden. Seine sonst so beherrschte langsame Sprechweise hatte sich beschleunigt. Deutlich konnte Noah ihm die Wut und den Hass auf alles Hierarchische anmerken. Nun machte er eine Pause und versuchte, sich wieder unter Kontrolle zu bringen.

»Daran sind Sie gewöhnt. Diese Strukturen kennen Sie, und Sie denken wahrscheinlich, so muss es sein. Aber diese Systeme sind verlängerte Arme ihrer führenden Köpfe. Das hat mit Schwarmintelligenz nichts zu tun. In einer Schwarmintelligenz gibt es keinen zentralen Organisator. Sie müssen sich das so vorstellen, dass Millionen kleinster, sehr beschränkter Gehirne ständig Millionen von unabhängigen Entscheidungen treffen, mit Verhaltenssignalen reagieren sie auf die Rahmenbedingungen. Eine einzelne Ameise kann ohne die Kolonie nicht überleben.«

»Aber beim Menschen werden viele Abläufe durch das Gehirn gesteuert.«

Balodis' Blick schoss zu Noah, fast gleichzeitig schüttelte er den Kopf.

»Hier muss ich Ihnen widersprechen. Sie wollen glauben, dass unser Gehirn unseren Organismus zentral steuert. Aber die einzelnen Zellen gehen ihren Aufgaben nach, ohne auf Befehle einer zentralen Verwaltung zu warten. Der Körper hirntoter Patienten funktioniert ganz hervorragend. Aber ich merke schon, es fällt Ihnen schwer, sich an diese Sichtweisen zu gewöhnen. Ich will es auf einem anderen Weg probieren.«

Balodis lächelte.

»Mir ist eben ein Beispiel aus Ihrem Leben eingefallen. Sie sind ja noch jung. Dass es das Internet gibt, ist für Sie selbstverständlich. Nun stellen Sie sich jeden einzelnen User als Ameise vor. In seinen Handlungen und Möglichkeiten begrenzt. Aber als Zusammenschluss aller User ist das Internet ein riesiger, vielzelliger Superorganismus. Eine enorme Ansammlung menschlicher Intelligenz. So wird einzelnes, dezentrales Wissen koordiniert und genutzt«.

»Aha, so langsam beginne ich zu verstehen, was Sie mir mitteilen wollen. Sie gehen davon aus, dass die Gesamtheit der Mikroben in uns wie ein Superorganismus anzusehen ist. Und Sie glauben, dass dieser Superorganismus über Schwarmintelligenz verfügt?«

»Richtig! Ich glaube es nicht nur, ich weiß es.«

Kapitel 35

Noah duschte und putzte seine Zähne. Er würde im Bett auf Darya warten, es konnte spät werden. Wenn sie von ihren Krimreisen zurückkam, ließ sich die Uhrzeit nicht genau kalkulieren. Er musste grinsen, als er daran dachte, wie sehr er sich anfangs gesträubt hatte, ihren Wohnungsschlüssel anzunehmen.

Als er nackt aus dem Bad trat, prallte er im Flur auf Darya. Erschrocken zuckte er zusammen und wich einen halben Schritt zurück.

»Gott! Darya! Hast du mich erschreckt. Ich hab dich nicht kommen hören.«

»Was machst du hier? Hast du mir aufgelauert? Wolltest du mich überfallen?«

Darya wirkte angespannt und aggressiv. Sie funkelte ihn an.

»Hä? Darya, wir waren doch verabredet.«

»Das wüsste ich aber. Ich werde dir zeigen, wie es dir ergeht, wenn du Frauen auflauerst.«

Mit diesen Worten stürzte sie sich auf Noah, packte seinen Hals mit beiden Händen und riss ihr Knie hoch. Zu Noahs Glück hatte sie schlecht gezielt. Ihr Knie rutschte an seinem Oberschenkel entlang und traf mit verminderter Wucht seinen Hoden. Noah blieb trotzdem für einen Moment die Luft weg. Daryas Hände hatten seinen Hals immer noch fest im Griff. Angst kroch in ihm hoch. Was war das? Wo sollte es enden?

Um sich zu befreien, riss er die Arme hoch, drehte sich seitlich und entwand sich aus Daryas Würgegriff. Schnell schaffte er ein paar Schritte Abstand. Er war unsicher, wie er sich verhalten sollte. War das hier Spaß? Allerdings wirkte Daryas Wut dafür viel zu echt. Ebenso ihr Angriff eben. Das hätte auch anders für ihn ausgehen können. Er drehte sich eben wieder zu Darya, als die mit erhobenen Fäusten erneut auf ihn losging. Jetzt wurde ihm klar, dass sie es ernst meinte.

»Darya, stopp! Was ist denn mit dir los?«

Aber sie ließ sich nicht aufhalten und rannte förmlich in Noah hinein. Der stolperte nach hinten. Gemeinsam landeten sie, miteinander ringend, auf dem harten Dielenboden. Noah versuchte, sich zu drehen, um sich von Darya zu befreien. Aber die ließ nicht locker. Mit all ihrer Kraft und Geschmeidigkeit versuchte sie die Oberhand zu gewinnen und Noah unter sich zu halten. Doch so schnell ließ sich Noah nicht bezwingen. Beide boten inzwischen all ihre Kräfte auf, schwitzend und ächzend kämpften sie. Darya nutzte einen schwachen Moment aus und schwang sich auf Noah. Sie hielt seine Arme an den Handgelenken über seinen Kopf und drückte seine Hände auf den Boden. Keuchend hielt Noah mit äußerster Mühe dagegen. Diese Kraft und Entschlossenheit hatte er ihr nicht zugetraut. Er konnte unter zähem Raufen einen Arm befreien, sich drehen, vom Boden hochstemmen. Darya rutschte an ihm herab und setzte sich auf. Während Noah versuchte, seine Atmung unter Kontrolle zu bringen, zog sie sich plötzlich ihre Hose und den Pullover aus. Ihren BH hakte sie ebenfalls auf und ließ ihn auf den Boden fallen. Die Socken streifte sie von den Füßen. Noah schaute ihr erstaunt dabei zu. Darya war ihm wie eine Fremde vorgekommen. Er hatte ihr Verhalten nicht einschätzen können. Während er ihren nackten, schweißglänzenden Körper anblickte, wich seine Angst einer Verwirrung. War das alles nur ein erotisches Spiel?

Nur mit ihrem knappen Slip bekleidet stand Darya auf und sammelte sich einen Moment. Ihr Atem ging heftig. Ihre Brüste wogten auf und ab. Sie schaute auf Noahs nackten Oberkörper und blieb mit ihrem Blick an seiner beginnenden Erektion hängen. Schließlich sah sie ihm in die Augen und ließ ihr Höschen in einer fließenden Bewegung zu Boden gleiten.

Noahs Blick wanderte von ihren Augen zu ihren Brüsten, über ihren glatten Bauch zu ihrer rasierten Scham und ihren Beinen. Er umfasste noch mit seinen Augen den Anblick ihres nackten wohlgeformten Körpers, als sie plötzlich mit nach vorn geneigtem Kopf erneut auf Noah losstürmte. Wieder landeten sie auf dem Boden. Haut an Haut wanden und rauften sie weiter. Noah war zwar von der erneuten Wendung überrumpelt, gleichzeitig auch berauscht. Dass sie sich in ihrem Kampf Schürfungen und Prellungen zuzogen, blendeten beide aus.

In einem günstigen Moment hatte Darya es wieder geschafft, Noahs Hände zu packen. Doch diesmal drückte sie diese nicht auf den Boden, sondern presste sie an ihre Brüste. Laut aufstöhnend warf sie ihren Kopf nach hinten. Mit ihren Händen drückte sie die seinen fest um ihre Brüste und schob diese grob nach oben.

Schließlich ließ sie seine Hände los. Sie stützte sich auf seinen Schultern ab und bewegte ihren Körper stöhnend auf seinem hin und her, ihre Feuchte an ihm reibend.

Daryas Bewegungen wurden intensiver. Sie kippte ihr Becken und schob ihn tief in sich hinein. Noah keuchte. Sie verharrte für einen Moment mit geschlossenen Augen und nach hinten gestrecktem Kopf. Doch schon bald nahm sie ihren Ritt mit schnellen und heftigen Bewegungen wieder auf. Ihr Stöhnen wurde lauter und rhythmisch. Auf ihrem Höhepunkt entlud sie ihre Spannung mit einem Schrei. Sie ließ sich auf seinen Oberkörper fallen. Durch einen kurzen Schwung ihres Körpers drehte sie beide auf die Seite.

Noah war vom Kampf und Daryas hartem Sex euphorisiert. Er drehte sie, ohne aus ihr herauszugleiten, auf den Rücken. Dann nahm er ihre Handgelenke und drückte sie über ihrem Kopf auf den Boden. Darya entfuhr ein Stöhnen, und sie presste ihren Unterleib seinem entgegen. Mit seinen Oberschenkeln spreizte er ihre Beine weit auseinander. Sein Blick ruhte für einen Moment auf ihrem Gesicht und ihren Brüsten. Die Lust überrollte ihn. Er begann sich kraftvoll in ihr zu bewegen, immer begieriger und ungezügelter, wie in Ekstase.

Ein rhythmisches Geräusch, einem Fauchen gleich, entwich seiner Kehle. Schließlich kam auch er, brüllend, mit weit geöffnetem Mund. Als er ihre Hände wieder frei gab und in ihr lachendes

Gesicht blickte, musste er mitlachen. Mit einer Mischung aus Lachen und Weinen lagen sie noch eine Weile eng umschlungen auf dem Fußboden und ließen sich den Schweiß von der Luft trocknen.

Kapitel 36

2018, Riga, Lettland

Noah stand vor dem Schaufenster eines Elektronikmarktes und schaute sich die Smartphone-Angebote an. Plötzlich positionierten sich synchron rechts und links von ihm zwei Männer. Sie hatten sich so dicht platziert, dass die von ihnen ausgehende Bedrohlichkeit für Noah deutlich zu spüren war.

Noah wollte eben zur Flucht ansetzen und wegrennen, als der eine Mann ihn mit einer tiefen Stimme in ausgezeichnetem Deutsch ansprach.

»Herr Winter, bitte bleiben Sie noch einen Moment. Wir haben mit Ihnen zu reden.«

Das Überraschungsmoment lag deutlich auf Seite der dunkel gekleideten Männer. Noah schaute dem Sprecher nun direkt ins Gesicht. Ein etwa 40-jähriger Mann mit gepflegtem, dunklem Vollbart, blaugrauen Augen und einer teuer aussehenden Brille mit schwarzem Gestell. Er musterte Noah mit ruhigem Blick und schien sich seiner Sache sehr sicher zu sein.

»Woher kennen Sie meinen Namen? Ich kenne Sie nicht. Wer sind Sie?«

Eine Pause entstand.

Genervt setzte Noah erneut an: »Okay! Wie kann ich weiterhelfen?«

»Indem Sie ganz ruhig bleiben. Wir wollen Ihnen nichts tun oder Sie gar überfallen. Wir brauchen Informationen und glauben, Sie können uns weiterhelfen. Hier auf der Straße spricht sich so schlecht. Auf mein Zeichen wird ein Wagen heranfahren. Ich bitte Sie, machen Sie keine Schwierigkeiten und steigen Sie einfach ein.«

Jetzt nahm Noah den starken, fauligen Mundgeruch des Mannes wahr. Es roch, als würden Lebensmittel schon lange Zeit ungekühlt vor sich hingammeln. Der Gestank passte nicht zum gepflegten Äußeren und der gewählten Aussprache, er nahm Noah fast den Atem. Der Drang, den Kopf einfach abzuwenden, um dem Geruch zu entkommen, war stark.

»Hä? Nein, das mache ich bestimmt nicht. Ich kenne Sie nicht. Was wollen Sie, und wo wollen Sie mit mir hinfahren?«

»Eigentlich stellen wir die Fragen. Ich versichere Ihnen noch einmal, wir wollen nur mit Ihnen sprechen. Anschließend setzen wir Sie an Ihrem Wunschort ab.«

Beide Männer waren nun dicht an Noah herangetreten und griffen mit kräftigen Händen nach seinen Armen.

»Ich bitte Sie, bleiben Sie ruhig. Wir müssten Ihnen sonst eine Spritze geben, die Sie etwas gefügiger macht. Das wollen Sie doch sicherlich nicht. Und ich kann Ihnen nochmals versichern, wir auch nicht.«

Als Noah wahrnahm, wie hinter ihnen ein Wagen hielt, versuchte er, mit einer kurzen ruckartigen Bewegung seine Arme zu befreien. Vergeblich, die kräftigen Hände hielten ihn unnachgiebig fest. Er wurde zu einer gepflegten, weißen Limousine geführt und auf die Rückbank geschoben.

Die beiden Männer nahmen rechts und links von ihm Platz. Der Bärtige war offensichtlich ihr Wortführer. Kaum hatte sich der Wagen wieder in den Verkehr eingefädelt, begann er zu sprechen.

»Damit es keine Missverständnisse gibt und Sie hier kein Versteck spielen müssen, will ich Ihnen ganz offen mitteilen, was wir schon wissen. Ihr Name ist Noah Winter. Sie stammen aus Deutschland. Sie haben Unterlagen und Zeugnisse gefälscht. Sie geben sich als Arzt aus, obwohl Sie Ihr Medizin-Studium nach dem plötzlichen Tod Ihrer Freundin schon vor Jahren abbrachen. Eine Zeit lang arbeiteten Sie für das International Medical Center. Danach hat Balodis Sie schließlich in seine Dienste gestellt. Sie arbeiten dort vorwiegend mit psychiatrischen und psychotherapeutischen Patienten. Soweit richtig?«

Noah versuchte ein möglichst undurchdringliches, neutrales Gesicht aufzusetzen. Sich die Überraschung nicht anmerken zu lassen, die die auf den Punkt gebrachten Fakten, in dieser Deutlichkeit ausgesprochen, bei ihm ausgelöst hatten. Anscheinend wussten hier alle über seine Geschichte Bescheid. Doch noch war seine Täuschung nicht öffentlich geworden. Jeder schien irgendein Interesse daran zu haben, dass Noah weiter in seiner gefälschten Position arbeitete. Der faulige Mundgeruch des Bartträgers füllte nun das Wageninnere. Noah versuchte, flach durch den Mund zu atmen, um den Geruch auszuhalten. Er drehte sich zu dem Mann und schaute ihn herausfordernd an. Trotz lag in seiner Stimme, als er antwortete: »Wenn Sie schon alles wissen, was wollen Sie denn noch? Kann mir mal jemand erklären, was Sie von mir wollen. Was sind Sie? Polizei? Geheimdienst?«

Eine Pause entstand.

»Okay, das war's. Gut, dann lassen Sie mich hier einfach raus.«

Er beugte sich plötzlich vor, um über den Mann hinweg nach dem Türgriff zu greifen. Beide Männer drückten ihn gleichzeitig an die Lehne zurück.

»Herr Winter, seien Sie nicht so ungeduldig. Ich komme nun zum Kern unseres Anliegens. Wir sind weder von der Polizei noch vom Geheimdienst. Auch wenn ich zugeben muss, dass Ihre Geschichte sicher auch für die Polizei von großem Interesse wäre. Nun, schauen wir mal. Vielleicht später.«

Es entstand wieder eine Pause, in der Noah der Drohung nachlauschte.

»Ein großes international operierendes Pharmaunternehmen hat uns beauftragt. Wir beobachten die Aktivitäten um Balodis seit längerer Zeit. Wir haben Grund zu der Annahme, dass Balodis an einem, sagen wir mal, Medikament arbeitet, das Menschen in die Lage versetzt, den Alterungsprozess zu stoppen oder umzukehren. Wie Sie sich vorstellen können, haben unsere Auftraggeber großes Interesse an einem solchen Medikament. Auf die richtige Art vermarktet, ließen sich Milliarden damit verdienen.

Wir sind hier, um Näheres zu erfahren und den Schlüssel zu diesem Medikament in unsere Hände zu bekommen, bevor andere es tun. Hierbei bauen wir auf Ihre Kooperation. Es soll zu Ihrem Schaden nicht sein. Die Belohnung wird Sie für den Rest Ihres Lebens versorgen.«

Der Mann hatte in Noahs Richtung gesprochen. Der unerträgliche Mundgeruch umtoste ihn geradezu.

»Industriespionage also, Diebstahl. Sie wollen, dass ich das Lebenswerk eines Mannes klaue, um es Ihnen zu übergeben. Damit Sie daran viel Geld verdienen. Das ist es, was Sie von mir erwarten?«

»Aus Ihrem Mund klingt es etwas simpel. Aber ich stimme Ihnen zu, das erwarten wir von Ihnen. Wie gesagt, es springt eine hohe Belohnung für Sie dabei heraus. Ihre Hochstaplertätigkeit würden wir natürlich vergessen.«

»Und Sie glauben tatsächlich, dass es so etwas gibt? Dass es tatsächlich möglich ist, die Alterung zu stoppen oder sogar jünger zu werden? Sind Sie vom Fach? Glauben Sie nicht, wenn das möglich wäre, hätten es schon längst andere entdeckt? Balodis ist ein verbitterter alter Mann. Die Umstände in diesem Land und die Misshandlungen seiner Tochter durch die Russen haben ihn mehr und mehr in den Starrsinn getrieben. Ausgerechnet ihm trauen Sie zu, eine solch bahnbrechende Entdeckung gemacht zu haben? Was sind das denn für Hinweise, die Sie glauben machen, dass Balodis den Schlüssel zur ewigen Jugend entdeckt hat?«

»Wie unser Auftraggeber an die Information gelangt ist, bleibt sein Geheimnis. Wir haben in seinem Auftrag ein bisschen recherchiert. Ich kann Ihnen aus verständlichen Gründen keine Details nennen. Damit Ihre Neugier gestillt wird, vielleicht so viel: Wir haben Lieferungen an einen reichen Industriellen abgefangen. Diese Lieferungen waren dem Mann ein Vermögen wert. Sie kamen von Balodis oder genauer, von SilentBiota. Dieser Mann strahlt für seine nachgewiesenen 60 Lebensjahre eine erstaunliche Jugend und Vitalität aus. Natürlich mussten wir diesem Mann mit unseren Methoden auf den Zahn fühlen. So in etwa müssen Sie sich unsere Hinweise vorstellen.«

»Und Sie glauben diesem Mann? Nur weil er sich seine Jugend bewahrt hat, ist er verdächtig? Dürftige Hinweise. Vielleicht hat er einfach gesund gelebt. Sie wissen schon: kein Alkohol, keine Partys, immer genug Schlaf, viel Grünzeugs und so.«

Noah lächelte. Ihm kam das alles absurd vor. Sicher, irgendetwas Seltsames ging vor bei SilentBiota. Aber ein Jungbrunnen? Das hielt Noah für extrem unwahrscheinlich.

»Ich muss Sie leider enttäuschen. Ich weiß nichts über diesen Zauber, und ehrlich gesagt glaube ich, Sie sind hinter einem Phantom her.«

»Herr Winter, wir hatten nicht erwartet, dass Sie uns sofort umfassend Auskunft geben können. Dann hätten wir Sie anders behandelt.«

Eine kleine Pause entstand.

»Wir wollen uns nur Ihrer Mitarbeit versichern und Sie bitten, wachsam in unserem Sinne zu agieren. Zu gegebener Zeit werden wir wieder bei Ihnen vorstellig. Ich hoffe in Ihrem Interesse, dass Sie dann Genaueres in Erfahrung gebracht haben. Ich wünsche Ihnen noch einen guten Tag.«

Der Wagen fuhr rechts ran, und Noah wurde aus dem Auto geschoben. Als er sich orientierte, wurde ihm klar, dass sie ihn fast direkt vor Balodis' Haus abgesetzt hatten. Dankbar, dem Gestank entkommen zu sein, sog er in einem tiefen Atemzug die frische Luft ein.

Kapitel 37

2018, Sigulda, Lettland

»Woher kannst du so was?«

»Mein Vater hatte hier lange Zeit eine Autowerkstatt, und ich bin mit drei Brüdern aufgewachsen. Ich hab viel zugeschaut und mitgeholfen. Außerdem mussten wir immer schon lernen zu improvisieren. Es gab ja hier nichts zu kaufen. Na, du kennst das ja.«

Darya und Grazyna hatten sich zum ersten Mal ohne Kaji und Noah verabredet. Schon öfter hatten sich die zwei Paare getroffen, sie waren Essen gegangen oder zum Tanzen. Grazyna war eine sportlich wirkende, achtundzwanzigjährige, mittelgroße und lebenslustige Frau. Sie hatte lange, blonde Haare und eine forsche, zupackende Art. Darya und Grazyna waren sich schnell sympathisch. Jetzt standen sie in der Werkstatt von Grazynas Familie. Grazyna zeigte Darya das Motorrad, an dem sie schon eine Weile arbeitete.

»Eigentlich fehlt jetzt nicht mehr viel, bisschen Kosmetik, und dann ist sie fertig. Lust, eine Runde zu drehen? Es gibt eine schöne Eisdiele direkt am Meer. Da könnten wir hinfahren.«

»Wir mit dem Motorrad? Ja, gern!« Darya strahlte.

Grazyna reichte Darya einen Helm und eine sehr alt aussehende Motorradjacke.

»Ist von meinem Opa. Dürfte dir zu groß sein und riecht auch ein wenig, aber geht wohl. Bist du schon mal Motorrad gefahren?«

»Nein, nicht wirklich. Nur so kleinere Motorroller.«

»Okay. Das ist nicht viel anders. Wird dir gefallen.«

Grazyna hatte die Maschine aus der Halle geschoben und den Motor gestartet.

Darya saß auf und schlang ihre Arme um Grazynas Taille.

Sie genossen die Fahrt, die sie über Landstraßen, durch kleinere Wälder und verlassene Ortschaften zum Meer führte.

»Wie habt ihr euch kennengelernt, Kaji und du?«

Sie saßen am Strand und löffelten ihr Eis.

»Kaji fährt doch Taxi. Einmal hat ihn eine Tour von Riga bis nach Sigulda geführt. Als er schon auf der Rückfahrt war, ist sein Auto verreckt. Ich hab grad an meiner Maschine geschraubt, als er vorbeikam. Für ihn sah das so aus, als wäre hier noch eine Kfz-Werkstatt.

Na, der hat mir auf Anhieb gefallen. Kaji ist ja groß und kräftig und hat ein offenes Lachen. Dann strahlt sein ganzes Gesicht.

Ich habe ihn ein wenig zappeln lassen und ihm ausweichende Auskünfte gegeben. Ich wollte ihn aushorchen und herausfinden, was er hier macht und wie er so ist. Erst dann habe ich erklärt, dass hier gar keine Autos mehr repariert werden.« Grazyna lachte. »Da war er schon verwirrt, der arme Kaji, ganz niedlich. Aber ich habe ihm dann angeboten, sein Auto zur nächsten Werkstatt zu schleppen. Er war dann sehr erleichtert und wollte sich unbedingt später bei mir bedanken.«

Grazyna löffelte ihr Eis.

»Das Später dauerte allerdings zwei Wochen. Ich hatte ihn schon fast wieder vergessen. Da stand er plötzlich mit Blumen in der Hand bei mir in der Halle. Weißt du, und ich so in Overall und ölverschmierten Fingern. Ich muss ihm trotzdem gefallen haben.« Grazynas Gesicht strahlte bei diesen Worten.

Darya lächelte. »Das kann ich gut verstehen.«

»Wie Noah und du euch kennengelernt habt, das weiß ich ja. Aber erzähl mal von dir. Wie bist du aufgewachsen und warum Krankenschwester und Psychologie?«

Der Nachmittag verging für Darya viel zu schnell, und als sie auf der Rückfahrt waren, dachte sie darüber nach, dass sie noch nicht oft jemandem so viele Details aus ihrem Leben erzählt hatte. Sie hatte Grazyna von ihrem alkoholisierten Vater erzählt, der den Zerfall der Sowjetunion nie verkraftet hatte. Und von seinen unberechenbaren Stimmungen, denen jeder im Haus auszuweichen versuchte.

Ihr Wunsch, möglichst viel über die menschliche Psyche zu erfahren, hatte sie in das Studium geführt. Ja, ihr Wunsch, sich von ihren alten Wunden zu befreien, war anfangs eine starke Triebfeder gewesen. Auch das hatte sie Grazyna erzählt, ganz ohne Scham. Hatte berichtet, wie sie, parallel zum Studium, in vielen therapeutischen Stunden Veränderung erfuhr. Sich einen freieren Umgang mit ihren Ängsten und inneren Spannungen geschaffen hatte. Jetzt blickte sie befreiter nach vorn. Fühlte sich nach langer Zeit wieder lebendig und stark.

Und Grazyna hatte einfach nur zugehört und nachgefragt. Wie wunderbar ihr das im Nachgang erschien. Wie berührend.

Als sich Darya von Grazyna verabschiedete, küsste sie sie, einem plötzlichen Impuls folgend, auf den Mund. Einen Moment länger als für einen flüchtigen Abschiedskuss.

Kapitel 38

»Guten Tag, Frau Naujoks, wie kann ich Ihnen helfen?«

Vor Noah saß eine etwa 35-jährige Frau. Sie hatte streng nach hinten zu einem Zopf zusammen gezogene, blonde Haare und sah auf den ersten Blick attraktiv aus. Noah fielen jedoch die für ihr Alter zu ausgeprägten Tränensäcke, die leicht fahle Hautfarbe und der unstete Blick auf. Sie machte einen gehetzten Eindruck.

»Nun. Also … ich habe Angst, das Haus zu verlassen. Ich gerate in Panik, sobald klar wird, dass ich raus muss, einkaufen oder zum Arzt oder so etwas. Na, dass ich raus muss eben. Eine Freundin hat mich begleitet, sonst wäre ich gar nicht erst gekommen. Von der habe ich auch die Empfehlung. Sie haben ihr geholfen. Jetzt hoffe ich, dass Sie auch mir helfen können.«

Noah nickte verständnisvoll.

»Erzählen Sie bitte ein bisschen. Seit wann haben Sie diesen Zustand?«

»Seit ich vor zwei Jahren eine neue Arbeitsstelle angetreten bin.«

»Okay. Aber zur Arbeit, das geht schon?«

»Nein nein, seit drei Monaten schaffe ich das nicht mehr. Aber davor schon.«

»Als was haben Sie gearbeitet?«

»Ich habe im Warenverkehr die Termine und die Begleitpapiere organisiert.«

»War das sehr stressig für Sie, diese Tätigkeit?«

»Nein, gar nicht. Die Arbeit an sich war okay und hat mir Spaß gemacht. Aber das Klima in dem Unternehmen, das war das, was mich krank gemacht hat. Glaube ich.«

»Wie meinen Sie das?«

»Na ja …«

Die Frau druckste herum, wich seinem Blick aus und rutschte unruhig auf ihrem Stuhl hin und her.

»Ähm … das unterliegt doch hier der Schweigepflicht, oder?«
»Ja, natürlich. Da können Sie sicher sein.«
»Verstehen Sie mich nicht falsch. Ich war sonst nicht so ängstlich. Aber seitdem …«
Sie sprach nicht weiter, kämpfte mit den Tränen und versuchte Haltung zu wahren.
Noah nickte ihr zu und brummelte etwas wie, das ist schon in Ordnung. Er griff in seine oberste Schreibtischschublade und legte ihr ein Paket Taschentücher auf den Tisch. Sie ergriff eins und tupfte sich die Augenwinkel ab. Nach einiger Zeit hatte sie die Kontrolle wiedererlangt und begann stockend zu sprechen.
»Also, dieses Unternehmen, für das ich gearbeitet habe, SilentBiota, hat seine Gebäude vor der Stadt … und handelt mit Medikamenten oder so.«
Im ersten Moment dachte Noah, sich verhört zu haben. Er fühlte sich einen kurzen Augenblick so, als wäre Vakuum im ganzen Körper. Er wollte eben nachfragen, da dämmerte ihm, dass sie tatsächlich SilentBiota gesagt hatte. Ein Prickeln lief über seine Arme. Er versuchte, sich nichts anmerken zu lassen. Das konnte doch nicht wahr sein! Hier saß eine Frau vor ihm, die ihm mehr über die Tätigkeit des Unternehmens erzählen würde. Er lehnte sich weiter vor, räusperte sich, legte seinen Stift in gerader Linie zum Block.
Trotz seiner Anspannung gelang es ihm, seine Stimme ganz natürlich klingen zu lassen. Ihm war klar, dass er vorsichtig würde fragen müssen.
»Was meinen Sie mit *oder so*? Wissen Sie gar nicht genau, was dort hergestellt wird.«
»Doch, nein, ich meine, ich weiß nicht so genau. Ich weiß nicht, inwieweit Sie davon etwas verstehen. Das Unternehmen produziert eigentlich Zusatzstoffe, Mikroorganismen für die Lebensmittelindustrie. Aber das ist nicht alles. Sie stellen auch Medikamente für den Darm her. Und noch anderes … ich weiß nicht genau, Geheimes eben.«

»Geheimes, das klingt beunruhigend. Ist es das, was Sie so verängstigt und verstört hat?«

»Na ja, mehr das Verhalten der anderen und die Regeln, die ich zu befolgen hatte. Es war ja alles so geheim. Unter Androhung der übelsten Konsequenzen. Man durfte praktisch mit niemandem außerhalb über das Unternehmen sprechen. Ständig hatte man zu Befragungen zu erscheinen. Man wurde praktisch vernommen, als habe man etwas Ungesetzliches getan.

Immer wurde irgendetwas angedroht. Anfangs habe ich noch gedacht, das machen die, weil ich neu bin. Aber es hörte nicht auf. Sie können sich gar nicht vorstellen, wie anstrengend das ist, mit niemandem reden zu können. Bei der Arbeit haben wir uns nur oberflächlich unterhalten, das Thema SilentBiota sofort gestoppt. Alle hatten Angst, das konnte ich wohl erkennen. Aber die Bezahlung war sehr gut … außerordentlich gut.«

Eine längere Pause entstand. Noah wartete ab. Er hoffte, sie dadurch zum Erzählen zu ermuntern.

»Aber ich kann das nicht. Mich belastet so etwas. Ich hatte einen Kollegen, in der Verpackung, mit dem hatte ich zu tun wegen der Papiere. Der war der Einzige, der sich getraut hat, etwas zu sagen. Alle haben ihn gewarnt. Ich fand ihn sehr erfrischend. Mit ihm zu reden, hatte was von Normalität. Mit der Zeit haben wir uns angefreundet. Haben uns auch privat getroffen, wenn Sie wissen, was ich meine.«

»Sie hatten eine Beziehung?«

»Nein, so würde ich das nicht nennen, aber wir waren aus, manchmal auch spät abends. Dann haben wir schon mal zusammen übernachtet. Das war für mich in Ordnung. Sogar schön war es.

Und dann kam er plötzlich nicht mehr zur Arbeit. Niemand wusste etwas oder wollte etwas wissen.«

Frau Naujoks kämpfte wieder mit den Tränen. Sie wischte sich mit dem zusammengeknüllten Taschentuch übers Gesicht.

»Ich ging sofort nach der Arbeit zu seiner Wohnung. Die Tür

stand auf. Nichts mehr drin. Nichts! Die Nachbarin wusste nur, dass ein LKW alles abgeholt hatte. Sie hatte geglaubt, er würde umziehen. Wohin, das wusste sie nicht.

Aber davon hätte ich gewusst. Das hätte Tomass mir gesagt. Der wär' nicht einfach verschwunden.

Als ich am nächsten Morgen in die Firma kam, wartete der Sicherheitschef auf mich. Ich wurde scharf verhört, und es wurde mir nahegelegt, keine weiteren Fragen zum Verbleib von Tomass zu stellen. Ich wusste doch gar nichts …«

»Verstehe.« Noah nickte.

»Seitdem fühle ich mich ständig beobachtet und misstrauisch beäugt. Das ging noch zwei Monate gut, dann konnte ich nicht mehr. Bei Kleinigkeiten, einem lauten Geräusch etwa, brach ich in Tränen aus. Ich wurde fahrig und unkonzentriert. Machte Fehler. Das machte alles nur schlimmer. Vor drei Monaten habe ich dann gekündigt. Man lässt mich trotzdem nicht in Ruhe. Ich habe das Gefühl, dass mein Telefon und meine Mails überwacht werden.«

»Überwacht? Woran merken Sie das?«

»Na, so Kleinigkeiten. Es knackt in der Leitung, wissen Sie, so wie in Spionagefilmen, und es dauerte länger beim Abrufen meiner Mails. Manchmal haben mir Bekannte was geschickt, und es kam nie bei mir an.

Dann kam noch zweimal der Sicherheitschef zu mir, unangemeldet natürlich. Grässlicher Mann. Klatscht immer die Hände gegeneinander. Das klingt wie ein Pistolenschuss. Ich glaube, damit schüchtert er die Leute ein. Ich hatte das Gefühl, in seinen Fragen, na, als kenne er meine Mails und die Inhalte der Telefonate. Ich weiß nicht, so eben. Vielleicht bilde ich mir alles auch nur ein. Ich weiß nicht, trotzdem …

Seitdem traue ich mich nicht mehr auf die Straße. Ich habe ständig Angst und fühle mich beobachtet.«

»Und haben Sie herausfinden können, was diese Firma so Geheimes treibt?« Noah beugte sich unwillkürlich noch weiter vor.

Er spannte sich innerlich an. Als könnte er so seine Sinne schärfen. Er wollte nichts verpassen und hellwach sein.

Frau Naujoks schaute sich wieder im Raum um, als fürchte sie auch hier die Schikane des Sicherheitschefs.

»Also, ich glaube, die versenden illegal Gifte nach Russland.«

»Gifte, Sie meinen Kampfstoffe?«

»Nein, nein. Eher irgendwelche krankmachenden Bakterien, die über das Land verteilt werden, um Russland zu schädigen. Keiner weiß davon, aber es passiert ständig.«

»Das klingt aber ein wenig nach Verschwörung und nach einem sehr großen Verbrechen. Wäre das Unternehmen denn in der Lage dazu?«

Noah fühlte sich wie ein schlechter Schauspieler. Insgeheim traute er Balodis alles zu. Er hatte schon gemerkt, dass den sein Hass auf die Russen fest im Griff hatte.

»Sie glauben mir nicht.« Die Frau seufzte tief. »Na, ist auch egal, Hauptsache, Sie können mir meine Angst nehmen. Ich will wieder unbeschwert durchs Leben gehen. Sie brauchen mir nicht zu glauben. Aber ich weiß, was ich gesehen habe, und ich weiß, was Tomass mir erzählt hat.«

»Frau Naujoks, ich glaube Ihnen. Das versichere ich Ihnen. Ich versuche nur herauszufinden, was bei Ihnen los ist. Der erste Termin dient ja vor allem dem Kennenlernen und um einen ersten Eindruck zu bekommen. Ich arbeite gern mit Ihnen. Lassen Sie uns in den Kalender schauen und einen weiteren Termin finden.«

Kapitel 39

»Und du bist dir sicher, dass wir hier richtig sind?«

»Keine Ahnung. Das ist die Adresse, die Frau Naujoks für ihre Karteikarte angegeben hat. Mehr habe ich nicht.«

Kaji und Noah hatten nach kurzer Diskussion beschlossen, noch einmal mit Frau Naujoks zu sprechen. Sie war wie ausgemacht zur zweiten Sitzung erschienen, doch Noah hatte die Hoffnung, in einem offenen Gespräch außerhalb der Praxis weitere Details zu erfahren. Mit der Straßenbahn fuhren sie an den äußersten Rand von Riga. Es hatte sich als schwierig herausgestellt, die richtige Adresse zu finden. Das Navi gab gleich drei Einträge heraus. Die beiden anderen Adressen hatte Noah mittlerweile ausgeschlossen. Sie befanden sich im Stadtkern und beherbergten unter anderem eine Edel-Werbeagentur und eine Arztpraxis. Beides frisch renovierte Häuser mit polierten Messingklingelschildern und Eingängen in Marmor. Der Name Velta Naujoks stand an keiner der Klingeln. Außerdem war die Gegend dort viel zu teuer.

Noah betrachtete mit Argwohn die heruntergekommenen Häuser. An vielen waren die Fenster mit Holzplatten vernagelt. Der Putz platzte von der Fassade, und in den Dachrinnen wuchs Gras. Er war immer wieder erstaunt, wie schnell sich das Bild von Riga wandelte, je weiter man den Stadtkern hinter sich ließ.

Hier gab es keinen Meter gerader Straßenbahnschiene. Die Straßen waren in einem schlechten Zustand und bestanden aus geflicktem Kopfsteinpflaster.

Aber der Straßenname passte. Und wenn die Hausnummern halbwegs stimmten, müsste das nächste Haus das richtige sein. Ein weißer Lieferwagen mit geöffneten Hecktüren stand davor. Der Wagen war zur Hälfte mit Hausrat gefüllt. Ein ungutes Gefühl machte sich in Noah breit. Unwillkürlich zog er Kaji auf die andere Straßenseite, und sie gingen am Haus vorbei.

»Hä, was soll das? Hast du etwas entdeckt?«

»Nein, ich weiß auch nicht. Ich will erst sehen, wer den Wagen belädt.«

Sie gingen noch ein Stück weiter und blieben dann in einer Hausdurchfahrt stehen. Eben kam ein Mann mittleren Alters mit einer Kommode aus dem Haus. Er stellte sie auf die Ladefläche und verschwand wieder. Es dauerte nicht lange, da erschien er erneut. Diesmal trug er schwer an einem großen dunklen Karton. Er hatte beträchtliche Mühe, ihn überhaupt auf die Ladefläche zu bekommen.

»Meinst du, es sind noch mehr Männer in dem Haus?«

»Ich glaube eher nicht. Sonst würden sie zu zweit tragen.«

»Wahrscheinlich hast du recht. Lass uns rübergehen.«

Auf einem schäbigen alten Blechbriefkasten, den der Straßenstaub von Jahrzehnten braun gefärbt hatte, war ein vergilbtes, mit Kugelschreiber beschriftetes Klebeband. Der Name Velta Naujoks war jedoch deutlich zu erkennen.

Eben kam der Mann, diesmal mit einem Computer und allerlei Kabelknäuel beladen, die Treppe herunter. Kaum war er unten angekommen, nahm er Kaji und Noah wahr. In einer einzigen fließenden Bewegung ließ er alles fallen, drängte sich brutal an Noah vorbei und rannte los.

Noch ehe sich Noah von der Überraschung erholt hatte, setzte Kaji dem Mann nach. Schnell war jedoch klar, dass er keine Chance haben würde, ihn einzuholen. Durch seine Kriegsverletzung konnte er nicht mehr wirklich schnell rennen.

Noah war deutlich gewandter und überholte ihn mühelos.

»Halt ihn fest!«, brüllte Kaji ihm keuchend nach.

Der flüchtende Mann drehte sich mehrmals um. Als ihm klar wurde, dass er nicht so ohne Weiteres entkommen konnte, bog er scharf in einen schmalen Weg zwischen zwei Häusern und verschwand im Dickicht des angrenzenden Gartens.

Ohne nachzudenken setzte Noah ihm in unvermindertem Tempo hinterher. Als er an einem Schuppen vorbei rannte, traf ihn im vollen Lauf die Faust des Mannes. In seinem Kopf läuteten die Glocken, die Beine gehorchten ihm nicht mehr, er sackte zusammen und schlug hart, in Dunkelheit versinkend, auf dem Boden auf.

Das Erste, was er wieder wahrnahm, waren Kampfgeräusche. Übelkeit erregende, kurze, harte, klatschende Geräusche. Begleitet von kehligem, schmerzerfülltem Stöhnen und Röcheln.

Allmählich kehrte sein Bewusstsein zurück. Ihm war schwindelig, und die linke Gesichtshälfte pochte höllisch.

Er versuchte, sich aufzusetzen und sich zu orientieren. Nur ein paar Meter weiter sah er Kaji auf der Brust des fremden Mannes sitzen.

»Was hast du mit der Frau gemacht? Rede!« Kaji brüllte den Mann an, dass ihm der Speichel aus dem Mund spritzte. Sein Gesicht war wutverzerrt.

Wie in Zeitlupe sah Noah, wie Kaji mit voller Wucht seine Faust in das Gesicht des Mannes schlug.

Ein hässliches Knacken war zu hören. Trotz seiner Benommenheit diagnostizierte Noah einen gebrochenen Kieferknochen.

Er versuchte, sich aufzurappeln. Halb kriechend und taumelnd warf er sich seitlich gegen seinen Freund. Der ließ tatsächlich von dem Mann ab und rutschte neben ihm ins Gras, nur um sich sofort wieder auf den Mann zu stürzen. Die geballte Faust drohend erhoben, brüllte er den Mann wieder an.

Der krümmte sich mit blutüberströmten Gesicht, drehte sich auf die Seite und nuschelte ein einziges Wort: »Valmir.«

Kaji ließ die Faust sinken und drehte sich zu Noah. Der starrte ihn nur an.

»Was? Was glaubst du, lernt man im Krieg?«

Kopfschüttelnd und noch etwas benommen stand Noah auf und gab Kaji zu verstehen, ihm zu folgen. Außer Hörweite des Mannes blieben sie stehen.

»Das mit deinen Kriegserfahrungen musst du mir bei Gelegenheit einmal erklären. Alter, wie kannst du so brutal sein? Das sah echt mies aus. Aber jetzt sollten wir überlegen, was wir mit dem Typen machen. Der muss in ein Krankenhaus.«

»Ach quatsch, die sind hart im Nehmen. Hatte er dich nicht vorher k. o. geschlagen? So ist es eben. Der soll sich einfach vom Acker machen.«

»Hallo, der hat einen gebrochenen Kiefer. Das muss gerichtet und verdrahtet werden.«

»Na und. Das kann hier jeder Zahnarzt. Der kommt schon klar. Wirst sehen, wie aktiv der wird, wenn wir ihn laufenlassen.«

»Und wenn der direkt zu Valmir läuft. Dann sind wir geliefert.«

»Lass mich mal machen. Die Angst vor mir muss einfach größer sein. Ich werde ihm klar zu verstehen geben, dass er seinen Auftrag hier zu Ende bringen muss. Und mit niemandem über unser Zusammentreffen reden darf.«

»Und du meinst, das klappt?«

»Ich glaube schon. Ich weiß auch keine andere Möglichkeit.«

Noah sah zu, wie Kaji zu dem Mann zurückging und neben ihm in die Hocke ging. Er konnte nicht verstehen, was er zu ihm sagte. Aber seine Drohgebärde war eindeutig. Der Mann zuckte zusammen und versuchte, seinen Kopf mit den Armen zu schützen.

Als Kaji zu Noah zurück schlenderte, begann der Mann sich langsam hochzurappeln. Die Anstrengung, auf den Beinen zu bleiben, war ihm deutlich anzusehen. Langsam und mit gebeugtem Kopf ging er an ihnen vorbei und durch die Häuser zurück auf die Straße. Noah konnte die Schmerzen des Mannes mitfühlen. Schließlich pochte auch sein Kopf, als würde jemand mit harten Schlägen eine Tür bearbeiten.

In geringem Abstand folgten die beiden dem Mann. Hier in dieser Gegend interessierte sich niemand für das blutverschmierte Trio. Alle Blicke huschten schnell beiseite.

Kaji verschwand mit dem Mann im Eingang des Hauses. Kurz danach kam er mit dem Computer unter dem Arm wieder heraus und entfernte sich schweigend mit Noah. Der merkte erst jetzt, wie wackelig er auf den Beinen war und dass seine Hände zitterten. Obwohl die Situation vorbei war, fühlte er Angst im ganzen Körper. In dem Versuch, sich zu beruhigen und die Situation logisch zu analysieren, wurde ihm klar, dass er Velta Naujoks nicht wiedersehen würde. Es musste ihr etwas Schreckliches zugestoßen sein. Der Sicherheitschef, von dem sie gesprochen hatte, war Valmir, der Mann, der die Leerräumung der Wohnung beauftragt hatte, war auch Valmir. Noah wurde klar, dass sie in einem äußerst gefährlichen Bereich agierten. Sein Magen schrumpfte zu einem Klumpen zusammen, als ihm der Gedanke kam, dass ein erhebliches Risiko bestand, dass sich Valmir bald ihnen widmen würde. Der Gedanke zu fliehen, der sich in der letzten Zeit schon öfter gemeldet hatte, wurde lauter. Schon seine erste Begegnung mit Valmir, sein Agieren beim Überfall auf das Haus Balodis' hatte ihm gezeigt, dass der Mann mit brutaler Kaltblütigkeit handelte. Die Ausfahrt mit ihm zu SilentBiota hatte seinen Respekt eher noch verstärkt. Dann waren sie ihm beim Versuch, das Kellerlabor zu erkunden, nur knapp entkommen. Damals, als Balodis ihm berichtete, dass Valmir all seine Bewegungen im Auge habe, war er schon kurz davor gewesen, alles hinzuwerfen.

Er war nicht wie Kaji, der alles wie ein Abenteuer betrachtete und auch vor Risiken oder körperlicher Gewalt nicht zurückschreckte.

Zum wiederholten Mal fragte er sich, was er tun sollte, wo er hin konnte und wollte. Zurück zum International Medical Center? Ilan Jost hatte zwar gesagt, er könne jederzeit zurückkommen. Vielleicht war sein Titelbetrug aber in der Zwischenzeit aufgeflogen und er würde direkt verhaftet werden. Zurück nach Deutschland und irgendeinen Job machen oder studieren? Zu seinen schmerzenden Erinnerungen zurück?

Er fühlte, seit er Deutschland verlassen hatte, eine große Lebendigkeit in sich. Dieser wollte er weiter folgen. Vielleicht steckte doch mehr Abenteuerlust ihn ihm, als er sich eingestehen wollte. Wenn er jetzt ginge, würde Darya auf die eine oder andere Art von seinem Titelbetrug erfahren. Spätestens bei der Frage, warum er nicht als Arzt arbeitete. Diesen Vertrauensbruch mit der zwingend folgenden Enttäuschung wollte er auf keinen Fall riskieren. Dann würde er sie verlieren, so war sein Gefühl. Allein der Gedanke daran ließ ihn frösteln.

Offensichtlich hatte Balodis irgendeinen Narren an ihm gefressen und sah etwas in ihm. Er merkte, wie gut ihm das tat. Er stand unter seinem Schutz, auch Valmir gegenüber. Außerdem gab ihm seine Arbeit mit den Patienten das Gefühl, etwas bewirken zu können und gebraucht zu werden.

Zusätzlich nagte noch ein ganz anderer Gedanke in ihm. Jetzt abzuhauen, das wäre ein Ausweichen, eine Flucht. Er hatte die leise Hoffnung, dass er, wenn er dieses Abenteuer durchstehen würde, daran wachsen und stärker daraus hervor gehen könnte. Er betrachtete es auch als seinen Kampf gegen das Gefühl der Ohnmacht. Einmal wollte er bestimmen, wann Schluss ist, die Kontrolle haben und als Gewinner hervorgehen. War das falsch, so zu denken? Er wusste es nicht.

Den Ausschlag gaben Darya und Kaji. Beide gaben ihm das Gefühl, aufgehoben und dazugehörig zu sein. Diese Geborgenheit hatte eine große Bedeutung für ihn. Würde er gehen, würde er sie aufgeben müssen. Trotz aller möglichen heraufziehenden Gefahren war er dazu nicht bereit. Sein Entschluss, zu bleiben, stand fest.

Kapitel 40

Unvermittelt schüttete sie ihm den Rotwein ins Gesicht.

»Du bist ein verficktes Arschloch! Du konntest noch nicht einmal eine Wunde vernünftig vernähen. Du Psychoclown, alles, was du kannst, hast du von mir.« Darya hatte laut geschrien. Jetzt war sie aufgesprungen und funkelte ihn an.

Noah wischte mit der weißen Stoffserviette sein Gesicht trocken. Sein linkes Auge brannte leicht. Das teure italienische Restaurant war zwar nur spärlich besetzt, aber alle Gäste schauten zu ihnen. Sämtliche Gespräche waren verstummt. Der Kellner ließ sich nicht blicken.

Noah war sprachlos. Er schaute in Daryas verzerrtes Gesicht und versuchte, aus ihrer Reaktion schlau zu werden. Das war wieder die veränderte Darya. Die Darya, die immer öfter zum Vorschein kam. Fast jedes Mal, wenn sie aus der Krimregion zurückkam. Die Veränderungen legten sich nach ein paar Tagen, das wusste Noah inzwischen. Dann, als wäre nichts geschehen, war sie wieder die alte. Er hasste inzwischen ihre Tätigkeit und kam sich hilflos vor.

Eben noch hatte sich ihr Gespräch locker über die Geschehnisse der vergangenen Wochen gedreht. Es war eine warme und entspannte Atmosphäre gewesen. Vielleicht war es der Rotwein, der sie so über die Grenzen schlagen ließ. Nicht länger war sie seine Darya, die Frau, die er kennengelernt hatte. Noah fragte sich, wie schon oft in den letzten Wochen, was hier passierte. Lange würde er das nicht mehr ertragen können. Doch immer, wenn er an diesem Punkt angekommen war, krampfte sich sein Innerstes zu einem kleinen, schwarzen Klumpen zusammen.

»Du verwöhntes westliches Muttersöhnchen«, brüllte sie jetzt weiter, »du Maulheld hattest immer alles. In meinem Land herrscht Krieg, und du redest von Veränderung. Na klar geht mir das nicht am Arsch vorbei. Was ich zum Kotzen finde, ist deine überhebliche Art, deine Fresse, wie du dasitzt und glaubst, das Recht auf Weisheit gepachtet zu haben.«

Noah überlegte, wie er mit der Situation weiter verfahren sollte. Ihr zu antworten, würde ihren seltsamen Ausbruch wahrscheinlich noch verstärken.

Er stand auf und ging Richtung Bar, um zu bezahlen.

»Was? Bist du jetzt zu feige? Du Stück Abfall! Schaut ihn euch an, es ist diesem Angsthasen peinlich, mit mir gesehen zu werden.«

Daryas Stimme hatte jetzt einen rauen Tonfall bekommen. Sie drehte sich Aufmerksamkeit heischend im Kreis und zeigte auf Noah.

Der schaute den Kellner betreten an, zuckte schwach mit den Schultern und bat um die Rechnung.

Der Zahlvorgang dauerte ihm viel zu lange. Die Stille im Restaurant war greifbar. Doch schließlich war auch das geschafft. Er trat auf die Straße und zog sich Schal und Mantel an. Hinter sich hörte er die Tür aufgehen. Darya kam in ihrem hellen Mantel zu ihm. Sie wartete, bis er sich fertig angezogen hatte, und hakte sich schließlich bei ihm unter.

Noah schlug den Weg Richtung Altstadt ein. Schweigend. Darya kuschelte sich an ihn und legte sogar ihren Kopf an seine Schulter. Wie ein frisch verliebtes Paar. Noah wusste nicht, was er davon halten sollte. Es machte ihm Angst.

Kapitel 41

Ein paar Tage danach bat Noah Kaji um ein Gespräch. Kaji sah ihm schon am Gesichtsausdruck an, dass etwas nicht stimmte.

»Du wirkst so bedrückt. Was ist los?«

»Es ist wegen Darya. Sie hat sich verändert.«

»Ist es wegen ihrer Reisen als medizinische Beraterin?«

»Ja, nein, ich meine, klar habe ich meine Probleme damit, dass sie in das gefährliche Gebiet fährt. Und dass sie weg ist und ich sie nicht erreichen kann und so. Aber das ist es nicht. Sie ist zunehmend seltsam, wenn sie von diesen Reisen zurückkehrt. Dann braucht es erst ein paar Tage, bis sie wieder die alte ist.«

»Was meinst du mit seltsam?«

Noah berichtete seufzend von den Vorfällen der vergangenen Zeit. »Schwer zu beschreiben. Aber irgendwas ist anders mit ihr.«

»So, wie du das beschreibst, würden dich viele Männer beneiden. Beschimpfen beim Sex, manche macht das an. Oder erst kämpfen und dann Sex. Wie geil ist das denn?«

Kaji lachte und schlug Noah freundschaftlich mit der Hand auf den Oberarm.

Noah verdrehte stöhnend die Augen.

»Du bist bescheuert. So meine ich das nicht. Sie ist einfach nicht mehr die Darya, die ich kennengelernt habe. Diese Irritationen sind beunruhigend. Wie eine dunkle Wolke, die langsam über uns zieht und unsere Beziehung vergiftet.«

»Okay, jetzt mal ernsthaft. Sie hat da eine verantwortungsvolle Stellung. Sie ist im Krisengebiet unterwegs und ist sich der ständigen Gefahr bewusst. Dass sie dann ihren Druck mal irgendwo ablassen muss, ist doch normal. Habt ihr darüber gesprochen?«

»Ich habe es ja versucht. Aber sie blockt ab. Sagt, ich würde mir das ausdenken. Behauptet, das hinge mit meiner Verlustangst zusammen. Oder mit meinem westlichen Frauenbild. Ich würde ihr nicht zugestehen, diese Aufgabe verantwortungsvoll auszufüllen.

Sie meint, ich würde nur wollen, dass sie den Job wieder aufgibt. Aber nie gibt sie mal zu, dass ihr Verhalten merkwürdig ist. So war sie nicht. Wir konnten früher wunderbare Gespräche führen. Jeder hat sich mit seinen Fehlern zeigen können.«

»Na ja, ist das nicht immer so in Beziehungen? Anfangs ist alles ganz toll, und die Gespräche sind wunderbar. Nach einiger Zeit fallen einem die Macken des anderen auf. Die will man natürlich nicht akzeptieren. Und schon will man ihn verändern. Dann ist jeder verletzt und gibt dem anderen die Schuld. Schnell wird aus Nähe Distanz. Du kannst überlegen, ob du dich trennst oder frustriert und verbittert im Grabenkampf verharrst. So war es jedenfalls bei mir immer.«

»Mag sein. Aber mein Gefühl sagt mir, es ist noch etwas anderes. Ich kann es nur noch nicht fassen. Ihre Persönlichkeit verändert sich. Und was noch viel zermürbender ist: Das Gefühl nichts tun zu können, ohnmächtig zu sein, das ist das Schlimmste. Ich habe Angst, sie zu verlieren. Das macht mich ganz krank.«

Noah blickte vor sich auf den Tisch und hing seinen Gedanken nach.

»Kann es sein, dass sie einen anderen Mann kennengelernt hat? Vielleicht einer aus diesen Gremien, mit denen sie ständig unterwegs ist. Hey, sie ist eine sehr kluge und hübsche Frau. Und so gemeinsam unterwegs zu sein, an derselben Aufgabe zu arbeiten, im selben Hotel zu übernachten, abends noch an der Bar zu sitzen. Du weißt schon, da ergeben sich Gelegenheiten. Vielleicht ist es das, was dir fremd vorkommt.«

»Damit habe ich keine Erfahrung. Aber ihre Verhaltensänderungen, nein, das kann ich mir nicht vorstellen. Sie ist so, so … als wäre sie manchmal eine ganz andere.«

Kapitel 42

»Das stinkt hier ja grauenhaft nach Scheiße. Was ist das? Und warum ist das so warm hier?«

Kaji stöhnte und hielt sich die Nase zu.

»Habe ich dir doch gesagt. Irgendwas mit Mikroorganismen.«

»Ich schalte jetzt das Licht ein. Meinst du, es gibt irgendeinen Alarm?«

»Keine Ahnung. Der Zugangscode stimmte. Sonst hätte sich das Schloss nicht geöffnet. Milana sei Dank. Ich vermute, die Alarmanlage ist damit ebenfalls inaktiviert. Ich glaube, sonst hätten wir längst Besuch.«

Noah hatte sich mit Milana angefreundet und sie wochenlang beim Betreten des Kellers begleitet. Sie blieb immer ein wenig distanziert, ließ aber zu, dass sie mehr Zeit miteinander verbrachten. Oft hatte er sie in ein Gespräch verwickelt und so getan, als wolle er sich nur ein wenig die Beine vertreten. Milana hatte zwar immer darauf bestanden, dass er Abstand hielt, wenn sie die Zahlen in das Nummernschloss tippte, dennoch war es Noah gelungen, nach und nach den Zifferncode auszuspähen. Schließlich hatten sich Kaji und er entschlossen, in einem zweiten Anlauf das Labor zu erkunden. Noah hatte eiskalte Finger vor Aufregung, und sein Herz raste.

Kaji schaltete das Licht ein. Vor ihnen erstreckte sich ein riesiger, erstaunlich hoher Raum. Der gesamte Keller des Hauses musste vertieft und hier zu einem etwa siebzig Quadratmeter großen Raum zusammengefasst worden sein.

»Lange halte ich den Gestank nicht aus. Lass uns schnell machen. Mir wird schlecht.«

Kaji hielt sich den Kragen seines Pullovers über die Nase und atmete hinein.

Noah holte sein Smartphone heraus und machte Fotos. In der Mitte des Raumes blieb er schließlich stehen. Dort stand auf einem massiven Stahlgestell ein einzelner großer Glasbehälter. Er maß etwa einen halben Meter im Durchmesser und zwei Meter in der Höhe.

Noah erinnerte sich, ähnliche Behälter schon im Labor von SilentBiota gesehen zu haben. Als Valmir ihn durch einige Labore geführt hatte, hatte er nicht weiter darauf geachtet. Hier aber gab es nur den einen. Es musste sich um die wichtigste Apparatur in diesem Labor handeln.

Jede Menge Schläuche führten in unterschiedlichen Höhen in den Glasbehälter. Gase, aber auch Flüssigkeiten wurden zugeführt oder flossen ab. Eine bräunliche Brühe in ständiger Bewegung.

»Was mag das sein?«

»Ich habe keine genaue Vorstellung. Aber nach allem, was ich erfahren habe, handelt es sich hier vermutlich um eine Art künstlich erzeugtes Darmmilieu. So etwas wie ein maschineller Darm.«

»Der Geruch gibt dir recht. Aber wozu ist das gut? Und was ist daran so geheim? Bei dem Gestank will hier doch keiner freiwillig sein.«

Noah trat näher an den Behälter heran. Als er seine Hand an das Glas legte, fühlte es sich körperwarm an. Er blickte an dem Behälter hoch.

»Also, ich glaube, hier werden ständig bestimmte Mikroorganismen hergestellt. Stell dir vor, du willst Darmbakterien verwenden. So wie sie im menschlichen Darm vorkommen. Du kannst versuchen, sie täglich durch Ausscheidungen zu erhalten. Aber dann hast du das Risiko, auch krankmachende Keime zu erwischen. Außerdem müsste die Qualität der Ausscheidungen immer gleich sein. Vorzugsweise von einer Person, die sicher gesund ist und bleibt. Und die immer zur Verfügung steht. Das ist alles nicht ganz einfach. Ich vermute, in dieser Maschine werden die Bedingungen des menschlichen Darmes so genau wie möglich imitiert. Verdauung müsste …«

»Hör auf, Noah! Ich bekomme die Bilder sonst nicht mehr aus

meinem Kopf. Was für eine ekelhafte Thematik. Wer beschäftigt sich denn mit so was? Das ist doch krank.«

Noah ging nicht darauf ein, sondern sprach einfach weiter.

»Na ja, es müssten die Vorgänge der Verdauung nachgebildet werden. Irgendeine Form der Nahrungsaufnahme wird es geben müssen. Siehst du den dicken Schlauch, der oben in den Behälter führt? Er läuft über diese Apparate zu diesem Stahltank. Ich vermute, das ist eine Pumpe und das eine Art Zerkleinerer.«

Er zeigte auf die Geräte und trat näher an den Stahltank heran. Der stand an einer der Wände und hatte eine polierte, silberfarbene Oberfläche. Auf einer Seite gab es im oberen Bereich einen Deckel, der offensichtlich mit einem Klemmmechanismus fixiert wurde. Auf der anderen Seite führte ein Stahlschacht durch die Wand schräg nach oben. Es musste eine Zuführung von außerhalb des Gebäudes geben. Noah stellte sich neben den Tank und dachte laut nach.

»Wie machen die das mit der Nahrungszerkleinerung, der Magensäure, dem Gallensekret und dem ganzen Zeug?«

Kaji trat zu ihm und klopfte mit den Knöcheln gegen den Tank. Dem Geräusch nach zu urteilen, war er nahezu voll. Ohne zu zögern, drückte er den Mechanismus am Griff des Deckels. Als er ihn öffnete und am Scharnier nach hinten klappte, strömte ihnen ein warmer bestialischer Gestank nach Fäulnis entgegen. Kaji machte dennoch einen Schritt nach vorn, um besser in den Behälter blicken zu können. Als er sein Gesicht über die Öffnung hielt, krümmte er sich und erbrach sich schwallartig in den Behälter. Noah riss ihn nach hinten. Kaji ging zu Boden. Bleich und zitternd wischte er sich mit einer Hand über den Mund. Etwas Grauenvolles musste in dem Behälter sein. Der Geruch allein hätte diese Reaktion nicht hervorgerufen. Noah kannte Kaji. So leicht warf ihn nichts um. Unschlüssig, was zu tun sei, blickte er zum geöffneten Behälter.

»Kaji, was hast du gesehen? Was ist da drin?«

Kaji antwortete nicht. Er zeigte nur mit der anderen Hand auffordernd zum Stahltank. Angst kroch in Noahs Körper und signalisierte Flucht. Er wusste, dass er jetzt nicht lange zögern durfte, sonst würde er fluchtartig das Labor verlassen. Sein Körper spannte sich aufs Äußerste. Innerlich auf irgendetwas Schreckliches vorbereitet, trat er an den Behälter. Ruckartig zuckte er vor und blickte nur kurz in die Öffnung. Prallte zurück. Erstmalig in seinem Leben spürte er, wie ein Prickeln seinen Nacken hinunterlief.

Trotz des kurzen Augenblicks würde sich dieses Bild nicht aus seinem Gedächtnis löschen lassen. In einer dunklen, zähen Flüssigkeit schwamm ein Teil eines Säuglings. Das halbe Gesicht ragte aus der Oberfläche. Das sichtbare Auge geöffnet und grauenhaft entstellt. Die Haut weißlich angefressen, schaumig schleimig, im Begriff der Verflüssigung. Das winzige Ohr schon zur Hälfte zu einem dunklen Brei zerflossen. In der Flüssigkeit schimmerten noch andere weißliche Teile.

Noah taumelte den Gang entlang. Nur weg von diesem Tank, dachte er. Von dem grauenvollen Anblick.

Kaji erhob sich. Mit weggedrehtem Kopf verschloss er den Tank. Dann ging er zu Noah, der wie gelähmt dastand. Er umfasste seine Schultern und führte ihn wie einen Kranken aus dem Labor. Geistesgegenwärtig löschte er das Licht und achtete darauf, die Türen sorgfältig zu verschließen. Die rote LED am Schloss leuchtete auf, und Kaji wertete das als gutes Zeichen. So schnell es Noahs Paralyse zuließ, führte er ihn vom Haus weg. Die frische Luft und die Bewegung taten ihnen gut.

In einem Grünstreifen löste sich Noah aus Kajis leichter Umarmung. Er ging auf die Knie und würgte. Die befreiende Wirkung des Erbrechens blieb jedoch aus. Lange kauerte Noah am Boden. Kaji hatte sich auf einen Gedenkstein für irgendeinen Revolutionshelden gesetzt und starrte vor sich hin.

Kapitel 43

Die seitliche Laderampe am Gebäude von SilentBiota war Noah bei seinem Besuch mit Valmir gar nicht aufgefallen. Wahrscheinlich kamen sie heute aus einer anderen Richtung. Offensichtlich wurde hier Material in großen Mengen angeliefert. Die Rampe befand sich außerhalb der Mauer, die den Komplex umschloss. Noah drehte im Vorbeifahren leicht den Kopf, um noch etwas länger diesen scheinbar unbewachten Zugang betrachten zu können.

Balodis hatte ihn heute überraschend zu einem Besuch in das Unternehmen mitgenommen. Jetzt passierten sie den bewachten Sicherheitsbereich. Noah wurde vom Wachpersonal aufmerksam gemustert.

Auf der Fahrt hatte Balodis ihm mitgeteilt, dass er ihm heute einen Bereich zeigen werde, den Valmir beim ersten Besuch ausgelassen habe.

Auch in diesem Labor war der Fäkaliengeruch allgegenwärtig. Balodis sprach dennoch ungerührt über sein Lieblingsthema: die Unfähigkeit des russischen Staates.

»Hier in unserem Land gab es nur einen Gestalter, den russischen Staat. Der suggerierte uns, er könne alle Abläufe bis ins Detail vorausberechnen und analysieren. Die Ergebnisse wurden dann an die Bürger übertragen und an die Arbeiter weitergegeben. Hier wurde an die eindeutig bestimmbare, optimale Lösung geglaubt. Das machte Diskussionen über Lösungsalternativen überflüssig. Über Wahlmöglichkeiten zum bestehenden Herrschaftsverhältnis wurde selbstverständlich geschwiegen. Notfalls wurde dieses System mit Gewalt und Tod durchgesetzt. Das waren Strukturen, die an die Kunst des Steuerns glaubten. Sie verteidigten diesen Glauben mit allen Mitteln. Ich sage Ihnen, diese Art des Denkens führt immer zu Unterdrückung, zu Verelendung, Rückständigkeit und menschlichen Tragödien.«

Noah nickte. Er wollte den Redefluss nicht unterbrechen. Die Herrschaft durch die Russen war ein Thema, mit dem er Balodis immer ablenken konnte. Vielleicht hätte er so die Möglichkeit, näheren Einblick in die geheimen Tätigkeiten von SilentBiota zu erhalten.

Wie nebenbei betrachtete er die riesigen Glasbehälter, die auf speziellen Stahlgerüsten standen. Die bräunliche Flüssigkeit in ihrem Innern war in ständiger Bewegung. Die Oberflächen strahlten eine unangenehme Wärme aus. Vieles erinnerte ihn an das Kellerlabor im Hause Balodis'. Die sterile Laboreinrichtung und die in hellem Blau gehaltenen Wände passten nicht zur Atmosphäre, der ganze Raum missfiel Noah. Er war überheizt, und es stank bestialisch. Die am Eingang angebotene Menthol-Paste, die er sich unter die Nase gerieben hatte, brachte wenig Erleichterung.

Schnell suchte er das Labor nach silbernen Tanks ab. Das Bild des toten Säuglings noch vor Augen fürchtete er auch hier, auf ähnlich Abscheuliches zu treffen. Er konnte jedoch nichts Vergleichbares entdecken. Diese Behälter wurden offenbar auf andere Art in Betrieb gehalten.

Noah konnte kein Personal entdecken. Entweder war hier im Moment nichts zu tun oder das Labor wurde ausschließlich von Balodis genutzt.

Er wusste nicht, wie oft er die Gelegenheit haben würde, in diese Bereiche Einblick zu nehmen. Vielleicht nur dieses eine Mal. Er musste die Chance ergreifen, um an irgendwelche brauchbaren Informationen zu gelangen. Langsam näherte er sich deshalb einem Labortisch, auf dem Unterlagen ausgebreitet waren.

»Aber ich verstehe immer noch nicht, was all das mit Ihren Forschungen zu tun hat.«

Sofort sprang Balodis darauf an. Dozierend blickte er zu Noah. Der hatte das Gefühl, Balodis tauchte in seine eigene Welt der Theorien ab, sodass er ihn kaum noch wahrnahm. Das gab ihm den Mut, noch näher an den Labortisch heranzutreten. Viel fehlte jetzt nicht mehr und er könnte lesen, was in den Papieren stand.

»Das Existieren und Funktionieren dieser Welt folgt seit ihrer Entstehung synergetischen Strukturen. Verstehen Sie? In Selbstorganisation, spontan. Es ist unvorstellbar, in welchen komplexen Systemen alles miteinander in Wechselwirkung steht. Das zu analysieren, ist unmöglich. Alles hat sich in einem ständigen, nicht zielgerichteten Prozess selbst erschaffen. Die Welt, alles, aus sich selbst heraus. Die Systeme dieser Welt sind offene dynamische Systeme, in denen der ständige Wandel quasi gesucht wird. In diesen komplexen selbst organisierenden Systemen werden höchste strukturelle Ordnungen erreicht. Es gibt hierbei jedoch keine steuernden Elemente. Kein Mensch hat gelenkt und eingegriffen. Das tun wir erst seit ein paar tausend Jahren. Seit ein paar hundert Jahren versuchen die Menschen, mit ihrer Technik der Erde ihre Regeln aufzudrücken.

Das führte und führt zu humanitären Katastrophen, zu Umweltzerstörung und Krieg. Mehr noch, dieses Verhalten vernichtet die Erde.«

Balodis hatte sich nun warm geredet. Es war ihm anzusehen, dass er es genoss, seine persönliche Sichtweise als die einzig wahre Sichtweise zu verkünden. Etwas Fanatisches kam in seinen Tonfall. Offensichtlich hatte er Freude daran, in Noah einen interessierten Zuhörer gefunden zu haben. Der hatte sich währenddessen direkt vor dem Labortisch platziert. Er schaute abwechselnd auf die Papiere und in Balodis' Richtung. Er tat so, als ob sein Blick nur flüchtig an allem verharrte. Trotz innerlich hoher Anspannung und Herzrasen gelang es ihm tatsächlich, einzelne Worte und Skalen zu entziffern. Es ging offensichtlich um die Einstufung der Psychopathogenität der Inhalte der einzelnen Glasbehälter. Begriffe wie Schizophrenie, Demenz, Psychose, bipolare Störung, affektive Störung, Depression, neurotische Störung. Es las sich wie die Ansammlung aller psychischen Erkrankungen. Neben den einzelnen Behälternummern gab es ein

Ranking. Nahezu jede Einstufung war bei »sehr hoch« markiert. Es fiel Noah schwer, sich auf die weiteren Ausführungen von Balodis zu konzentrieren.

»Schon die Bibelschreiber setzten sich kritisch mit diesem lenkenden Eingreifen auseinander. Nur hat diese Schriften bisher niemand wirklich verstanden.«

Noah runzelte die Stirn.

»Ich will Ihnen ein Beispiel geben. In Matthäus 6:26 steht: Sehet die Vögel des Himmels an: Sie säen nicht, sie ernten nicht, sie sammeln nicht in Scheunen, euer himmlischer Vater ernährt sie.«

Wenn Noah bisher noch an eine irgendwie wissenschaftliche Triebfeder der Forschungen geglaubt hatte, wurde ihm in diesem Moment klar, dass er es mit Fanatismus und einer gefährlichen, aus einer Verbitterung heraus geborenen Besessenheit zu tun hatte. Religiöses Geschwafel war für ihn immer mit der Begründung für zerstörerische Taten verbunden. Er versuchte, sich dennoch den Anschein eines interessierten Zuhörers zu geben, und sah Balodis erwartungsvoll an.

»Diese Bibelstelle wurde bisher gänzlich missverstanden. Hier wird an einen lenkenden Gott geglaubt. So wie das eine Gehirn, das alles steuert.

Aber ich sage Ihnen, gerade weil die Vögel nicht säen, nicht ernten und nichts ansammeln, finden sie Versorgung. Einfach so. Was hat uns unser Säen, Sammeln und Ernten gebracht? Kriege, Ausbeutungen und Hungersnöte.

Chaotische Aktivitäten sind immer einer Analyse und eingreifenden Regeln vorzuziehen. Das wird die Zukunft sein.

Verstehen Sie? Das Verhalten, das unter Schwarmintelligenz verstanden wird. Das ist die Lösung.

Das Zurückkommen zur Schwarmintelligenz ist die einzige Möglichkeit, wieder in das große Ganze aufgenommen zu werden. Mehr und mehr werden wir einsehen müssen, dass alles im scheinbaren Chaos viel optimaler funktioniert als in der Analyse und der Lenkung.

Von Russland aus wird sich mit meiner Hilfe das Chaos über die Welt verbreiten. Die Anfänge sind bereits deutlich zu erkennen. Es hat schon begonnen.«

»Mit Ihrer Hilfe. Aber dann nehmen Sie doch mit Ihrer Handlung eine riesige Lenkung vor. Sie spielen Gott, das eine geniale Gehirn.«

»Nein, ich helfe nur dabei, wieder zum Chaos zurückzufinden. Eine Schwarmintelligenz überhaupt wieder zu ermöglichen. Trennen Sie sich von dem Oben und Unten. Von führenden Köpfen und Lenkern. Das führt nicht zu einem selbstorganisierten Leben. Das hat die Geschichte zu Genüge gezeigt.«

»Aber wie bringen Sie das Chaos über die Welt. Hiermit?«

Noah machte eine ausholende Bewegung mit dem Arm und deutete dabei auf die hohen Glasbehälter.

»Mein junger Freund, nun mal ganz langsam. Noch ist nicht der Zeitpunkt gekommen, Ihnen alles mitzuteilen. Zumal mir Valmir dringend davon abrät. Aber ich wollte Ihnen die Möglichkeit zeigen, psychopathogen wirksame Mikroben zu züchten.«

»Was meinen Sie mit psychogen wirksamen Mikroben? Sind das Gifte oder Kampfstoffe, die Sie hier herstellen?«

»Aber Herr Winter! Das geht viel intelligenter und vor allem nachhaltiger. In der Zwischenzeit müssten Sie eigentlich in der Lage sein, aufgrund unserer Gespräche eins und eins zusammen zu zählen, um eine Ahnung davon zu entwickeln, zu was wir hier fähig sind.«

Kapitel 44

»Darya! Es gibt seit über hundert Jahren medizinische Forschung. Es wäre doch wohl irgendwann aufgefallen, dass die Theorie von Pasteur nicht mehr passt. Es geht hier doch um Wissenschaft und nicht bloß um Anschauungen.«

Noah hatte Darya mithilfe seiner Notizen die beiden Weltanschauungen zu Erregern und Mikroben erklärt. Pasteur und Béchamp. Jetzt waren sie in eine hitzige Diskussion geraten.

Darya hatte sofort Zweifel geäußert. Nicht, weil sie an der Theorie von Pasteur etwas auszusetzen hatte. Allein die Tatsache, dass eine Anschauung komplett von einer anderen verdrängt wurde, machte sie misstrauisch.

»Wenn du Wissenschaft sagst, klingt das so rein und über jeden Zweifel erhaben. Aber das sind auch Menschen. Die mussten alle durch ein hierarchisch ausgerichtetes Schulsystem. Für den Zugang zur Universität brauchst du den höchsten Schulabschluss. Bedeutet wohl auch eine gute Anpassung an dieses System. Dann Uni, Master oder Promotion. Dann bist du Wissenschaftler. Die meisten kommen aus privilegierten Familien oder aus Akademikerfamilien. Das ist also ein ziemlich elitäres System, deine Wissenschaft. Anzunehmen, dass ähnliche Denkstrukturen und Haltungen etabliert sind.«

»Oha, Darya! Ist das jetzt nicht ein bisschen weit hergeholt? Du kommst von Pasteur zu elitären Bildungssystemen. Hattest du Pasteur etwa nicht in der Schule?«

»Ja, ich habe die Pasteur'sche Sichtweise auch in der Schule gelernt. Wie wahrscheinlich jeder auf der Welt, der etwas mit Medizin zu tun hat. Ich nehme mich da ja auch gar nicht raus. Aber ich habe auch Psychologie studiert. Mir fehlt der Dialog zwischen den beiden Lagern. Offensichtlich gab es keine Bereitschaft, die jeweiligen Sichtweisen zu verbinden. Beide Lager haben sich verweigert, den jeweils Andersdenkenden zu verstehen. Sie haben sich nicht die Mühe gemacht, die Perspektive des anderen einzunehmen. Und meine Arbeit im Beratungsteam der Ukraine und die Verhandlungen mit Russland haben mir gezeigt, dass es immer einen verbindenden Weg zu suchen gilt.«

»Du sagst also, das Weltbild über Mikroben müsste verändert werden, oder wie meinst du das? Ich glaube ja, wenn es eine andere Sichtweise geben könnte, dann hätte sich diese auch durchgesetzt. Oder?«

»Du glaubst an die Selbstregulation, daran, dass sich die Wahrheit irgendwann durchsetzt. Warum muss es denn so ausschließlich sein?«

»Und du? Du glaubst, dass sich etwas Falsches über hundert Jahre halten kann und etwas Richtiges über hundert Jahre unterdrückt werden kann?«

»Da bist du schon wieder bei richtig und falsch, bei entweder oder. So stehen sich immer zwei Pole gegenüber, die versuchen, den jeweils anderen zu vernichten.«

»Okay, Darya, dann erklär mir deine Sichtweise über Erreger und Mikroben.«

»Noah, du bist ja ganz aufgeregt. Warum interessiert dich das plötzlich so?«

»Das hängt mit meiner Arbeit bei Balodis zusammen. Mit seinen seltsamen Forschungen.«

»Stimmt etwas nicht damit? Du hast gar nichts erzählt.«

»Das versuche ich ja gerade zu ergründen. Ich will dich mit meinem Kram nicht beunruhigen, solange ich nicht mehr herausgefunden habe. Also, was weißt du denn nun über Mikrobentheorien und deren Richtigkeit?«

»Davon habe ich nicht genug Ahnung. Damit müsste ich mich erst beschäftigen. Müsste schauen, wer welche Positionen hat, die Triebfedern begreifen, die Folgen verstehen und die wirtschaftlichen Interessen. Könnte spannend sein, da mal einzusteigen. Jetzt kann ich dir allerdings etwas über Konflikteskalation erzählen und über Sowohl-als-auch. Vielleicht hilft dir das weiter.«

Noah nickte.

»Also, es gibt einen Bereich der Soziologie, der beschäftigt sich mit Friedens- und Konfliktforschung. Für meine Arbeit im Verhandlungsteam habe ich mich damit vermehrt beschäftigt. In diesem Bereich gibt es viele kluge Menschen, die forschen, entwickeln und damit arbeiten. Ich hab die Sachen von Glasl gelesen und einiges von einem norwegischen Konfliktforscher gelernt. Johan Galtung heißt der.«

»Galtung? Hab ich noch nie gehört. Und was ist sein Ansatz?«

»Ich kann dir das nur so wiedergeben, wie ich es verstanden habe.«

Darya holte tief Luft und sammelte ihre Gedanken.

»Stell dir vor, dein eigenes Weltbild ist bedroht. Es wird infrage gestellt und dein Ansehen, deine psychische Sicherheit, dein wirtschaftlicher Erfolg oder deine lukrative Zukunftsaussicht würden leiden oder könnten Schaden nehmen. Damit sind einige deiner Grundbedürfnisse in Gefahr. Uns Menschen reichen bloße Vorstellungen möglicher Gefahren, um Angst auszulösen. Höchstwahrscheinlich wirst du vieles dafür tun, um diese Bedrohungen abzuwenden.«

Wieder nickte Noah.

»Deine Ängste werden auf den anderen projiziert. Du willst dem Gefühl von Ausgeliefertsein entkommen. Das Abwenden der Bedrohung könnte so erfolgen, dass du den anderen beschimpfst, verhöhnst oder ihn öffentlich erniedrigst. Du würdest Mitstreiter für deine Sache um dich scharen. Die Größe der Gefolgschaft würde dir Überzeugungskraft verschaffen. Die stimmen dir zu, verfolgen vielleicht aber damit ganz andere Interessen.

Vielleicht macht der andere das auch. Die jeweilige Schar rückt enger zusammen. Aber in die jeweiligen Lager gelangen keine neuen und anderen Informationen. Zweifler unter deinen Anhängern, die eine Korrektur bewirken könnten, haben keine Chance. Das bedeutet, du nimmst nur noch das wahr, wovon du eh schon überzeugt bist. Ihr streitet noch heftiger. Der Konflikt eskaliert und wird immer unmenschlicher. Jede Seite nimmt an, dass ihre Sicht die einzig richtige ist und auf keinen Fall vereinbar mit der Sicht des anderen. Jede Seite glaubt, sie muss sich vollständig durchsetzen und die andere vollständig nachgeben. Sieger – Verlierer. Entweder – oder.«

»Habe ich verstanden. Aber glaubst du, es steckt nur Angst dahinter oder verletzte Gefühle, warum das Weltbild über Mikroben nicht verändert wird? Nicht die Frage, ob es richtig oder falsch ist?«

Kapitel 45

Darya zuckte mit den Schultern.

»Jeder Mensch konstruiert sich mit seinem durch Sozialisierung und Bildung entstandenen Bild seine Wirklichkeit. Im Prinzip hat keiner recht oder jeder. Es sind alles nur einzelne Konstruktionen. Letztlich versucht jeder, mit seiner Sichtweise seine Grundbedürfnisse so optimal wie möglich zu erreichen, und jeder glaubt, in seiner Konstruktion recht zu haben. Informationen werden dann so ausgewählt und interpretiert, dass sie deine Meinung bestätigen. Du gehst in eine Wahrnehmungsabwehr. Mit diesem eingefärbten Blick auf die Welt nimmst du dann nur noch das wahr, was passt. Wie durch eine starke Sonnenbrille. Aber das sind dann nur wenige Gesichtspunkte und kein anderer Weg, keine andere Möglichkeit erscheinen mehr. Wir reagieren auf die Handlungen und Äußerungen des Gegenübers mit dem verfestigten Bild, das wir von ihm haben. Es ist bequemer, ihn zum Feind zu erklären, als sich zu hinterfragen. Der jeweils eigene Standpunkt verhärtet. Zur Lösung wird nichts beigetragen.«

»Aber es fühlt sich so richtig an, wenn ich von etwas überzeugt bin.«

»Noah, wir sind nicht immer so wach und offen in der Bewertung von Informationen, wie es sich in uns anfühlt. Wir glauben aus seltsamen Gründen irgendwann irgendetwas und halten das für wahr. Die Psychologie beschreibt über zwanzig verschiedene Abwehrmechanismen. Dein Unbewusstes setzt sie ein, um dich zu entlasten. So kannst du deine Ängste verringern. Damit du keinen inneren Stress bekommst, kannst du Informationen leugnen oder verzerren. Und da willst du mir sagen, die Wissenschaft ist frei davon? Das sind doch alles Menschen. Sie sind, wie alle anderen auch, beherrscht von emotionalen unbewussten Antrieben.« Darya lachte kurz auf.

»Die Psychologie zeigt in vielen Bereichen, dass das, was wir für wahr halten, etwas mit uns und unseren Sozialisierungen, mit rein menschlichen Vorgängen und mit unserer Art zu leben zu tun hat. Es lohnt immer, sich zu hinterfragen. In jedem Fall ist es günstig, dafür offenzubleiben, dass es auch ganz anders sein könnte.

»Das überzeugt mich noch nicht.«

Darya ließ ihren Blick schweifen und holte tief Luft.

»Ich kann dir das nicht immer so wissenschaftlich belegen, wie du es vielleicht brauchst. Aber es gibt in der Sozialpsychologie und der Kognitionspsychologie genug Forschung dazu. Du kannst das gerne nachrecherchieren.«

Darya schaute skeptisch auf Noah, wartete sein bestätigendes Nicken ab.

»Allein deine Vorannahme über etwas, also deine Überzeugung, die du schon in dir trägst, beeinflusst dein weiteres Handeln. Wie du neue Informationen verarbeitest und ihnen glaubst, hat etwas mit deinen Vorannahmen zu tun. Du glaubst etwas eher, wenn es zu deinen bisherigen Überzeugungen passt. Wenn etwas deinen Erwartungen entspricht, bleibst du offen. Wenn nicht, reagierst du ablehnend. Deine Wahrnehmung verzerrt sich. Ist sehr verbreitet.

Schwierig ist es auch, etwas zuzulassen, was nicht mit unserer Überzeugung übereinstimmt. Das erzeugt Unruhe in uns, sogar Stress. Darum sträuben wir uns innerlich, eine Information anzunehmen, wenn sie nicht zu unseren Einstellungen passt. Dieses Phänomen wird motivierte Wahrnehmung genannt. Leider führt diese innere Unruhe zu einer selektiven Wahrnehmung. Wer will schon sein Weltbild infrage gestellt sehen? Unser Halt würde ins Wanken geraten. Wir suchen sogar nach Informationen, an die wir glauben möchten. Wir lenken unsere Aufmerksamkeit entsprechend, wir filtern. Da bleiben wir innerlich ruhiger. Ist bequemer. Außerdem schauen wir auch immer, wie viele andere Menschen unsere Überzeugung teilen. Wir folgen gern der Herde und vernachlässigen dabei sogar das, was wir schon selbst wussten. Vor allem, wenn es viele sind oder Menschen, die wir mögen oder deren Status wir anerkennen. Wir wollen eben alle irgendwie dazugehören und sind gern Mitläufer.«

»Na ja!« Noah neigte den Kopf und runzelte die Stirn.

»Du solltest etwas über Massenpsychologie lesen. Masse ist beängstigend leicht beeinflussbar und anfällig für Täuschungen.«

»Mag sein. Aber wissenschaftliche Forschung?«

»Noah! Das sind Menschen! Die haben auch Bedürfnisse und Ängste.« Darya war laut geworden.

»Du wärst erstaunt, wie bereit du bist, deine eigene Überzeugung über Bord zu werfen. Es müssten nur genügend Menschen in einer Gruppe etwas anderes behaupten. Es macht uns Druck, die eigene Position als Minderheit weiterhin zu vertreten. Wir verspüren Stress. Um wieder Ruhe zu bekommen, schwenken wir schließlich um. Beugen uns dem Gruppenzwang.

Und viele Menschen verschaffen sich ihre Informationen über das Internet. Du weißt ja, dass dir die Algorithmen vorselektierte Informationen anbieten, die zu deinen vorherigen Suchen passen. Klar, dass diese Selektion dich in deinen Überzeugungen noch bestätigen wird. Leider kombinieren und addieren sich diese beschriebenen Phänomene oft. Du merkst also, mit der Informationsverarbeitung und der Beurteilung der Wahrheit ist das nicht so einfach, wie wir es gern hätten.«

»Okay, mal angenommen … Das würde ja bedeuten … Und wie kann das verhindert werden?«

Darya nickte mehrfach.

»Ja, ist gar nicht so einfach, da immer offenzubleiben. Zunächst ist es bestimmt hilfreich, zu wissen, wie wir ticken und Dinge wahrnehmen und selektieren. Nachdenken, kritisch bleiben, sich selbst hinterfragen, kreativer Umgang mit Konflikten – daran muss man sich immer erinnern, das ist aus meiner Sicht die einzige Chance, achtsam miteinander umzugehen und der Wahrheit nahezukommen. Es gilt, einen verbindenden Weg zu finden.«

»Selbsterkenntnis.« Noah nickte nachdenklich.

Er fragte sich, ob auch er auf seiner Überzeugung beharrte. Möglicherweise hinderte ihn seine Schul- und Universitätsbildung daran, sich auf die Suche nach anderen Zusammenhängen zu machen. Folgte er dem wissenschaftlichen Mainstream, der Wissenschaftselite? Gehörte er auch einfach nur einer Gefolgschaft an, die aufgrund der Größe Überzeugungskraft hat? War er zu bequem, selbst zu denken? Für ihn schien es so fertig und richtig, wie es war. Vielleicht war er tatsächlich der Versuchung gefolgt, mit seinem angelernten Wissen die Situation zu beurteilen und seine Theorie als die einzig Wahre zu sehen. Und das machten also alle anderen auch, wenn das stimmte, was Darya sagte. Also die Wissenschaft, wie Medizin und Biologie auch. Er war verwirrt.

»Du meinst so was wie ›Die größten Erfindungen der Welt werden von Laien gemacht. Sie werden nicht von ihrem Wissen behindert.‹«

»Hä? Ja, vielleicht so ähnlich. Es unterbleibt die Suche nach Alternativen.«

»Aber das würde ja heißen, dass ich in einer Konfliktphase plötzlich meinen Standpunkt aufgeben und meine Ängste aushalten müsste, die dann zum Vorschein kommen. Von denen soll ich mich frei machen und dann kreativ, mit neuer Perspektive auf das Geschehen blicken? Und wegen meiner verletzten Gefühle auch noch in tiefe Selbstreflexion gehen. Oha! Das verlangt viel.«

Darya lachte. »Ja, blöd, was? Es ist nicht einfach umzusetzen. Beide Seiten müssen sich wirklich anstrengen. Und Geduld dürfen sie auch noch üben, denn es dauert, bis ein neuer Weg, eine neue Lösung entsteht. Es geht darum, zusammen an der Lösung zu arbeiten. Jeder Mensch hat individuelle Ängste. Die lassen sich nicht einfach so wegreden. Das wäre ja super.«

Sie stieß ihm mit dem Ellbogen in die Seite.

»Guck nicht so skeptisch! Nur weil es schwierig ist; das ist keine Entschuldigung.«

»Ich höre deine Worte, aber ich verstehe nicht, wie das konkret im Alltag gehen soll.«

»Na ja, mit Wahrnehmung und Bereitschaft. Du musst erst mal spüren, wie sich das anfühlt, wenn deine eigene Sichtweise bedroht ist. Das gefährdet deine Grundbedürfnisse. Diesen Stress musst du erst einmal bemerken. Selbstreflexion eben. Wenn du genau hinhörst, merkst du, dass du die andere Sichtweise verdrängen willst, sie komplett für falsch erklärst. Die Fähigkeit, wahrzunehmen, was in dir geschieht, ist wichtig. Dann kannst du das zum Anlass nehmen, deine Motivation zu hinterfragen.«

»Und dann?«

»Damit eine neue, gemeinsame Sichtweise entsteht, müssen beide Seiten bereit sein, in der Ansicht des anderen etwas Berechtigtes anzuerkennen. Empathie eben. Ihr könntet dann zu einem Sowohl-als-auch gelangen.«

»Ach Darya, da soll ich dann also mitten im Konflikt die Hosen runterlassen, meine Ängste zugeben und offen auf den anderen zugehen? Wer macht denn so was?«

»Tja. Wir erwarten die Einsicht immer von der anderen Seite. Der andere soll als Erstes auf dich zukommen. Und du stellst noch mal und noch mal die Unterschiede dar und beharrst auf der Richtigkeit deiner Auffassung. Das macht die andere Seite auch. Na klasse. Das kennen wir. So kommt man nicht weiter.«

Darya lehnte sich zurück. Sie ließ Noah einen Moment Zeit.

»Es braucht neue Methoden der Veränderungsarbeit und der Kommunikationspsychologie. Und ich glaube, am Anfang geht es nicht ohne Hilfe. Ein Mediator oder eine Mediatorin können helfen, die Wahrnehmung und die Bereitschaft der Parteien zu entwickeln.«

»Du meinst, um so etwas wie einen Kompromiss zu erzielen?«

»Nein, das ist nur eine Lösung auf Zeit. So richtig zufrieden ist keiner mit einem Kompromiss. Das schwelt weiter und hält nicht lange. Das führt …«

»Darya, okay, okay. Von der Theorie jetzt mal ganz praktisch: Was heißt das für die Situation mit Balodis? Du glaubst doch nicht etwa, er hat eine Lösung für ewiges Leben gefunden?«

»Noah, das weiß ich nicht. Ich sag dir was: Ich werde mich mit diesen Mikroben-Erreger-Theorien mal intensiver beschäftigen. Das interessiert mich jetzt.«

Kapitel 46

Auf der Festplatte des Computers, den Kaji bei Velta Naujoks mitgenommen hatte, fanden sie einen Hinweis »Tür-Code-Rolltor/SB«. Bei all den Sicherheitsvorkehrungen um SilentBiota überraschte sie das. Wieder einmal der Beweis, dass die menschliche Komponente der größte Unsicherheitsfaktor war. Da hatte Velta sich wohl nicht an ihre Anweisungen gehalten. Noah und Kaji waren sicher, damit ins Gebäude gelangen zu können. Ganz in Schwarz machten sie sich erneut auf den Weg zu SilentBiota.

In der Seitenstraße waren sie mit dem Code problemlos in den Gebäudekomplex gelangt. Die Metalltür neben dem Rolltor, an der Laderampe, ließ sich damit öffnen.

»Wozu benötigt ein Unternehmen wie SilentBiota eine eigene Fleischerei?«

»Keine Ahnung. Nach Kantinenbedarf sieht das hier nicht aus.«

Sie standen in einer Halle, die gut in einen Schlachthof oder in eine Großschlachterei gepasst hätte. Sie war weiß gefliest und gekühlt. Es roch intensiv nach rohem Fleisch. Vom Rolltor führte eine an der Decke verankerte Förderschiene in den hinteren Teil des Gebäudes. In dieser Schiene gab es bewegliche Schlitten mit eingehängten Fleischerhaken. In den Haken hingen ausgeweidete Schweinehälften. Noah und Kaji folgten der Schiene und gelangten an eine doppelflügelige Schleusentür aus weißem, biegsamem Kunststoff. Kaji drückte einen Türflügel auf, und sie schlüpften hindurch. Vor ihnen erstreckte sich ein langer, ebenfalls gekühlter Gang. Von der Decke hingen in regelmäßigen Abständen weitere Tierhälften. Das Licht der Taschenlampen beleuchtete die Szenerie unzureichend und erzeugte unheimliche Schatten.

»Erinnert mich an den Schlachthof im ersten Rocky-Film. Die Schweinehälften, an denen er trainiert hat.«

Noah wollte eben zu einer Antwort ansetzen, als plötzlich ein metallisches Brüllen erklang. Er zuckte zusammen. Die Förderschiene setzte sich in Bewegung, es knirschte und ratterte, die Schweinehälften kamen in Schwung. Er fuhr zu Kaji herum.

»Hast du hier irgendetwas angefasst?«

Er brüllte gegen das Geräusch an.

»Dagegen geboxt oder irgendeinen Schalter gedrückt?«

»Ich habe nichts angefasst. Bleib mal locker. Das ist eine Art automatisches Förderband. Siehst du, die sind nur um einen Meter vorgerückt.«

Tatsächlich hatte das Geräusch wieder gestoppt und mit ihm die Tierhälften. Sie schwangen noch ein wenig nach und kamen dann wieder zur Ruhe.

»Was machen wir?«

»Na weiter!«, kam als kurze Antwort von Kaji.

Sie kamen an eine weitere Schleusentür. Als Kaji diese öffnete, prallte er sofort wieder zurück. Er fasste Noah am Arm und blickte ihn mit weit aufgerissenen Augen an.

»Was? Was ist da drin?«, fragte Noah.

»Alter, da hängen Tote am Haken.«

»Wie, tote Menschen?«

Noah drückte die Tür auf. Er blickte auf die gespenstische Szenerie. Den Fleischerhaken irgendwo im Rücken eingestochen, hingen inmitten der Regelmäßigkeit der Schweinehälften zwei nackte Menschen.

»Ach du Scheiße. Lass uns abhauen. Das ist ja wie im Horrorfilm.« Noahs Stimme überschlug sich.

»Ruhig bleiben. Lass uns noch rausfinden, wo diese Förderschiene hinführt.« Kaji hielt Noah am Arm zurück und schob ihn weiter.

Noah zwang sich, an den Toten hochzuschauen, und versuchte, die Gesichter zu erkennen.

»Oh nein, das ist Velta Naujoks«, stieß er hervor.

»Die Naujoks? Echt, bist du sicher?«

Wie erstarrt stand Noah jetzt direkt neben den baumelnden Leichen. Ihre Köpfe waren seitlich nach unten abgeknickt, das

Kinn auf Brusthöhe. Trotz der fahlen Blässe und der geschlossenen Augen war sich Noah sicher.

Mühsam kontrollierte er seinen Brechreiz.

»Kein Zweifel«, presste er hervor. »Und ich würde wetten, dieser Typ hier ist Tomass, ihr ehemaliger Kollege und Liebhaber.«

Wieder gab es dieses metallische Geräusch, und die Leichen setzten sich in Bewegung. Als das Förderband erneut stoppte, war aus dem Nebenraum ein kräftiges Maschinenbrummen zu hören, begleitet von knackenden, mahlenden Geräuschen.

Kaji zog Noah durch die nächste Schleuse, und sie sahen die Quelle der Geräusche. In diesem Raum war der Geruch nach rohem Fleisch penetrant.

Eine riesige Maschine, einem gigantischen Fleischwolf ähnlich, stand vor ihnen. Bei jeder Bewegung der Transportschiene löste ein Mechanismus genau eine Tierhälfte vom Haken. Sie fiel in den Trichter, und das Mahlwerk nahm seine Arbeit auf. Am unteren Teil befand sich eine Öffnung. Durch eine Transportschnecke wurde der Fleisch- und Knochenbrei in einen weiteren trichterförmigen Bottich befördert. Noah sah gerade noch, wie dieser Brei mit Wasser verflüssigt und durch ein Rohr abgesaugt wurde.

»Noah, wozu ist das hier? Es werden ja riesige Mengen Fleisch verarbeitet! Wo landet das alles?«

Noah antwortete nicht. Wie gebannt sah er zu, wie die Leiche von Velta Naujoks näher ruckelte. Gleich würde sie dran sein. Für einen Moment war er versucht, auf die Maschine zu klettern und Velta irgendwie vom Haken zu nehmen. Er blickte an dem Trichter empor und suchte nach Haltemöglichkeiten. Zu spät. Die Förderschiene kam in Bewegung. Der Körper fiel in den Trichter. Augenblicklich begann der Fleischwolf die Knochen zu zerknacken. Noah schluckte hart. Der Bottich zog seinen Blick wie magnetisch an. Er musste hineinblicken. Das, was Velta Naujoks gewesen war, unterschied sich optisch kaum von den zerfleischten Tierhälften. Vielleicht ein wenig dunkler. Aber dennoch ein einziger Brei.

Er zog Kaji am Ärmel und wandte sich zum Gehen.

»Warte, Noah! Wofür ist das alles gut? Wo landet der Brei? Was machen die damit?«

»Mir grade scheißegal. Die pressen bestimmt keine Würste daraus. Ich hab genug für heute. Lass uns abhauen.«

Als sie eben die Tür öffneten, fuhr ein Wagen am Tor vorbei. So rasch es ging, traten sie ins Freie und schlugen die Tür hinter sich zu. Noah hoffte, ungesehen zu entkommen, doch schon hielt der Wagen mit quietschenden Reifen.

Kapitel 47

»Ich habe keine Ahnung, wohin die Straße führt!«

»Noah! Wenn dein scheiß Smartphone nicht bald eine Verbindung hat, sind wir dran!«

Kaji saß am Steuer und holte das Letzte aus dem alten Ford. Wie in einem Agententhriller rasten sie über die schlecht asphaltierte und unbeleuchtete Landstraße.

Sie waren Valmir nur knapp entkommen.

Im Dunkeln waren sie davon gerannt, doch Valmir hatte Kaji zu packen bekommen. Noah widerstand dem Drang, allein zu flüchten, und kehrte zu Kaji zurück. Mochte der auch einiges in seiner Ausbildung bei der ukrainischen Armee gelernt haben – obwohl er Valmir überragte, hatte er keine Chance gegen ihn. Valmir hatte einen Arm von Kaji straff nach hinten gedreht und würgte ihn mit der anderen Hand. Kaji rang nach Atem, sein Gesicht war schmerzverzerrt. Noah brüllte »Stopp!« und war selbst verblüfft über die durchschlagende Wirkung. Die Kampfhandlungen waren sofort beendet. Als Valmir erkannte, wen er da vor sich hatte, lachte er kurz auf.

»Ha, du! Dich hatte ich schon die ganze Zeit im Verdacht. So viele Zufälle gibt es ja gar nicht. Den ständigen Ärger gibt's erst, seit du hier bist. Hast dem Doc gewaltig den Kopf verdreht. Glaubt noch immer an das Gute in dir. Sieht wohl so etwas wie einen Sohn in dir. Trotz meiner Warnungen. Das muss ich dir lassen, schauspielern kannst du. Aber damit ist's jetzt vorbei. Ich werde dich verfüttern, wie all die anderen.«

Noah reagierte, ohne nachzudenken. In einer einzigen fließenden Bewegung trat er zu, zielte zwischen Kajis Beine hindurch und traf den kleineren Valmir im Schritt. Der klappte nach vorn, sein Griff lockerte sich. Mit einer schnellen Drehung befreite sich Kaji, und Valmir sackte, mit beiden Händen seine Hoden schützend, zu Boden.

Noah zog Kaji mit sich, doch dieser trat Valmir beim Wegrennen noch seitlich gegen den Kopf. Aus den Augenwinkeln sah Noah, wie Valmir zur Seite kippte. Die Männer rannten zum Wagen und fuhren los.

Noah drehte sich um. Noch war kein Licht zu sehen, kein Verfolger. Wohin sollten sie jetzt? Valmir hatte sie erkannt. Zurück nach Riga konnten sie also nicht. Sie mussten so schnell wie möglich das Land verlassen, sonst würde Valmir sie töten. Das war klar.

»Scheiße!«

Kaji schaute in den Rückspiegel. Noahs Magen zog sich zusammen, als er einen Blick über seine Schulter warf. Da waren zwei Lichter. Valmir folgte ihnen.

»Endlich! Ich hab Netz! Irgendwo vor uns ist die Ostsee. Ein Ort, Jurmala. Dauert aber noch. Nützt dir das was? Kennst du dich aus?«

Kaji schüttelte den Kopf. »Nicht wirklich. So weit von Riga weg führen mich die Taxifahrten selten. Kenn ich nur vom Baden, das ist alles.«

»Hast du eine Idee? Ich hab keine. Meinst du, wir können Valmir in diesem Wagen entkommen?«

»Eher nicht. Die Frage ist, ob er unvorsichtig wird. Das sollten wir ausprobieren.«

Ohne ein weiteres Wort schaltete Kaji die Scheinwerfer aus. In fast vollständiger Dunkelheit rasten sie über die holperige Straße. Kaji hielt die Geschwindigkeit und ließ den Verfolger herankommen.

Noah starrte gebannt auf die sich nähernden Lichter.

»Jetzt guck nach vorn und halte dich fest!«, rief Kaji. »Angeschnallt bist du?« Noah nickte.

Kaji stieg mit voller Kraft auf das Bremspedal. Der Verfolger hatte bei der Geschwindigkeit keine Chance, krachte gegen den Ford. Ein gewaltiger Knall. Blech knirschte. Die Heckscheibe zerbarst. Noah wurde nach vorn geschleudert, der Wagen machte einen Satz nach links. Kaji hatte große Mühe, den Ford auf der Straße zu halten, und gab dennoch Gas. Valmir blieb zurück.

»Du bist echt irre!« Noah war aufgebracht. »Alter, das hätte uns von der Straße kicken können.«

»Hat es aber nicht. Nun hat Valmir erst mal damit zu tun, seinen Airbag wieder einzupacken. Außerdem sind seine Scheinwerfer Schrott und mit etwas Glück auch ein paar Motorteile.«

Noah war skeptisch. »Das wird uns nicht lange retten. Valmir hat uns erkannt. Zurück geht also nicht. Mir fällt nichts Besseres ein, als abzuhauen. Deutschland, wenn du mich fragst.«

Er schaute aus dem Fenster. Abgestellte Container, Häuserruinen und Schutthaufen zogen vorbei. Er fragte sich, wie weit der Einfluss von Valmir und Balodis reichte. Er kam zu dem Schluss, dass die Grenze Valmir kaum davon abhalten würde, nach ihnen zu suchen.

»Das ging aber schnell. Da ist er schon wieder«, sagte Kaji nach einem Blick in den Rückspiegel.

Noah drehte sich um und versuchte, in der Dunkelheit etwas zu erkennen. Für einen kurzen Moment meinte er einen Lichtreflex gesehen zu haben. Die Frontscheibe von Valmirs Jaguar. Kurz darauf noch ein zweites Mal. Kein Zweifel, Valmir hatte die Verfolgung wieder aufgenommen.

Auch Kaji fuhr wieder ohne Licht. Sie bretterten durch die Dunkelheit. Noah presste seinen Kopf an die Windschutzscheibe und gab sich alle Mühe, mit Blicken die Finsternis vor ihnen zu durchdringen, wie mit Fühlern versuchte er sie abzutasten. Vergeblich.

»Noch mal wird er auf dein Manöver nicht hereinfallen.«

»Ich mache mir eher um unseren Benzinverbrauch Sorgen. Der Tank war halb voll, und eben, bevor ich das Licht abgedreht habe, stand die Anzeige auf Anfang Reserve. Entweder wir haben ein Leck oder die Anzeige spinnt. Allzu weit kommen wir nicht mehr.«

Kaji wechselte die Fahrbahn. Sie fuhren nun ganz rechts auf dem Standstreifen. Er ließ kurz das Licht aufblitzen, um einen möglichst weiten Blick in die Ferne zu erhaschen. In einiger Entfernung stand ein Übersee-Container auf hohen Stützen. Kaji trat das Gaspedal voll durch. Ein Blick in den Rückspiegel zeigte ihm, dass auch Valmir die Fahrbahn gewechselt hatte.

»Kaji! Was machst du? Du fährst direkt auf den Container zu!«

Unbeirrt blieb Kaji auf dem Gaspedal.

Direkt vor dem Container riss er blitzartig das Lenkrad herum. Der Wagen schoss haarscharf am Container vorbei, kippte zur Seite und überschlug sich in der Luft, prallte hart auf dem Boden auf, drehte ein zweites Mal und kam schließlich wieder auf den Rädern zum Stehen.

Noah hatte sich instinktiv nach vorn geduckt, seinen Kopf mit den Armen geschützt. Seine Schulter schmerzte, er war einige Male gegen die Türsäule geknallt. Doch alles andere schien völlig unverletzt zu sein. Er richtete sich langsam auf und versuchte, sich in der Dunkelheit zu orientieren.

»Kaji, alles klar bei dir?«

Keine Antwort. Noah löste seinen Gurt und tastete nach seinem Freund. Als er seine Finger über Kajis Kopf gleiten ließ, fühlte er warmes, glitschiges Blut. Schnell suchte er Kajis Hals und stöhnte erleichtert auf, als er einen regelmäßigen Puls spürte.

Er suchte nach dem Schalter für die Innenbeleuchtung. Im fahlen Licht erkannte er, dass Kajis Gesicht blutüberströmt war und ein Auge zuschwoll.

»Kaji! Kannst du mich hören? Kaji, Hallo!«

Kaji stöhnte leise. Er drehte ganz langsam den Kopf und versuchte zu reden. Noah verstand kein Wort.

»Bleib ganz ruhig. Du blutest am Kopf. Kannst du dich bewegen?«

Mühsam, in Zeitlupe, hob Kaji eine Hand und tastete vorsichtig seinen Kopf ab. Schleppend suchte er nach Worten.

»Ich … äh … ich bin seitlich … ich muss gegen die Säule oder das Lenkrad geknallt sein. Wird wohl eine hässliche Platzwunde sein. Gut, dass ich einen Arzt dabeihabe.«

Als er auflachte, sog er sofort scharf die Luft ein.

»Lachen ist im Moment wohl nicht so gut«, sagte er heiser.

»Du bist echt der Hammer. War das ein Stunt. Damit kannst du in jedem Film auftreten. Bleib sitzen. Ich komme rum und helfe dir.«

Kaji versuchte bereits, die Tür zu öffnen. Es gelang ihm nicht.

»Die blöde Tür geht nicht auf! Ich muss bei dir aussteigen.«

Noah löste Kajis Gurt und stieg aus. Dann half er Kaji, langsam, auf allen vieren, aus dem Wagen zu klettern. Kaji richtete sich behutsam auf. Als Noah ihm mit Taschentüchern das Blut aus dem Gesicht wischte und ein Taschentuch auf die seitliche Platzwunde drückte, stöhnte Kaji laut auf.

»Auhh, geht das nicht vorsichtiger, Herr Doktor? Lass mich mal selber halten. Was ist eigentlich mit Valmir, dem Arsch?«

Erst jetzt fiel Noah die Stille auf.

»Der war direkt hinter uns. Er kann es kaum geschafft haben.«

Noah schaute zum Container. Versuchte vergeblich, in der Dunkelheit etwas zu erkennen.

»Kaji, ich schau mir das aus der Nähe an. Du bleibst hier stehen. Komm erst einmal zu dir.«

Noah schaltete die Taschenlampe seines Smartphones an und ging wachsam auf den Container zu. Valmirs Jaguar stand nahezu komplett darunter. Das Wagendach war abgerissen und lag hinter dem Wagen. Die Stützen, auf denen der Container gestanden hatte, waren seitlich weggeknickt. Der Container ruhte auf dem Wagen und presste das Chassis auf den Boden.

Alles sah ganz friedlich aus, beinahe natürlich. Ob Valmir geköpft worden war oder zerquetscht? Oder lebte er noch? Noah bückte sich und zog versuchshalber am Türgriff. Vergeblich. Die Tür ging nicht auf. Mittlerweile war auch Kaji herangekommen.

»Der ist wohl hin«, sagte er trocken. »Oder was sagt der Mediziner? Lass uns das Dach die Böschung runterschieben. Dann sieht alles ganz unauffällig aus, sollte hier heute Nacht jemand vorbeifahren. Erst morgen früh werden sie stutzig werden. Gut für uns.«

Zurück im Wagen, versuchte Kaji den Motor zu starten. Beim dritten Versuch schon sprang er an. Irgendetwas schliff jedoch und klackerte metallisch.

»Auf geht's, lass uns sehen, wie weit uns der Schrotthaufen noch bringt. Wir müssen ihn unauffällig irgendwo abstellen.«

Kaji fuhr langsam an. Schleifend und quietschend, mit nur einem intakten Scheinwerfer ging es Richtung Riga. Erst als ihnen ein Wagen entgegenkam, fiel Noah auf, dass sie die ganze Zeit allein auf dieser Strecke unterwegs gewesen waren. Glück gehabt.

Im verwilderten Garten hinter einer Häuserruine stellten sie den Wagen nahe der Hauswand ab. Noah riss die Nummernschilder ab. Kaji hatte sich umgesehen und zerrte eine alte Folie aus einem Schuppen. Diese zogen sie über das zerbeulte und geborstene Heck.

»Lass uns zur nächsten Ortschaft laufen. Dort suchen wir uns morgen früh eine Mitfahrgelegenheit oder Taxi. Vielleicht hat sogar irgendwo eine Bar geöffnet.«

Auf dem Seitenstreifen liefen sie Richtung Riga. Kaji klagte zunehmend über Übelkeit und Benommenheit, er brauchte dringend Ruhe. Noah diagnostizierte eine schwere Gehirnerschütterung. Das Adrenalin der letzten Stunde und das Triumphgefühl, im letzten Moment entkommen zu sein, verliehen ihm genug Kraft und Entschlossenheit, um Kaji zu stützen und mit sich zu ziehen. Selten kam ein Wagen vorbei. Wenn doch, versteckten sie sich in einem Gebüsch.

Kapitel 48

Nach ein paar Tagen war Kaji wieder auf den Beinen und ganz der Alte. Er wollte sich unbedingt mit Noah in einer Kneipe treffen, um mit ihm über das Labor zu sprechen.

Die Bedienung brachte ihnen zwei Gläser Bier und zog sich wieder zurück. Kaji nahm einen großen Schluck und begann zu sprechen, kaum dass er das Glas abgesetzt hatte.

»Du glaubst also, die Säuglinge im Kellerlabor in Balodis' Haus und der Fleischwolf mit den Schweinehälften dienen demselben Zweck?«

Noah wischte sich mit dem Handrücken den Schaum vom Mund.

»Ich habe dir doch von den Glaszylindern bei SilentBiota erzählt. Genau der gleiche Zylinder, nur deutlich kleiner, steht im Kellerlabor. Du hast ihn ja selbst gesehen. Balodis züchtet Mikroorganismen, ganz klar. Und füttert sie mit Fleisch. In seinem Kellerlabor werden Säuglinge und wahrscheinlich Plazenta verfüttert, bei SilentBiota Schweinefleisch.«

»Oder statt Tieren gelegentlich auch Menschen, wenn sie grade zur Verfügung stehen, das wissen wir ja. Okay, soweit klar. Säuglinge verfüttert, uäh, Noah, wenn du das so sagst … wie pervers ist das denn.« Kaji zog eine angeekelte Grimasse. »Was will er mit den Mikroorganismen? Wozu dient das Kellerlabor? Glaubst du denn wirklich, es ist möglich, wie Balodis einmal angedeutet hat, mit den Mikroorganismen Leben zu verlängern oder Menschen gar zu verjüngen?«

»Schwer vorstellbar, aber wer weiß. Offensichtlich passiert im Zylinder im Kellerlabor etwas völlig anderes als bei SilentBiota. Nicht nur das Futter ist anders. Auch die Verwendung. Ich habe dir doch von der Psycho-Pathogenität der einzelnen Behälter berichtet. Ich glaube, bei SilentBiota werden gezielt krankmachende Organismen gezüchtet und unter das russische Volk verteilt.«

»Bei dir klingt das ›verteilt‹ ganz leicht. Wie soll das denn gehen? Die futtern doch nicht freiwillig dieses stinkende Zeug. Auch wenn ich ihnen die Pest an den Hals wünsche.«

»Nein, nein, ich glaube die haben einen Weg gefunden, das Zeug unauffällig unter die Lebensmittel zu mischen. Und weißt du was? Die machen das noch nicht mal selbst! SilentBiota verkauft Bakterien und Probiotika. Die Lebensmittelindustrie benötigt das Zeugs für die Produktion. Das ist schon genial. Die verkaufen ihre krank machenden Mikroorganismen als gesundheitsförderliche Stoffe oder als Produktionshelfer. Die Lebensmittelindustrie setzt sie dann für alles Mögliche ein. So gelangt der Mist überall hin.«

»Hä, verstehe ich nicht. Wofür werden die Bakterien verwendet? In Lebensmitteln? Das ist ja ekelhaft.«

»Wie, glaubst du, ist das Bier hier entstanden? Durch Hefebakterien. Mikroorganismen verwerten bestimmte Nährstoffe und verstoffwechseln sie zum gewünschten Endprodukt. Wenn du so willst, fressen die Hefen den Zucker im Traubensaft und scheißen Alkohol aus. Wein und Essig werden auf diese Art hergestellt. Na, und Milchprodukte werden mit Bakterien fermentiert. Joghurt, Kefir, Käse und so'n Kram. Das sind die bekannten Anwendungen. Aber ich habe ein wenig recherchiert. Bakterien werden viel häufiger zur Lebensmittelproduktion eingesetzt, als mir klar war. Mikroorganismen, also Bakterien, Pilze und so, werden gentechnisch so verändert, dass sie das gewünschte Produkt herstellen. Sauerkraut, Wurst, Sojasoßen, Miso, Zitronensäure und Glutaminsäure. All das wird auch von Mikroorganismen durch Gärungsprozesse hergestellt. Aber nicht nur in Lebensmitteln, genauso in der Kosmetik, in der Medizin, in …«

»Durch Darmbakterien?« Kaji war Noah laut ins Wort gefallen und schaute ihn ungläubig an.

Einige Gäste blickten in ihre Richtung.

»Nein, nicht unbedingt nur durch Darmbakterien. Vor allem durch Hefen, Pilze und verschiedene andere Bakterien. Aber es wäre ein Leichtes, gezielt bestimmte Bakterien beizumischen. Scheinbar ist es Balodis ja gelungen, Bakterien zu isolieren. Außerdem weiß er, welche Bakterienmischungen sich auf welche Art krankmachend auswirken. Natriumglutamat, du weißt schon, dieser Geschmacksverstärker. Der wird im großen Stil durch gentechnisch veränderte Mikroorganismen produziert. Das Zeug steht sowieso im Verdacht, gehirngängig zu sein, also vom Blut ins Gehirn zu kommen. Oder nimm Zitronensäure. Die wird oft in Getränken, Marmeladen oder Süßigkeiten verwendet. Du glaubst wahrscheinlich, die wird aus Zitrone gewonnen, klingt ja auch so. Aber die wird schon seit vielen Jahrzehnten durch die Ausscheidung von Mikroorganismen gewonnen.«

»Noah, hör auf! Du verdirbst mir die Lust am Essen und Trinken.«

»Bakterien als Maschinen, das ist doch genial! Und weißt du, wie sich die Anlagen nennen, in denen diese ganzen Mikroorganismen gezüchtet werden? Bioreaktoren.«

»Diese Glaszylinder sind also Bioreaktoren?«

»Ich bin mir sicher, dass es etwas Derartiges ist. Spezielle Bioreaktoren, die die Vorgänge im menschlichen Darm kultivieren. Eine Art maschineller Darm. Das Besondere an den Bakterienmischungen von Balodis ist ja, dass diese Bakterien auf eine psychogen wirkende Art in die menschliche Gesundheit eingreifen. Das ist wohl nur möglich, wenn sie sich im Darm ansiedeln können. Und das gelingt nur dann, wenn sie darin auch überlebensfähig sind.«

Noah nahm einen tiefen Schluck und schaute nachdenklich auf sein Glas.

»Weißt du, was ich glaube? Balodis hat als Psychiater seinen Zugang zu den schlimmsten Psychopathen genutzt, um deren Darmbakterien zu verwenden. Und nun streut er diese über die Welt.«

»Ej, das klingt bedrohlich und widerlich. Was glaubst du denn, welche Lebensmittel sollte ich besser meiden?«

»Du glaubst nicht, wo Bakterien überall eingesetzt werden! Bei der Produktion von Kaffee, Soßen, Ketchup, Mayonnaise, Senf, Dressings und vielem mehr. Es müsste ja etwas sein, das es überall auf der Welt gibt und nahezu jeder zu sich nimmt. Und zusätzlich müsste es noch in Russland sehr beliebt sein. Ich vermute Energy Drinks oder Cola und alle Lebensmittel mit Geschmacksverstärkern.«

Kaji hatte abwehrend eine Hand gehoben und signalisierte Noah, damit aufzuhören. Der sprach jedoch unbeirrt weiter.

»Abwässer werden ebenfalls biologisch gereinigt. Es könnte also auch Trinkwasser sein. Das Krasseste, das ich gefunden habe, ist ein Stoff, der verwendet wird, um Blutplasmaersatzmittel dickflüssiger zu bekommen. Hergestellt durch, rate mal, Milchsäurebakterien. Insulin wird übrigens auch durch Bakterien produziert.«

»Ist ja schon gut. Du hast mich überzeugt. Möglichkeiten, krankmachende Mikroorganismen unter das Volk zu bringen, gibt es also mehr als genug. Jetzt spinnen wir mal weiter. Sagen wir mal, es ist so, wie du sagst, was hat Balodis am Ende davon? Will er ganz Russland vergiften und töten?«

»Na ja, wenn es nach seinem Hass ginge, würde er das wohl tun. Aber entweder ist ihm der rasche Tod nicht angemessen genug, oder das funktioniert doch nicht so einfach, wie wir uns das denken. Es gibt ja auch Lebensmittelkontrollen, Wasserkontrollen und auch andere Bezugsquellen für Mikroorganismen in der Lebensmittelindustrie. Die werden ja nicht alle von SilentBiota beliefert. Seine Sätze ›ich werde von Russland aus das Chaos über die Welt bringen‹ und ›es hat schon begonnen‹ erscheinen mir viel wichtiger und gehen mir nicht aus dem Kopf.«

»Chaos, das von Russland ausgeht. Da fällt mir schon einiges ein. Die russische Rolle im Syrienkonflikt, der Überfall und die Besetzung der Krim, der Krieg mit der Ukraine, die Wahlmanipulation der Präsidentenwahl in den USA. Um mal nur die aktuellsten zu nennen.«

»Ja, ich weiß, du bist nicht gut auf die zu sprechen. Aber kannst du darin ein durch psychopathogenes Verhalten gesteuertes Chaos erkennen?«

»Hallo? Wenn du mich fragst, ist die Welt zunehmend verrückt geworden. Allerdings geht das wohl nicht alles auf Balodis zurück. Oder was sagst du?«

»Keine Ahnung, aber Balodis geht es ja auch nicht um schnelle Effekte. Wenn ich ihn richtig verstanden habe, will er die Welt wieder ins Chaos führen, um eine Schwarmintelligenz zu ermöglichen, oder irgend so 'n Scheiß.

Aber wenn du dir das aktuelle Weltgeschehen anschaust, gibt es noch andere seltsame Einflüsse. Das wird ja nicht alles von Russland gesteuert. Nordkorea, Islam-Terror, Leute wie der türkische Präsident oder der amerikanische Präsident. Auch diese Dinge haben einen erheblichen Anteil am Chaos in der Welt.«

»Ja. Da gebe ich dir recht. Aber hast du nicht gesagt, SilentBiota liefert in die ganze Welt?«

Noah ließ sich in seinem Stuhl nach hinten fallen, verschränkte die Arme hinter dem Kopf und ließ seinen Blick auf Kaji ruhen.

»Scheiße, ja. Natürlich. Was machen wir denn jetzt? Gehen wir zur Polizei oder was?«

»Die werden uns auslachen. Die Geschichte glaubt uns doch keiner. Ich fürchte, da müssen wir selber dran bleiben. Beweise sammeln oder besser noch gleich die Welt retten.«

Kapitel 49

Die Sicherheitsschleuse im Haus Balodis' stank an diesem Morgen. Wie konzentriertes fauliges Wasser, das zu lange in einer Vase mit Blumen gestanden hatte. Noah hatte eben die Vorhalle betreten, als drei Männer in dunklen Anzügen die ausladende Treppe vom oberen Stockwerk herunterkamen. Der Bärtige kam ihm bekannt vor, er konnte jedoch sein Gesicht nicht zuordnen. Der Mann trat energisch auf Noah zu und bohrte ihm seinen Zeigefinger in die Brust. Sofort hüllte Noah eine dichte Wolke aus Mundgeruch ein, und schlagartig kam die Erinnerung. Das war dieser Deutsche, der vor ein paar Monaten Informationen von ihm gewollt hatte. Alterungsprozess stoppen, Jungbrunnen; mit der Erinnerung kam auch ein Gefühl von Übelkeit.

Der Mann und Noah setzten gleichzeitig zum Sprechen an, als die energische und laute Stimme von Balodis erklang: »Gehen Sie! Sofort!«

Balodis stand mit drohender Haltung auf dem untersten Treppenabsatz und wies auf den Ausgang.

Alle Männer hatten kurz den Kopf nach oben gedreht. Unschlüssig blieb Noah reglos stehen. Der Bärtige fixierte ihn einen Moment schweigend und atmete dann hörbar aus, Noah direkt ins Gesicht. Dann winkte er seine Begleiter zur Schleuse und verließ das Haus.

Unwillkürlich wedelte Noah mit der Hand, um die schlechte Luft zu vertreiben.

Balodis blickte müde auf ihn herunter. Noah schien es, als sei er zusammengesunken. Als hätte ihn der energische Auftritt von eben zu viel Kraft gekostet.

Mit leiser Stimme bat er Noah in sein Büro.

Tatsächlich setzte sich Balodis vornübergebeugt an seinen Schreibtisch und gebot Noah mit einer Geste, Platz zu nehmen.

»Sie kennen diesen Mann?«

»Kennen ist zu viel gesagt. Er hat mir einmal auf der Straße aufgelauert und mich zu einem Gespräch in sein Auto gezwungen. Versuchte Informationen über geheimnisvolle Medikamente von mir zu erfahren. Mittel, die Menschen jung bleiben lassen. Ich konnte ihm nichts sagen, selbst wenn ich gewollt hätte. Er kündigte an, wiederzukommen. Der Mann stinkt bestialisch.«

Balodis schüttelte den Kopf.

»Das haben Sie mir damals gar nicht erzählt. Dass der Mann Sie kaufen wollte. Es wäre eine wichtige Angelegenheit gewesen, um die sich der gute Valmir hätte kümmern können. Nun ist es zu spät. Na ja, ist wohl auch egal. Seit Valmir nicht mehr seine schützenden Hände über allem hat, droht hier alles zusammen zu brechen.«

Noah blickte ihn verwundert an.

»Was ist mit Valmir? Ist er krank? Hat er gekündigt?«

Balodis fixierte ihn. Noah schaffte es, entspannt zu bleiben und dem Blick von Balodis interessiert zu begegnen.

»Wenn ich das wüsste, wäre ich einen großen Schritt weiter und könnte der Gefahr mit aller Kraft entgegentreten. So bleibt mir nichts anderes übrig, als zu reagieren.«

»Valmir ist einfach verschwunden? Ohne etwas zu sagen? Und Sie glauben, er ist in Gefahr oder gar getötet worden?«

Noah hoffte, angemessen verwundert und bestürzt zu klingen. Balodis nickte nur.

»Es braut sich etwas zusammen. Dunkle Wolken sind aufgezogen. Es wird nicht mehr lange dauern, und mir wird alles aus der Hand gerissen. Wahrscheinlich Schlimmeres. Ich will ehrlich zu Ihnen sein. Ich vertraue Ihnen. Ich weiß nicht, warum. Valmir hat mir abgeraten. Aber mir bleibt sowieso nichts anderes übrig. Irgendwann muss ich jemandem vertrauen.

Mein Lebenswerk kennen Sie ja. SilentBiota und so weiter. Das lässt sich nicht mehr aufhalten. Die Saat ist ausgebracht und wird überall in der Welt aufgehen. Schon sehr bald wird sich ein reinigendes Chaos ausbreiten. Die Welt wird wieder zu einer sich selbst organisierenden Gemeinschaft zurückgeführt.«

Noah befürchtete eine erneute Rede über Schwarmintelligenz und den bösen Russen. Deshalb unterbrach er den Redefluss, sobald Balodis Luft holte.

»Das haben Sie mir schon erzählt. Es klingt boshaft, fanatisch und unglaublich. Was wollen Sie mir sagen?«

Er ist noch irrer, als ich dachte, schoss es ihm durch den Kopf.

Balodis blickte ihn ungeduldig an.

»Was wissen Sie schon! Aber es ist besser so. Ich habe neben SilentBiota noch meine eigenen Forschungen betrieben. Der stinkende Deutsche von eben hat damit zu tun. Es sind Forschungen, die nötig waren, um meiner geliebten Tochter ihre verlorenen Jahre zurückzugeben. Nichts motiviert einen Vater stärker, nichts treibt ihn mehr an als das Ziel, das Leid von seinem Kind zu nehmen.«

Er hielt inne, in Erinnerungen versunken. Noah räusperte sich und rückte unruhig auf seinem Stuhl hin und her.

Balodis brauchte einen Moment, um sich zu orientieren. Seine Stimme war belegt, als er schließlich zu sprechen begann.

»Herr Winter, sollte das alles hier …«, er machte eine ausladende Geste mit der rechten Hand, »… eines Tages zerstört werden – glauben Sie mir, der Tag wird schon bald kommen, ich kann es fühlen, die Russen, der Deutsche … sie kommen näher – nun, ich habe Vorkehrungen getroffen. Meine Entdeckungen werden zu Ihnen gelangen. Dann werden Sie in der Verantwortung stehen und entscheiden müssen, was Sie damit machen. Sie werden sich an Ihren boshaften, fanatischen Doktor Balodis zurückerinnern und mich besser verstehen.«

»Sie reden immer so kryptisch. Was soll ich damit anfangen? Was wird zerstört? Und wer wird es zerstören? Bin auch ich in Gefahr?«

Balodis schüttelte den Kopf.

»Ich will Ihnen nichts Genaues sagen. Zu Ihrem Schutz. Ihnen passiert nichts. Wenn es soweit ist, werden Sie von mir, von meinen Vorkehrungen hören. Ich werde dann tot sein. Es ist bereits alles arrangiert.«

Kapitel 50

»Lassen Sie mich rein. Ich bin ein Kollege. Ich bin Arzt. Ich bin Daryas Freund. Ich meine Frau Melnyks.«

Flehentlich schaute er die diensthabende Schwester an. Er stand ihr in einem blassgelb gestrichenen, schmuddeligen Stationszimmer gegenüber.

»Das hat für uns keine Bewandtnis. Wenn Sie nicht der Ehemann sind oder ein Angehöriger aus der Familie«, sie machte eine kleine Pause, »dann darf ich Ihnen nichts sagen.«

Noah machte keine Anstalten zu gehen.

»Das hat Ihnen Dr. Nikolow doch vorhin schon am Telefon gesagt. Daran hat sich nichts geändert. Tut mir leid, wir haben unsere Vorschriften. Wir haben Frau Melnyk noch nicht befragen können. Gestern Nacht war sie nicht in der Lage, auf unsere Fragen sinnvoll zu reagieren.«

»Okay, aber gibt es denn gar keine Möglichkeit, dass ich sie sprechen kann?«

»Gleich beginnt die Visite. Sollte Frau Melnyk in der Lage sein, zu kooperieren und Sie als Vertrauensperson zu bestimmen, können Sie in einer Stunde wiederkommen. Dann ist Besuchszeit, und Sie können mit ihrer Freundin reden. Aber erst dann. Gehen Sie jetzt bitte. Sie können im Moment nichts tun.«

Eine Stunde. Noah schaute auf seine Uhr. Vielleicht konnte er die Zeit nutzen, um herauszufinden, warum Darya in dieser psychiatrischen Einrichtung gelandet war, was vergangene Nacht eigentlich passiert war.

Er trat aus dem Gebäude, ging schnellen Schrittes zur Hauptstraße und winkte sich ein Taxi herbei.

»Zum Orange Galeria, bitte.«

Während der Fahrt ging er das durch, was er bisher wusste. Kajis Freundin Grazyna und Darya hatten sich für den gestrigen Abend im Orange Galeria, einer beliebten Kneipe verabredet.

Das war ungewöhnlich, denn der Abend nach Daryas Reisen in die Krimregion war eigentlich immer ihr gemeinsamer Abend. Diesmal hatte Darya ihn jedoch vor ihrer Abreise gefragt, ob es in Ordnung sei, wenn sie erst später zu ihm komme. Er hatte ihre letzten unkontrollierten Ausbrüche vor Augen und sofort zugestimmt. Sollte sich doch jemand anderes mit ihren sonderbaren Launen und aufgestauten Spannungen nach den Krim-Reisen herumschlagen. Am nächsten Tag ging es Darya ja meistens schon deutlich besser. Jedoch war sie nicht bei ihm angekommen.

Als er am Morgen ihre Nummer gewählt hatte, war nur die Mailbox zu erreichen. Von Kaji erfuhr er, dass Grazyna den gestrigen Termin mit Darya kurzfristig wegen ihrer Arbeit abgesagt hatte. Als ihm klar wurde, dass Grazyna und Darya sich gar nicht getroffen hatten, machte er sich sofort auf den Weg zu ihrer Wohnung. Dort war sie nicht. Er hatte sich eben ratlos auf ihr Sofa gesetzt, als sein Handy klingelte. Ein unbekannter Anrufer.

»Sternklinik, psychiatrische Abteilung, Dr. Nikolow, mit wem spreche ich?«

»Noah Winter hier. Was kann ich für Sie tun?« Er kannte die Klinik aus Erzählungen seiner Patienten.

»Kennen Sie eine Darya Melnyk?«

»Ja, die kenne ich.« Noah sprang vom Sofa auf. »Was ist mit ihr?«

»In welcher Beziehung stehen Sie zu Frau Melnyk? Sind Sie Ihr Ehemann oder Ihr Bruder?«

»Nein, ja. Ich bin ihr Freund. Was ist denn mit ihr?«

»Tut mir leid, dann darf ich Ihnen keine Auskunft geben.«

»Was? Langsam, langsam! Warum haben Sie mich dann angerufen?«

Noah lief in Daryas Wohnung auf und ab.

»Wir haben Frau Melnyk heute Nacht aufgenommen. Ihre Telefonnummer fand sich auf einem Zettel bei ihren Sachen. Vielleicht können Sie veranlassen, dass sich jemand aus der Familie bei uns meldet, damit wir klären können, wie es weiter geht.«

»Was meinen Sie mit ›wie es weiter geht‹? Ist etwas Schlimmes passiert? Nun sagen Sie doch. Geht es ihr gut?«

»Wie gesagt, dazu darf ich Ihnen keine Auskunft geben. Bitte tun Sie, worum ich Sie gebeten habe.«

Die Verbindung wurde unterbrochen.

Ratlos hatte er sein Telefon angestarrt und beschlossen, ihre Familie außen vor zu lassen. Als direkte Angehörige lebte sowieso nur noch Daryas Mutter, sie wohnte in der Nähe von Kiew und konnte ihr im Moment sicher nicht weiterhelfen. Also hatte er sich auf den Weg in die Klinik gemacht.

Das Taxi setzte ihn direkt vor dem Orange Galeria ab. Er stand vor dem kleinen, vor allem bei Einheimischen beliebten Bistro. Es lag etwas abseits der Touristenströme und war immer gut gefüllt. Hier gab schon zum Frühstück die lettischen grauen Erbsen mit Speck und Pfannkuchen mit Fleisch und Kartoffeln. Die süße Brotsuppe, die hier serviert wurde, galt als die beste der Stadt.

Er war schon oft mit Darya hier gewesen. Wadim, der Besitzer hatte den heruntergekommenen Laden direkt nach der Revolution übernommen. Während die Kneipen und Restaurants der Stadt sich schnell westlich orientiert hatten, stand hier die Zeit still. Mit kleinen, liebevollen Renovierungen und einer lettisch spezialisierten Küche hatte er sich unter den Einheimischen einen Namen gemacht.

Als Noah das Bistro betrat und den schweren dunkelroten Vorhang zur Seite schob, erblickte er Wadim hinter dem Tresen.

»Guten Morgen, Wadim! Gut, dass du da bist.«

»Guten Morgen, Noah, das höre ich gern. Du bist früh unterwegs. Was kann ich für dich tun?«

»Ich forsche nach, was gestern mit Darya los war. Sie liegt im Moment in der Sternklinik, und keiner sagt mir, warum. Ich habe die Hoffnung, dass sie gestern Abend hier war. Sie war verabredet. Weißt du etwas?«

»Ach! Warte, kann das sein? War das Darya gestern Nacht?

Uhh, na, da war ja einiges los. Ich war nicht hier. Sonst wäre es vielleicht anders gelaufen. Aber ich muss auch mal schlafen. Lauris rief mich heute Morgen an, um mir zu berichten. Er hatte zusammen mit Elena Dienst.«

»Mann, erzähl schon, was ist passiert?«

»Ich weiß nur, dass er die Polizei gerufen hat, weil eine Frau ausgerastet ist. Die Bullen kamen allerdings auch nicht mit ihr klar. Haben einen Krankenwagen gerufen. Erst als der Sani ihr 'ne Spritze verpasst hat, wurde sie zahm.«

»Hä? Polizei, Spritze, was ist denn passiert?«

»Das fragst du am besten Lauris selbst. Er müsste eigentlich schon hier sein, um die Einnahmen der Nacht vorbeizubringen. Setz dich doch. Was möchtest du trinken?«

Zögernd ließ sich Noah am Tresen nieder. Am liebsten wollte er alles sofort wissen und klären. So schnell wie möglich in die Klinik zurückfahren, um Darya zu holen und sie mit in seine Wohnung zu nehmen.

Wadim stellte eine Tasse Kaffee, einen schwarzen Schnaps und ein mit Käse belegtes Roggenbrot auf den Tresen.

»So, jetzt isst du erst einmal was und trinkst zur Stärkung einen Balsam.«

Noah kaute lustlos auf dem Käsebrot herum, als Lauris die Kneipe betrat. Wadim zeigte auf Noah.

»Lauris, das ist Noah, der Freund von Darya. Darya ist die Frau, die gestern Schwierigkeiten gemacht hat. Noah will wissen, was passiert ist.«

Lauris drehte sich zu Noah und schüttelte ihm zur Begrüßung die Hand.

»Darya ist deine Freundin? Ah okay, na, muss ja jeder selber wissen. Ich möchte nicht mit dir tauschen.«

»Kannst du einfach erzählen, was hier gestern passiert ist!«

Noah war aufgesprungen und funkelte Lauris wütend an. Es machte ihn zunehmend aggressiv, nichts zu wissen. Alle anderen schienen deutlich besser informiert zu sein. Er wollte nicht mehr untätig herumsitzen, sich abweisen lassen. Dass Lauris abfällig über Darya urteilte, machte es nur schlimmer.

»Mann, nun komm mal runter. Es ist schließlich deine Freundin, die hier gestern ausgerastet ist.«

»Ausgerastet! Okay, stopp mal, erzähl bitte von Anfang an.«

»Sie kam so gegen neun und setzte sich an den Tisch dort.« Lauris zeigte auf einen kleinen runden Tisch seitlich vom Tresen. »Der Laden war schon gut voll. Sie bestellte sich einen Weißwein. Ich hatte zu tun, aber ... keine Ahnung, es wirkte so, als warte sie auf jemanden. Schaute ruhig aus dem Fenster und nippte gelegentlich an ihrem Glas. Ihr Handy klingelte schließlich. Ich weiß noch, dass ich dachte, was für ein bescheuerter Klingelton.«

Kapitel 51

Noah brauchte nichts sagen. Als er sich dem Stationszimmer näherte, schaute die diensthabende Schwester nur kurz von ihren Papieren hoch und zeigte dann mit der Hand zum linken Gang.

»Zimmer 12.«

Ohne ein Wort ging er an ihr vorbei. Als er an der verschlossenen Gittertür ankam, ertönte der Summer und gab das Schloss frei. Er betrat einen fensterlosen, altweiß gestrichenen, langen Gang, der zu den Zimmern führte. Vor Zimmer 12 hielt er einen Moment mit erhobener Hand inne und atmete tief durch. Klopfte. Wartete. Nichts.

Er drückte die Türklinke. Die große schwere Tür ließ sich langsam öffnen. Die Fenster waren zu dreiviertel mit blassgelber transparenter Folie beklebt. Außer einem Bett und einem fest verbauten Regal war das Zimmer leer. Alles wirkte abgegriffen und abgestoßen. Es roch nach Reinigungsmitteln und verbrauchter Luft. Die Heizung gluckerte. Darya lag vollständig bekleidet auf ihrer Bettdecke. Sie hatte den Kopf leicht zum Fenster gedreht.

Noah ging zum Bett. Als sie den Kopf zu ihm drehte, erschrak er. Sie hatte ein angeschwollenes, blaugrün verfärbtes Auge, und ihre Gesichtshälfte war deutlich gerötet.

»Darya, Süße.« Noah versuchte, seine Stimme normal klingen zu lassen.

Er ging in die Knie, um mit ihr auf gleicher Höhe zu sein, legte seine Hand an die gesunde Wange und schaute ihr in die Augen. Sie kuschelte ihren Kopf in seine Hand und begann still zu weinen. Mit dem Daumen wischte er die Tränen beiseite, die über ihre Nase liefen, und gab beruhigende Geräusche von sich.

Darya versuchte, sich zu sammeln. Machte immer wieder Ansätze zu sprechen. Er wartete, schaute in ihr Gesicht und nickte ihr aufmunternd zu.

»Ach, Noah, gut, dass du da bist! Ich weiß gar nicht, was hier los ist.«

»Du weißt nicht, warum du hier bist?«

»Nein, das ist es ja! Ich habe ein geschwollenes Auge, eine schmerzende Gesichtshälfte und wunde Handgelenke. Aber warum? Ich weiß es nicht!«

Sie fing wieder an zu weinen.

»Aber du weißt, dass du in der Sternklinik bist? Du weißt, dass das die Abteilung für psychiatrische Fälle ist?«

Sie brauchte wieder eine Weile, um antworten zu können.

»Ja, das haben sie mir vorhin gesagt. Ich muss noch zwei Tage zur Beobachtung bleiben. Ich will das nicht! Muss das sein?«

Sie schaute Noah flehend an.

»Ich konnte noch nicht mit denen sprechen. Ich bin gleich zu dir, um zu sehen, wie es dir geht. Die machen hier eh einen Aufstand, weil wir nicht verheiratet sind und sie mir nichts sagen dürfen. Hast du ihnen meinen Namen bestätigt?«

»Ja, die Ärztin hat mich nach dir befragt, und ich habe ihr gesagt, du seist mein nächster Angehöriger und dürftest alles wissen.«

»Das ist gut. Ich klär dann gleich mal, wie es hier weitergeht. Hast du schon etwas gegessen?«

»Nein, noch nicht. Ich hatte keinen Hunger. Alles war so verwirrend und beängstigend. Noah, was ist mit mir? Was habe ich gemacht?«

Noah zögerte. Sollte er ihr alles erzählen oder eine geschönte Version? Er entschied sich für die Wahrheit.

»Ich war im Orange Galeria und habe nachgefragt. Du warst dort gestern Abend eigentlich mit Grazyna verabredet. Der Wirt, vielmehr Lauris, sagte, du hast telefoniert und bist dann total ausgerastet. Ich vermute, das war, als Grazyna dir abgesagt hat.«

»Was meinst du mit ausgerastet? Habe ich herumgeschrien oder was?«

»Ja, auch. Aber nicht nur das. Du hast mit einem Stuhl die

Scheibe eingeworfen und einem Gast, der dich beruhigen wollte, mit dem Ellenbogen einen Zahn abgebrochen. Als Lauris dich festhalten wollte, hast du ihm einen Kopfstoß verpasst und ihm dabei die Nase blutig geschlagen. Dann kam die Polizei. Dem ersten Polizisten hast du das Knie zwischen die Beine gerammt. Als die Ambulanz kam, haben sie sich zu viert auf dich gestürzt und dir Handschellen und eine Beruhigungsspritze verpasst. Dabei hat der eine Polizist dir ins Gesicht geschlagen. Daher das blaue Auge. Der war wohl ziemlich sauer. Was war denn bloß los?«

Darya schaute ihn nur an. Suchte in seinem Gesicht nach Anzeichen für einen Scherz. Als Noah ernst blieb, schüttelte sie ungläubig den Kopf.

»Ich habe keine Ahnung! Was wird denn jetzt? Bin ich verhaftet, oder warum bin ich hier?«

»Das werden wir klären müssen. Ich bin gleich zurück.«

Er drehte sich eben zur Tür, als diese aufging. Die Krankenschwester von vorhin betrat den Raum.

»Ah, gut. Ich wollte eben zu Ihnen, um zu klären, wie es weitergeht und wann ich sie mitnehmen kann.«

»Sie sind Herr Winter, richtig?«

Noah nickte.

»Ich habe mit der Ärztin gesprochen. Frau Melnyk muss noch eine Nacht hierbleiben. Wenn alles in Ordnung ist und sie stabil bleibt, können Sie sie morgen früh abholen. Wegen des Vorfalls wird sie vom Gericht schriftlich zur Stellungnahme aufgefordert. Für uns ist der Fall dann abgeschlossen.«

Kapitel 52

Noah hatte die Nacht kaum geschlafen. Schon früh stand er in der Sternklinik.

»Das kann nicht sein! Ihre Kollegin hat doch gestern gesagt, sie müsste nur noch eine Nacht zur Beobachtung bleiben. Ich will sie jetzt abholen. Und Sie sagen, sie muss noch bleiben. Zeitraum unbekannt. Was läuft denn hier?«

Noah hatte sich dicht vor die Ärztin gestellt, schaute sie zornig an und schleuderte ihr den letzten Satz mit einer herausfordernden Kopfbewegung entgegen.

Die Ärztin wich einen Schritt zurück.

»Herr Winter, beruhigen Sie sich bitte. Ich hatte gesagt, Frau Melnyk könne die Klinik verlassen, wenn sich nichts Auffälliges zeigt. Leider ist das nicht der Fall. Sie muss bleiben. Außerdem liegt ein Strafverfahren gegen sie vor. Wir können sie nicht einfach entlassen, und an der nächsten Ecke rastet sie wieder aus. Wenn Sie so wollen, beschützen wir sie vor sich selbst. Sie muss bleiben, bis sie sich stabilisiert hat. Und das kann ich Ihnen jetzt schon sagen: Im Moment sieht es nicht danach aus.«

Noah kniff die Augen zu schmalen Schlitzen zusammen und starrte die Ärztin an. Es dauerte einen Moment, bis das Gesagte in seinen Verstand sickerte.

»Moment mal. Sie sprachen eben von auffällig und ausrasten. Ist denn etwas Neues passiert?«

»Allerdings. Ihre Freundin hat gestern Abend einen Pfleger geschlagen. Er musste daraufhin ambulant behandelt werden. Es ging irgendwie um das Essen. Sie war nicht zu bändigen. Wir mussten sie ruhigstellen und fixieren.«

»Ruhigstellen? Sie meinen unter Drogen setzen und festbinden?«

»Verstehen Sie doch! Wir hatten keine andere Möglichkeit.«

»Irgendetwas Seltsames läuft hier. Sie wird doch nicht von

einem Tag auf den nächsten verrückt und gewalttätig. Sie ist sonst eine fröhliche und freundliche Person.«

»Das sagen Angehörige oft. Ist Ihnen denn vorher nichts aufgefallen. Irgendeine Veränderung? Sie sind doch Arzt, sagten Sie. Gab es kein ungewöhnliches Verhalten in den letzten Monaten?«

Noah antwortete nicht. Er dachte an Daryas seltsames Verhalten nach ihren Krimreisen. An die Szene im Restaurant. Sein Magen zog sich zusammen. Er erlaubte sich nicht, diese Begebenheiten in einen Zusammenhang zu stellen. Wollte nicht wahrhaben, dass Darya möglicherweise unter einer ernsthaften psychischen Störung litt.

»Ich will sie sehen, sofort.«

»Sie dürfen nur mit einem Pfleger hinein. Ich glaube aber, sie schläft noch. Das Mittel war sehr stark.«

Darya lag in einem weißen Anstaltsnachthemd schlafend im Bett. Sie sah so hilflos aus, so friedlich. Als wäre nichts. Wären da nicht die Gurte um Hände und Füße gewesen. Noah kamen die Tränen. Er wischte sich rechts und links mit dem Handrücken über das Gesicht. Dass der Pfleger ihn ansah, war ihm gleichgültig. Er dachte nur an seine fröhliche Darya. Sollte nun alles zunichtegemacht und ihm genommen werden?

Noah hatte eine genaue Vorstellung davon, wie es nun weitergehen würde. Er hatte genug dieser Fälle in der Praxis von Balodis gesehen: endlose Untersuchungen, Hirnstrommuster, Blutabnahmen, Reaktionstests, das volle Programm. Und Medikamente, die sie unter Aufsicht einnehmen musste. Medikamente, die ihre Persönlichkeit verändern würden. Die sie nicht mehr Darya sein ließen. Sie würden ihm die Person, die er liebte, nehmen. Schrittweise. Er konnte nichts dagegen tun. Hier war er machtlos, konnte nur zusehen.

Es machte ihn rasend. Sein Körper spannte sich an. Seine Muskulatur verhärtete sich. Schweiß lief ihm die Stirn hinab. Er fing an zu zittern. Er spürte, wie Wut in jede Faser drang. Er hasste sich für seine Schwäche. Er musste irgendetwas tun, sich das

Gegenteil beweisen. Diesmal wollte, musste er der Mächtigere sein. Nicht sofort hier auszurasten und seine Wut an der Klinik auszulassen, kostete ihn viel Kraft. Er ballte seine Fäuste und spannte seine Kiefermuskeln an.

In höchster Anspannung stand er einfach nur da und starrte auf Daryas Bett. Sein Hirn ging fieberhaft die verschiedenen Optionen durch. Am Ende blieb nur eine Möglichkeit offen: Er würde sie hier rausholen.

Sein Entschluss stand fest, und das gab ihm Antrieb.

Er löste sich aus seiner Erstarrung und strich Darya noch einmal zärtlich über die Wange. Dann nickte er dem Pfleger kurz zu und verließ eilig die Klinik. Kaum war die Tür hinter ihm zugefallen, wählte er Kajis Nummer.

Kapitel 53

»Du glaubst wirklich, Daryas Verhalten hängt mit verseuchtem Essen zusammen?«

»Ja, ich bin mir sicher. Sie hatte die Ausraster immer nach ihren Krimreisen. Sie hat oft gesagt, wie schlecht sie das russische Essen fand und dass sie dadurch Beschwerden hatte.«

»Aber wieso in der Klinik?« Kaji schaute Noah über den Küchentisch hinweg zweifelnd an.

»Das kann ich dir auch nicht erklären. Ich weiß, dass sich der Zustand der dortigen Patienten immer verschlechtert. Ich vermute, dass die Klinikküche in russischer Hand ist und mit russischen Lebensmitteln beliefert wird. So gelangt das Giftzeug in die Klinik.«

Noah neigte seinen Kopf leicht nach vorn und zur Seite und sog die Luft zwischen schmalen Lippen hindurch.

»Oder, der ungünstigere Fall: Das Ganze geschieht absichtlich. Vielleicht mischt Balodis da mit.«

»Ich versteh, dass du außer dir bist. Aber lass mal die Kirche im Dorf. Wieso sollte Balodis eine Klinik in Riga vergiften wollen? Und wirkt sich das wirklich so schnell aus?«

Kaji schaute Noah skeptisch an.

Dieser sprang auf.

»Das habe ich dir doch schon alles erklärt, Bioreaktoren, psychopathogene Keime und dieser ganze Scheiß. Es ist mir im Moment auch völlig egal, ob du mir glaubst oder nicht. Ich will Darya da raus haben. Wer weiß, wie sich diese Mikroben langfristig auswirken. Dem Balodis hinterherzuspionieren, war eine Sache. Da hatten wir es mit Theorien und unbekannten toten Babys zu tun. Nun geht es um Darya. Also, hilfst du mir jetzt, oder nicht? Du bist doch sonst derjenige von uns, der drauflos geht. Was ist denn los mit dir?«

»Nun mal ganz ruhig, Mann.« Kaji bewegte die Hände beruhigend auf und ab. »Okay, okay, ich habe Darya heute besucht und ich verstehe, was du meinst. Gefesselt und völlig apathisch. Aber ich habe mir auch alles genau angesehen. Es ist nicht so einfach. Die Klinik ist wegen ihrer Insassen in mehrere Abschnitte aufgeteilt und durch Schleusen gesichert. Wir können da nicht einfach rein, alle umhauen und die Schlösser aufbrechen.«

»Es muss einen Weg geben. Möglichst schnell. Die rechnen doch nicht damit, dass jemand von außen kommt, um eine Patientin zu befreien. Normalerweise sind alle froh, dass die weggesperrt ist.«

»Na, da bin ich mir nicht so sicher. Noah, nun komm mal runter. Wenn wir dabei erwischt werden, sind wir dran, und keinem ist damit geholfen.«

Noah war unruhig in Kajis Küche auf und ab gelaufen. Nun setzte er sich wieder an den Tisch und starrte die Wand an. Seine Gedanken rotierten. Die Ohnmacht und Untätigkeit machten ihm am meisten zu schaffen. Er hatte das Gefühl, innerlich zu kochen, aber kein Ventil zu finden. Irgendetwas zu tun, erschien ihm besser, als hier herumzusitzen. Den nächsten Gedanken, der ihm durch den Kopf ging, sprach er einfach aus.

»Ich habe mal in einem Film gesehen, wie die einen Feueralarm ausgelöst haben, um im allgemeinen Durcheinander eine Patientin zu befreien.«

»Ja, den Film kenne ich auch. Aber die hatten einen Krankenwagen und Feuerwehrkleidung. Das haben wir beides nicht. Außerdem war das ein Film. Wie wäre es, wenn wir mit Balodis reden? Ihm die besonderen Umstände um Darya erklären und ihn bitten zu helfen? Vielleicht kennt er irgendwen, der uns weiterhelfen kann.«

»Daran habe ich auch schon gedacht. Aber wenn das nicht klappt, weiß die Klinik, dass jemand Darya unbedingt raushaben will. Nee, außerdem traue ich Balodis nicht. Vielleicht benutzt er die Klinik für seine Experimente. Er weiß, dass es Darya gibt. Vielleicht will er mich treffen, indem er Darya aus dem Weg räumt. Oder mich stärker an sich binden, mich für sich allein haben … was weiß denn ich! Wenn meine Theorie mit dem Essen stimmt, wird er eins und eins zusammenzählen. Er wird sich fragen, wie viel ich weiß oder zumindest vermute. Das Risiko ist mir zu groß. Am Ende lande ich auch noch in der Sternklinik oder im Fleischwolf.«

»Dann seid ihr wenigstens zusammen und könnt einen Plan für den Ausbruch schmieden.«

»Sehr witzig. Es ist mir ernst. Es muss noch eine andere Möglichkeit geben.«

Eine lange Pause entstand.

»Ich glaube, ich hab's.« Noah war aufgesprungen und schaute Kaji an. »Ich habe eine Patientin, eine junge Frau. Deren Mutter arbeitet als Reinigungskraft in der Sternklinik. Ich weiß, die Mutter ist nicht gut auf die Klinik zu sprechen. Sie gibt denen eine Mitschuld am Zustand ihrer Tochter. Ich könnte mir vorstellen, dass sie uns weiterhelfen kann. Auf jeden Fall sollten wir mit der Frau sprechen.«

Kapitel 54

»Ich bin hier, um die Patientin Darya Melnyk abzuholen. Sie ist mir augenblicklich zu übergeben.«

Kaji hatte sich in seiner Galauniform der ukrainischen Armee vor dem diensthabenden Pfleger der Sternklink aufgebaut. Er wirkte imposant mit seiner Statur und Körpergröße, die Haare militärisch kurz. Sie standen sich im Eingangsbereich der Klinik gegenüber. Er war in ein fahles Licht getaucht. An der Decke hingen zwei Leuchtstofflampen, eine flackerte.

»Was? Jetzt?«

»Unverzüglich!«

»Was soll der Scheiß? Um diese Zeit wird hier nie jemand abgeholt. Und Sie sind? Von welcher Behörde sind Sie noch mal? Haben Sie einen Ausweis?«

Der Pfleger war in sein Dienstzimmer zurückgewichen. Kaji folgte ihm. Das Dienstzimmer war karg und mit alten, billigen Möbeln eingerichtet, deren Holzfurnier schon abblätterte. Am Schreibtisch stand ein ehemals blauer Stuhl. An der oberen Lehne war der Stoff aufgerissen, dunkelgelber Schaum quoll hervor. Eine alte Schreibtischlampe spendete einen kleinen Lichtkegel. Ein grauer Monitor stand daneben, eine Tabelle war geöffnet. Die auf dem Boden stehende Elektro-Heizung gluckerte, der Raum war überheizt. Es roch muffig und nach Schweiß.

Kaji fischte seinen gefälschten Ausweis aus der Tasche und hielt ihn dem Pfleger vor die Nase. Der setzte sich schwerfällig und stöhnend an den Schreibtisch und hielt den Ausweis unter die Lampe.

»International Medical Center. Was soll das denn sein? Habe ich noch nie gehört. Offizier, soso.«

Der Mann starrte auf den Ausweis und fuhr sich mit der Hand mehrmals über sein stoppeliges Kinn. Dann zog er ein Smartphone aus der Gesäßtasche, tippte darauf herum und wartete.

Offensichtlich bekam er jedoch keinen Anschluss. Bevor er das Handy wegsteckte, tippte er eine kurze Nachricht. Er hatte einen Entschluss gefasst und blickte auf.

»Ich weiß von keiner Abholung, und ich kann jetzt niemanden erreichen, um mich abzusichern. Sie werden morgen früh wiederkommen müssen.«

Das hatten Noah und Kaji erwartet.

»Jetzt passen Sie mal auf …« Kaji machte eine Pause und blickte länger auf das schräg hängende Namensschild am zerknitterten Kittel des Pflegers. » … Oleg Baranow!«

Er spuckte den Namen eher aus und betonte *Baranow* verächtlich.

»Das ist russisch, nicht wahr? Schafsbock, wenn ich richtig liege. Sie sind also Russe. Ihre Landsleute führen Krieg gegen die Ukraine. Ich bin Sicherheitsoffizier des International Medical Centers. Wir sind hier in Lettland. Sie können als Russe froh sein, diesen Job überhaupt zu haben. Wenn es nach mir ginge, wäre kein Russe mehr hier. Sie sind zudem ungepflegt und stinken nach Alkohol. Wahrscheinlich trinken Sie heimlich im Dienst.«

Kaji machte eine Pause und ließ seine Worte wirken. Der Teil, der jetzt kam, war ein wenig gewagt.

Das Gespräch mit der Putzfrau, Noahs Kontakt in die Klinik, hatte sie zu dem Entschluss gebracht, eine Geschichte zu liefern, die Oleg Baranow höchstwahrscheinlich beeindrucken würde.

Der Pfleger starrte ihn nur an. Die Abscheu im Blick war deutlich zu erkennen.

»Frau Darya Melnyk ist eine wichtige Person im Verhandlungsteam der Ukraine und der internationalen Staatengemeinschaft. Sie war in einem geheimen Auftrag in der Krimregion unterwegs. Es gibt Hinweise darauf, dass sie von russischer Seite vergiftet wurde, um sie als unbequeme Verhandlungsführerin auszuschalten. Wir haben Informationen erhalten, die besagen, dass sie in dieser Klinik nicht sicher ist und die russische Bedrohung anhält. Als Sicherheitsoffizier bin ich berechtigt, dieser Bedrohung nachzugehen. Zunächst lautet mein Auftrag jedoch, Frau Melnyk unauffällig abzuholen und in ein sicheres Quartier zu überführen. Im Moment kommt mir der Verdacht, dass Sie, Baranow, an dieser Verschwörung beteiligt sind. Oder was sonst sollte der Grund sein für Ihre fehlende Kooperation?«

Die beiden Männer starrten sich voller Abneigung an. Den anderen nicht aus den Augen lassend, legte Kaji schließlich nach.

»Ich gebe Ihnen eine letzte Chance, bevor ich meine Dienststelle informiere. Hören Sie genau zu: Mein Auftrag umfasst außerdem, dass Sie mir die Akte von Frau Melnyk aushändigen. Ich gewähre Ihnen einen Moment Akteneinsicht, um meine Aussagen zu überprüfen und um Ihre Haltung zu überdenken.«

Baranow senkte schließlich seinen Blick und zog einen Schlüsselbund aus seiner Hose. Er öffnete den hinter ihm stehenden Schrank und wühlte in der Kartei.

Schließlich zog er einen Aktendeckel heraus und ging damit zum Computer. Er tippte darauf herum und blätterte in den Papieren.

Kaji stand reglos und beobachtete die Szene. Anfangs hatte ihm das Ganze Spaß gemacht. Eigentlich hatte Noah die Rolle des Sicherheitsoffiziers übernehmen sollen, weil er rhetorisch geschickter war. Allerdings hätte sein Akzent ihn als Nichtukrainer entlarvt. Zudem hatte die Aussicht, einem Russen in den Hintern treten zu können, Kaji beflügelt. Sie hatten die Szene mehrfach einstudiert.

Jetzt jedoch wurde Kaji langsam unruhig. Es dauerte alles zu lange. Je länger er hier war, umso weniger half ihm das Überraschungsmoment.

Da kam Noah durch die Eingangstür der Klinik. Er trug die korrekte Soldatenuniform der ukrainischen Armee. Zum Glück hatte Kaji sie nicht in der Ukraine gelassen. Sie war Noah etwas zu groß, dennoch sah er passabel aus.

»Offizier, gibt es Probleme? Soll ich den Staatsschutz informieren, damit die den Laden auseinandernehmen? Hier liegt wohl mehr im Argen als gedacht. Wahrscheinlich alles russisch infiltriert.«

»Warten Sie noch einen Moment.« Kajis Stimme hatte eine vermittelnde Tonlage angenommen. »Es sieht so aus, als ob sich unser russischer Kollege hier allmählich so verhält, wie es der lettische Staat von ihm erwartet. Es soll nachher nicht heißen, ich hätte meine Position ausgenutzt oder mich antirussisch verhalten.«

Hier grinste Kaji in Richtung des Pflegers.

»Wie Sie meinen, Sie entscheiden. Soll ich im Wagen warten?«

»Ja, ich benötige Sie hier nicht. Halten Sie sich für die Übergabe und den Transport bereit.«

Der Pfleger hatte vom Bildschirm aufgeschaut und die Unterhaltung mit wachsamem Blick verfolgt.

Jetzt stand er auf und gab die Akte an Kaji.

»Hat wohl alles seine Richtigkeit«, murmelte er mit gesenktem Kopf. »Haben Sie einen Wagen für den Liegendtransport mitgebracht? Ich weiß nicht, in welchem Zustand sich die Frau befindet.«

»Nein, das wird nicht nötig sein. Wir werden sie so unauffällig wie möglich in einem neutralen Wagen abtransportieren.«

»Wie Sie meinen. Warten Sie hier.«

Kaji kam es wie eine Ewigkeit vor. Er stand allein in der Vorhalle, in der außer dem gelegentlichen Knistern der Leuchtstofflampe nichts zu hören war.

Doch schließlich kam der Pfleger, das Bett mit Darya hinter sich herziehend, an die Sicherheitsschleuse. Er tippte auf das Codeschloss, und der Türsummer ertönte. Im nächsten Moment war Darya, der Freiheit greifbar nahe, in der kleinen Vorhalle. Der Pfleger ließ das Bett jedoch nicht los.

»Muss ich nicht irgendetwas unterschreiben, ein Formular?«

»Sie werden verstehen, dass in diesem Fall Formulare nicht sinnvoll wären. Ich muss Sie sogar ersuchen, noch etwas zu erledigen, und erwarte, dass Sie dieser Anweisung unverzüglich nachkommen: Die gesamten Informationen über Frau Melnyk sind aus der Datenbank zu löschen.«

Hier improvisierte Kaji, ein spontaner Einfall. Er hoffte auf die schlecht vernetzte Computertechnik der Klinik und dem Gehorsam des Pflegers.

»Was denn noch? Sie verlangen eine Menge. Ich bin doch kein Computerexperte.«

Jetzt, wo Darya schon in der Vorhalle war, wurde Kaji mutiger. Außerdem verärgerte ihn der Russe.

»Würden Ihre Landsleute keinen Krieg gegen die Ukraine führen, wäre das alles nicht nötig.«

Der Pfleger stöhnte auf, ging aber zum Bildschirm und tippte auf ein paar Tasten.

»Sollte ich bei meinen Nachforschungen auf unvollständig gelöschte Daten stoßen …«, Kaji machte eine Pause, »… Ihren Namen, Schafsbock Baranow, werde ich nicht vergessen.«

Kaji interessierte jetzt nicht mehr, was der Pfleger wirklich tat. Er wollte nur noch raus hier. Noah, der an der Tür gewartet hatte, kam ihm entgegen. Sie lösten alle Gurte, hoben Darya aus dem Bett und trugen sie zum Wagen.

Noah saß am Steuer des geliehenen, schwarzen Audis. Beim Wegfahren blickte er in den Rückspiegel. Baranow stand vor der Tür und hielt sich sein Smartphone ans Ohr.

Kapitel 55

Offensichtlich hatte Baranows Anruf Erfolg gehabt. Nach kurzer Zeit wurde Noah klar, dass sie verfolgt wurden. Wenn er beschleunigte, wurde auch der helle Wagen hinter ihnen schneller. Bremste er ab, blieb der andere zurück. Er hielt immer den gleichen Abstand. Kaji war damit beschäftigt, Daryas sedierten Körper so in Position zu rücken, dass er sie anschnallen konnte.

Als Noah ihn auf den Verfolger aufmerksam machte, wollte Kaji sofort ans Steuer und kletterte nach vorn. Nach Kajis erfolgreichem Stunt während der Verfolgungsjagd mit Valmir war Noah nur allzu bereit, das Steuer abzugeben. Er schob den Sitz zurück, und Kaji hangelte sich auf die Beine von Noah. Nach einigem Hin und Her saß schließlich Kaji am Steuer. Noah kletterte zu Darya auf die Rückbank, schnallte sich an und blickte nach hinten.

»Ein Pickup. Toyota oder so. Na, Valmir kann es nicht sein. Der ist tot. Offenbar hat noch jemand Interesse an uns.«

»Wohl eher an Darya. Schließlich ist sie es, die wir aus dem Krankenhaus befreit haben. Dass der Wagen so schnell hier sein konnte, kann nur mit Baranow zu tun haben. Der Sack hatte mit Sicherheit den Auftrag, Darya nicht aus den Augen zu lassen.«

»Du meinst wirklich, es ging die ganze Zeit darum, Darya aus dem Verkehr zu ziehen? Aber wer hat ein Interesse daran?«

Kaji zuckte mit den Schultern. »Balodis vielleicht? Weiß der Teufel, warum. Du hast ja selbst schon in diese Richtung gedacht.«

»Direkt nach Sigulda zu Grazyna fahren, das können wir wohl vergessen. Kannst du den abhängen?«

Kaji schaute in den Rückspiegel.

»Der dürfte inzwischen wissen, dass wir ihn entdeckt haben. Er wird vorsichtig sein. Sieht aus, als wolle er nur rausfinden, wo wir hinfahren.«

»Dann müssen wir ihn loswerden.«

Neben der Straße verliefen die Gleise der Bahnstrecke.

»Noah, ich habe eine Idee. Finde raus, wann die Züge, Riga – Sigulda fahren. Vielleicht haben wir Glück, und wir können kurz vor einem Zug über die Gleise.«

Noah dachte einen Moment über den Vorschlag nach, dann tippte er auf seinem Smartphone herum.

»Also der, der um 21.43 in Riga abgeht, dürfte schon durch sein. Aber der nächste müsste noch auf der Strecke hinter uns sein.«

Kaji wurde langsamer. Als in einiger Entfernung Schilder auftauchten, die auf der linken Seite einen Bahnübergang anzeigten, hielt er am Straßenrand an. Die Lichter ließ er eingeschaltet und den Motor laufen. Der Verfolger tat es ihnen gleich und wartete in einigem Abstand.

»Steig mal aus und tu so, als müsstest du pinkeln. Halt nach dem Zug Ausschau. Sobald du Lichter siehst, springst du ins Auto.«

Noah war kaum weg, da riss er die Tür schon wieder auf und sprang ins Auto.

»Fahr los, der Zug kommt.«

Kaji startete mit durchdrehenden Rädern.

Der Zug war noch etwas hinter ihnen, aber der Schein der erleuchteten Waggons war deutlich zu sehen. Kaji hielt die Geschwindigkeit und blieb parallel, etwa zwanzig Meter vor der Lokomotive. Der Verfolger war an ihnen drangeblieben. Erst als ihr Wagen auf Höhe des Abzweigs und des Bahnübergangs war, riss Kaji das Lenkrad herum. Der Bahnübergang war mit zwei versetzt angeordneten Schranken ausgestattet. Kaji beschleunigte und lenkte den Wagen um die erste Schranke herum. Für einen kurzen Moment sah es so aus, als würden sie es nicht rechtzeitig schaffen. Noah stemmte unwillkürlich seinen Fuß aufs Bodenblech, als würde er bremsen. Kaji jedoch raste schräg über die Gleise, um die nächste Schranke zu umfahren. Das Horn der Lokomotive ertönte. Ihr Wagen wurde im letzten Moment an der hinteren Stoßstange getroffen. Es krachte. Das Rücklicht splitterte. Das Heck des Wagens wurde mit einem kurzen Impuls seitlich herumgeworfen. Dann hatten sie die zweite Schranke passiert und rasten die Straße entlang. Kaji schaltete die Lichter aus.

»Oh nein, nicht schon wieder!«, stöhnte Noah. In der Dunkelheit war nichts zu erkennen. Seine Augen hatten sich noch nicht umgewöhnt, und die Sterne spendeten nur schwaches Licht. Er hatte Angst. Mit immer höherer Geschwindigkeit rasten sie dahin.

»Kaji! Wir können sonst wo gegen knallen. Wie lange wollen wir das so machen? Du kennst doch die Strecke gar nicht.«

Kaji antwortete nicht. Er starrte mit voller Konzentration in die Dunkelheit.

Plötzlich riss er das Lenkrad herum. Zu spät. Die Geschwindigkeit war einfach zu hoch, der Wagen fuhr nahezu geradeaus, durchschlug ein mit einer Kette gesichertes Gittertor, schoss über eine gepflasterte Fläche und hob plötzlich ab.

Der Motor heulte auf. Für einen Moment schwebten sie in der Luft. Dann fielen sie mit nach unten geneigter Schnauze herab. Mit einem Platschen schlug der Wagen schließlich aufs Wasser. Der Motor erstarb. Der Wagen versank schnell bis zu den Fensterscheiben. Durch Öffnungen im Boden, durch die Lüftung und durch die Schlitze des Armaturenbretts sprudelte sofort Wasser ins Innere. Das kalte Wasser bewirkte, dass Darya halb wach wurde und versuchte, ihre Augen zu öffnen. Träge drehte sie den Kopf in Noahs Richtung.

Noah war jedoch ganz mit seiner Panik beschäftigt. Hektisch fingerte er an seinem Sicherheitsgurt, öffnete das Schloss, dann das von Darya.

»Scheiße, scheiße, wir sinken. Wir müssen raus.«

Mittlerweile schaute nur noch der obere Teil des Dachs aus dem Wasser. Noah versuchte, die Tür zu öffnen. Vergeblich.

»Verdammt, die Tür klemmt, hier kommen wir nicht raus. Kaji, geht deine Tür auf?«

Kaji hatte seinen Sicherheitsgurt gelöst und probierte erfolglos, die Fahrertür zu öffnen. Seine Bewegungen strahlten jedoch Gelassenheit aus.

»Die Tür lässt sich auch nicht öffnen. Aber Noah, das ist nicht schlimm. Bleib ruhig.«

Der Wagen sank weiter und kam schließlich mit einer weichen Erschütterung auf dem Grund auf.

Das Wasser im Wagen stieg jetzt langsamer. Es stand ihnen allerdings schon bis zu den Schultern.

»Kaji, spinnst du? Wir werden ersaufen, wenn wir hier nicht rauskommen.«

»Ganz ruhig. Ich habe gelernt, dass man wegen des äußeren Wasserdrucks die Türen und auch die Fenster nicht öffnen kann. Man soll ruhig bleiben, warten, bis der Wagen vollgelaufen ist. In der Luftblase, die sich im Dachbereich bildet, soll man atmen. Das dauert wohl alles. Also keine Hektik. Wenn der Druck innen und außen halbwegs gleich ist, soll sich die Tür öffnen oder die Frontscheibe rausdrücken lassen. Ich hab das auch noch nie erlebt, aber ich verlass mich mal darauf. Noah, wir sollten Darya hochhalten und ihren Kopf so stützen, dass sie im Dachbereich atmen kann.«

Noah, beeindruckt von Kajis Ruhe, war froh, etwas Sinnvolles tun zu können. Sie hockten sich auf ihre Sitze und hielten Darya mit gemeinsamer Anstrengung über Wasser. Allein hätte sie nicht die Kraft gehabt.

Schließlich waren ihre Köpfe mit schräg nach oben gewandten Gesichtern in der Luftblase, die sich am Dachhimmel gebildet hatte. Es war nahezu finster.

»Okay, bist du bereit? Ich würde jetzt versuchen, die Tür zu öffnen. Wahrscheinlich wird der Wagen schnell ganz volllaufen. Wir müssen tief Luft holen und raustauchen.«

In dem verbliebenen Luftraum klang Kajis Stimme gepresst.

»Verstehe. Und was ist mit Darya? Sie kann schlecht Luft holen.«

»Muss alles sehr schnell gehen. Kannst du sie allein halten?«

Noah nickte.

In der Dunkelheit konnte Kaji ihn nicht sehen.

»Noah, kann's losgehen?«

»Ja, leg los! Darya, wenn du mich hören kannst, atme jetzt tief ein und halte die Luft an. Wir werden tauchen müssen.«

Kaji zog am Türgriff und stemmte sich gegen die Tür. Sie öffnete sich einen Spalt. Sofort entwich die Luftblase mit einem lauten Blubbern.

Kaji tauchte aus dem Wagen und öffnete Noahs Tür von außen.

Gemeinsam zogen sie Darya aus dem Wagen. Sich vom Boden abstoßend, schwammen sie mit kraftvollen Bewegungen an die Oberfläche. Zum Glück war das Gewässer nicht allzu tief.

Gemeinsam schafften sie es, Daryas Gesicht über Wasser zu halten.

Noah versuchte sich zu orientieren.

»Kaji, hinter uns ist es dunkel. Von dort müssten wir gekommen sein. Sieht aus wie eine Wand. Lass es uns in dieser Richtung versuchen.«

Nach kurzer Zeit stießen sie auf eine verrostete Spundwand. Sie schwammen daran entlang und fanden eine eingelassene Sprossenleiter aus Stahl. Noah zog sich die Leiter hinauf und Darya hinter sich her. Sobald Kaji eine Sprosse zu fassen bekam, drückte er Darya von unten die Leiter herauf. Mit viel Anstrengung schafften sie es, Darya die Spundwand hoch zu befördern und auf die Erde zu legen. Sofort drehte Noah sie um und hob ihr Becken an. Er hoffte, dass möglicherweise in die Lunge gelangtes Wasser herauslaufen würde. Dann legte er sie wieder auf den Rücken. Stöhnend vor Anstrengung tastete Noah nach Daryas Puls und überprüfte ihre Atmung.

»Sie atmet nicht. Los Kaji, hilf mir!«

Er kniete sich seitlich neben Darya, überstreckte ihren Hals, verschloss mit seinen Fingern ihre Nase und blies in ihren Mund. Ihre Brust hob sich. Ein gurgelndes Geräusch war zu hören, und Darya begann zu husten und zu würgen.

Noah drehte sie auf die Seite und hielt ihren Kopf möglichst tief. Aus Mund und Nase lief Wasser. Ihre Atmung normalisierte sich zunehmend.

Noah atmete erleichtert auf.

»Puh, das war knapp.«

Kaji hatte Noahs Bemühungen mit ernstem Gesicht verfolgt. Jetzt nickte er.

Erst jetzt merkte Noah, wie er zitterte. Die Anspannung der letzten Stunden zeigte sich.

»Was, glaubst du, ist mit unserem Verfolger? Ist er uns hinterher, oder hat er uns verloren?«

Kaji zuckte die Schultern.

»Wir sind ohne Licht in den Teich gefahren und waren eine ganze Weile unten. Der Wagen ist schwarz. Selbst wenn er uns gefolgt ist, kann er uns nicht entdeckt haben. Ich glaube, den sind wir los.«

»Okay, puh, was für eine Aktion. Der Wagen ist Schrott. Wir werden wohl sagen müssen, dass er uns geklaut wurde. Unsere Telefone sind auch hin, und Darya wird in ihrem Zustand nicht laufen können. Einer von uns sollte irgendwo telefonieren und Grazyna Bescheid geben, dass sie uns abholt.«

Kaji stand auf und schaute an seiner Uniform herab.

»Na super, wir sehen klasse aus. Da wird uns sicher jeder gern helfen. Aber was soll's. Du bleibst bei Darya, und ich mach mich lächerlich.«

Kapitel 56

2019, Sigulda, Lettland

»Noah, jetzt will ich alles hören, was du über psychopathogene Mikroben, Schwarmintelligenz, den stinkenden Deutschen und Balodis weißt.«

»Woher weißt du davon? Hat Kaji dir von allem erzählt?«

»Ja, Kaji. Und du ja auch. Aber ich gebe zu, ich habe deine Berichte nicht ernst genommen. Ich habe das für bizarre Gedanken eines alten verbitterten Mannes gehalten. Aber nach der Klinik und dem ganzen Kram muss wohl etwas dran sein. Es wird einen Grund haben, warum ich mich zeitweise so verändert hatte. Bitte erzähl mir alles ganz genau.«

»Darya, das ist so schön, dass du mir glaubst! Ich war am Verzweifeln. Du hast immer alles abgetan, wenn ich dir erzählt habe, dass du dich seltsam verhalten hast.«

»Das tut mir leid. Das ist alles blöd gelaufen. Zwischendurch dachte ich wirklich, du neidest mir meine Aufgabe. Es ist gut, zu wissen, dass du dir Sorgen gemacht hast. Und die waren ja auch absolut berechtigt. Die Befreiung ist eine wilde Geschichte. Kaji hat mir alles erzählt. Du hast mich beatmet, mich gerettet! Du bist mein Held.«

Darya strahlte Noah an, schlang ihre Arme um seinen Hals und küsste ihn.

Noah fühlte sich nicht als Held, aber Daryas Anerkennung tat ihm trotzdem gut. Er war vor allem froh, dass sie sich so schnell wieder erholt hatte. Die Angst, sie zu verlieren, hatte zeitweilig seinen ganzen Körper ausgefüllt. Alles in ihm hatte sich wund, eng und zäh angefühlt.

Sie saßen im Ferienhaus von Grazynas Familie, einer Art größere Gartenlaube, abseits von Sigulda an einem kleinen See. Kaji hatte es in jener Nacht tatsächlich geschafft, zu telefonieren. Er hatte Grazyna, die schon ungeduldig gewartet hatte, erreicht, und sie hatte die Gruppe in einem alten VW-Kastenwagen abgeholt. Mit einem großen Vorrat an Lebensmitteln und ein paar Kleidungsstücken für Darya waren sie zum Ferienhaus gefahren. Noah würde am nächsten Morgen ganz normal zur Arbeit gehen. Sollte es irgendwelche Verbindungen zwischen der Sternklinik und Balodis geben, hofften sie so, keinen Verdacht zu erregen. Außerdem war Noah das ganze Geschehen noch zu unklar, er wollte mehr Details sammeln. Er hatte sich nur schwer von Darya trennen können, aber Grazyna und Kaji hatten ihm versprochen, sich um sie zu kümmern. Grazyna würde in den ersten Tagen bei ihr bleiben. Kaji würde Taxi fahren und die Frauen täglich besuchen.

Darya hatte viel geschlafen und ein paar Tage gebraucht, die verabreichten Medikamente abzubauen. Aber dann war sie ganz die alte. Sie brannte darauf, Noah wieder zu sehen. Die Gartenlaube hatte zwar keinen Internetanschluss, aber Grazyna hatte ihr ein Handy und ein Laptop mitgebracht. Mit einem mobilen Hotspot konnte Darya im Internet recherchieren. Sie hatte die Zeit genutzt und sich über Mikroben, Krankheit und die Theorien zum Altern informiert. Jetzt wollte sie mit Noah darüber diskutieren. Sie war inzwischen zu der Überzeugung gekommen, dass sie durch Mikroben gezielt vergiftet worden war. Den Grund konnte sie sich nicht erklären, und sie war wütend, dass sie davon nichts bemerkt hatte. Natürlich wollte sie herausfinden, wer hinter dem Anschlag steckte. Schon allein deshalb, weil sie wissen wollte, wie und vor wem sie sich in Zukunft schützen müsste. Und sie wollte dem Verursacher das Handwerk legen.

Zum Wochenende war Noah unter Beachtung vieler Sicherheitsvorkehrungen schließlich nach Sigulda gefahren. Sprühend vor Energie war Darya ihm um den Hals gefallen und hatte ihn ins Bett gezogen. Sie hatten sich Zeit gelassen.

Jetzt saßen sie auf dem Sofa, und Noah erzählte ihr von seinen Gesprächen mit Balodis, seinem Telefonat mit Goldberg, dem stinkenden Deutschen und seinen Recherchen zur Lebensmittelproduktion mit genmanipulierten Mikroben. Zum Schluss schilderte er seine Überzeugung, dass sich Balodis mittels psychopathogener Mikroben an Russland rächen wolle.

»Ah, okay. Jetzt verstehe ich deine Theorie besser. Ich glaube, da ist etwas dran. Vielleicht kennst du das schon, was ich rausgefunden habe, dann unterbrich mich bitte.«

Sie griff sich vom Tisch einen großen Notizblock und blätterte einen Moment darin herum. Als sie zu reden begann, nahm ihre Stimme einen dozierenden Tonfall an.

»Ich habe herausgefunden, dass es über 1000 verschiedene Mikroben-Stämme in und auf unserem Körper gibt. Etwa ein, zwei Kilo unseres Körpergewichtes machen die Mikroorganismen aus. In unserem Körper befinden sich etwa zweimal so viele Mikroben, wie wir Körperzellen haben. Normalerweise leben sie symbiotisch miteinander und mit uns.

Ein Genetiker namens Lederberg konnte schon 1952 nachweisen, dass es zwischen Bakterien die Möglichkeit eines Gentransfers gibt. Das geschieht, wenn sich die Lebensräume der Mikroben verändern. Ein Gentransfer wird auch zwischen Mikroben und Körperzellen für möglich gehalten. Das heißt, dass zwischen Körper und Mikroben eine dynamische Verbindung besteht. Verschiedene Stoffwechselfunktionen des Körpers werden hierüber gesteuert.

Gesundheit könnte ein einvernehmliches Zusammenspiel von Mikroben und menschlichem Körper sein, mit einer wechselseitigen Abhängigkeit. Wirke ich von außen auf dieses symbiotische Zusammenspiel ein, dann ändere ich die Balance.«

»Was meinst du mit ›von außen einwirken‹?«

»Na ja, die Klassiker sind wohl Antibiotika. Aber denkbar ist natürlich auch die wiederholte Gabe von irgendwelchen widerlichen psychopathogenen Mikroorganismen Marke Balodis. Die werden sich wahrscheinlich noch furchtbarer auswirken, wenn zuvor ein Antibiotikum gegeben wurde. Der Verbrauch von Antibiotika nimmt weltweit übrigens rasant zu. Vom Einsatz in der Massentierhaltung ganz zu schweigen. Diese Antibiotika nehmen wir dann über den Fleischkonsum auf.«

»Verstehe. Ist eine Möglichkeit, okay. Von diesem Lederberg hatte Balodis ja auch gesprochen. Letztendlich hat der ihn wohl bewogen, mit dem Austausch des Mikrobioms zu experimentieren. Ich hatte dir ja von der niederländischen Studie im New England Journal of Medicine erzählt.«

Darya nickte.

»Das ist noch nicht alles. Ich hatte dir ja versprochen, mich mit den Theorien Pasteurs versus Béchamps zu beschäftigen. Wie gesagt, die vollständige Verdrängung der einen Theorie hat mich misstrauisch gemacht.«

Kapitel 57

»Sag bloß, du hast Fehler in Pasteurs Theorie gefunden?«

»Danach habe ich gar nicht gesucht. Ich habe mich gefragt, ob nicht viele der Entdeckungen und Phänomene auch mit einer ganz anderen Theorie zu erklären wären. Ob es vielleicht etwas Verbindendes zwischen den Theorien gibt. Du erinnerst dich, ich habe nach Alternativen gesucht, nach dem Sowohl-als-auch. Tun wir mal so, als wäre an der Theorie von Béchamp etwas dran.«

»Ok!«

»Mikroben leben in Symbiose mit uns, und wenn das Gleichgewicht stimmt, sind wir gesund. Erreger sind Bestandteil dieser Balance und werden in Schach gehalten. Wenn das Milieu gestört wird, also der Mensch zum Beispiel lange Stress hat oder viel Zucker isst, dann werden wir nach Béchamp krank. Eine Mikroben- oder Erregerart nimmt überhand, besiedelt große Flächen. Nimm als Beispiel Halsschmerzen.

Dann startet eine Milieukorrektur. Durch Vermehrung und Verstoffwechselung soll das gestörte Milieu wieder ins Gleichgewicht gebracht werden.«

»Verstehe ich nicht! Mikroben ok. Wenn du von Erregern sprichst, meinst du Viren oder Bakterien, oder?«

»Sorry! Ich merke selbst, dass ich mich unklar ausdrücke. Ich bin ja keine Medizinerin. Aber bitte folge dennoch mal meinen Überlegungen und stoß dich nicht an jedem Wort. Nimm es als Denkmodell. Ok? Du kannst das dann ja irgendwann in deine Fachsprache übersetzen. Denn die ist auch nicht ohne!«

Einvernehmlich grinsten sie sich an. Darya schob ihr Notizbuch beiseite, und Noah holte Wein und Gläser aus der Küche.

»Ende der Werbepause, es geht weiter. Was bisher geschah: Mikroben arbeiten daran, dass Milieu nach Béchamp wieder zu regenerieren …«

»Das würde bedeuten, dass das, was wir Krankheit nennen,

eine Folge von Dysbalance ist. Oder das ist, was der Körper unternimmt, um wieder in eine symbiotische Balance zu gelangen. Das bedeutet gleichzeitig, dass nicht die Mikroben- oder Erregerart schuld ist, wie Pasteur behauptet. Sie hat sich nur vervielfacht und ist somit nachweisbar. Aber eigentlich konnte sie sich nur verbreiten, weil das Milieu gestört war. Und nun arbeitet das ganze System daran, das Milieu wieder ins Gleichgewicht zu bringen.«

»So etwas Ähnliches hat Prof. Goldberg mir im Telefonat auch erzählt.«

Darya schaute Noah zufrieden an und nickte. Der war noch nicht überzeugt: »Aber das heißt ja nicht, dass es stimmt. Welche Rollen haben dann aber zum Beispiel das Immunsystem und die Antikörper?«

»So genau habe ich das noch nicht. Aber irgendwann muss dieser Prozess der Milieuherstellung auch wieder gestoppt werden. Ich vermute, dass die Antikörper die Aktivitäten der Mikroben wieder drosseln. Wahrscheinlich sind sie am Austarieren des Gleichgewichts beteiligt …«

Darya zuckte mit den Schultern.

»Und wo ist jetzt das Verbindende zwischen den Theorien?«, fragte Noah.

»Natürlich wird es extrem stark gestörte Milieus geben. Menschen, die lange unter hohem Stress standen, und deren körpereigene Cortisol-Ausschüttungen alle Milieureparaturen unterbunden haben. Körpereigenes Cortisol oder künstliches Cortison verhindert mit hoher Wahrscheinlichkeit die Milieukorrektur.

Wenn diese Menschen mal zur Ruhe kommen oder das Cortison abgesetzt wird, dann beginnt die Milieureparatur. Das kann so heftig und langandauernd sein, dass der Organismus überfordert wäre. Es würden starke Symptome entstehen, die nicht auszuhalten wären. Dann macht es Sinn, zum Beispiel die Mikroben zurückzudrängen. Dann ist die Mikrobe der Feind, den es zu bekämpfen gilt. Zumindest erst einmal. Glücklicherweise gibt es dafür Antibiotika oder andere Medikamente. Die verlangsamen die Reparatur soweit, dass wir mit den Mikroben, die noch reparieren, gut leben können.

Hohes Fieber ist übrigens ein Zeichen für eine heftig ablaufende Milieukorrektur. Senke ich das Fieber, störe ich die Mikroben in ihrer Arbeit oder ziehe den Prozess in die Länge. Was je nach Temperatur auch eine sinnvolle Maßnahme sein kann. Also wie gut, dass es Fiebersenker gibt.«

Noah sagte eine Weile nichts. Es war ihm anzusehen, wie er Daryas Worte durchdachte, mit seinen Erfahrungen abglich und versuchte, eine Erklärung zu finden, die beides umfasste.

»Ich komme noch nicht so ganz mit. Mit meiner medizinischen Ausbildung tue ich mich schwer, deiner Theorie unvoreingenommen zu folgen. Aber ich habe eben gedacht, das würde erklären, warum viele Menschen in der ersten Urlaubswoche erkranken. Oder warum oft nach Antibiotikaeinsatz die gleiche Krankheit ein paar Wochen später wieder auftritt. Oder warum Menschen, die Fiebersenker nehmen, länger brauchen, um völlig gesund zu werden. Das heißt, bei Menschen, bei denen die Milieukorrektur durch irgendeine Behandlung gestört wurde, dauert die Krankheit länger. Sie laborieren unter Umständen lange mit Krankheitssymptomen herum. Und wenn das Milieu weiterhin geschädigt wird, weil jemand zum Beispiel nicht aus seinem Stress rauskommt, dann läuft die Korrektur nur notdürftig mit: Die Beschwerden werden chronisch. Wenn man die Erreger dauerhaft durch Medikamente bekämpft, dann ist auch die Korrektur dauerhaft beeinträchtigt. Kommt nun ein neuer Erreger in dieses aus dem Gleichgewicht gebrachte Milieu, wären die Folgen verheerend. Daraus folgt, ich muss immer weiter dafür sorgen, dass die Erreger getötet werden und gleichzeitig selbst immer vorsichtiger werden. Eine Spirale, die immer enger wird.«

»Ja, so habe ich das auch gedacht. Du stimmst mir zu?« Darya strahlte ihn an.

»Aber Darya, Moment, das ist ja alles nur eine Theorie. Das klingt alles so einfach bei dir. Wir müssten jetzt schauen, wie die fremden Mikroben in das Bild passen. Die Erreger, die von Oberflächen oder durch die Luft aufgenommen werden. Und wie passen die Aktivitäten von Balodis da rein?«

»Schon Einstein hat gesagt: ›Mache die Dinge so einfach wie möglich.‹ Hallo, offenbleiben! Auch wenn es nicht in deine Vorannahmen passt.«

»Darya, Einstein hat auch gesagt, dass es falsch wird, wenn es zu sehr vereinfacht wird.«

»Es reicht, wenn die Phänomene innerhalb der Vereinfachung erklärt werden können.«

»Ok, lass uns nicht darüber streiten. Das ist wahrscheinlich die Polarisierung, die immer an dieser Stelle auftritt. Sprich bitte weiter. Ich versuche offen zu bleiben, versprochen.«

Noah nickte Darya zu und lächelte.

Darya atmete einige Male tief ein und aus.

»Wahrscheinlich nehmen wir ständig Mikroben oder Erreger auf. Das gehört zum Leben. Da können wir noch so pingelig alles mit Desinfektion einsprühen oder uns die Hände waschen. Das lässt sich gar nicht verhindern. Wenn du mich küsst, nehme ich deine auf und umgekehrt. Wenn du einen Salat isst, den ein anderer angefasst und zubereitet hat, oder in der Straßenbahn sitzt und atmest oder eine Türklinke an einer Ladentür angefasst hast oder …«

»Darya, ich hab's verstanden.«

»Diese fremden Keime kommen zu denen, die schon in dir hausen. Das bis dahin gesunde Gleichgewicht gerät durcheinander. Möglicherweise gibt es für kurze Zeit kleine Anpassungsprobleme, wir merken, wir sind abgeschlagen. Alles kein Problem.

Anders ist es, wenn diese Keime in ein geschwächtes, in Dysbalance geratenes Milieu kommen. Dann gibt es heftige Symptome. Je geschwächter, desto heftiger. Möglicherweise so massiv, dass wir damit nicht klarkommen, dass zum Beispiel zu viel Schleim produziert wird und wir nicht atmen können. Darüber hatten wir ja schon gesprochen: Ein Erreger kann dann auch zum Feind werden, der zurückgedrängt werden muss. Durch äußere Eingriffe.«

Noah nickte mehrmals.

»Du integrierst die Theorie nach Pasteur in ein neues kreatives Gesamtbild, in dem auch die Theorie von Béchamp eine Berechtigung hat.«

»Ja! Du siehst es also auch. Geht doch!« Darya grinste breit. »Ein Problem ist, dass die Menschen immer weniger bereit sind, heftige Symptome auszuhalten. Sie wollen nach höchstens zwei Tagen wieder leistungsfähig sein, um mit ihrer Hektik weiterzumachen. Egal wie. Sie wollen nicht die Verantwortung für ihre Gesundheit übernehmen und zum Beispiel andere Nahrung zu sich nehmen, in Ruhe essen, Sport machen oder einfach nur spazieren gehen. Nein, sie wollen träge vorm Bildschirm sitzen und konsumieren und sich unterhalten lassen. Sie wollen sich nicht mit ihren psychischen Problemen auseinandersetzen. Sie wollen es bequem haben.«

Noah nickte.

»Sie zerstören das große Milieu Umwelt. Sie verbrennen alle fossilen Energien und bauen Monokulturen an. Sie produzieren in Massentierhaltung, die nur mit Medikamenten funktioniert. Sie bringen Pestizide auf die Felder. Sie essen Konservierungsstoffe. Sie optimieren ständig und streben nach Karriere, Geld und Macht. Sie leben in Stress, Hektik und Angst. Sie haben große Mengen Medikamente im Einsatz, die eine Milieukorrektur unterbinden; Zahlen steigend. Und zu alledem gibt es in den ärmeren Ländern auch noch Hunger, Existenzbedrohung, Todesangst, einseitige Ernährung und körperliche Ausbeutung.«

Darya holte tief Luft.

»Insofern haben die Menschen vieles dafür getan, dass die Theorie von Pasteur zu stimmen scheint. Weil wir es immer häufiger mit gestörten Milieus zu tun haben, darum ist die Mikrobe oder der Erreger zunehmend als Feind zu betrachten.

Dank der Medikamente und der ganzen Apparatemedizin überleben die Menschen trotzdem. Sie könnten es anders machen. Sie tun es aber nicht. Dann geht das immer so weiter.«

Darya hatte immer schneller und lauter gesprochen, und ihre Stimme hatte einen harten Klang bekommen.

»Darya! Ganz ruhig! Jetzt klingst du schon wie Balodis. Das ist ja unheimlich. Du bist da schon so richtig eingetaucht und hast viele Details in deinem neuen Gesamtbild überprüft. Ich muss erst hinterherkommen und alles in Ruhe durchdenken. Jetzt erzählst du mir bestimmt gleich, du hast auch schon eine Idee zum Alterungsprozess und wie er gestoppt werden kann. Aber bitte nicht mehr heute. Mir schwirrt der Kopf, und mir fallen die Augen zu.«

Kapitel 58

Noah war für ein paar Tage nach Riga zurückgefahren, um Balodis nicht misstrauisch zu machen. Allerdings hielt er es dort kaum aus vor Sehnsucht und fuhr unangekündigt einen Tag früher zum Ferienhaus. Er blieb abrupt stehen und schaute sich verwirrt um. War er an der richtigen Laube? Augenscheinlich ja. Aber wer waren dann die beiden nackten Frauen?

Er ging einen Schritt näher und wagte einen erneuten Blick durch das große Terrassenfenster. Zwei junge Frauen lagen auf dem ausgeklappten Schlafsofa. Ihre Haut hob sich vom dunkleren Hintergrund des Zimmers deutlich ab. Er erkannte Darya. Die andere Frau musste Grazyna sein. Er war wie vor den Kopf geschlagen. Seine Gedanken setzten aus. Das Bild der beiden sich umfassenden nackten Körper waberte durch seinen Kopf. Es dauerte einen Moment, bis seine Wahrnehmung wieder im Einklang mit seinen Gedanken und Gefühlen war.

Seltsamerweise machte es ihm nichts aus, Darya so intim mit einer anderen Frau zu sehen. Er fühlte sich nur ausgeschlossen und etwas überflüssig. Als gäbe es ein Geheimnis, von dem er nichts wissen durfte. Als würde Darya ihm nicht vertrauen. Sein erster Impuls war zu gehen. Dann blieb er.

Sie küssten sich leidenschaftlich. Noah konnte deutlich ihr intensives Zungenspiel sehen. Sie hatten ihre Beine umeinander geschlungen, rieben ihre Scham aneinander und liebkosten mit den Händen ihre Körper. Obwohl er dicht am Fenster stand und durch die dünne Scheibe ihr Stöhnen hörte, hatten sie ihn offensichtlich nicht kommen hören. Ihm wurde heiß, und seine Kopfhaut kribbelte. Wie sollte er sich verhalten?

Sollte er bleiben und die beiden weiter beobachten? Dabei käme er sich wie ein Spanner vor. Und wie peinlich wäre es, dabei entdeckt zu werden. Sollte er gehen und in einer Stunde wiederkommen? Aber wie sollte er den Frauen dann begegnen? Er konnte sich natürlich auch bemerkbar machen, laut husten. Dann wäre zwar die Situation unterbrochen, die anschließende Begegnung aber genauso peinlich.

Während dieser Überlegungen hatte er seinen Blick nicht abwenden können. Fasziniert schaute er den beiden Frauen bei ihrem Treiben zu. Es erregte ihn. Also blieb er stehen.

Er bemerkte, wie er anfing, Unterschiede zu seiner Sexualität auszumachen. Die Bewegungen, das Tempo und die Erregung waren leidenschaftlich und doch auch anders, als er das zwischen sich und Darya kannte. Die Frauen waren stärker aufeinander bezogen und weniger gierig. Das Wort Wärme fiel ihm ein. Ihr Liebesspiel dauerte schon eine ganze Weile. Sie hatten es nicht eilig, hatten kein schnelles Ziel im Auge, vielmehr gaben sie sich ihrer Erregung hin und genossen sie.

Je länger er den beiden Frauen zusah, desto mehr verschwand alles andere im Hintergrund. Sein Mund öffnete sich und er begann stoßweise zu atmen.

Vorsichtig ging er einen Schritt näher heran. Um keinen Schatten zu werfen, stellte er sich seitlich an die Scheibe. Er wollte alles ganz genau sehen. Darya musste irgendetwas bemerkt haben. Für einen kurzen Moment hielt sie inne, drehte ihren Kopf Richtung Fenster und sah Noah direkt ins Gesicht.

Als sich ihre Blicke trafen, setzte seine Atmung aus. Er war unfähig, sich zu bewegen. Der Moment dehnte sich. Schließlich verzog sich Daryas Mund zu einem Lächeln. Sie zwinkerte ihm kurz zu. Noahs Starre löste sich. Er nickte und blinzelte ebenfalls.

Sie drehte den Kopf zurück und begann Grazynas rechte Brust zu umfassen und zu küssen. Grazyna stöhnte auf und bog ihr Becken durch.

Daryas Hand fuhr über Grazynas Bauch und zwischen ihre Beine. Für einen Moment verblieb sie dort. Sodann glitt sie mit ihren Fingern mit sanftem Druck durch ihre Feuchtigkeit. Schließlich legte Darya ihren Kopf zwischen Grazynas Schenkel. Diese stellte ihre Beine auf und hob sich Darya entgegen.

Daryas Zunge glitt über ihre Haut. Grazynas Bewegungen wurden fordernder. Darya legte ihre Hände unter Grazynas Po und zog sie zu sich heran. Noah sah Grazynas Körper vor Spannung erzittern. Grazynas Keuchen steigerte sich und entlud sich in einem lauten Schrei. Sie ergab sich ihrem Höhepunkt, der ihren Körper in fließenden Wellen erbeben ließ.

Als Darya ihren Kopf auf Grazynas Bauch legte, entfernte sich Noah mit schnellen Schritten. Die Bilder noch im Kopf, seine Erregung noch im Körper, lief er eine große Runde. Erst dann fühlte er sich in der Lage, den beiden Frauen gegenüber zu treten. Die Begegnung verlief etwas unbeholfen. Keiner sprach über das Geschehene, weder in dieser Nacht noch später. Noah war es peinlich, das Thema anzusprechen, und er hatte Angst vor der möglichen Gefahr, die Grazyna für ihre Beziehung bedeuten könnte. Darya war noch zu verwirrt von ihren Gefühlen zu Grazyna und den neuen körperlichen Erfahrungen. Sie spürte, dass sie Noah damit verletzen könnte, und zog es vor, das Gespräch auf einen passenden Moment in einer unbestimmten Zeit zu verschieben.

Kapitel 59

Noah war auf dem Weg zu einem Treffen mit Kaji. Sie mussten dringend besprechen, wann der richtige Zeitpunkt wäre, um hier die Koffer zu packen und abzuhauen. Darya ging es wieder gut, und sie hatte mit Grazyna ein intensives Sportprogramm aufgenommen. Sie planten, das Land in den nächsten Tagen zu viert zu verlassen. Irgendetwas braute sich zusammen. Die Vergiftung von Darya war alarmierend genug. Dazu noch die Äußerungen von Balodis, die sie ernst nahmen. Offensichtlich hatte er die Kontrolle über die Aktivitäten verloren. Seit Valmir weg war, gab es keine Macht mehr, die die Russen oder den stinkenden Deutschen und andere in ihre Schranken gewiesen hätte.

Als Noah aus dem Haus trat, hakten ihn zwei kräftige Männer mit festem Griff unter. In einwandfreiem Deutsch forderten sie ihn auf, den schwarzen Wagen am Straßenrand zu besteigen. Einer klopfte Noahs Taschen ab und nahm ihm sein Handy ab.

Als die hintere Tür aufgestoßen wurde, schlug ihm ein Schwall fauler, warmer Luft entgegen. Noahs Magen zog sich sofort zusammen, diese Situation kannte er.

Er wand sich im Zugriff der beiden Männer: »Nein, nicht schon wieder Sie. Lassen Sie mich los. Ich weiß von nichts. Ich kann Ihnen nicht weiterhelfen. Halten Sie sich an Balodis, vielleicht kann der Ihnen Ihre Wünsche erfüllen.«

Als er jedoch ins Wageninnere blickte, verstummte er. Balodis saß neben dem bärtigen Deutschen. Dieser hielt eine Pistole auf Balodis gerichtet.

»Steigen Sie sofort ein. Die Situation hat sich verändert. Wir haben keine Zeit mehr.«

Noah war zu überrascht, um etwas zu entgegnen oder weiter Widerstand zu leisten. Er ließ sich auf die Rückbank neben Balodis drücken. Die beiden Männer stiegen vorn ein.

»Herr Winter, nun habe ich Sie doch mit hineingezogen. Das

war nicht meine Absicht, und ich muss mich bei Ihnen entschuldigen.« Balodis versuchte zu lächeln und deutete eine leichte Verbeugung an.

»Ich vermute, dass unsere Zusammenarbeit schon bald endet; vielleicht schon heute. Machen Sie sich keine Sorgen. Es ist alles für diesen Fall vorbereitet. Wenn die Reinigung der Welt beginnt, werden Deutschland und Lettland glimpflich davonkommen. Ich kann doch dem Heimatland meiner Mutter und meinem eigenen Land keinen Schaden zufügen. Wenn der richtige Zeitpunkt gekommen ist, wird meine Tochter mit Ihnen Kontakt aufnehmen. Ich hoffe natürlich, dass Sie dann gemeinsam meine Arbeit fortsetzen werden. Sie werden schnell bemerken, dass es nicht zu ihrem Schaden ist; ganz im Gegenteil.«

»Dr. Balodis, kryptisch wie immer. Ich verstehe gar nichts. Ich kenne Ihre Tochter doch nicht einmal«, antwortete Noah. Die Situation ärgerte ihn zunehmend.

Balodis lächelte nur.

»Ich denke, das Beste wird sein, wenn wir hier, also vor allem Sie, kooperieren, zu Ihrer Sicherheit. Alles andere überlassen Sie bitte mir.«

»Was ist das hier? Eine Entführung? Wo bringen die uns hin?«

»Wir werden zur Fabrik fahren, und der Doktor wird uns aushändigen, wonach wir verlangen.« Kaum hatte der Bärtige das Wort ergriffen, füllte sich der enge Raum mit fauligem Gestank.

»Und was soll ich dabei?«

»Nun, der Doktor hat uns schon öfter hingehalten oder auf einen falschen Pfad geschickt. Diesmal wird es, muss es klappen. Sie sind unser Druckmittel. Und wenn der Doktor nicht liefert, haben wir ja immer noch Sie.«

Noah blickte den Mann genauer an. Er hatte sich auffallend verändert. Die Haut war grau, faltig und stumpf. Er sah ungesund aus, um Jahre gealtert. Noah konnte den Blick nicht von ihm lassen. Das erste Treffen war doch erst ein paar Monate her … da hatte der Mann noch frisch und deutlich jünger gewirkt. Auch vor einigen Wochen, bei der Begegnung in der Eingangshalle von Balodis' Praxis, war ihm nichts aufgefallen. Hatte das an der schlechten Beleuchtung gelegen?

Ob der Mann schwer krank war? Wurde deshalb die Zeit knapp, wie er sich ausdrückte? Erhoffte er sich ein Wunder durch die Mittel von Balodis? Vage erinnerte sich Noah daran, wie der Deutsche davon gesprochen hatte, dass er eine Lieferung von Balodis abgegriffen habe. Ob es hier einen Zusammenhang gab?

Als das hohe Laborgebäude von SilentBiota in Sicht kam, wandte sich Balodis an den Deutschen.

»Sie können mich natürlich am Haupttor mit der Pistole am Hals am Sicherheitsdienst vorbeiführen. Aber ich rate Ihnen, kurz vor der Fabrik rechts zu fahren, zum Liefereingang. Der wird nur sporadisch kontrolliert.«

Der Fahrer verlangsamte die Fahrt und blickte im Rückspiegel fragend auf den Deutschen. Nach einem Moment des Überlegens nickte der. »Ich warne Sie, wenn das eine Falle ist, werden Sie sterben.«

Der Wagen bog von der Hauptstraße ab. Noah wusste, dass dieser Weg zur Fleischanlieferung führte. Von dort führte kein Weg ins Labor. Das hatten sie bei ihrem Besuch in der Fabrik herausgefunden.

Kapitel 60

Es war so, wie Noah es in Erinnerung hatte. Sie gingen in Richtung Fleischwolf, den gekühlten Gang entlang, von der Decke hingen Schweinehälften. Regelmäßig setzte mit einem schrillen Quietschen der Transportmechanismus ein und stoppte nach einem Meter wieder. Die Geräusche hallten in den gekachelten Gängen einen Moment nach. Die Fleischhälften pendelten noch ein wenig und kamen wieder zur Ruhe. Was hatte Balodis vor?

Der führte die kleine Gruppe zielstrebig in den letzten Raum. Dort war etwas anders. Vor dem riesigen Fleischwolf stand eine hohe, rollbare Treppe, die oben eine breite Plattform hatte. Noah war sicher, diese Treppe bei seinem Besuch nicht gesehen zu haben. Sonst wäre er hinaufgestiegen, um zu verhindern, dass die Leichen in den Trichter fielen. Noah schaute sich langsam in dem Raum um. Es gab keine zweite Tür. Sie waren also in einer Sackgasse.

Er spannte sich an, abwechselnd den Gang nach draußen und Balodis im Blick haltend. Er wollte schnell reagieren können. Es geschah jedoch nichts. Der Deutsche und seine Begleiter schauten sich ebenfalls um.

»Wo ist denn jetzt Ihre Hintertür ins Labor? Ich sehe nur Schweinehälften.«

»Immer mit der Ruhe. Ich wollte Ihnen erst noch etwas zeigen. Sie müssen schließlich verstehen, wie der Herstellungsprozess abläuft, sonst nützt Ihnen das Ganze gar nichts.«

Mit diesen Worten betrat Balodis die rollbare Treppe. Überraschend schnell stand er auf der Plattform und blickte auf sie herab. Der Deutsche und seine Männer zögerten unschlüssig.

»Nun kommen Sie schon rauf! Haben Sie Geduld, Sie bekommen schon noch, wonach Sie begehren.«

»Ihr bliebt hier und bewacht ihn.« Der Deutsche deutete mit dem Kopf auf Noah, dann stieg er, mit der Pistole in der Hand, auf die Plattform. Balodis wies mit der Hand auf die Trichteröffnung, in die sie beide nun blickten. Was sie sprachen, war wegen des Lärms nicht zu verstehen, das Mahlwerk hatte gerade eingesetzt. Balodis gestikulierte ausladend mit den Armen, während er sprach. Dabei legte er dem Deutschen eine Hand auf den Rücken und gab ihm einen kräftigen Stoß. Der Mann kam ins Wanken und kippte nach vorn. Halt suchend, sich drehend, griff er hinter sich und erwischte mit seiner freien Hand einen Arm von Balodis. Er klammerte sich daran fest, konnte jedoch seinen Sturz ins Innere des Trichters nicht bremsen.

Nur sein Griff um Balodis' Arm verhinderte, dass er vollends in die Maschine fiel. Kurz drehte er den Kopf und blickte in den Trichter. Er versuchte, mit den Füßen an der Trichterwand Halt zu finden, doch vergeblich. Seine Schuhe rutschten immer wieder am glatten Metall ab. Trotz der lauten Maschine konnte Noah bis unten das Trommeln und Schaben hören. Alles in ihm zog sich zusammen. In seinem panischen Bemühen innehaltend, richtete der Deutsche seine Pistole auf Balodis und brüllte »Stopp!«

Die Maschine hielt an. Von einem Moment zum nächsten war es ruhig in der Halle.

Wie Noah hatten auch die beiden Begleiter des Deutschen regungslos auf die Szene gestarrt. Jetzt kam Bewegung in sie. Mit wenigen Sätzen waren sie auf der Treppe. Der erste Mann erreichte die Plattform, als Balodis sich gerade aus seiner Jacke gewunden hatte. Mit einem überraschten Gesichtsausdruck rutschte der Bärtige mit den Füßen voran in den Trichter. Sofort setzte der Mechanismus die Maschine in Betrieb. Der Mann schrie in Todesangst.

Sein Begleiter ging vor dem Trichter auf die Knie und versuchte, seinen Chef irgendwie zu fassen zu bekommen.

Der schoss panisch um sich und traf dabei seinen Helfer. Wie ein schlaffer Sack fiel der nach vorn. Für einen kurzen Moment ragten seine Beine noch aus dem Trichter, dann verschwanden sie.

Ein grässliches Brüllen kam aus dem Trichter. So laut und durchdringend, dass es die Geräusche der Maschine und der knackenden Knochen übertönte.

Noah sah Blut über den Trichter spritzen. Er war unfähig, sich abzuwenden. Die Füße des Deutschen mussten schon im Mahlwerk stecken. Nun würde er unbarmherzig weiter in die Maschine gezogen werden. Noah hörte weitere Pistolenschüsse. Der Mann, sterbend, seiner Unterschenkel beraubt, immer weniger werdend, schoss wild um sich. Noah schaffte es, den Film in seinem Kopf rechtzeitig zu stoppen, bevor die Vorstellung, wie der Begleiter kopfüber in das Mahlwerk rutschte, bildhaft wurde.

Balodis wurde in die Brust getroffen. Mit einer Hand auf dem Einschuss taumelte er nach hinten und stürzte von der Plattform.

Der zweite Mann hatte die Plattform erreicht. Im Trichter sah er die weniger werdenden blutigen Reste seines Kollegen. Das grässlich laute, mahlende Geräusch, das Knacken von Knochen nahmen kein Ende.

Die plötzliche Ruhe, nachdem die Maschine ihre Arbeit vollbracht hatte, weckte ihn abrupt. Sofort stieg er die Treppe herab und rannte, ohne Noah zu beachten, Richtung Ausgang.

Auch Noah gelang es, sich wieder zu bewegen. Er bestieg langsam, jede Stufe einzeln nehmend, die Treppe.

Vorsichtig, mit respektvollem Abstand zum Trichter, blickte er kurz über den Rand. Der metallische Geruch nach frischem, warmem Blut schlug ihm entgegen und ließ ihn einen Moment würgen.

Jeden Moment einen Stoß von hinten fürchtend, schaute er sich hastig um. Doch da war niemand. Die Ruhe in der Halle war jetzt drückend und wie dichter Nebel. Er warf einen zweiten schnellen Blick in den leeren Trichter. Blut, das am Blech Schlieren bildete, floss langsam von den Trichterwänden ins Innere. Ansonsten war der Trichter leer. Als das Rattern des Förderbandes unvermittelt einsetzte, wäre Noah fast rückwärts von der Leiter gestürzt. Sein Herz raste. Er warf einen letzten Blick in den Trichter und schaute der Schweinehälfte hinterher, die langsam in der Maschine verschwand. Als wieder Ruhe einkehrte, drehte Noah sich um und stieg die Treppe hinab.

Unter der Plattform lag Balodis mit unnatürlich abgeknicktem Kopf in einer Blutlache. Kein Zweifel, er war tot.

Den Gang entlang gehend, fragte Noah sich einen Moment, warum die metallene Pistole das Mahlwerk nicht gestoppt hatte. Ein flüchtiger Gedanke bloß, als er bereits auf den Ausgang zusteuerte.

Kapitel 61

Der Boden unter seinen Füßen erzitterte so heftig und plötzlich, dass Noah ins Wanken kam. Eine gewaltige, dröhnende Explosion, ein Knall, dass es ihm in den Ohren piepte. Er stolperte und prallte gegen die Wand, wurde von einer unsichtbaren Druckwelle zu Boden geworfen. Als er sich hastig umdrehte, sah er, wie die Halle mit dem Fleischwolf in sich zusammenbrach. Das Ende des langen Ganges begann zeitverzögert, einer Lawine gleich, einzustürzen. Mit einem mächtigen Grollen fielen die Mauern und die Gebäudedecken, eine bedrohliche Staubwolke vor sich herschiebend, in sich zusammen. Der Lärm war ohrenbetäubend. Noah starrte auf die Szene, und sein Verstand tat das Ganze als eine Halluzination ab. Das, was er sah, konnte nicht sein. Ein instinktiver Teil in ihm rief »weg hier«. So schnell er konnte, rappelte er sich auf und begann in Todesangst zu rennen.

Vereinzelt wurde er von kleineren Stücken getroffen. Er strauchelte. Der Staub war allgegenwärtig, nahm ihm den Atem. Er hustete. Die Einsturzwelle des Gebäudes war nur wenige Schritte hinter ihm und holte auf.

Er hatte den Türgriff schon in der Hand, als es weitere Explosionen gab. Nicht so gewaltig wie die erste, aber stark genug, um die restlichen Gebäudeteile zum Einsturz zu bringen. Die Druckwelle schleuderte Noah gegen die Tür. Wand, Rahmen und Tür wölbten sich nach außen und zerbarsten dann in viele Einzelteile. Noah spürte einen glühenden Schmerz am Kopf. Dann begrub ihn ein Betonpfeiler unter sich.

Sein Mund war unglaublich trocken, er konnte die Augen kaum öffnen. Was war passiert? Er musste husten. Ein höllischer Schmerz schoss durch seine rechte Seite. Er lag mit dem Gesicht nach unten. Irgendetwas drückte ihn in den Staub. Er überprüfte seinen Körper und stellte erleichtert fest, dass er Arme und Beine spüren und bewegen konnte. Allmählich kehrte auch die

Erinnerung zurück. Der Fleischwolf, der Tod von drei Menschen. Einzelne Bilder tauchten kurz auf. Beine über dem Trichter, spritzendes Blut, Balodis mit gebrochenem Rückgrat. Die gigantische Explosion.

Noah versuchte, sich unter der Last hervor zu winden, und schrie auf vor Schmerz. Der Schweiß brach ihm aus, sein Herz begann zu rasen. Schnell und flach atmend, versuchte er zur Ruhe zu kommen. Hustete, schnaubte, schrie erneut. Er musste ernster verletzt sein, als er gedacht hatte. Würde er nun hier sterben? Allein konnte er sich nicht befreien. Dennoch versuchte er es. Mit dem linken Arm stemmte er sich vom Boden hoch und probierte, mit einer Drehung frei zu kommen. Ein glühender Schmerz durchschoss seine Schulter. Ihm wurde erneut schwarz vor Augen.

Als Noah die Augen aufschlug, blickte er in die ruhigen Augen eines fremden Mannes. Er lag auf dem Rücken. Sein Oberkörper war nackt und mit einer weißen Binde straff umwickelt. Unter Schmerzen konnte er den Kopf drehen. Er versuchte, sich zu orientieren. Offensichtlich lag er auf der Ladefläche eines Pickups. Nicht weit entfernt schossen hohe Flammen in den Nachthimmel. Die Hitze war deutlich zu spüren. Das, was da brannte, mussten die Überreste von SilentBiota sein. Balodis und die Deutschen fielen ihm ein. Sie waren vor diesem Inferno gestorben. Wer war für diese brutale Zerstörung verantwortlich?

Der Mann neben ihm war verschwunden. Der Wagen, in dem er lag, startete und kam langsam ins Rollen. Bei jedem Rütteln schoss Schmerz durch Noahs Körper, und er stöhnte auf. Schließlich erreichte der Wagen die befestigte Straße und beschleunigte. Der kalte Fahrtwind wehte über die flachen Ladewände über seinen geschundenen Körper.

Kapitel 62

Die Sonne schien Noah ins Gesicht und weckte ihn. Seine Augen waren noch immer vom Staub der Explosion verklebt und ließen sich kaum öffnen.

Mühsam hob er den linken Arm, um sich den Staub aus den Augen zu wischen. Er fluchte. Seine Finger waren ebenfalls staubig, und seine Augen brannten. Er musste mehrfach intensiv blinzeln, um etwas sehen zu können.

Er probierte, sich aufzurichten und sich umzuschauen. Ein scharfer Schmerz im Oberkörper und in der rechten Schulter warf ihn zurück. Mit zusammengepressten Lippen sog er die Luft ein. Als er husten musste, brüllte er vor Schmerz. Schweiß trat ihm auf die Stirn. Mit seiner linken Hand tastete er seine rechte Schulter und seine Rippen ab. Alles war mit weißen Bandagen straff umwickelt. Vermutlich gebrochen oder zumindest stark gequetscht.

Flach atmend zwang er sich zur Ruhe.

Rechts über sich sah er Gardinen, ehemals weiß, jetzt mit Spinnweben überzogen und an einigen Stellen löchrig und grau. Die Fenster waren beschlagen. Nach dem Stand der Sonne und dem Licht musste es früh morgens sein.

Links von ihm stand ein kleiner Campingtisch mit rostigen Beinen. Zwei einfache Holzstühle an jeder Seite. Die Wände waren mit Tapete beklebt, große, braune Kreise auf grün-grauem Grund. Ein Muster aus den Siebzigern, übersät mit braunen und schwarzen Stockflecken. Erst jetzt bemerkte Noah den starken Geruch nach Schimmel und Moder. Nach feuchtem Verfall. Die Geruchswahrnehmung setzte so plötzlich und intensiv ein, dass ihm übel wurde.

Er schloss die Augen und versuchte abermals, flach und gleichmäßig zu atmen, sich nur auf das Hören zu konzentrieren. Es war still. Etwas raschelte leise, ein Vogel zwitscherte. Irgendwo tropfte

Wasser vom Dach. Die Deutlichkeit, mit der die Geräusche zu hören waren, ließ auf dünnes Fensterglas und dünne Wände schließen. Ein Schuppen oder eine Laube, vielleicht ein Gartenhaus.

Erst jetzt bemerkte Noah, dass es kalt war, dass feuchte Kälte in seinen Körper kroch. Sein Oberkörper war nur mit Bandagen umwickelt. Die Arme waren nackt. Außer einer Hose und seinen Schuhen trug er nichts. Eine Decke gab es nicht.

Unvermittelt stieg Panik in ihm auf.

Hektisch drehte er den Kopf hin und her und versuchte, sich hoch zu drücken. Keuchend und schreiend ließ er sich jedoch wieder zurücksinken.

Für einen kurzen Moment tauchte das Bild des über ihn gebeugten Mannes auf. Er glaubte, das Gesicht schon irgendwo gesehen zu haben, konnte es jedoch nicht zuordnen. Ein gut 50-jähriger Mann mit verlebtem Gesicht und grauem Stoppelbart. Die klugen, wachen Augen und die Ruhe, die von seinem Blick ausging, hatten Noah beruhigt.

Er musste kurz wieder eingeschlafen sein und schreckte auf, als ganz in der Nähe ein lautes Quietschen zu hören war. Die Sonne stand jetzt höher. Er konnte sogar ihre Wärme auf der Haut spüren. Er lauschte in die Stille. Ja, da waren Schritte, die sich näherten. Ein Schlüssel drehte sich im Schloss. Knarzend ging eine Tür auf. Laute Schritte auf einem Holzboden. Der Boden vibrierte. Jemand stampfte kurz auf, wie um die Schuhe von Schmutz oder Nässe zu befreien. Etwas Schweres wurde abgestellt. Kleidung raschelte. Ein Husten jetzt, keine zwei Meter von ihm entfernt. Der Eingang zu dieser Hütte musste gleich um die Ecke sein. Er hielt den Atem an und lauschte angestrengt. Sein Körper spannte sich an. Neben dem Eingang musste eine Küche sein, denn nun waren klappernde Geräusche und das Rauschen von Wasser zu hören.

Dann betrat ein Mann den Raum. Ihre Blicke trafen sich. Ja, das war der Mann von gestern. Er blieb stehen und musterte Noah.

»Willst du einen Kaffee?«

Der Mann sprach russisch. Noah, die Stimmbänder voller Staub, brachte nur einen krächzenden Ton heraus. Er räusperte sich mehrfach. »Wer sind Sie? Ja, ich will einen Kaffee.«

»Nenn mich Gregori.«

Gregori brachte eine Tasse Kaffee und eine Rolle Kekse. Beides stellte er auf den wackligen Tisch.

»Du musst etwas essen, damit du zu Kräften kommst.«

Mit diesen Worten trat er auf Noah zu und zog ihn kraftvoll in eine sitzende Position. Noah schrie auf vor Schmerz, der Schweiß brach ihm aus. Er biss sich auf die Lippen. Keuchend wartete er, bis die schlimmsten Schmerzwellen abebbten.

»Scheiße! Was ist mit meiner Schulter?«

Gregoris Lippen verzogen sich zu einem Lächeln.

»Prellungen, Quetschungen, was weiß ich. Und ein paar gebrochene Rippen. Alles halb so schlimm. Wirst aber ein paar Wochen Ärger damit haben.«

Noah pustete auf seinen Kaffee und trank ein paar Schlucke. Dann bemerkte er, dass er wirklich Hunger hatte. Kekse kauend blickte er umher.

»Was ist das hier? Dein Zuhause oder ein Versteck?«

»Du fragst viel.«

»Hä? Warum nicht? Du hast mich doch nach der Explosion hierhergebracht. Danke übrigens. Auch für die Bandagen. Was wird jetzt? Hast du ein Telefon? Meine Leute werden sich Sorgen machen.«

»Du fragst zu viel.«

Mit diesen Worten wandte sich Gregori der Küche zu. Der Geruch nach Zwiebeln und Knoblauch breitete sich in der kleinen Laube aus. Noahs Magen knurrte.

Kapitel 63

Noah fror, trotz der fellgefütterten Jacke und der Decke, die Gregori ihm mitgebracht hatte. Es war lausig kalt in der Laube.

Die beiden Männer waren sich in den vergangenen Tagen nähergekommen. Obwohl Gregori ihm auf die meisten seiner Fragen keine Antwort geben wollte oder konnte, musste Noah zugeben, dass der Russe gar nicht so übel war. Mit seiner ruhigen und sicheren Ausstrahlung machte Gregori es einem leicht, ihn zu mögen. Er versorgte Noah mit allem, was er brauchte und half ihm, mit den Einschränkungen seiner Verletzung klar zu kommen. Gregori kochte täglich. Und er kochte gut. Noah hatte eine kurze Nachricht an Daryas Handy schicken dürfen. Ein Lebenszeichen.

»Für einen Russen bist du gar nicht so übel.«

Noah hatte das als Kompliment gemeint, aber Gregori reagierte verärgert. »Und du bist russophob.«

»Was soll das denn sein?«

»Russenfeindlich. Du hast dir nicht die Mühe gemacht, dich wirklich mit Russland zu beschäftigen. Du bist von der westlichen Bildung und den westlichen Medien negativ beeinflusst worden.«

Gregori nahm seine Finger zur Hilfe und zählte auf.

»Russen saufen ständig Wodka, sie schlagen ihre Frauen, sind machtbesessen, prügeln sich oft, haben keine Kultur, nichts funktioniert, alle sind korrupt, grob und dumm.«

Noah musste grinsen. »Und ist das nicht so?«

»Du lachst darüber. Du bist ein Idiot. Diese Polarisierung hätte in Zeiten des Kalten Krieges fast die Welt zerstört. Und jetzt geht es wieder in diese Richtung. Woher hast du deine Russophobie?«

Noah dachte einen Moment nach. »Wahrscheinlich hast du recht. So genau könnte ich das gar nicht sagen. Ich habe die Vergewaltigungen am Ende des Weltkriegs im Kopf.«

»Komm mir nicht mit dem Verhalten im Zweiten Weltkrieg.

Das war schrecklich, keine Frage. Aber da waren die Deutschen ja sooo viel besser.« Gregori schnaubte höhnisch. »Ich sag dir, die Russophobie gibt's nicht erst seit dem Weltkrieg. Die ist schon vorher systematisch im Westen geschürt worden. Die gibt es schon seit Jahrhunderten. Rückständige Barbaren, ahistorisches Volk, Untermenschen ... das waren die Bezeichnungen für uns. Die Geschichtsschreibung ist westlich geprägt und hat schon immer versucht, uns als die Bösen und die im Westen als die Guten hinzustellen. Ins Unbewusste aller westlichen Menschen ist das eingesickert, über viele Jahrhunderte. Und alle Westler stimmen zu, weil es zu einem kollektiven Unbewussten geworden ist.«

Gregori war laut geworden und lief in der kleinen Laube aufgebracht hin und her.

»Gregori, bleib mal locker. Ich kenn mich mit russischer Geschichte nicht so aus. Ich habe das Bild von einer eher unterwürfigen Bevölkerung, die in schlecht funktionierenden technischen und wirtschaftlichen Zusammenhängen lebt. Der Präsident und die Seinen bestimmen. Es gibt viel Willkür und Korruption. Und wenn ich ehrlich bin, habe ich den Eindruck, als würde ein Menschenleben für euch nicht so viel bedeuten. Ist es denn wirklich anders?«

Gregori schaute ihn lange an. »Du polarisierst wie alle Westler«, sagte er verächtlich. »Wir leben in einem Land mit harten klimatischen Bedingungen. Alles musste sich diesen Bedingungen unterordnen. Wir haben schlechten und gefrorenen Boden und extreme Wetterlagen. Wir haben andere Bräuche und Traditionen und eine ganz andere Kultur. Aber ihr Westler macht euch nicht die Mühe, genauer hinzuschauen. Dafür wären Einfühlung und Interesse nötig. Ihr glaubt lieber euren Hollywoodfilmen und dem Bild vom bösen Russen. Natürlich ist nicht alles wunderbar! Das ist so wie in jedem Land, überall auf der Welt. Aber es ist nicht so einfach, wie ihr euch das macht.«

Noah war betroffen von der Wut, mit der Gregori reagierte. Vielleicht war sie berechtigt. Wahrscheinlich war seine interkulturelle Kompetenz nicht allzu ausgeprägt. Er schaute zu Boden. Die Gefahr des Polarisierens kam ihm bekannt vor.

»Sag mal, Gregori, hast du schon einmal von Galtung gehört, einem norwegischen Konfliktforscher?«

»Nein. Was ist mit dem?«

»Keine Ahnung. Ich hatte eine ähnliche Diskussion über das Problem der Polarisierung vor Kurzem schon einmal. Allerdings zu einem ganz anderen Thema. Über sich nur Gutes und über den anderen nur Schlechtes zu sagen, scheint eine verbreitete Unsitte zu sein. Wenn klar ist, dass der andere der Böse ist, muss ich mir erst keine Mühe machen. Nicht versuchen, ihn zu verstehen oder etwas Berechtigtes in seinem Anliegen anzuerkennen.«

Gregori nickte.

Jetzt rede ich schon wie Darya, dachte Noah.

»Okay, Gregori. Ich versuche ein Dazwischen, eine Haltung von sowohl als auch zu Russland zu gewinnen. Du bist ein guter Anfang. Das wird meinem Freund Kaji zwar nicht gefallen, aber dem muss ich mich dann stellen. Was kochst du uns denn heute Leckeres?«

Kapitel 64

»Bilderberg-Konferenz«, der Name klang lustig in Gregoris russischem Slang. Soviel Noah verstanden hatte, handelte es sich um eine internationale Konferenz mit Teilnehmern aus Wirtschaft, Finanzen, Medien und Politik. Aber auch aus Militär, Wissenschaft und Geheimdienst, versicherte ihm Gregori. Als eine Art vornehmer Debattierclub in den 50er-Jahren des vergangenen Jahrhunderts in den Niederlanden begonnen. Benannt nach dem Hotel de Bilderberg, in dem die erste Konferenz stattgefunden hatte. Seitdem fand sie jährlich statt, an wechselnden Orten überall auf der Welt. Eingeladen wurde man vom Vorsitzenden und seinen zwei Generalsekretären. Anders konnte man nicht daran teilnehmen. Wie die Teilnehmer ausgesucht wurden, war geheim. Klar war nur, dass sie allesamt über Spezialwissen und hohen Einfluss verfügten.

Jahr für Jahr trafen sich 150 Menschen zur »Bilderberg«, wie sie auch genannt wurde. Im Laufe der Jahre wucherten alle möglichen Verschwörungstheorien um diese Konferenzen. Die »Bilderberger« wurden als geheime Weltregierung bezeichnet oder als Geheimzentrale der Weltregierung.

Gregori berichtete, dass die Themen streng geheim seien und nur selten etwas durchsickere. Allerdings sei er sich sicher, dass die künstliche Verknappung des Rohöls, die im Anschluss zur Ölkrise führte, auf der Konferenz 1973 beschlossen wurde. Angeblich, um Währung und Wirtschaft der USA zu stützen. 1988 sei die deutsche Wiedervereinigung und 1991 das nordamerikanische Freihandelsabkommen festgelegt worden. Auch der Irakkrieg von 2003 sei auf die Bilderberger zurückzuführen.

Noah hörte sich alles an. Er verstand anfangs nicht, ob Gregori ihm eine Geschichtsstunde geben wollte oder ob er ihm irgendetwas Wichtiges mitteilte. Jedes zweite Gespräch drehte sich um die Bilderberg. Gregori wusste, wann die nächste Konferenz stattfinden würde, diesmal in Montreux in der Schweiz, im Hotel Montreux Palais, und er hatte sich Konstruktionspläne des Hotels beschafft.

Allmählich verstand Noah, dass Gregori davon ausging, dass auf dieser Konferenz etwas passieren würde, das dramatischen und zerstörerischen Einfluss auf die Welt hätte. Er hatte mit einem Richtmikrofon schon sehr früh einige Gespräche zwischen Balodis und Valmir abhören können. Diese wiesen eindeutig auf die Bilderberg hin. Außerdem hatte er es geschafft, die Telefonanlage der Praxis anzuzapfen. Anna hatte im Montreux Palais Zimmer gebucht.

»Noah, versuch dich zu erinnern, du musst etwas gesehen haben bei SilentBiota.«

»Zum wiederholten Mal, Gregori, ich war nur viermal im Gebäude. Einmal führte mich Valmir herum und sorgte dafür, dass ich nichts Interessantes sah. Beim nächsten Mal sah ich nur die Schweinehälften und den Fleischwolf. Beim dritten Mal war ich mit Balodis dort, der mir stolz seine Bioreaktoren mit hochpathogenen Keimen präsentierte. Ich sah einige Unterlagen, auf denen alle psychischen Krankheiten notiert waren, mehr nicht. Und beim letzten Mal flog alles in die Luft. Das weißt du ja wohl am besten, schließlich hast du den Knopf gedrückt.«

»Jetzt fang nicht wieder damit an, das bringt uns nicht weiter. Dir geht's doch wieder gut. Du denkst immer nur an dein kleines Leben. Die Zerstörung von SilentBiota war überlebenswichtig. Aber was ist mit Anna und Milana? Sie sind entkommen. Vermutlich mit bereits fertiggestellten biologischen Waffen. Ich habe gedacht, das hier ist nur ein kleiner Auftrag, der letzte, bevor ich aufhöre.« Gregori lachte laut auf. »Und nun stelle ich fest, dass es um nicht weniger als um die Rettung der Welt geht!«

»Die Welt, du meinst wohl, die UDSSR.«

»Die gibt es schon lange nicht mehr, das sollte auch bis zu dir vorgedrungen sein. Ich kümmere mich um globale Anliegen.«

»Globale Anliegen. Huh. Darunter machst du es nicht.« Noah

wedelte mit der Hand in der Luft. »Und wer ist dein Auftraggeber? Die russische Regierung oder wer?«

Gregori verzog seinen Mund zu einem humorlosen Grinsen.

»Die werden mich nie in Ruhe lassen. Ich habe mir keine Familie, kein ›normales‹ Leben aufgebaut. Nur die Arbeit. Ich musste mich entscheiden, in den letzten Monaten. Wenn mein Leben einen Sinn haben soll, dann den, die Welt vor der Zerstörung zu retten. Dafür braucht es keinen Auftraggeber.«

Noah schaute Gregori an, suchte nach Anzeichen für einen Scherz. Doch offensichtlich meinte Gregori es genau so, wie er es sagte.

Er blickte Noah unverwandt in die Augen.

»Noah, du warst der Mensch, der am dichtesten an Balodis dran war. Was hatte er vor? Was ist schon ins Rollen gebracht worden und nicht mehr aufzuhalten, wie er gesagt hat? Wie wollte er die Welt ins Chaos stürzen, um sie zur Schwarmintelligenz zurückzuführen? Wenn jemand das weiß, dann du.«

»Gregori, ich weiß es nicht! Ich habe keine Ahnung! Und ich will nicht mehr hierbleiben. Meine Schulter ist schon wieder ganz okay. Die Rippen heilen.«

Wie zum Beweis ließ er seine rechte Schulter kreisen und atmete einige Male tief ein und aus.

»Ich muss mit meinen Leuten Kontakt aufnehmen. Die werden sich wahnsinnig Sorgen machen. Die kurze Nachricht, die ich schreiben durfte, wird sie nicht wirklich beruhigt haben. Ich bin hiergeblieben, wie du wolltest. Auch wenn ich den Sinn nicht wirklich begriffen habe. Aber jetzt ist Schluss. Bilderberg ist erst in zwei Wochen. Bis dahin werden wir herausfinden, was Balodis vorhatte. Vielleicht finde ich in seinem Haus etwas. Hier jedenfalls kommen wir nicht weiter.«

Als hätte Noah nichts gesagt, sprach Gregori weiter.

»Also noch einmal von vorn. Fangen wir mit deiner ersten Begegnung mit Balodis an. Versuche dich zu erinnern, was du gefühlt hast. War das echt, oder kam es dir inszeniert vor. Ich will jedes Detail wissen. Schweife ruhig aus. Wir sind die Einzigen, die verhindern können, dass mit der nächsten Bilderberg etwas Schreckliches über die Welt kommt.«

Noah stöhnte.

Kapitel 65

Sie lagen sich lange in den Armen. Darya, Kaji, Grazyna und Noah. Mit Freudentränen und unter freudigen Ausrufen.

»Als ich vor den Trümmern von SilentBiota stand, dachte ich, das war's. Noah ist irgendwo da drunter. Das war vor fast vier Wochen. Und jetzt bist du hier.«

Kaji lachte und drückte Noah an sich. Grazyna kam mit einem Tablett mit vier Gläsern.

»Das müssen wir feiern. Den Champagner hatte ich für einen besonderen Anlass aufgehoben.«

Sie ließ den Korken knallen und füllte die Gläser.

»Noah, sag du etwas!«

Noah hatte einen Arm um Darya gelegt und kämpfte mit seinen Tränen.

»Das rührt mich so, dass ich wieder hier bin, bei euch. Und es rührt mich, dass ihr euch so freut.«

Er blickte in die Runde.

»Ihr seid großartig, und Darya …«, seine Stimme brach, »… ich liebe dich.«

Unter lautem Geschrei der anderen zog Darya Noah an sich und küsste ihm das tränennasse Gesicht. Auch sie weinte.

»Ich bin so glücklich. Ich liebe dich auch.«

Nachdem die Gläser geleert waren und sie auf der Terrasse von Grazynas Gartenhaus saßen, fasste Noah zusammen, was seit ihrem letzten Treffen geschehen war.

»Balodis ist also tot und der stinkende Deutsche auch. Dann hat Gregori die Gebäude in die Luft gesprengt. Und der ist beim russischen Geheimdienst FSB? Was wussten die denn von Balodis' Aktivitäten?« Kaji schaute Noah erwartungsvoll an.

»Nicht viel. Irgendetwas Bedrohliches für Russland, das war denen schon klar. Sie tippten auf biologischen Kampfstoff. Aber sie hatten gehofft, mehr Informationen sammeln zu können.

Vielleicht sogar Proben zu bekommen. Als das scheiterte, entschloss sich Gregori, einen Schlussstrich zu ziehen, um die Gefahr zu bannen.«

»Das ist schon alles krass und gruselig. Das Bild von den Menschen, die in den Fleischwolf rutschen …« Darya schüttelte den Kopf.

»Es waren sicher noch Angestellte im Gebäude. Die wurden bei dem Anschlag getötet. Du beinah auch. Der Gregori muss ein echt mieser Kerl sein, dass er das in Kauf nahm. Na, Russe eben.«

Noah überlegte, ob das jetzt der richtige Moment wäre, um Kaji mit seiner neuen Sicht von Gregori und Russland zu konfrontieren. Nein, er wollte jetzt keine Diskussionen. Stattdessen erzählte er von Bilderberg und Gregoris' Befürchtungen.

»In zwei Wochen? Das ist ja schon bald.«

»Ja, das ist nicht mehr lange hin. Ich hatte gehofft, ihr habt in meiner Abwesenheit irgendetwas herausgefunden.«

»Ich war die ganze Zeit über hier. Grazyna hat sich um mich gekümmert, wir haben viel Sport gemacht. Wir haben nichts mitbekommen, sind aber total fit. Aber Kaji kann mehr berichten.«

»Ja, wo fang ich an? SilentBiota ist eine große Ruine. Es hat sich dort seitdem auch nichts getan. Die Feuerwehr war dort und danach die Polizei. Sie haben ein paar Absperrungen aufgestellt, mehr nicht.«

»Und keiner ist aufgetaucht, um irgendwelche Mikroben auszugraben?«

Kaji schüttelte den Kopf. »Das dürfte schwer werden. Dein Gregori hat ganze Arbeit geleistet. Da liegen bergeweise Schutt und Asche. Und wer sollte das auch machen oder veranlassen? Valmir und Balodis sind tot. Einige der Angestellten ebenfalls. Der Rest hält sich wahrscheinlich lieber fern.«

»Da hast du recht. Bis auf die Tochter vielleicht. Die große Unbekannte. Aber möglicherweise ist die auch psychisch zu angeschlagen.«

»Dafür hat sich im Kellerlabor und in Balodis' Haus einiges getan. Am Tag nach der Explosion kam ein LKW und lud einen blauen, vierzig Fuß langen Seecontainer mit eingebauter Kühlung neben dem Haus ab. Die hübsche Laborfrau ... wie heißt die noch mal?«

»Milana?«

»Genau, Milana. Die fing also an, das komplette Kellerlabor in den Container zu verfrachten. Drei finstere Gestalten haben ihr dabei geholfen.«

»Finstere Gestalten?«

»Ja, die hatte ich noch nie zuvor gesehen. So der Typ leicht verlebt, aber für Geld mache ich alles. Milana hatte die gut im Griff. Sie haben alles sehr sorgfältig verpackt und transportsicher befestigt. Nach einem Tag war alles verstaut und zack wurde der Container wieder abgeholt. Ich habe versucht, herauszufinden, wo der hinging. Genaues weiß ich nicht, aber auf jeden Fall nach Deutschland.«

Noah blickte auf.

»Nach Deutschland?«

»Ja, die Spedition meinte, es wäre ein beschleunigter Transport zu einem Lagerplatz im Hamburger Hafen.«

»Hamburg?« Noah verzog fragend das Gesicht. »Was soll das Zeug in Hamburg?«

»Keine Ahnung. Ich dachte, du hast vielleicht eine Antwort.«

Noah zuckte mit den Schultern.

»Die Mutter von Balodis war wohl Deutsche. Vielleicht irgendwelche Verwandten. Möglicherweise geht ja auch die Tochter nach Deutschland. Okay, das werden wir jetzt nicht lösen können. Und wie ging's dann weiter?«

»Milana hat sich auch im Haus zu schaffen gemacht. Die muss ganz dicke mit Balodis gewesen sein. Sie ging ganz selbstverständlich ein und aus. Dann kam ein großer schwarzer Mercedes-Kastenwagen. Milana ist zusammen mit den Männern und einigen Kisten und Koffern abgefahren. Ziel unbekannt. Seitdem ist das Haus verwaist. Ich bezweifle, ob du noch reinkommst mit deinem Schlüssel und deinem Code.«

»Ah ja, das sollten wir ausprobieren! Du musst ja ganze Tage da zugebracht haben, Kaji! Was du alles rausgefunden hast!«

»Ich habe tatsächlich viel Zeit im Café oder im Auto liegend verbracht.«

Noah lachte.

»Na, da hattest du wohl nicht so viel Spaß. Aber gut gemacht! Ja, wir sollten heraus bekommen, ob in dem Haus irgendetwas zu finden ist. Wenn ich mit dem Schlüssel nicht reinkomme, dann müssen wir eben einbrechen. Kaji, das ist doch deine Spezialität.«

Kaji grinste.

»Wir kommen mit. Wir lassen euch auf keinen Fall allein. Noch mal lass ich mich nicht von dir trennen!«, sagte Darya und warf einen besorgten Blick auf Noah.

Kapitel 66

Die Tür ließ sich problemlos mit dem Schlüssel öffnen. Sie standen im Eingangsbereich vor der Sicherheitsschleuse. Noah tippte den Code in das Zahlenfeld, und mit einem lauten Klicken sprang die Tür auf.

Auf Noah wirkte alles wie immer. Nur die Stille war bedrückend. Er schaute die anderen an.

Kaji setzte sich als Erster in Bewegung.

»Ja, dann … verteilen wir uns, oder bleiben wir zusammen?«

»Zusammen«, antworteten Darya und Grazyna unisono.

Die unteren Räume waren schnell durchsucht. Alles war so, wie Noah es kannte. Schränke mit Akten, Schreibtisch, Telefon, Computer. Irgendwelche Hinweise auf Bilderberg oder SilentBiota fanden sie nicht. Der Computer ließ sich problemlos hochfahren. Noah kannte das Passwort. Grazyna hatte sich die Dateiordner angeschaut. Nur die üblichen Praxisunterlagen waren darin, nichts Ungewöhnliches. Anna, die Bürokraft, hatte alles geordnet hinterlassen.

In der oberen Etage gab es Besprechungs- und Behandlungszimmer, die Balodis gelegentlich genutzt hatte. Einige Zimmer waren leer. Hier waren sie schnell fertig.

Die Tür zu Noahs Behandlungszimmer stand leicht offen. Vorsichtig drückte er dagegen und ließ sie aufschwingen. In Erwartung irgendetwas Verstörendes vorzufinden, blickte er vorsichtig in den Raum.

Darya drückte sich an ihm vorbei und trat als Erste ein. Sie setzte sich an seinen Schreibtisch und öffnete die Schubladen. Noah trat hinter sie und blickte ihr über die Schultern. Auch hier schien alles so zu sein, wie er es hinterlassen hatte. Er ging zum Karteischrank und blätterte flüchtig durch die Register.

»Ich würde sagen, hier ist nichts. Wäre ja auch seltsam, wenn wir ausgerechnet in meinem Raum etwas finden. Bleibt uns noch der Wohnbereich von Balodis. Vielleicht ist dort irgendein Hinweis.«

Er ging allen voran, eine weitere Treppe empor. Kaji trug die Tasche mit dem Einbruchwerkzeug. In der Erwartung, auf verschlossene Türen zu treffen, hatten sie Brechstangen und anderes Werkzeug dabei.

Der Wohnbereich von Balodis war mit einer schweren, metallverstärkten Tür gesichert. Kaji hatte die Tasche auf den Boden gestellt und kramte darin herum. Währenddessen drehte Noah den Türknauf, der zu seiner Überraschung nachgab. Die Tür ließ sich lautlos aufstoßen.

Die beiden Männer drehten sich zueinander und blickten sich an. Noah zuckte mit den Schultern. Anspannung legte sich über die Gruppe.

»Hallo, ist da jemand? Hallo?« Kaji rief laut in den Flur hinein. Sie horchten, aber es bleib still.

Mit leisen Schritten, immer wieder innehaltend, betraten sie zögerlich die Wohnung. Die Wände waren voller Gemälde, die wertvoll aussahen, die Räume waren überwiegend mit Antiquitäten eingerichtet. Es roch nach Staub, Lavendel und altem Mann.

Nahe beieinander betraten sie einen Raum nach dem anderen. Öffneten Schränke und Schubladen und blätterten in Büchern und Papieren. Die Büchersammlung war beachtlich. Außer teurem Silber, altem Porzellan, Kleidung, Wäsche und uninteressanten Unterlagen fanden sie nichts. Auch hier wirkte alles sauber und geordnet. Das Bett war gemacht und mit einer glatt gezogenen Tagesdecke bedeckt. Einen Computer fanden sie nicht.

Gelegentlich blieb einer von ihnen beeindruckt vor einem Gemälde stehen. So erging es ihnen mit so manchem Schrankinhalt.

»Hui! Der Mann war reich. So viel ist mal klar.«

»Ja, das müssen Stücke aus dem Nachlass einer Patientin sein. Balodis erzählte mir davon. Ein großer Teil seines Vermögens stammt wohl aus den Verkäufen der Bilder und dem ganzen Zeug. So hat er die Anfänge seiner Forschung finanziert.«

»Schau mal.« Darya deutete auf das große, gerahmte Bild einer Frau.

»Das ist das einzige Foto in der ganzen Wohnung. Ist das seine verstorbene Frau?«

Noah trat heran und betrachtete die Aufnahme.

»Kenne ich nicht, kommt mir aber bekannt vor. Als hätte ich sie schon einmal gesehen.«

Sie hatten sich bisher wie in einem Museum bewegt. Voller Vorsicht und Ehrfurcht. Sie sprachen wenig und wenn doch, dann leise.

Als sie die geräumige und mit modernen Geräten ausgestattete Küche betraten, kam Leben in die Gruppe. Durcheinander redend, wiesen sie auf den Tisch.

Dort lagen eine schwarze Pistole und ein Patronenmagazin. Beides lag auf einem mit einer ordentlichen Handschrift beschriebenen Blatt Papier. Daneben war ein dickes Bündel Banknoten.

»Guten Tag, Herr Winter …« Noah fielen die ersten Worte sofort ins Auge.

»Ej, der ist für dich.« Kaji tickte ihn leicht mit dem Ellenbogen an und schob die Pistole zur Seite.

Noah las den Brief laut vor, die anderen, dicht neben ihm, lasen leise mit.

»Guten Tag Herr Winter,
ich dachte mir, dass Sie kommen würden. Mein Vater hatte mir so etwas angekündigt. Er konnte gut in den Menschen lesen und lag wohl richtig mit seiner Vermutung.

Herr Winter, die meisten Zusammenhänge dürften Ihnen inzwischen klar sein. Ich hoffe, Sie verstehen unsere Vorgehensweise. Ich habe alle Unterlagen sorgfältig vernichtet oder mitgenommen. Den Rest hat das Feuer verschlungen. Sie werden hier also nichts finden.

Nun wird alles seinen Gang gehen. Nichts kann unsere Arbeit noch aufhalten. Wenn es soweit ist, werden Sie verstehen. Ich hatte gehofft, mein Vater hätte Ihnen noch zu Lebzeiten alles umfassend erklären können. Nun, Sie kennen vermutlich das traurige Ende. Ich empfehle Ihnen, das Land zu verlassen und nach Deutschland zurückzukehren. Wenn es losgeht, werden Sie dort am besten versorgt sein.

Verschwenden Sie bitte keine Zeit darauf, mich zu finden. Ich habe Vorkehrungen getroffen und mich mit allem ausgestattet. So kann ich einige Monate problemlos überbrücken und nehme trotzdem keinen Schaden. Ich werde im richtigen Moment bei Ihnen sein. Dann wird sich zeigen, auf welche Art wir weitermachen. Die Pistole ist geladen und kann Ihnen vielleicht noch nützlich sein. Ich weiß nicht, wer unsere Arbeit vernichten oder stehlen wollte. Die Russen waren sicher dabei. Aber auch einige Neider und eine große Anzahl der Bedürftigen. Möglicherweise ist mit dem Tod meines Vaters und der Explosion die größte Gefahr für uns gebannt. Aber mein Vater hatte Kunden überall auf der Welt. Reiche Menschen, sehr reiche Menschen, die nun ohne Versorgung dastehen. Deren Uhr wieder in Bewegung kommt und tickt. Die werden nun alle Hebel in Bewegung setzen, um an ihre Mittel zu kommen. Sie werden sich hoffentlich damit abfinden, dass jeder einmal sterben muss. Aber unterschätzen Sie nie die Sehnsucht der Menschen nach ewiger Jugend und die Gier nach Unsterblichkeit. Seien Sie also vorsichtig.

Ich habe Ihnen einen größeren Betrag auf Ihr Konto überwiesen. Nehmen Sie auch das Geldbündel an sich. Es wird Sie in der nächsten Zeit versorgen.

Wir werden uns wiedersehen!«

»Die Unterschrift, soll das *Balodis* heißen? Ist der Brief von seiner Tochter? Und woher wusste Balodis, dass du herkommen würdest?« Grazyna blickte fragend von einem zum anderen.

»Ich habe die Tochter noch nie gesehen. Jedenfalls wurde sie mir nie vorgestellt. Sie müsste ja inzwischen etwa fünfzig sein. Tja, Balodis konnte sich wohl denken, dass ich nachforschen würde.«

»Was soll denn dieses Gequatsche von den Menschen, die jetzt ohne Mittel dastehen? Deren Uhr wieder tickt? Hast du darauf eine Antwort?«

»Das zielt wohl auf die Forschung zum Stoppen des Alterungsprozesses. Ewiges Leben und so. Balodis war überzeugt, er hätte den Schlüssel dazu gefunden.«

»Und, hat er?«

Noah zuckte die Schultern.

»Ist wohl extrem unwahrscheinlich. Aber vielleicht hat er einen geschickten Betrug inszeniert, und die Reichen glaubten ihm. Dann werden die jetzt entsprechend sauer sein und unter Druck stehen.«

»Was machen wir jetzt?«

»Ich weiß auch nicht. Nach Deutschland gehen können wir ja immer noch, wenn wir der Empfehlung von Balodis' Tochter folgen wollen. Vorher sollten wir in die Schweiz und uns auf der Bilderberg umsehen. Ich könnte mir denken, dass auch Gregori dort sein wird. Vielleicht können wir gemeinsam etwas ausrichten oder verhindern.«

Diesmal war sich Noah sicher, dass er weitermachen wollte. Das Abenteuer hatte ihn gepackt.

»Und was machen wir hiermit?« Darya deutete auf die Pistole und das Geld.

Kaji nahm die Pistole in die Hand und untersuchte sie.

»Das ist eine SIG der schweizerischen Armee. Nicht schlecht.«

Grazyna fasste ihn am Arm und drückte die Pistole Richtung Tisch.

»Leg sie wieder hin. Wer eine Waffe hat, wird sie auch benutzen.«

Kaji legte die Pistole auf den Tisch.

Das Geldbündel aufnehmend, ließ er die Scheine durch seine Finger blättern.

»Das dürften mehrere Zehntausend sein. Die sollten wir aber wirklich mitnehmen!«

Er steckte sich das Bündel vorn in den Hosenbund und zog seinen Pullover darüber.

»Also los, lasst uns verreisen. Geld genug ist vorhanden.«

Kapitel 67

»Warum wir altern.« Noah überflog verschiedene Einträge im Internet:

»Durch äußere Einflüsse, Umweltgifte, UV-Strahlung.

Durch individuelles Ess- und Trinkverhalten.

Durch Schlafgewohnheiten.

Durch Stress jeglicher Art.

Durch ein genetisches Programm, das in jeder Zelle angelegt ist und mit der Geburt startet.

Durch Verschleiß der Zellen und Organe.

Aus Zellabbauprozessen bleiben freie Radikale zurück. Diese schädigen möglicherweise den Körper.

Durch Änderungen im Hormonhaushalt (Wachstumshormone, Geschlechtshormone) im Laufe der Entwicklungsphasen.«

Und viele Aussagen mehr. Er konnte gar nicht glauben, dass hierzu keine halbwegs gesicherte Theorie existierte. Einige Quellen sprachen von etwa 300 verschiedenen Theorien zum Altern.

Also mit anderen Worten: Keiner wusste es. Je länger er las, desto logischer erschien ihm das. Denn wenn klar wäre, warum, dann hätte die Forschung wahrscheinlich schon alles darangesetzt, den Alterungsprozess zu beeinflussen. Das war bisher offensichtlich noch niemandem gelungen. Keinem außer Balodis. Er hatte ja sogar behauptet, das Altern rückgängig machen zu können.

Noah drehte sich zu Darya, die lesend auf dem Sofa saß.

»Niemand weiß, warum wir altern. Es gibt keinen Grund dafür. Die Zellen sind grundsätzlich in der Lage, sich zu erneuern. Dennoch altern wir. Die Forschung hat viele Hypothesen, aber keine gilt als gesichert.«

Darya blickte auf.

»Und was gilt als am wahrscheinlichsten?«

»Dass es wohl eine Verkettung oder Addition verschiedener

Ursachen ist. Haha, das ist mal nicht schwarz-weiß, sondern sowohl als auch. Was und wie wir essen, wie viel wir schlafen, Stress und einige medizinisch definierte Ursachen.«

Darya lachte.

»Okay, aber es muss doch wahrscheinliche und weniger wahrscheinliche Annahmen geben.«

»Möglich. Dazu muss ich tiefer einsteigen. Um die Arbeit von Balodis besser verstehen zu können, ist das wohl nötig.«

Er seufzte, drehte sich zurück zum Bildschirm und ergriff wieder seinen Stift.

Balodis musste irgendein Präparat entwickelt haben. Zumindest legten die Aussagen des Deutschen diese Annahme nahe. Noah beschloss, sich zuerst um die eher medizinischen Theorien zu kümmern.

Er notierte: Freie Radikale, Epigenetik, Telomere und Telomerase.

Kapitel 68

Von dem Bargeld kauften sie einen zwei Jahre alten VW-Bus. Ein Wohnmobil mit Faltdach und Klappbett. Vier Schlafplätze für den Notfall. Noah hatte auf sein Konto geschaut und festgestellt, dass zusätzlich vierzigtausend Euro von SilentBiota auf sein Konto geflossen waren. Zusammen mit dem Bargeld hatte ihm Balodis' Tochter achtzigtausend Euro gezahlt. Ihm war unheimlich, das viele Geld einfach so anzunehmen und auszugeben. Er fürchtete, irgendeine illegale Leistung dafür erbringen zu müssen. Die anderen gingen damit entspannter um. Sie beglückwünschten ihn zu diesem Geschenk und ermunterten ihn, das Geld auszugeben. Er hatte schließlich nachgegeben. Den Rest des Geldes würden sie auf ihrer Fahrt in die Schweiz brauchen. Wer weiß, wie lange sie dort sein und in welche Situationen sie noch geraten würden. Überstürzt waren sie aufgebrochen. Erst im Auto hatten sie darüber diskutiert, was sie eigentlich genau zu tun beabsichtigten. Ihre naive Herangehensweise war ihnen deutlich geworden. Sie wussten weder, wie sie die Bedrohung der Welt durch Mikroben verhindern, noch, was sie im Falle eines Aufeinandertreffens mit den Tätern tun konnten. An ihrer Absicht, in die Schweiz zu fahren, hielten sie dennoch fest.

Im Moment fuhren sie auf der Autobahn, irgendwo in Polen, mit Grazyna am Steuer. Bis in die Schweiz waren es noch fast zweitausend Kilometer und etwa zwanzig Stunden Fahrt.

Kaji, der vor sich hin gedöst hatte, reckte sich, trank einen Schluck Wasser und wandte sich an Noah.

»Sag mal, was ist eigentlich bei deinen Recherchen zum Altern herausgekommen? Hältst du es denn nun für möglich, dass Balodis den Jungbrunnen entdeckt hat? Je länger wir damit zu tun haben … also, ich hätte schon Interesse.«

»Wie? Du willst ewig jung bleiben?« Darya schaute ihn von der Seite an.

»Aber dann würdest du jung bleiben und Grazyna immer älter. Dann wäre sie dir irgendwann zu alt oder du wärst zu jung für sie.«

Kaji lachte.

»Nein, gern auch mit Grazyna, jung bleiben meine ich. Das finde ich schon faszinierend, jung und gesund zu bleiben und immer mehr Erfahrungen zu sammeln. Was hätten wir für Möglichkeiten! Und die Zeit, alles in Ruhe zu entdecken.«

»Ja, verstehe. Ich habe auch schon oft gedacht, dass ich meine ersten zwanzig Jahre nicht unbedingt wiederholen möchte. Oder dort stecken bleiben möchte. Das waren sehr nervige Jahre mit viel Unsicherheit, Abhängigkeit und auch Leid. Aber jetzt! Stellt euch einmal vor, wir könnten in diesem Alter bleiben und hätten alle Zeit der Welt, jede Möglichkeit auszuprobieren. Was könnten wir für Erfahrungen sammeln! Wir würden uns immer weiter entwickeln. Sicherer werden, Dinge durchblicken, na weiser eben. Ohne alt, grau und gebrechlich zu werden. Wir wären immer sportlich, attraktiv …«

»Aber vielleicht hast du auch irgendwann keine Lust mehr zu leben. Wenn alles entdeckt ist, alles ausprobiert wurde. Wenn du es leid bist, deine Liebsten, die vielleicht weiter altern, sterben zu sehen. Zum tausendsten Mal joggen zu gehen oder zum hundertsten Mal einen neuen Job anzufangen und so etwas. Und es wäre der Untergang für die Erde. So viele Menschen können nicht versorgt werden. Wir sind ja jetzt schon zu viele.«

»Ja klar, Noah, mach mir nur gleich wieder alles madig! In hundert Jahren vielleicht. Dann kannst du ja immer noch entscheiden, das Mittel abzusetzen. Wenn ich das alles richtig interpretiere, dann muss das Mittel à la Balodis ja ständig und wiederholt genommen werden. Also kannst du einfach damit aufhören und als weiser Mann in Ruhe alt werden und schließlich friedlich sterben.«

»Außerdem musst du dann ja auch nicht mehr arbeiten. Schließlich hast du in den ersten siebzig Jahren so viel angehäuft, dass du nur noch für den täglichen Bedarf ein wenig arbeiten müsstest. Es käme im Laufe der vielen Jahre auch immer mehr dazu«, warf Grazyna ein. »Aber bevor wir hier in irgendwelche Träume abdriften und die Erde überbevölkern, berichte doch mal von deinen Recherchen, Noah. Warum altern wir denn nun?«

»Es ist unklar, und keiner weiß es. Es gibt Hunderte Theorien. Einig sind sich wohl alle darin, dass Stress in jeglicher Form den Alterungsprozess beschleunigt. Wenn du hektisch unterwegs bist, dir ständig Sorgen machst oder Angst hast. Das macht alt.«

»Ja, aber das kann Balodis nicht in Flaschen füllen und teuer verkaufen. Ich meine, gibt es Theorien zu irgendwelchen Mitteln?«

»Ganz ruhig, Kaji, du weißt ja: Stress lässt dich altern. Ich habe zunächst mal geschaut, wie die Lebenserwartung überhaupt ist. Das ist überall auf der Welt anders. In Monaco, Japan und der Schweiz wird man am ältesten, so etwa fünfundachtzig Jahre. Im Tschad und Afghanistan nur etwa fünfzig. In Europa und den USA kann von etwa achtzig Jahren ausgegangen werden. Und es gibt ein paar Einzelfälle, die heißen ›Supercentenarians‹. Die sind einhundertzehn oder älter. Die älteste Frau ist wohl mit 122 Jahren gestorben. Spannend fand ich, dass es ›Blue Zones‹ gibt. Das sind Gebiete auf der Welt, wo die Menschen überdurchschnittlich alt werden.«

»Blue Zones, cool. Wo sind die denn? Vielleicht können Kaji und ich dahinziehen.«

»Es gibt fünf davon. Das sind meist Inseln oder abgelegene kleine Städte. Irgendwo in Griechenland, in Japan, auf Sardinien, in Kalifornien und in Costa Rica.«

»Ah, okay. Sardinien soll schön sein. Gibt es denn irgendetwas, das die da anders machen? Warum werden ausgerechnet sie älter?«

»Das ist nicht ganz klar. Sie bewegen sich viel an der frischen Luft, essen Frisches aus der Gegend und sind gut in soziale Systeme, wie Familien oder Freundeskreisen, eingebunden.«

»Okay, und was gibt es denn nun für Theorien zum Altern? Dazu hast du immer noch nichts gesagt.«

»Kaji, du bist ja ganz aufgeregt. Wir ziehen nach Sardinien und werden einhundertzwanzig.«

Grazyna legte Kaji eine Hand in den Nacken und kraulte ihm zärtlich die Haare.

»Also, wollt ihr das wirklich hören? Ist ein bisschen medizinisch und ja sowieso nicht bewiesen.«

»Jaa! Noah, leg los!«

»Ich habe die allgemein diskutierten Ursachen, also Schlafmangel, Fehlernährung, mangelnde Bewegung, Stress und so etwas, vernachlässigt. Da kann aus meiner Sicht ein Mittel nicht ansetzen. Dafür hat jeder selbst zu sorgen. Drei der wahrscheinlichsten Theorien habe ich genauer angeschaut. Die kann ich euch vorstellen.«

»Ja, komm, lass hören. Ich will nicht mehr älter werden. Vielleicht sind wir ja dem Jungbrunnen schon ganz nah.«

Kaji schaute lachend in die Runde und die anderen fielen in sein Lachen ein. Dann kramte Noah seine Notizen hervor und begann laut vorzulesen.

»Freie Radikale – Freie Radikale sind kleinste Teilchen, wie Atome, Ionen oder Moleküle. Sie heißen so, weil sie ein ungepaartes Elektron haben und dadurch sehr reaktionsfreudig sind.

Es gibt zwei Wege, wie sie entstehen:

1. Im Körper durch äußere Einflüsse, zum Beispiel Zigarettenrauch, Alkohol, Umweltgifte, Gifte in der Nahrung, UV- und andere Strahlungen und durch Stress.

2. Durch Überlastung der Mitochondrien in ihrer Funktion als Energielieferanten.

Kommen freie Radikale in großer Anzahl im Gewebe vor, spricht man von oxidativem Stress.«

Kapitel 69

»Stop!« Kaji runzelte die Stirn. »Ich kann dem Herrn Doktor nicht folgen.«

Kaji hatte *Herrn Doktor* sehr betont und grinste. Noah zog eine Grimasse in seine Richtung und grummelte vor sich hin. Er überflog die Sätze, die er bereits vorgelesen hatte.

»Reaktionsfreudig heißt, dass diese Teilchen ein Elektron zu wenig haben und deshalb extrem paarungswillig mit irgendeinem Stoff eine Verbindung eingehen. Das ungepaarte Elektron ist frei und radikal, daher der Name. Kaji, speziell für dich: Die sind aggressiv unterwegs und wollen sich ein Elektron klauen. Sie wollen das fehlende Elektron unbedingt ersetzen, weil sie erst dann wieder chemisch stabil sind. Ist das gelungen, heißt dieser Vorgang Oxidation. Darum nennt sich das Ganze auch oxidativer Stress.«

»Scheiß Chemie. Und warum jetzt altern?«

»Das fehlende Elektron wird von irgendeinem Baustein geklaut. Es wird einem bis dahin gesunden Teilchen entrissen. In der Haut zum Beispiel dem Kollagen. In der beklauten Zelle entsteht dann wiederum ein freier Radikal. Eine Kettenreaktion geht los. Die beklaute Zelle ist in ihrer Zellstruktur und in der DNA beschädigt.«

Noah schaute in die Gesichter seiner Zuhörer. »DNA ist klar, oder?« Er konnte keine Reaktion ablesen.

»DNA enthält unser Erbgut, also den Bauplan für jede Zelle und deren spezielle Funktion. Ist die DNA beschädigt, kann die Zelle ihre eigentliche Aufgabe nicht mehr ausüben, und sie kann sich auch nicht mehr erneuern. Passiert das in großer Anzahl, fehlen uns diese wichtigen Zellen. Nach dieser Theorie altern wir dann.«

Eine Pause entstand. Alle dachten über das Gesagte nach. Darya sprach als Erste.

»Äußere Einflüsse, das kann ich mir ja vorstellen. Gifte, Stress und Strahlung, kennt man ja. Aber was war der andere Grund?«

»Im Grunde entstehen freie Radikale bei jedem Stoffwechselprozess, also bei der Zellatmung, bei Spaltung von Nahrung und so. Immer dann, wenn Bindungen getrennt werden, aber auch durch die Energieproduktion in den Zellen. Das passiert in den Mitochondrien, den Kraftwerken der Zellen. Bei der Energieproduktion entstehen auch immer freie Radikale.«

»Aber wenn durch ganz normale Vorgänge wie Essen, Muskelbewegung oder Denken schon freie Radikale entstehen, dann müssten wir doch noch viel schneller alt werden. Wenn Grazyna und ich joggen gehen, fallen dann ja jede Menge von diesen Dingern an.«

»Stimmt. Aber es gibt Möglichkeiten, diese freien Radikale unschädlich zu machen. Es gibt sogar eine Vielzahl an Schutzmechanismen und Reparatursystemen, um sie oder die Schäden, die sie verursachen, zu minimieren. Allerdings brauchen die wiederum Energie. Das heißt, die Mitochondrien sind massiv gefordert. Eventuell überfordert. Damit entstehen wieder freie Radikale. Ich kann euch das auch nicht im Detail erklären. Aber die am häufigsten in diesem Zusammenhang genannte Reparaturmöglichkeit sind Antioxidantien. Die geben den freien Radikalen ein Elektron ab, ohne selbst zu freien Radikalen zu werden. Die klauen nichts von körperwichtigen Bausteinen. Alle sind zufrieden.«

»Und wo kommen diese Antioxidantien her?«

»Einen Teil bildet der Körper selber. Die meisten nehmen wir über die Nahrung auf. Vor allem in frischem Obst und Gemüse gibt es ganz viele davon.«

»Hab ich das richtig verstanden: Es entsteht erst dann ein Problem, wenn wir mehr freie Radikale als Antioxidantien haben, richtig?«

Noah nickte.

»Dann futtern wir doch einfach ganz viel Obst und Gemüse und leben ewig.«

»Kaji, leider ist es nicht so simpel. Zum einen müssen wir das dann auch wirklich essen. Wenn ich so an deinen Fleischkonsum denke, bin ich skeptisch. Zum anderen nehmen die Belastungen, die von außen kommen, ständig zu. Hektik, Umweltgifte und so was. Außerdem enthalten Obst und Gemüse, je nach Anbau und Verarbeitung, unterschiedlich viele Antioxidantien. Wenn das Grünzeug dann noch mit Pestiziden verseucht ist, bringt es vielleicht sogar mehr oxidativen Stress, als es abbaut.«

»Oh Scheiße! Kann man diese Antioxidantien nicht einfach isolieren, meinetwegen aus Bioobst, und in großen Mengen per Pille einnehmen?«

»Das wird natürlich probiert. Vitamin C, E, Selen und Zink gelten als gute Antioxidantien. Es gibt noch einige mehr. Die sind oft in Multivitaminpräparaten zusammengemixt.«

»Scheint aber nicht wirklich guten Erfolg zu haben. Die Menschen altern immer noch.«

»Ja, sie sollten im Verbund mit dem Obst und Gemüse aufgenommen werden, so isoliert bringen sie nicht viel. Es kann sogar sein, dass die Pillen wiederum zu oxidativem Stress beitragen, wenn sie in großen Mengen isoliert genommen werden. Und wisst ihr was? Die Theorie zu den freien Radikalen ist schon gut siebzig Jahre alt! Dennoch wurde bisher keine Lösung gegen das Altern gefunden.«

Kapitel 70

»Also, Noah, weiter. Was lässt uns noch altern?«

»Eine weitere Theorie ist die der Verkürzung der Telomere.«

»Telomere, nee ist klar.«

Noah lachte.

»Das ist schnell erzählt. Unser Erbgut, also die DNA, findet sich in den Chromosomen wieder. Das sind diese kleinen Dinger, die wie ein X aussehen. Habt ihr bestimmt schon mal gesehen. Die brauchen wir für die Vererbung, aber auch für die Zellteilung. Jede Körperzelle enthält in den Chromosomen unter anderem Informationen, die für ihre Funktion wichtig sind. An jedem Ende dieser Chromosomen sitzt ein Telomer. Telomere schützen die DNA vor Informationsverlusten und sorgen für eine Stabilisierung des Chromosoms. Konntet ihr mir folgen?«

»Ja, soweit verstanden«, antwortete Darya stellvertretend für die anderen, die zustimmend nickten.

»Bei jeder Zellteilung, also jeder Zellerneuerung, werden die Informationen der Zelle, die in den Chromosomen liegen, kopiert. Nur die Telomere werden nicht kopiert. Erst mal kein Problem, sie enthalten ja keine Informationen. Aber weil sich die Telomere bei jeder Zellteilung verkürzen, werden sie im Laufe der Jahre so kurz, dass sie nicht mehr vor Informationsverlust schützen. Die Stabilität der Chromosomen nimmt ab, ziemlich wahrscheinlich stirbt dann die Zelle und kann nichts mehr zur Erneuerung beitragen. Geschieht das auf breiter Front, altern wir. Also nach dieser Theorie. Und wie so oft beeinflusst auch hier Stress das Ganze. Die Telomere verkürzen sich schneller, je mehr chronischen Stress es gibt. Menschen mit Dauerstress haben kürzere Telomere als ihre ungestressten Gleichaltrigen. Man kann wohl durch die Telomerlänge sogar Aussagen zum möglichen Alter machen.«

»Aha. Aber gegen dieses Verkürzen kann man nichts tun?«

Kaji, der am Steuer saß, schaute Noah im Rückspiegel fragend an.

»Sein Leben verändern und stressfreier leben. Wobei jeder Belastungen ja unterschiedlich wahrnimmt. Also geht es auch um die Arbeit mit sich und seinen Mustern und Bewertungen. Womit wir wieder in der Psychologie wären«, antwortete Darya anstelle von Noah.

»Alter, die Welt ist nun mal nicht so! Es gibt Stress, Ungerechtigkeit, Umweltverschmutzung, Pestizide und diesen Scheiß. Das wird nicht mal eben so besser. Die Masse der Menschheit wird damit leben müssen. Alles andere ist ein Idealbild und unrealistisch. Und du immer mit deinem Psychokram. Das ist bestimmt wichtig, aber ich meine, gibt es nicht ein Mittel oder so was, mit dem die Verkürzung gestoppt werden kann? Noah, rette mich!«

»Oha, Kaji, komm mal runter!«, rief Darya. »Vielleicht bleibt der Scheiß auch nur so, und die Welt geht kaputt, weil sich keiner mit sich selbst beschäftigen will, weil zu wenige sich um Selbsterkenntnis bemühen. Ich habe das Gefühl, du hörst bei dem Wort Psychologie immer Psychotherapie und hast Angst, dass du an alte Verletzungen ran sollst. Gefällt dir Persönlichkeitsentwicklung besser? Oder Entwicklung der Selbstreflexionsfähigkeit? Und statt *Therapie* sagst du einfach *Coaching*, nein, besser *systemisches Coaching*. Dann reagierst du vielleicht nicht immer so ablehnend.«

»Darya! Als wäre Psychotherapie das Allheilmittel. Du meinst, dann ist die Welt wieder in Ordnung. Ja Scheiße! Und woher soll das denn plötzlich kommen? Und dann gleich für alle Menschen, oder was? Wir werden mit dem Scheiß leben müssen und mit allen Mitteln sehen müssen, wie wir gesund bleiben. Immerhin gilt es, acht Milliarden Menschen zu versorgen. Vielleicht geht das auch nicht anders als so, wie es eben ist.«

Darya schnaubte verächtlich.

»Ist klar. Welche Abwehrmechanismen sind denn bei dir gerade aktiv?« Darya war laut geworden, und in ihrer Stimme lag

Wut. »Bloß nichts ändern und nichts hinterfragen. Einfach so weitermachen, wird schon. Die anderen werden uns schon sagen, wo es lang geht. Das ist doch totaler Quatsch. Es ginge schon anders. Aber es geht ganz oft ums Geld, um wirtschaftliche Interessen. Schließlich ist das herrschende Wirtschaftsmodell der Kapitalismus. Die negativen ökologischen Auswirkungen und unser Konsumverhalten werden schon auch damit zusammenhängen. Darum wird am Alten festgehalten und immer so weiter gemacht. Es dreht sich um Gewinne. Und es geht um Gewohnheiten und die Angst vor Veränderung. Um die Unsicherheit selbst zu entscheiden. Zu sich zu stehen. Und um Macht und Ansehen. Und …«

»Darya! Und du weißt, was zu tun ist?«, unterbrach sie Kaji lautstark.

»Kaji, Darya, bitte hört auf. Beruhigt euch mal!«, schaltete sich Grazyna dazwischen.

Aber Darya ließ nicht locker. Ihre Augen funkelten zornig.

»Du musst doch zugeben, dass kein Mensch diese Geländewagen, diese SUVs braucht. Dass die Fleischproduktion unglaublich schädlich ist für die Welt. Dass Zucker an vielen Krankheiten beteiligt ist. Dass Atomkraft unnötig ist und giftigen Müll für Jahrtausende hinterlässt. Und Öl, Gas und Kohleverbrennung unser Klima zerstören. Um nur mal einigen offensichtlichen Blödsinn zu nennen. Trotzdem geht es so weiter. Es fehlt kritischer Verstand!«

Darya schaute Kaji herausfordernd an und setzte nach.

»Es geht darum, uns als Persönlichkeit zu stärken. Dann kennen wir uns mit unseren Ängsten aus. Wir wagen, selbst zu denken und uns zu vertrauen. Wir sind weniger empfänglich für die Verführungen und laufen nicht der Masse hinterher.«

Kaji antwortete nicht. Er starrte geradeaus. Eine Zeit lang sagte niemand etwas.

»Wenn wir schon einmal dabei sind – konventioneller Agraranbau bedarf einer ständigen Überwachung und Vernichtung von Unkraut und Schädlingen. Bringst du Pestizide aus, werden die Schädlinge und Unkräuter früher oder später dagegen resistent. Dann musst du das Nächste entwickeln. Irgendwann sind die Pestizide so giftig, dass auch die Nutzpflanzen daran sterben würden. Also musst du Pflanzen entwickeln, genmanipulieren, die resistent gegen deine Pestizide sind. Das geht immer so weiter. Da darf kein Fehler passieren, sonst ist nach dieser Denkweise kein landwirtschaftlicher Anbau möglich. Dass dabei auch noch der Boden und das Grundwasser vergiftet werden, ist unbestritten. Die Biodiversität nimmt ab, nicht nur bei den Insekten gibt es ein dramatisches Artensterben.«

Darya hatte das in hoher Geschwindigkeit abgespult. Jetzt holte sie tief Luft.

»Soll das denn immer so weiter gehen? Eine Spirale, die immer enger wird? Wie in der Medizin. Die glauben auch, wenn die Mikroben und Erreger getötet werden, ist der Mensch gesund. Aber es gibt immer mehr chronisch kranke Menschen, immer mehr Allergien. Und immer mehr Kinder sind betroffen. Scheint alles nicht so gut zu funktionieren.«

Nach einer längeren Pause räusperte sich Kaji.

»Ok, Darya, irgendwie hast du recht. Aber du vereinfachst auch sehr. Die Welt ist ja keine naturbelassene Geschichte mehr. Da reguliert sich eben nicht mehr alles selbst. Der Mensch hat eingegriffen, und er wird weiter eingreifen müssen. Wir bewirtschaften und verändern die Natur doch seit vielen Jahrhunderten. Mit vielen Errungenschaften und Verbesserungen für die Menschen. Wahrscheinlich ist das der Preis, den wir dafür zahlen müssen. Wir haben uns einmal in diese Richtung bewegt, und jetzt können wir nicht mal eben den Hebel umlegen und alles anders machen. Und wir drei, wir wissen wohl am besten, dass Kommunismus auch keine gute Alternative ist.«

Es war Darya anzusehen, dass sie darauf antworten wollte. Aber Kaji hob seine Hand und zeigte deutlich an, dass er jetzt nicht weiter darüber sprechen wollte.

»Darya, lass das jetzt einmal für einen Moment ruhen. Im Wesentlichen stimme ich dir doch zu. Bitte!«

Kaji und Darya blickten sich eine Weile abschätzend an und fanden eine stillschweigende Übereinkunft.

»Also, Noah, kann die Verkürzung dieser Telodings nun gestoppt werden?«

Der nahm sich Zeit, bevor er antwortete. Schaute von Darya zu Kaji und zurück. Darya nickte.

Kapitel 71

»Bevor ihr euch weiter streitet, sollten wir uns nicht besser darüber unterhalten, wie es in der Schweiz weitergeht? Was machen wir, wie verhindern wir die Vergiftung mit Mikroben?«

Grazyna blickte erwartungsvoll in die Runde.

»Das haben wir doch schon besprochen: Wir schauen, ob wir bekannte Gesichter sehen, und Noah versucht, mit diesem Russen Gregori Kontakt aufzunehmen.«

»Das ist der ganze Plan? Und dann? Schlagen wir dann die Täter nieder und übergeben sie der Polizei, oder was?«

»Keine Ahnung. Das werden wir entscheiden müssen, wenn es soweit ist.«

»Wir sind voll naiv! Wir haben null Plan! Das ist doch kein Abenteuerspiel. Macht euch das keine Angst?«

Niemand antwortete.

»Themenwechsel! Also, Noah, ich will es jetzt wissen. Kann diese Verkürzung denn nun gestoppt werden?«

Auch Noah war froh, sich wieder dem ursprünglichen Thema zuwenden zu können.

»Das hat man wohl anfangs gedacht. Es gibt ein Enzym in der Zelle, das an der Wiederherstellung der Telomere beteiligt ist. Dieses Enzym heißt *Telomerase*. Wenig Aktivität der Telomerase bedeutet frühes Altern. Die Idee war, die Aktivität dieses Enzyms zu erhöhen, um den Alterungsprozess zu stoppen.«

»Klingt nicht so, als sei das gelungen.«

»Ist nicht so einfach, und das Ganze hat Nebenwirkungen. Telomerase ist nicht in allen Zelltypen aktiv. Wohl nur dort, wo eine häufige Teilung stattfindet, wie im Knochenmark. Allerdings auch in Krebszellen. Würde also generell die Aktivität der Telomerase steigen, würden die Krebszellen nicht sterben. Sie würden sich unkontrolliert teilen. Damit wäre nichts gewonnen. Und bisher ist es nicht gelungen, die Telomeraseaktivität selektiv nur hier und da zu steigern. Die Erkenntnisse zu den Telomeren sind schon vierzig Jahre alt. Und der Durchbruch zum ewigen Leben ist auf diesem Weg noch nicht gelungen.«

»Also nichts für Balodis und seine Aktivitäten, oder?«

»Wahrscheinlich nicht. Allerdings ist interessanterweise auch in Einzellern, also zum Beispiel in Bakterien, die Telomeraseaktivität hoch.«

»Aha, könnte es da einen Zusammenhang geben? Das klingt doch vielversprechend. Ich weiß nicht, wie es euch geht, aber je mehr wir darüber sprechen, je mehr hoffe ich, dass wir ewig leben können.«

Alle drehten sich erwartungsvoll zu Noah.

»Leute, ich hab keine Ahnung! Ich stell euch doch nur die gängigen Theorien zum Altern vor. Ihr tut ja inzwischen so, als wäre ewiges Leben möglich. Ich weiß doch auch nicht, was Balodis da produziert und verkauft hat.«

»Ja, schon klar. Und nichts von dem, was du erzählt hast, hat mit Mikroben zu tun. Hast du dazu nichts gefunden?«

»Nicht wirklich. Außer, dass die menschliche Mikrobenbesiedlung des Darmes ebenfalls sehr von Ernährung, Bewegung und dem erlebten Stress abhängt. Es gibt eine Darm-Hirn-Achse. Die Mikroben im Darm können Einfluss auf unser Gehirn nehmen. Umgekehrt nimmt unser Erleben Einfluss auf die Mikroben. Es ist sogar gelungen, mit Gaben bestimmter Mikroben die Empfindung für Angst zu reduzieren.«

»Na, dass Mikroben das Gehirn beeinflussen, kann ich aus eigener Erfahrung bestätigen. Und wir glauben ja auch, dass Balodis damit gezielt gearbeitet hat. Also mit psychopathologischem Ziel. Aber Kaji hat recht, wo ist da jetzt der Einfluss der Mikroben auf das Altern?«

Noah zuckte mit den Schultern.

»Ältere Menschen haben eine geringere Diversität im Darm.«

»Und das bedeutet?«

»Die Vielfalt der Mikrobenarten und die jeweilige Menge sinkt im Alter. Außerdem verschwinden die Mikrobenarten, die da sein sollten, also die, die als gesund gelten. Dafür siedeln immer mehr krankhafte Arten.«

»Und wie erklärt man sich das?«

»Einseitige Ernährung, wenig Faserstoffe, wenig Mikronährstoffe, wenig Bewegung.«

»Na ja, wird wohl nicht nur an der Ernährung liegen. Konservierungsstoffe, Desinfektion, Antibiotika und andere Mikrobenfeinde über Jahrzehnte. Außerdem ... wir haben doch gehört, es werden die Menschen am ältesten, die Frisches aus der Gegend essen und auch gut in eine Gemeinschaft eingebunden sind. Vereinsamung wird wohl auch eine Rolle spielen. Isolation ist Mist. Die Aufnahme von anderen Mikrobenarten nimmt ab, sagst du. Gemeinschaft heißt neben der menschlichen Wärme auch die ständige Aufnahme von verschiedenen Mikrobenarten. Kinder, Jugendliche, andere Erwachsene ... darüber werden sie sich auch mehr bewegen, im doppelten Sinne.«

»Darya, vielleicht hast du sogar recht! Das Gleichgewicht kommt durcheinander. Und weißt du noch, deine Theorie zu Krankheit und Korrektur, also sowohl als auch. Wenn wir der einmal folgen ... möglicherweise fehlen den älteren Menschen die Mikroben, die für eine Reparatur gebraucht werden. Weil die in der geringeren Diversität nicht mehr vorkommen. Dann könnte es hilfreich sein, eine möglichst große Diversität zu verabreichen. Vielleicht geht es, anders als Goldberg vermutete, nicht um das Alter des Mikrobioms beziehungsweise dessen Verjüngung. Vielleicht geht es eher um die Vielfalt und die dynamische Organisation der Mikroben im Körper.«

»Könnte Balodis herausgefunden haben, wie die Mikroben wieder optimal zu organisieren wären? Wir gehen ja davon aus, auch nach dem, was im Brief stand, dass diese Organisation nach der Methode Balodis' ständig erneuert werden muss. Wahrscheinlich müssen die Gaben umso häufiger erfolgen, je schlechter es der Person selbst gelang. Also der optimalen Diversität und Organisation durch das eigene Verhalten und dem Umgang mit sich nahezukommen.«

»Ich konnte euch jetzt nicht folgen. Aber heißt das, ihr habt eine Idee, was Balodis da verkauft hat?«

»Kaji, du klammerst dich an etwas, von dem wir nur theoretisieren. Wir wissen es nicht!«

»Hallo, ich will nicht möglichst alt werden, zerknittert aussehen und gebrechlich sein. Ich will jung bleiben! Wir sind alle um die dreißig. Sehen klasse aus, sind körperlich und geistig fit. Es wäre doch großartig, wenn wir so bleiben könnten, ohne zu altern. Wir müssen unbedingt mit Balodis' Tochter sprechen. Die mysteriöse Unbekannte. Sie ist jetzt die Einzige, die uns Antworten liefern kann.«

»Ja, oder die hübsche Milana. Die Laborantin dürfte auch einiges wissen. Vielleicht hätten wir überhaupt erst versuchen sollen, mit ihr zu sprechen. Schließlich hatte sie ja auch eine aktive Rolle beim Verladen des Kellerlabors.«

»Ich glaube nicht, dass wir sie gefunden hätten. Und wenn, dann hätte sie uns nichts mitgeteilt. Die war Balodis gegenüber sehr loyal.«

Im Wagen wurde es still. Alle dachten über das Gesagte nach. Reste der angespannten Stimmung hingen noch wie eine Wolke im Wagen. Übrig blieb das enttäuschende Gefühl, keinen Schritt weitergekommen zu sein. Auch wenn es keiner aussprach, hofften doch alle, dass es in der Schweiz Antworten geben würde.

Kapitel 72

Das Rauschen der Autobahn war noch deutlich zu hören. Die beiden Frauen waren Hand in Hand ein Stück in den Wald gegangen, um sich zu erleichtern. Noah und Kaji blieben beim Wagen zurück.

»Meinst du, wir sollten den Männern von uns erzählen?« Darya schaute fragend.

Grazyna presste sich an Darya und küsste sie stürmisch. Eng umschlungen schauten sie sich in die Augen. Grazyna strahlte.

»*Uns*, das klingt so schön. Ich hab da kein Problem mit. Aber Kaji findet das bestimmt seltsam. Na ja. Muss er sich eben daran gewöhnen. Es geht ihm ja nichts verloren. Wir haben 2019 und nicht mehr das Mittelalter.«

»Du bist mutig. Manchmal erlebe ich Kaji so … irgendwie so unbeweglich im Kopf. Ich würde mich oft mit ihm streiten, glaube ich.«

»Ja, das ist zu merken. Du reagierst dann zornig. Ich mag das, dich so zu sehen. Wenn deine Augen sprühen. Aber sag mal, du bist doch nicht eifersüchtig auf Kaji?«

Darya lachte. »Ich glaub nicht, aber wer weiß. Lass uns mit unserem Coming-out noch warten. Ich fürchte Noahs Reaktion. Er ist manchmal so verletzlich. Keine Ahnung, was das mit ihm macht. Ich will ihn auf keinen Fall verlieren. Ich liebe Noah.«

Diesmal ging der Kuss von Darya aus.

»Und dich auch«, flüsterte sie. »Was für ein Abenteuer.« Sie lehnte ihren Kopf an Grazynas Schulter.

Grazynas Hände wanderten unter Daryas Kleidung ihren Rücken herauf. Eine Hand glitt nach vorn und liebkoste ihre Brust.

»Ach, Darya, das ist doch wunderbar. Glaub bloß nicht, dass ich da so locker bin. Auch für mich ist diese Situation neu. Aber es fühlt sich richtig an.«

Darya nahm Grazynas Gesicht in ihre Hände, zog sie zu sich

und küsste sie zärtlich. Grazynas Hand wanderte nach unten, öffnete den Kopf von Daryas Hose und verschwand zwischen ihren Beinen. Ihre Finger tauchten in die Wärme ein. Darya schloss ihre Augen.

Arm in Arm kehrten sie, noch ganz erfüllt von ihrer Intimität, zum Wagen zurück. Sie waren froh, dass auch den Männern nicht zum Reden zumute war. Lange fuhren sie schweigend durch die Nacht.

Dann setzte sich Kaji gerade hin.

»Also, was hast du noch für eine Theorie?«

Noah reckte sich und gähnte.

»Ich hab noch zur Epigenetik recherchiert. Die Epigenetiker forschen daran, ob wir durch unsere Gene bestimmt sind oder durch unsere Lebensweise.«

»Ah, epigenetische Forschung. Davon hab ich in meinem Studium gehört. Die versuchen herauszufinden, wie sich frühkindliches Trauma auf die spätere Stressresistenz oder auf den Hang zur Depression auswirkt«, sagte Darya.

»Das habe ich jetzt so nicht gelesen, aber ist durchaus denkbar«, sagte Noah und blickte Darya an.

»Häh?« Kaji kniff die Augen zusammen.

Noah fuhr fort. »Eine menschliche Stammzelle enthält viele verschiedene Gene. Daraus kann alles entstehen, was wir für den Bau des Menschen brauchen. Sie produziert aber je nach gewünschtem Gewebe nur eine Funktion. Der Rest der Gene, die ja auch da sind, wird nicht benutzt und abgeschaltet. So entstehen etwa zweihundert verschiedene Gewebearten. Haut, Muskeln, Herz und so weiter.

Die Information, was aus der Zelle werden soll, oder besser, wie die Gene genutzt werden sollen, ist im Epigenom gespeichert. Diese Information ist normalerweise stabil. Sie kann sich aber durch die Reaktion auf die Umwelt verändern. Also Lebensgestaltung, Ernährung und so. Ich erspar euch jetzt den biochemischen Hintergrund und kürze ab. In Reaktion auf die Umwelt werden in einem epigenetischen Prozess die Gene an- oder abgeschaltet oder stark oder weniger stark berücksichtigt.«

»Oha! Das Epigenom bestimmt also darüber, was mit den Genen gemacht werden soll. Und das hängt wirklich von den Lebensumständen ab?« Kaji machte ein skeptisches Gesicht.

Noah freute sich über Kajis Kurzfassung und nickte ihm zu.

»Genau. Man hat lange gedacht, dass der Organismus, einschließlich Gesundheit und Krankheit, nur über die Gene bestimmt wird, die zur Geburt mitgegeben wurden. Deswegen hat man ja immer schnell bei einer Krankheit oder Störung gesagt, das sind die Gene. Aber so stimmt das nicht, das zeigt die Epigenetik. Es ist eher so, dass der jeweilige Lebensverlauf darüber bestimmt, wie die Gene verwendet werden. Eine längere Stressphase, Fehlernährung oder Bewegungsmangel codieren das Epigenom auf eine bestimmte Weise. Diese Codierung wirkt auf die Gene und erzeugt bestimmte Störungen oder Persönlichkeitsmerkmale.«

»Verstehe ich nicht«, entgegnete Grazyna.

Darya antwortete anstelle von Noah. »Nimm als Beispiel eineiige Zwillinge. Die verfügen zur Geburt über exakt das gleiche Genmaterial. Trotzdem entwickeln sie sich je nach Lebensumstand unterschiedlich. Die Gene an sich bleiben gleich. Vielleicht entwickelt der eine Krebs und der andere nicht, oder so was. Das sind die unterschiedlichen epigenetischen Prozesse, ausgelöst durch die unterschiedlich gelebten Leben.«

»Okay.« Grazyna dachte einen Moment nach. »Mit Lebensumständen meinst du aber sehr langfristig unterschiedliche Verläufe, oder? Nur weil mal einer ein paar Monate eine stressige Phase hat oder sich wenig bewegt, wird das ja nicht gleich die Epigenetik verändern. Dann dürften wir ja gar nicht in die Schweiz fahren. Das wäre dann ja viel zu aufregend.«

»Ja, wahrscheinlich muss das über einen langen Zeitraum erfolgen. Aber dann sind Krankheiten oder veränderte Persönlichkeitsmerkmale denkbar. Es wird vermutet, dass sich viele Krankheiten bis hin zu psychischen Störungen über die Veränderung des Epigenoms entwickeln. Für den Alterungsprozess gilt dann wohl das Gleiche. Diese epigenetische Prägung wird übrigens bei der Zeugung weitergegeben.«

Noah nickte zu Daryas Ausführungen.

»Na super! Dann kann ich ja doch nichts machen. Ist eben vererbt«, warf Kaji ein.

»Nein, nein, so ist das eben nicht! Es gilt schon, sich auf den Weg zu machen und sich über längere Zeit mit sich und dem auseinanderzusetzen, was man vom Elternhaus und der Sozialisation mitgekriegt hat. Ziemlich sicher gelingt es dir dann auch, dich aus diesen möglichen Stresscodierungen und ungesunden Mustern zu befreien. Es gibt Forschungen dazu, wie Psychotherapie in diese epigenetische Prägung verändernd eingreift.« Darya blickte in Kajis Richtung, während sie sprach. Ihr war ein leichter Anflug von Ungeduld anzumerken.

»Ja, klar. Aber das dauert doch ewig und ist anstrengend. Na toll! Also wieder kein Mittel für mich. Kann man nicht doch irgendwo regulierend eingreifen? Also die Epigenome so programmieren, dass sie die optimale Zellbildung hervorrufen?«

Diesmal antwortete Noah. »Das ist wohl nicht so einfach. Das Einzige, was man sicher weiß, ist, dass sich die Codierung im Laufe der Jahre verändert. Das Epigenom sieht bei einem Zwanzigjährigen anders aus als bei einem Siebzigjährigen. Das Ziel ist es, die weitere Veränderung zu stoppen, zu verlangsamen oder sogar die epigenetische Uhr zurückzudrehen. Aber im Moment weiß niemand, warum es so abläuft. Noch weniger, wie man die Codierung umdrehen kann. Bisher versucht man, das Epigenom mit der CRISPR-CAS-Methode zu verändern.«

»Wie bitte? Ein Schokoriegel?« Kaji grinste.

»Zwei Forscherinnen haben ein Verfahren entwickelt, mit dem es möglich ist, bestimmte Gene aus dem Strang herauszuschneiden. Man nennt das auch *Genschere*. Damit können gentechnisch veränderte Organismen erschaffen werden.«

»Darya, woher weißt du so ’n Zeugs? Du bist mir unheimlich!«

»Fand ich spannend. Endlich mal zwei Frauen, die für den Nobelpreis nominiert sind. Also für CRISPR-CAS. Neunzig Prozent der bisherigen Nobelpreisträger sind Männer. Ich hoffe diesmal auf zwei Frauen.«

Einen Moment lang sagte niemand etwas. Noah räusperte sich und nickte mehrmals. »Also. Mit einer Weiterentwicklung dieses CRISPR-CAS-Verfahrens versucht man nun, auch das Epigenom zu verändern. Ist aber erst im Erprobungsstadium an Mäusen. Ein paar Erfolge konnten wohl erreicht werden. Ich habe gelesen, dass altersblinde Mäuse wieder sehen konnten. Wird beim Menschen allerdings noch dauern.«

»Wie schade. Das klang so logisch. Schlechte Kindheit, stressiges Leben, im Nachgang einfach reparieren.«

»Kaji, wir müssen einfach akzeptieren, dass wir mit einem gesunden und entspannten Leben am ältesten werden.«

Grazyna strich ihm über die Wange.

»Wie langweilig.«

»Bitte? Das Leben mit mir ist doch nicht langweilig.«

Grazyna boxte Kaji auf den Arm.

»Na, aber vielleicht treffen wir ja in der Schweiz auf Balodis’ Tochter, und die hilft dir weiter. Kaji, das verheißt ewiges Leben! Fahr schneller!«

Kaji trat aufs Gas und alle lachten.

Kapitel 73

Umrahmt von den Alpen lag das Montreux Palais in einer traumhaften Lage direkt am Genfer See. Es war ein sechsstöckiger, gelbweißer Gebäudekomplex im Stil der Belle Époque mit einer über hundertjährigen Tradition. Mit seinen aufwändigen Dekorationen wirkte es überaus prachtvoll. Die Anlagen, die zum Hotel gehörten, waren weitläufig und nur schlecht zu überblicken. Noah hoffte, hier bald auf Gregori zu treffen. Er musste sich in der Nähe befinden, und er würde mit ihm Kontakt aufnehmen, da war sich Noah sicher. Sollte das in den nächsten Tagen nicht passieren, würde sich Noah in der Nähe des Hotels herumtreiben und hoffen, von Gregori gesehen zu werden. Vorerst wollten die vier allerdings kein Risiko eingehen. Noah war allzu bekannt. Es war anzunehmen, dass auch die anderen ihn erkennen würden. Auch wenn sie keine Ahnung hatten, wer die anderen waren, hielten sie sie für äußerst gefährlich.

»Ich werd' verrückt, das ist Anna!«

»Welche Anna? Hast du jemanden erkannt?«

Darya drehte sich zum Fenster und versuchte, aus der Entfernung einzelne Personen auszumachen.

»Na, die Bürokraft von Balodis. Anna hat den Praxisbetrieb gemanagt.«

»Lass mich auch sehen. Welche ist es denn?«

Noah übergab das Fernglas an Darya. Sie hatten sich in ihrem Wohnmobil vor dem Montreux Palais auf die Lauer gelegt. Kaji und Grazyna trieben sich irgendwo im Park des Palais' herum.

»Die ältere, vornehm wirkende Frau mit der hellen Bluse und der blauen Hose. Siehst du die? Vorm Eingang?«

Noah wies mit dem Arm zum Hotel. Dort stand eine gut fünfzigjährige Frau, offenbar wartete sie auf jemanden. In ihrer ganzen Haltung, mit ihrem Goldschmuck und der feinen Lederhandtasche wirkte sie vermögend und aristokratisch.

Darya ließ das Fernglas sinken, griff sich ihr Smartphone und riss die Schiebetür auf.

»Bleib du hier. Dich kennt sie zu gut. Ich halte mich auf Abstand und versuche, ein paar Bilder zu bekommen.«

Ehe Noah etwas erwidern konnte, ging sie schon zielstrebig auf den Eingang zu. Er nahm erneut das Fernglas zur Hand und beobachtete die Frau. Dann suchte er die Umgebung des Hotels nach ihm bekannten Gesichtern ab.

Ein ihm unbekannter kräftiger Mann in dunklem Anzug und weißem Hemd gesellte sich zu Anna. Sie wechselten ein paar Worte miteinander. Vermutlich eine Art Bodyguard und Anna wohlbekannt. Jetzt fuhr eine dunkle Mercedeslimousine langsam vor. Die Tür auf der Beifahrerseite öffnete sich, und ein Mann in schwarzem Rollkragenpullover stieg aus. Er öffnete Anna die hintere Autotür. Dann ging er um den Wagen herum und öffnete die Tür für den Anzugträger. Nachdem alle Platz genommen hatten, rollte der Wagen langsam davon. Noah folgte ihm mit dem Fernglas, doch als er auf die Straße am See entlang Richtung Lausanne abbog, verschwand er aus Noahs Sichtfeld.

Er hoffte, dass Darya ein paar Bilder aus näherer Entfernung gelungen waren. Vielleicht würde er den Anzugträger wiedererkennen.

Kapitel 74

»Glaubt ihr, Anna ist Balodis' Tochter?«

»Ja, klar, du etwa nicht?«

»Wahrscheinlich schon. Vieles spricht dafür. Sie war in Balodis' Haus und hatte Zugang zu allem. Sie ist jetzt hier. Vom Alter würde es hinkommen. Sie verfügt augenscheinlich über viel Geld. Zumindest über genug, um elegant gekleidet im Montreux Palais wohnen zu können. Sie fährt Mercedes, oder besser, lässt fahren, und hat drei Bodyguards. Und Ada und Anna klingt ähnlich.«

»Lass mich die Bilder noch mal sehen.«

Darya reichte ihr Smartphone an Kaji.

»Ich bin mir nicht ganz sicher, aber das könnten die Männer gewesen sein, die der hübschen Milana beim Leerräumen des Kellers geholfen haben. Das waren auch drei.«

»Ich höre immer die *Hübsche*. Wann immer du von Milana sprichst. Die hat dir wohl gefallen?«

Grazyna gab Kaji einen freundschaftlichen Klaps gegen den Hinterkopf.

»Ich hab sie nur ein paar Mal aus der Ferne gesehen und fand sie hübsch. Noah war da näher dran.«

»Die war wirklich hübsch anzusehen. Leider sehr arbeitseifrig und korrekt. Außerdem wirkte sie immer ein wenig traurig.«

»Aber die habt ihr hier nicht gesehen?«

»Bis jetzt nicht.«

»Ich vermute, dass sie Anna zugearbeitet hat. Ich habe wirklich nichts geahnt. Dass Balodis' Tochter die ganze Zeit neben mir gearbeitet hat, ist beängstigend. Sich nicht als seine Tochter geoutet hat. Hut ab vor dieser Disziplin.«

»Und nicht nur sie! Balodis und Milana haben sich auch nicht verplappert oder verdächtig verhalten. Valmir übrigens auch nicht. Große schauspielerische Leistung, von allen. Ich bin beeindruckt.«

»Was machen wir denn jetzt? Stellen wir sie zur Rede, oder wie ist der Plan?«

Eine Pause entstand. Ihnen wurde klar, dass sie nun handeln mussten. Bis hierher war alles mehr wie ein Abenteuer gewesen. Sie hatten keinen Plan gebraucht. Das würde sich jetzt ändern.

Noah zuckte mit den Schultern und blickte in die Runde.

Kaji ergriff schließlich das Wort.

»Ich würde mich schon gern mit ihr unterhalten. Der Brief klang doch so, als ob du wieder Kontakt zu ihr haben wirst. Warum also nicht jetzt?«

»Ich würde gern Gregori dabei haben. Ich glaube, ich muss mich einfach mal morgen in der Nähe des Hotels blicken lassen. Damit Gregori mich sieht.«

Kapitel 75

Noah knallte seine Bierflasche gegen die von Kaji und nickte ihm zu. Sie saßen auf einer Bank mit Blick auf den See.

»Tut mir leid, wenn ich manchmal mit Darya aneinandergerate. Mit ihrem Psychokram und ihrem, ›die Welt muss sich verändern‹ nervt sie mich manchmal. Und mit ihrem Ökokram geht sie mir manchmal zu weit. Ich komme mir dann so belehrt vor. Als wäre ich in der Schule, und Darya erklärt mir die Welt. Als ob sie mich erziehen müsste. Verstehst du? Das kann ich nicht ab. Auch wenn sie oft recht hat, bin ich erst mal provoziert und muss dagegenhalten. Ich hab Schwierigkeiten mit diesen Weltverbesserern, die so tun, als wüssten sie, wie es geht, und ich muss nur tun, was sie sagen. Wenn es nur so einfach wäre!«

Eine kurze Pause entstand.

»Nur dass du weißt, warum ich manchmal so reagiere. Darya ist 'ne tolle Frau, keine Frage.«

Kaji nickte Noah zu und nahm einen tiefen Zug aus der Flasche.

»Verstehe.« Noah blickte auf den See und brummelte zustimmend.

»Reden allein bewirkt nichts. Das glaube ich auch. Vom Reden zur Umsetzung ist ein weiter Weg. Menschen ticken eben so. Darya und ich haben auch manchmal hitzige Diskussionen. Sie macht sich das so einfach. Als könnte sich jeder mal eben so ändern. Die meisten sind aber gar nicht an dem Punkt, so offen und selbstreflektiert zu sein. Wenn ich dann sage, dass es um träge Masse und eine langsame Veränderung geht, regt sie sich furchtbar auf. Mit dieser Einstellung wäre die Welt nicht zu retten, hält sie mir entgegen. Sie fordert, dass es systemisches Coaching für jeden kostenlos geben soll.«

Kaji lachte laut auf.

»War sie denn schon immer so, oder hat sich das erst mit ihrer Vergiftung verändert?«

»Das frage ich mich auch manchmal. Dass sie mit dir so aneinander gerät, ist neu. Sie war auf jeden Fall nicht so hart vorher. Die Zeit im Verhandlungsteam der Ukraine hat sie auch verändert. Seitdem will sie immer alles hinterfragen. Ach, ich weiß es auch nicht. In vielen Punkten hat sie ja auch recht. Vielleicht ist es manchmal einfach ihre Art. Aber was sagst du denn zu ihrer Theorie, dass wir uns unsere Diversität selbst kaputtgemacht haben? Dass es deswegen Krankheit und Umweltprobleme gibt?«

»Schwere Frage. Es ist wohl schon so, dass wir vieles so machen, wie wir es machen, weil es uns die Werbung und die Wirtschaft so anbieten und verkaufen. Sicher dreht sich vieles um wirtschaftliches Interesse, um Kohlemachen und Konsum. Scheiß was auf die Umwelt. Und klar, die Masse reagiert darauf, und wir wollen dazugehören und reagieren ebenfalls. Bald machen es viele, und es kommt uns normal vor. Sinnhaftigkeit hin oder her. Und klar wollen wir es immer bequemer und luxuriöser.«

»Sozialer Druck, dazu gehören wollen, das glaube ich auch. Das spielt eine große Rolle. Man ist eben hip, wenn man bestimmte Marken trägt und ein bestimmtes Kaufverhalten an den Tag legt. Das kann ich mir wiederum nur leisten, wenn ich viel und stressig arbeite und damit auch stressig lebe. Sich aus diesem Herdenverhalten auch in der Denkweise auszuklinken, ist gar nicht so einfach.«

Eine Pause entstand. Beide blickten nachdenklich in die Ferne.

»Sicher tragen Bio-Lebensmittel, Bewegung und solche Dinge zu unserer Gesundheit bei. Und ich glaube auch, dass jeder im Umgang mit sich selbst und seinen Mustern reflektierend umgehen sollte. So wäre es möglich, dass jeder wahrnimmt, was für ihn und auch für die Umwelt gut ist. Und nicht einfach nur mitmacht.«

»Ja, Darya! Hui! Du redest ja auch schon so.« Kaji richtete seinen Oberkörper auf.

»Persönlichkeitsentwicklung, Selbstreflexion, ihr mit eurem hochtrabenden Gequatsche. Damit entfernt ihr euch von den

Massen. Was meint ihr denn überhaupt? Sich wahrnehmen. Okay. Aber da scheitert es doch schon bei vielen. Außerdem setzt diese Wahrnehmungsfähigkeit ein sicheres und stabiles soziales Umfeld voraus. Gesicherte und erfüllte Grundbedürfnisse, oder? Und Mut, sich gegen den Mainstream zu stellen, setzt das erst recht voraus. Im Kleinen geht das vielleicht, aber im Großen? Dieses Gerede macht immer das Schuld-Ding auf. Als hätte ich mich an allem mitschuldig gemacht. Absichtlich. Dabei bin ich doch bei meinen Eltern und in dieser Gesellschaft aufgewachsen, habe mir ihre Verhaltensweisen angeeignet und bin ein Teil davon. Da ist es wohl ein bisschen kurz gedacht, mir dann die Schuld an meiner Krankheit oder am Einsatz von Konservierungsstoffen zu geben. Oder am Statusdenken oder der Massentierhaltung. Als hätte ich versagt, wenn ich krank bin. Soll ich mir dann auch noch eine runterhauen?«

Noah nickte schwach.

»Aber eine Mitbeteiligung von jedem Einzelnen gibt es doch schon, oder glaubst du nicht? Wir sind erwachsen und hätten die Möglichkeit, etwas anders zu machen. Wir machen doch alle mit und kaufen den Scheiß. Da könnte schon jeder etwas ändern. Wenn wir warten, bis die Politik etwas ändert, wird es wohl nichts.«

»Das stimmt schon. Jeder müsste sich mit seiner Komfortzone beschäftigen. Und da gebe ich dir recht, die Politik folgt vor allem wirtschaftlichen Interessen. Die westliche erst recht. Aus der Richtung ist wohl nichts zu erwarten.«

»Kaji, lass uns zurückgehen. Ich bin müde. Wir werden die Welt heute Abend nicht ändern. Morgen ist auch noch ein Tag.«

Kapitel 76

Gregori knurrte leise. Er blickte noch einmal auf den Campingbus, der nah am See auf einem Parkplatz stand. Dann senkte er die Kamera mit dem starken Teleobjektiv.

Jetzt war tatsächlich dieser Noah hier aufgetaucht, mit seinem ganzen Anhang. Was glaubte der eigentlich, was das hier war? Sicher kein nettes Familienfest mit freudigem Wiedersehen. Wenn seine Informationen stimmten, und es gab keinen Anlass, daran zu zweifeln, dann versuchten hier irgendwelche Verblendeten einen Rachefeldzug gegen die Menschheit. Um die Welt zu reinigen. Sie würden nicht vor Gewalt zurückschrecken, das hatten sie bisher schon bewiesen. In die Enge getrieben, würden sie keinen Moment zögern, jeden zu beseitigen, der sich ihnen in den Weg stellte. Was sollten also diese Frauen hier? Bisher waren sie ganz unbeteiligt gewesen. Und warum war Noah so verdammt unvorsichtig? Spazierte wie ein naiver Tourist herum. Idiot!

Gregori verließ seinen Beobachtungsposten am Fenster. Er hatte schon einige Tage vorher im Hotel eingecheckt und eines der Zimmer im obersten Stockwerk bezogen. Von hier hatte er einen guten Überblick. Die Bilderberg-Konferenz sollte in drei Tagen stattfinden. Viel Zeit blieb ihm nicht mehr, den Anschlag zu verhindern. Diese Spinner kamen ihm äußerst ungelegen. Um sie würde er sich als Erstes kümmern müssen.

Er wartete bis zum Abend. Dann zog er sich dunkle Kleidung über und verließ das Hotel. Die jungen Leute mussten verrückt sein, direkt vor dem Hotel zu bleiben. Auf dem inzwischen nahezu leeren Parkplatz wirkte der Campingbus mit seinen zugezogenen Gardinen und dem Lichtschein im Innern beinahe gemütlich. Und wie eine Zielscheibe. Gregori näherte sich dem Bus von der Seeseite, im Schatten einiger Bäume.

Dann legte er sich vorsichtig darunter und zog einen Kabelschneider aus der Tasche. Kaum hatte er die starke elektrische

Versorgungsleitung durchtrennt, wurde es dunkel im Bus. Ohne Zögern schwang er sich unter dem Wagen hervor, riss die Schiebetür zur Seite und sprang in den Bus. Das Überraschungsmoment war auf seiner Seite. Es gab kaum Gegenwehr. Der kräftige Mann, aus Noahs Schilderungen schloss er auf Kaji, versuchte aufzuspringen und ihm entgegenzutreten. Allerdings hielt ihm Gregori da schon eine Pistole an den Kopf.

»Ganz ruhig, Kaji! Versuch hier nicht, den Helden zu spielen.«

Kaji erstarrte mitten in der Bewegung.

»So ist es richtig. Und nun zieh die Schiebetür wieder zu. Wir wollen doch nicht, dass andere auf uns aufmerksam werden.«

Kaji tat wie ihm geheißen.

Als die Tür geschlossen war, zog Gregori eine kleine Lampe aus der Tasche und schaltete sie ein.

»Gott! Gregori, du Arsch! Endlich! Und was jagst du uns für einen Schrecken ein?«

»Ich freu mich auch, dich zu sehen, junger Freund. Allerdings hätte ich dich für klüger gehalten. Ihr müsst lebensmüde sein, euch so offen zu präsentieren. Was wollt ihr hier?«

»Gregori, das waren ja sogar ganze Sätze! Setz dich! Darf ich vorstellen, das ist mein russischer Freund Gregori, und das sind Kaji, Darya und Grazyna.«

Gregori verzog keine Miene und starrte Noah an.

»Hast du schon den Genfer See gesehen, die schöne Hotelanlage? Du musst zugeben, es ist landschaftlich …«

Gregori fiel ihm ins Wort.

»Was wollt ihr hier? Euch töten lassen?«

»Ich hatte doch gesagt, ich würde in Balodis' Haus nach Verwertbarem suchen. Da war nichts. Dann hielten wir es für eine gute Idee, zur Bilderberg zu fahren. Ich wusste ja, dass du hier sein würdest.«

»Das war eine scheiß Idee!« Seine Wut war Gregori deutlich anzusehen. »Da draußen treiben sich Terroristen herum, die mit irgendwelchen neuartigen Stoffen die Welt vergiften wollen. Die lassen sich in ihrem Treiben nicht von vier Hilfspolizisten abbringen. Die verfolgen ihr Ziel mit allen Mitteln. Ihr Fanatismus wird sie vor nichts zurückschrecken lassen.«

»Gregori, wir leben doch noch! Alles gut. Wir waren vorsichtig. Aber irgendwie musste ich dich ja auf mich aufmerksam machen. Ist ja auch geglückt. Du bist hier.«

»Woher wollt ihr wissen, dass nicht auch die anderen dich gesehen haben? Ihr müsst von hier verschwinden. Was ich gemacht habe, können die anderen auch. Und die sind nicht so freundlich wie ich.«

»Ja, das kann sein« antwortete Noah kleinlaut. »Aber wie gesagt, noch leben wir. Hast du denn etwas herausgefunden?«

»Du gibst nicht auf, was? Ihr seid verrückt! Das ist nichts für euch. Es wird schon gefährlich genug ohne euch. Überlasst den Job mir.«

Kaji grinste.

»Pass auf, wir erzählen dir, was wir wissen, und du erzählst uns, was du weißt. Dann sehen wir weiter.«

Kaji wartete Gregoris Antwort nicht ab und begann ihm von ihrer Hausdurchsuchung zu berichten. Er erzählte von dem Brief, dem Geld, der Pistole und seiner Beobachtung von der Räumung des Labors.

»Die drei Männer haben wir gestern hier wieder gesehen. Die Tochter von Balodis, Anna, ist auch hier. Die war die ganze Zeit vor Noahs Nase und hat sich nicht als Tochter zu erkennen gegeben. Nun versucht sie offensichtlich, das Werk ihres Vaters zu vollenden.«

Gregori sagte eine Weile nichts. Er glich die neuen Informationen mit seinen Beobachtungen ab.

»Diese Anna, das ist eine Fünfzigjährige, graublonde Haare, Goldschmuck, elegant, immer einen Bodyguard im Schlepp. Die fahren einen dunklen Mercedes, richtig?«

»Woher weißt du? Hattest du die auch schon im Blick? Was haben die vor?«

»Noah, ich weiß nur das, was ich dir bereits erzählt habe. Hier auf der Bilderberg kommen 150 Menschen aus aller Welt zusammen. Alles wichtige Persönlichkeiten, die wiederum viele andere Menschen treffen werden. Wenn jemand Mikroben oder Ähnliches in die Welt bringen will, ist das eine gute Gelegenheit. Nach dem, was du mir über SilentBiota und deren Labor erzählt hast, ist es irgendein mieser Erreger, der sich ausbreiten wird. Durch die Teilnehmer in vielen Ländern gleichzeitig.«

»Und dann?«

»Nichts und dann. Ich hatte eure Anna und ihre Helfer auch schon im Blick. Ich habe aber bisher noch nicht herausgefunden, wo sie das Zeugs haben, und wie sie es verabreichen wollen. Wenn ich das nicht binnen zwei Tagen herausgefunden habe, werde ich so verfahren wie in Riga.«

»Wie in Riga? Du meinst, das Hotel in die Luft sprengen? Du bist verrückt.«

Gregori zuckte mit den Schultern.

»Morgen seid ihr hier weg!« Er schaute noch einmal in die Runde und drehte sich zum Gehen. Dann hielt er inne.

»Das werdet ihr brauchen.«

Er legte einen schraubbaren Kabelverbinder und einen Schraubendreher auf den Tisch, zog die Schiebetür auf und verschwand in der Dunkelheit.

Kapitel 77

»Darya und Grazyna sind noch nicht wieder da!«

»Sie sind weg?«

Kaji rieb sich verschlafen die Augen.

»Die beiden wollten unbedingt joggen gehen in aller Früh, waren ganz zappelig vor lauter Unruhe. Jetzt müssten sie längst wieder da sein, selbst wenn sie noch frische Brötchen kaufen waren.«

Noah tigerte vor dem Wagen auf und ab.

»Und du hast sie gehen lassen? Trotz Gregoris Warnung? Ich glaub's ja nicht!« Kaji saß jetzt aufrecht im Bett.

»Ich habe versucht, ihnen das auszureden. Aber sie meinten, dass sie ja keiner kennt. Das stimmt vielleicht auch. Wobei ich mir mit Darya und der Sternklinik nicht so sicher bin. Und wahrscheinlich reicht es schon, dass sie im Zusammenhang mit mir gesehen wurden. Wie auch immer, jetzt sind sie seit zwei Stunden weg.«

»Oh scheiße! Wieso weckst du mich erst jetzt? Wir müssen sie suchen. Wo wollten sie laufen?«

»Ein Stück am See entlang und dann an der Straße zurück. Wegen des Bäckers.«

»Okay, du fährst mit dem Wagen die Straße ab. Vielleicht hat sich eine den Fuß umgeknickt, und jetzt humpeln sie mühsam zurück. Ich lauf am See entlang. Wir treffen uns beim Bäcker.«

Noah fuhr langsam die Straße entlang und schaute zu allen Seiten. Die Unruhe in ihm wuchs. Er hoffte, dass Kaji recht hatte und er die beiden am Straßenrand wegen Blasen oder Knöchelproblemen auflesen würde. Doch in seinem Ohr dröhnte die mahnende, besorgte Stimme von Gregori. Was, wenn den beiden tatsächlich etwas zugestoßen war? Wenn sie entführt, oder schlimmer, getötet worden waren? Noahs Körper krampfte sich zusammen, und seine Hände begannen zu zittern. Viel zu schnell kam der Bäcker in Sicht. Von den beiden Frauen keine Spur.

Er parkte vor dem Geschäft und wartete auf Kaji. Vielleicht hatte der ja mehr Glück und hatte sie gefunden. Kaji öffnete die Beifahrertür und ließ sich keuchend auf den Sitz fallen.

»Du hast sie also nicht gefunden. Unten sind sie auch nicht. Ein Jogger kam mir am See entgegen. Den habe ich gefragt. Ihm sind zwar ein paar Läufer begegnet, aber an Darya und Grazyna konnte er sich nicht erinnern.«

»Ich war eben im Bäcker, um nachzufragen. Dort waren sie. Sie haben Brötchen gekauft und den Laden vor etwa fünfundvierzig Minuten verlassen.«

»Fünfundvierzig Minuten schon! Aber an der Straße sind sie nicht? Lass uns noch mal zurückfahren. Vielleicht hast du sie übersehen, und sie warten jetzt am Parkplatz auf uns.«

»Ich habe ein Scheißgefühl. Was, wenn Gregori recht hatte und Anna und ihre Helfer die beiden kassiert haben?«

»Daran habe ich auch schon gedacht. Auch wenn ich deinen Russen nicht mag, aber an dem, was er sagte, war was dran. Scheiße, Scheiße!« Kaji hieb mehrmals mit der Faust gegen die Tür. »Komm, fahr zurück!«

Schon von Weitem konnten sie erkennen, dass der Parkplatz leer war. Sie stellten sich an ihren alten Platz und verfielen in bedrücktes Schweigen. Beide überlegten hektisch in alle Richtungen, prüften ihre Möglichkeiten.

Noah sprach schließlich als Erster: »Nützt nichts, ich werde Anna zur Rede stellen müssen.«

»Und du glaubst, sie wird dir zuhören und dir dann die Wahrheit sagen?«

»Was sollen wir sonst tun? Zur Polizei gehen und sie als vermisst melden? Ich werde Anna mit dem konfrontieren, was ich weiß, und sie direkt nach den beiden befragen. Dann werden wir weitersehen. Oder hast du eine bessere Idee?«

»So was Ähnliches hatte ich auch schon überlegt. Ich wollte die Vier beschatten und herausfinden, ob sie irgendwo eine Art Unterschlupf haben. Für ihren Laborkram und ihre stinkenden

Mikroben. Vielleicht würden wir dort auch die beiden Mädels finden.«

»Vielleicht machen wir einfach beides.«

»Okay. Ich kümmere mich um ein unauffälliges Auto.«

Kapitel 78

Gregori schob den Decodierer in seine Tasche und schloss die Tür hinter sich. Mit gezückter Waffe blickte er sich um. Obwohl er wusste, dass die Frau mit einem Leibwächter unten am See war und die beiden anderen mit dem Auto weggefahren waren, ging er mit äußerster Vorsicht vor.

Ein schneller Blick in alle Räume zeigte jedoch, die Suite war leer. Die Durchsuchung konnte beginnen.

Ab morgen würde im Hotel eine erhöhte Sicherheitsstufe gelten. Dann wäre es deutlich schwieriger, etwas hineinzuschmuggeln. Die Mikroben mussten folglich bereits hier sein. Er hätte es jedenfalls so gemacht.

Systematisch und rasch durchsuchte er jeden Winkel. Ziemlich schnell fand er, was er gesucht hatte, in einem kleinen Koffer. Die Verschlüsse widerstanden ihm nur kurz und sprangen mit einem metallischen Klicken auf. Er blickte hinein und konnte ein Grinsen nicht unterdrücken. Ihn amüsierte die Methode, mit der sie ihre Mittel unter die Leute hatten bringen wollen.

Er verschloss den Koffer wieder. Sicherheitshalber suchte er die Räume vollständig ab. Er durfte sich jetzt keine Nachlässigkeit erlauben. Doch außer dem Koffer fiel ihm nichts Verdächtiges auf. Mit einem letzten Blick in die Runde verließ er die Suite. Auf dem Weg zu seinem Zimmer dachte er über ein Versteck nach. Für den Augenblick wäre es am sichersten, den Inhalt offen zu präsentieren, und den leeren Koffer auf dem Weg nach draußen zu entsorgen.

Er würde auf jeden Fall einen Teil zur Analyse nach Russland schicken, den Rest an einem geeigneten Ort verbrennen. Allerdings musste das noch einen Moment warten. Zunächst galt es, Noah von seinem Fund zu berichten. Die Gefahr, die von dem Zeug für die Menschheit ausging, war nun gebannt. Mit diesem Argument würde er ihn überzeugen, schleunigst von hier zu verschwinden. Damit wäre seine eigene Arbeit hier auch getan, und es wäre an der Zeit, seine Rückreise zu organisieren. Er bedauerte es, wieder in sein altes Leben zurückzumüssen. Es gab nichts, was ihn dorthin zog. Höchstens das Angeln.

Kapitel 79

»Noah? Bist du verrückt, dumm oder naiv? Hier aufzutauchen! Was an dem Brief hast du nicht verstanden? Stand da nicht eindeutig genug ›Fahr heim und sei ruhig‹?«

Anna starrte Noah fassungslos an. Sie war alleine an den See spaziert, doch wie aus dem Nichts war plötzlich einer ihrer Bodyguards erschienen und hakte Noah unter. Irgendetwas presste er ihm in die Seite, vermutlich eine Pistole. Noah hatte das Gefühl, in eine Falle getappt zu sein. Das war alles zu schnell gegangen, der Mann musste hier auf ihn gewartet haben. Sie waren ihm einen Schritt voraus. Noah hatte sich vorgenommen, Anna erst einmal in ein Gespräch zu verwickeln. Vielleicht konnte er sie sogar davon überzeugen, ihre Aktion hier zu beenden. In Balodis' Praxis hatte er sie als leidenschaftliche, aber auch einsichtige Person erlebt. Obwohl es anders gelaufen war als geplant, beschloss er, an diesem Plan festzuhalten.

»Anna, ich will mit dir reden. Ich will verstehen, was das alles soll.«

Statt ihm zu antworten, wies sie auf eine Bank und setzte sich. Der Leibwächter gab ihm einen Stoß und drückte ihn auf die Bank. Anna blickte über den See.

»Du weißt ganz genau, was wir hier machen. Wir reinigen die Welt. Warum konntest du dich nicht raushalten? Hat Dr. Balodis dir nicht alles erklärt? Wir führen es zu Ende. Du wirst uns nicht aufhalten.«

»Hör doch auf mit diesem Dr. Balodis. Warum sagst du nicht, dein Vater?«

Noah registrierte einen Ausdruck der Überraschung auf ihrem Gesicht.

»Anna Balodis, oder soll ich Ada sagen? Balodis ist dein Vater. Was soll das Versteckspiel?«

»Noah, du bist einfach zu naiv! Und nenn' mich, wie du willst, das spielt keine Rolle. Du hättest nicht herkommen dürfen. Alles lief nach Plan. Jetzt willst du Probleme machen. Hättest du nicht einfach nach Deutschland zurückgehen und dir mit dem Geld eine schöne Zeit machen können?«

»Und dich hier die Menschen vergiften lassen sollen?«

»Noah! Bitte! Selbst dir dürfte klar sein, dass die Menschheit so nicht mehr lange weitermachen kann. Umweltverschmutzung, Klimawandel. Außerdem sind es zu viele. Die Erde kann das nicht kompensieren. Bald wird es die Menschen ohnehin nicht mehr geben. Wir vergiften sie nicht. Wir bringen ins Gleichgewicht. Wir führen die Menschheit zur Schwarmintelligenz zurück, zur Selbstorganisation. Das wird die Erde reinigen, und auch die Menschen werden überleben. Das Milieu ist schon lange und für lange gestört. Du kannst mir glauben, da mussten wir nicht mehr viel nachhelfen.«

»Wie meinst du das?«

Anna dachte einen Moment nach.

»Stell dir einen Mischwald vor, viele verschiedene Arten, jeder wird mit seiner Eigenschaft benötigt und trägt zum Gesamtsystem bei. Ein funktionierendes Ökosystem mit Pflanzen, Tieren, Farnen und Pilzen – biologische Vielfalt eben. Kommt ein Sturm oder eine Dürre, schützen sich die Organismen gegenseitig. Vielleicht trifft es ein paar wenige, aber der Wald an sich überlebt. Wunderbares System. Und jetzt stell dir einen Wald in Monokultur vor. Der ist effizient in der Bewirtschaftung, aber er ist anfällig. Kommt eine Störung, trifft es alle. Der Wald stirbt ab. Jetzt bist du gezwungen, ständig irgendetwas zurückzudrängen, zu vernichten oder zu beschützen. Weil die ökologische Balance schwer gestört ist, musst du immer aktiver werden, um den Wald überhaupt durchzubringen. Dann ist ein vermeintlich harmloser Käfer plötzlich der Feind, den du vernichten musst. Gehst du weiter so mit der Welt um, kommst du aus diesem System der Vernichtung und Bekämpfung nicht mehr heraus. Das menschliche Mikrobiom ist nichts anders. Die Menschen haben in sich eine Monokultur geschaffen. Sie richten sich selbst zugrunde. Wir mussten nicht viel tun.«

Zu diesem Schluss war Darya auch gekommen. Noah nahm seine Finger zu Hilfe, um seine Aufzählung zu stützen.

»Du meinst die Vernichtung der Energievorkommen, Wasser- und Luftverschmutzung, Pestizide, Antibiotika, Massentierhaltung, Konservierungsstoffe, Medikamente, Genmanipulation, Angst, Hektik, Stress?«

Anna nickte bei jedem Wort bestätigend.

»Du merkst selbst, da mussten wir nicht viel Einfluss nehmen. Aber jetzt wird die Welt befreit und gereinigt.«

»Was meinst du mit ›Einfluss nehmen‹? Ihr stört mit pathogenen Mikroben den Darm?«

»Nicht nur den Darm, das gesamte Mikrobiom.«

»Ja, und dann? Dann ist das Milieu gestört, und was kommt danach? Wie soll eure Reinigung denn ablaufen?«

»Wenn ich ständig das Milieu störe, findet der Organismus nicht zum Gleichgewicht zurück. Jede Mikrobe, die ich dann hineingebe, erzeugt eine heftige Reaktion.«

»Okay, so weit waren wir schon. Aber wie soll das dann dazu führen, dass die Welt gereinigt wird, wie du sagst?«

»Du hast doch keine Ahnung. Das Milieu ist massiv gestört. Es gibt keine Balance, keine biologische Vielfalt. Der Mensch ist völlig ungeschützt. Dieser eine Erreger wird schwerste Anpassungsstörungen machen. Ein Großteil der Menschheit wird diese Phase nicht überleben.«

»Du meinst, die Alten und Schwachen werden an einer Krankheit sterben, ausgelöst durch pathogene Mikroben oder Erreger?«

Anna lehnte sich zurück und lachte abschätzig.

»Du bist Arzt, ich vergaß. Du denkst in feindlichen Begriffen. Ihr Ärzte wollt mit eurer Haltung das endgültig Richtige, das Perfekte, Erklärbare, das endgültig Wahre; die Kontrolle. Ihr haltet die Ungewissheit nicht aus. Ihr wollt die Welt eindeutig haben. Eure hierarchisch orientierte Wissenschaft stellt sich über die

Natur. Aber Natur ist ein komplexer Organismus und organisiert sich selbst. Euer Denken hat zusammen mit euren Medikamenten dazu geführt, dass ihr einen großen Anteil an der Milieustörung habt. Wenn es nicht so widersinnig wäre, müssten wir euch dankbar sein für eure Vorarbeit.«

»Was?« Noah runzelte die Stirn.

Anna schüttelte den Kopf und wirkte zunehmend ungeduldig.

»Weißt du, eigentlich bin ich nicht hier, um dir eine Vorlesung in Kybernetik zu geben. Lese Ross Ashby und seine Forschungen. Homöostase ist in der Natur der Zustand des Gleichgewichts. Auf Störungen reagieren und wieder in Balance kommen. Das ist nur mit Vielfalt möglich. Du denkst in Krankheiten und an feindliche Mikroben. Ich denke an Gleichgewicht und an die Symbiose zwischen Mikroben und Mensch. Bis das Gleichgewicht in uns wieder hergestellt ist, wird es so heftige Symptome geben, dass viele das nicht überleben werden.«

»Du sprichst von einem massenhaften Sterben?« Noah merkte, er hatte keine Chance, Anna von ihrer Überzeugung abzubringen. Sie hatte ihre Lösung gefunden und würde sie gnadenlos umsetzen.

»Über viele Jahre haben wir durch SilentBiota die Welt beliefert und das Milieu in eine bestimmte Richtung gelenkt und gestört. Jetzt setzen wir die entscheidende Mikrobe frei, und auf der ganzen Welt werden die Menschen sterben. Die Mikrobe wird sich austoben, und sie wird nicht aufzuhalten sein. Zusätzlich haben wir mit psychopathogenen Mikroben gearbeitet. Mikroben, die den Menschen verrückt machen. Wir haben das Mikrobiom so gelenkt, dass eine unsichere Haltung vorherrscht. Das wird eine Welle der Ängstlichkeit über die Welt bringen, und die wird den Rest erledigen. Angst erzeugt Krankheit.«

Noahs Magen zog sich zu einem stacheligen Ball zusammen. Annas Gerede hörte sich an wie größenwahnsinniges Geplapper, aber er wusste, dass es anders war. Schließlich hatte er bei Darya ganz genau gesehen, wie massiv sich die Psyche durch Mikroben beeinflussen ließ. Er erinnerte sich an die Listen psychischer Krankheiten, die er bei SilentBiota gesehen hatte.

»Wozu das Ganze?« Er war nicht in der Lage, den Grund zu verstehen.

»Es wird die Menschen zur Einsicht zwingen.«

»Zu welcher Einsicht denn bitte? Und was machen sie mit dieser Einsicht?«

»Ihre ständige Störung des Milieus, egal wo, zerstört die Gesundheit, das Leben, die Erde. Die hoch entwickelte Technik suggeriert den Menschen, sie würden als Herrscher über der Natur stehen. Als stünden die Pflanzen und Lebewesen zur freien Verfügung, Natur als Verfügungsmasse, Genmanipulation inklusive. Der Fortschritt lässt sie arrogant sein. Aber wir sind und bleiben ein Teil der Natur! Sie werden einsehen, dass es besser ist, im Einklang mit den Mikroben zu leben, als im Kampf gegen sie. Der Kampf gegen die Mikroben oder einzelne Viren lässt sich nicht ins Unendliche steigern. Irgendwann werden die Menschen uns dankbar sein.«

»Dankbar? Dankbar dafür, dass Millionen Menschen gestorben sind?«

Anna schaute ihn wie einen Schüler an, dem sie zum dritten Mal das Gleiche erklären muss. Sie seufzte.

»Es gilt das System zu durchbrechen. Wir tun das.«

»Und dann?«

»Die Balance ist die Lösung. Die Menschen werden sich abwenden von der Zerstörung der Natur und im Einklang mit ihr leben. Nicht die Vernichtung von etwas, sondern das Leben mit, das ist das Ziel. Und wir werden das erreichen.«

»Anna, wie sollen die Menschen das verinnerlichen? Woher soll denn die plötzliche Einsicht kommen? Sie werden sterben, bevor sie etwas begriffen haben.«

Kapitel 80

Das Gespräch drehte sich im Kreis.

»Noah, es ist zu spät. Die Menschheit ist bequem und träge. Auf den Prozess zu vertrauen, dauert zu lange. Dann ist die Erde zerstört.«

Noah schüttelte den Kopf und schlug eine andere Richtung ein.

»Wie willst du sicherstellen, dass es überall auf der Welt passiert?«

»Kannst du dir das nicht denken?«

Anna lächelte zufrieden und wartete wie eine Lehrerin auf eine kluge Antwort.

»Ihr habt die Welt beliefert. Also ist das Milieu überall gestört. Den Rest haben die Menschen selbst erledigt. Und wie weiter?«

»Ich hätte dir mehr zugetraut. Balodis hat immer große Stücke auf dich gehalten. Ich habe nie verstanden, was er in dir gesehen hat. Er hatte dich für Großes vorgesehen. Wir werden sehen, wer am Ende recht behält.«

»Anna, du beantwortest meine Frage nicht.«

Noah wurde zunehmend aggressiv. Er hatte nun genug von dieser Art Unterhaltung. Als hätten sie alle Zeit der Welt.

Anna machte eine wegwerfende Geste, bevor sie antwortete.

»Jetzt reicht ein Erreger, der sich von Mensch zu Mensch schnell über die Luft verbreitet. Es reichen am Anfang ein paar hundert Übertragungen, dann greift der Schneeballeffekt. Ein Erreger, gegen den ihr Ärzte noch keinen Kampfstoff entwickelt habt. Und selbst wenn euch das auf die Schnelle gelingt, er wird mutieren. Das war's.«

»Ihr seid krank!« Noah schüttelte den Kopf. »Wie stellt ihr denn sicher, dass die Richtigen überleben?«

»Das müssen wir nicht. Die vielfältigsten Milieus haben die besten Überlebenschancen. Aber ich kann dich beruhigen, die Gesunden und die Jüngeren werden gut wegkommen. Bei denen sind das Gleichgewicht und die Vielfalt noch am kräftigsten.«

»Die Kranken und Alten werden sterben. Du klingst wie dein Vater. Ihr spielt Gott.«

»Mein Vater, Gott, was weißt du schon!«

»Wo sind Darya und Grazyna?«

»An einem sicheren Ort.«

»Ihr habt sie entführt? Seid ihr verrückt? Was habt ihr mit ihnen vor? Was soll das?«

Noah war aufgesprungen. Er stand dicht vor Anna und starrte wütend auf sie herab. Sofort hielt ihn der Bodyguard zurück und stieß ihm schmerzhaft den Lauf seiner Waffe zwischen die Rippen.

»Lasst sie frei!«

Anna schüttelte bedauernd den Kopf. »Das wird nicht gehen. Wir haben hier noch zu tun. Und warum auch immer, ich habe Anweisung, dich nicht anzurühren. Sonst hätten wir schon gestern kurzen Prozess gemacht. Aber so ist sichergestellt, dass du uns nicht in die Quere kommst. Wenn du die Frauen wiedersehen willst, verhältst du dich ab jetzt so, wie wir wollen.«

Noah versuchte, sich aus dem Griff des Mannes zu befreien.

»Von wem hast du Anweisung? Wenn ihnen etwas geschieht, bist du dran.«

Er holte mit dem rechten Arm aus und versuchte, mit der Hand Annas Jacke zu fassen.

»Nicht so hektisch.« Anna wich zur Seite aus.

»Ich sage dir jetzt, wie es laufen wird. Du verschwindest von hier. Ist die Aktion beendet, lassen wir deine Freundinnen frei. Tust du das nicht, bringen wir sie um. Und dich auch, Anweisung hin oder her.«

Anna wandte sich ab und ging zum Hotel zurück. Erst als sie im Eingang verschwunden war, ließ der Bodyguard ihn los. Mit einem brodelnden Ohnmachtsgefühl schaute Noah dem Mann nach, der ebenfalls Richtung Hotel davonging. Dann ließ er sich wieder auf die Bank fallen und blickte über den See; ließ Annas Worte nachklingen. Nach einiger Zeit setzte sich ein älterer Herr mit Stock und hellem Hut auf die andere Seite der Bank und sprach ihn mit kräftiger Stimme an. Noah zuckte zusammen.

»Gregori, kannst du nicht einfach normal Kontakt aufnehmen?«

Kapitel 81

»Ja?«

»Kaji, ich habe eben Anna getroffen. Oder vielmehr sie mich. Sie hat zugegeben, dass ihre Männer Darya und Grazyna entführt haben. Wenn wir verschwinden, passiert ihnen nichts.«

»Scheiße! Diese Schweine! Was machen wir?«

»Wo bist du jetzt?«

»Ich steh mit einem silbernen Golf seitlich vorm Hotel. Anna und ihr Leibwächter sind ins Hotel gegangen.«

»Die beiden anderen sind wahrscheinlich bei den Frauen. Aber was viel schlimmer ist, ich habe Gregori getroffen.«

»Und?«

»Er hat den Moment, als Anna und der Kerl mit mir beschäftigt waren, genutzt. Er hat ihr Hotelzimmer durchsucht und einen Koffer mitgenommen. Er glaubt, darin sind die krankmachenden Erreger.«

»Ist doch gut, oder?«

»Nein! Jetzt wird Anna glauben, dass wir dahinterstecken. Ich glaube, Darya und Grazyna sind ernsthaft in Gefahr. Ich habe ein ganz mieses Gefühl. Anna ist voll drüber. Die schreckt vor nichts zurück.«

Kaji fluchte.

»Ich geh zu Anna und erklär ihr die Situation mit Gregori. Hoffe, ich kann sie überzeugen, die Frauen in Ruhe zu lassen.«

»Ich komm mit!«

»Nein. Gregori hat mich gewarnt. Er will sich darum kümmern. Wir sollen uns raushalten und ihn machen lassen.«

»Ich sitz doch hier nicht einfach rum! Wie stellst du dir das vor? Du hältst dich ja auch nicht raus, sondern gehst zu Anna.«

»Kaji, beim letzten Mal sind sie Richtung Lausanne gefahren. Die werden da irgendwo einen Unterschlupf haben, denn im Hotel übernachten sie nicht. Vielleicht fährst du in die Richtung, schaust, ob du deren Wagen findest, und ich ruf dich an, sobald ich etwas weiß. Dann bist du schon vor Ort.«

»Richtung Lausanne! Die können sonst wo sein. Scheiße!« Kaji schlug seine Hände aufs Lenkrad und warf sich im Sitz zurück.

Beide Männer schwiegen lange. Dann seufzte Kaji. »Na gut. Ich fahr los. Sag mir Bescheid, und beeil dich.«

Kapitel 82

Sie spürte sofort, dass irgendetwas im Zimmer nicht stimmte und eilte zum Schrank. Der Koffer war weg. Anna ließ sich aufs Bett fallen. Sie musste nachdenken. Auf keinen Fall würde sie ihr Versagen übermitteln. Jedenfalls vorerst nicht. Der Koffer musste gestohlen worden sein, als sie mit Noah gesprochen hatte. Das hätte sie ihm gar nicht zugetraut. Zornig ballte sie die Fäuste. Irgendjemand, den sie noch nicht kannten, musste ihm geholfen haben. Noahs Freund konnte es nicht gewesen sein, der saß in einem VW und beobachtete das Hotel. Und ihre Frauen saßen fest.

Sie war ausgetrickst worden. Sie hatte erwartet, dass die Entführung der Frauen reichen würde, um Noah zu stoppen. Offensichtlich war das nicht der Fall.

Wie auch immer. Sie mussten so schnell es ging, den Koffer ins Hotel zurückbringen. Es würde einige Mühe kosten, die Flaschen ungesehen unter die Getränke für das Catering zu mischen. Morgen musste alles vorbereitet sein. Dann würden sich die Sicherheitsmaßnahmen wegen der Konferenz so verstärken, dass eine unauffällige Platzierung unmöglich wurde. Sie fluchte. Was für ein Fehler, dass sie Noah für harmlos gehalten hatte!

Jetzt musste es schnell gehen. Die Legitimation würde sie sich nicht erst einholen. Entschlossen griff sie zu ihrem Telefon.

»Ich bin es. Es gibt eine Planänderung. Der Koffer ist gestohlen worden. Ihr habt freie Hand bei den Frauen. Sie müssen etwas wissen. Wer den Koffer genommen hat und wo er ist. Holt die Informationen aus ihnen heraus. Es ist mir egal, wie ihr das macht. Sofort!«

Sie zögerte kurz.

»Und dann tötet sie.«

Jetzt konnte sie nur abwarten.

Kapitel 83

Gregori schob seinen Decodierer erneut in den Kartenschlitz der Zimmertür. Es dauerte nur ein paar Sekunden, bis die grüne LED leuchtete und das leise Klicken des Schlosses zu hören war.

Mit raschem Blick erfasste er die Lage. Der Wohnraum der Suite war leer. Die Frau musste in einem der Nebenräume sein. Ihr Leibwächter hatte das Hotel verlassen, und die beiden anderen hatte er seit dem Verschwinden der jungen Frauen nicht mehr gesehen. Er würde also allein mit ihr sein. Er zog die mit einem Schalldämpfer versehene Waffe aus seiner Innentasche und sah sich um. Der weiche Teppich dämpfte seine Schritte.

Drei verschlossene Türen. Von seinem ersten Besuch wusste er, dass sie in zwei Schlafzimmer und ein Bad führten. Er wollte eben der Reihe nach mit der Durchsuchung der Räume beginnen, als es an der Hoteltür klopfte.

»Anna, ich bin es, Noah. Ich muss mit dir sprechen. Mach auf!«

Noah polterte mit der Faust gegen die Tür.

Gregori schüttelte fassungslos den Kopf. Dieser Narr schon wieder! Die beiden anderen Türen im Blick näherte er sich rasch der ersten Tür. Er legte die Hand auf den Türgriff, als sich die Tür direkt neben ihm öffnete. Mit einer Pistole in der Hand kam die Frau ins Zimmer.

Gregoris Anblick überrumpelte sie einen Moment. Blitzschnell drückte er ihr seine Waffe an den Kopf und entriss ihr die Pistole.

»Ganz ruhig!«

Die Frau blickte ihn mit schreckgeweiteten Augen an und beobachtete, wie er ihre Waffe in die Innentasche seines Jacketts steckte.

»Zur Tür und öffnen!«

Überrascht blickte Noah von Anna zu Gregori.

»Hab ich dir nicht gesagt, dass ich das regle? Das ist dreckiges Geschäft und nichts für dich. Verschwinde!«

»Ich ertrag es nicht, zu warten! Ich muss wissen, wo Darya ist, dass es den Frauen gut geht.«

Gregori zog Noah unwirsch ins Zimmer und schloss die Tür.

Noah wandte sich direkt an Anna.

»Bitte! Wo sind die Frauen?«

»Wo ist unser Koffer?« Anna hatte sich von ihrer Überraschung erholt und ihre Verhandlungsposition abgeschätzt.

Gregori blickte von einem zum anderen. »Wusste ich es doch. Mit höflich bitten wird hier nichts zu holen sein. Es wird dreckig.«

Er drückte Anna mit der Waffe vor sich her, Richtung Schlafzimmer.

»Auf das Bett legen!«

Aus seiner Jackentasche fischte er eine Rolle Gewebeklebeband und hielt sie Noah hin.

»Mund, Beine und Handgelenke! Finger müssen frei bleiben.«

Für einen kurzen Moment schaute ihn Noah irritiert an. Dann machte er sich an die Arbeit. Als er damit beschäftigt war, die verklebten Hände zu überprüfen, trat Gregori hinter ihn und hielt ihm einen Elektroschocker an den Hals. Zuckend brach Noah über der Frau zusammen.

Gregori zog ihn ins Bad, fesselte seine Hände und klebte ihm den Mund zu.

»Du wolltest nicht auf mich hören.«

Er ging ins Schlafzimmer zurück und wandte sich wieder der Frau zu.

»Nun zu uns. Ich will wissen, wo die Frauen sind. Und ich kann dir versichern, du wirst es mir sagen.«

Er legte Block und Stift auf den Nachttisch, dann zog er eine Rosenschere aus der Tasche.

Anna blickte panisch auf die Schere in seiner Hand und schob sich an die Wand.

Blitzschnell packte er ihre Hände. Sie versuchte mit aller Kraft, dagegen zu halten. Gregori ließ plötzlich los und schlug ihr ins Gesicht. Ihr Kopf flog herum, und ihre Wange rötete sich. Erneut griff er nach ihren Händen. Mit einer kräftigen Bewegung bog er den kleinen Finger der linken Hand nach außen und klemmte ihn zwischen die Schneiden der Schere.

Anna versuchte mit weit aufgerissenen Augen, ihre Hände zu befreien. Dumpf drangen ihre Schreie durch das Klebeband. »Wo sind die Frauen? Schreib es auf, und ich werde einfach gehen.«

Anna blickte ihn an und schüttelte den Kopf.

Ihren Blick haltend, drückte Gregori zu. Mit einem leisen Knacken fiel der Finger auf die Bettdecke.

Anna bäumte sich auf und brüllte durch den Knebel. Blut schoss aus der Wunde.

Gregori klemmte den Ringfinger zwischen die Schneiden und wartete ab.

»Wo sind die Frauen?«

Anna wimmerte und Tränen liefen ihr über das Gesicht. Sie schüttelte den Kopf.

Wieder knackte es. Der zweite Finger.

Anna nässte sich ein und warf den Kopf hin und her.

Gregori ließ ihre Hände los. Anna presste sie an ihre Brust, die Bluse verfärbte sich rot.

Gregori hielt ihr Block und Stift hin.

»Wo sind die Frauen?«

Halb irr vor Angst, die Augen hektisch hin und her rollend, schaute Anna auf Gregori und die blutige Rosenschere in seiner Hand. Langsam ergriff sie den Stift. Unbeholfen, die verletzte Hand wie einen Fremdkörper haltend, schrieb sie eine Adresse auf den Block. Aus den Fingerstümpfen lief das Blut und tränkte den Block und die Bettdecke.

Gregori entriss ihr den Block und wischte das Blut zur Seite. Er brauchte einen Moment, bis er die Schrift entziffert hatte, und las dann die Adresse laut vor. Anna nickte.

»Wenn das nicht stimmt …«

Ein Geräusch an der Zimmertür unterbrach ihn. Gregori fuhr herum. Der Leibwächter. Mit einem Blick erfasste er die Situation, zog seine Waffe und schoss in Gregoris Richtung. Dieser ließ sich zur Seite fallen und griff nach seiner Waffe. Noch im Fallen feuerte er mehrere Schüsse Richtung Tür. Der Leibwächter wurde durch die Treffer nach hinten getrieben und sackte zusammen.

Seine Waffe noch immer auf ihn gerichtet, erhob sich Gregori. Mit dem Fuß drehte er den Mann auf den Rücken und tastete vergeblich nach einem Puls.

Als er sich erneut Anna zuwandte, blickt er in glasige Augen. Der Leibwächter hatte sie getroffen. Aus einer Wunde auf der Stirn sickerte eine farblose, mit Blut durchmischte Flüssigkeit.

Kapitel 84

Noah versuchte sich zu orientieren. Es fühlte sich an, als hätte er einen Kater. Gregori hatte ihn außer Gefecht gesetzt, so viel war ihm klar. Aber wo befand er sich jetzt? Er probierte, sich zu bewegen. Seine Muskeln gehorchten ihm noch nicht vollständig. Nur den Kopf konnte er hin und her drehen. Aber er sah nichts, denn es war total finster in diesem Raum. Es roch nach Parfüm und Reiniger, und es war totenstill. Wahrscheinlich war er noch irgendwo im Hotel.

Als er wieder Herr über seine Beinmuskeln war, schob er sich mit den Füßen rückwärts über den Boden. Irgendwann stieß er mit dem Kopf an eine Wand. Mit vielen Pausen, ächzend und schweißgebadet, schaffte er es schließlich in eine sitzende Position. Mit seinen hinter dem Rücken zusammengebundenen Händen betastete er die Wand. Kühl und glatt. Fliesen. Offenbar das Bad der Suite. Nach einer Pause gelang es ihm, sich auf die Knie zu stemmen und in die Hocke zu kommen. Als er endlich stand, drohten seine Beine den Dienst zu versagen. Er schwankte hin und her und fürchtete zu fallen. Glücklicherweise prallte er mit der Schulter in eine Raumecke. Erleichtert lehnte er sich an und gab seinem Körper Zeit.

Schließlich tastete er sich langsam an der Wand entlang, umrundete zwei Waschbecken und fühlte endlich einen Türgriff. Kaum hatte er die Tür einen Spalt geöffnet, fiel Licht in das Bad. Erleichtert schob er sich rückwärts aus dem Raum in das Wohnzimmer der Suite. Er stieß eine Vase vom Tisch und kickte sie mit dem Fuß gegen die Wand, sodass sie zerbrach. Dann ging er in die Hocke und ließ sich auf den Rücken fallen. Er ertastete eine Scherbe und säbelte an seinen Fesseln. Dann ein kräftiger Ruck, und das Gewebeklebeband riss. Noah zog sich den Klebestreifen vom Mund und die Reste von seinen Händen.

Er sprang auf und ging zum Schlafzimmer. Geschockt prallte er zurück. Direkt vor der Tür lag der tote Leibwächter. Wo kommt der denn her, fragte er sich erstaunt. Dann fiel sein Blick auf das Bett. Dort lag Anna und schaute ihn mit starren Augen an. In ihrer Stirn prangte ein Einschussloch. Das Blut war getrocknet. Ihm fröstelte. Wie lange er wohl im Bad gelegen hatte?

Als er die beiden Finger auf der Bettdecke erblickte, musste er würgen. Das schmutzige Geschäft, von dem Gregori gesprochen hatte. Er hatte hier ganze Arbeit geleistet. Gregoris Persönlichkeit hatte viele Facetten.

Hatte er erfahren, wo sich die Frauen befanden? Noah suchte nach Anhaltspunkten. Auf dem Boden, halb unter das Bett gerutscht, fand er schließlich den blutigen Notizblock. Lange starrte er auf das blutige Blatt. Keine Frage, Anna hatte hier etwas notiert. Allerdings war die Schrift zittrig und das Blatt blutdurchtränkt. Als er sich halbwegs sicher war, wählte er Kajis Nummer.

»Ich weiß, wo Darya und Grazyna sind.«

»Wo? Woher? Wo bist du?«

»Im Hotel. Gregori und seine Foltermethoden. Erzähl ich dir später. Wo steckst du?«

»Kurz vor Lausanne. Wo sind die beiden?«

»Ich glaube, dass das *Chemin de la Source 2 in Morges* heißen soll. Keine Ahnung, wo das ist.«

»Morges, das habe ich schon auf Schildern gelesen. Das kann nicht weit sein. Wo ist Gregori?«

»Der wird auch auf dem Weg dorthin sein. Vielleicht ist er schon da. Ich fahr euch jetzt hinterher.«

Er riss die obersten Blätter vom Block, faltete sie und schob sie in seine Gesäßtasche.

»Und … Kaji …?«

»Ja?«

»Warte besser auf Gregori! Die sind gefährlich und zu allem bereit.«

Kapitel 85

Mit vorgehaltener Waffe holte der kleinere der Männer die zwei Frauen aus dem Keller. Sie blinzelten in der ungewohnten Helligkeit und stolperten durch den Flur. Im Wohnzimmer löste er die Kabelbinder von ihren Handgelenken.

»Ausziehen!« Der Mann am Tisch, der auf dem Sofa saß, grinste genüsslich.

Darya schaute kurz zu Grazyna. War Widerstand möglich? Sprechen konnten sie nicht. Die Entführer hatten ihnen den Mund zugeklebt.

Der Kleinere bemerkte den Blick. Schnell zog er sein Messer und hielt es Darya an die Kehle. Ihr Körper versteifte sich.

»Runter mit den Sachen!«

Sie zogen ihre spärliche Sportkleidung aus.

»Auf die Stühle! Hinsetzen!«

Der eine presste sein Messer wieder an Daryas Hals und starrte gierig auf ihren nackten Körper, während der andere die Unterschenkel der Frauen an die Stuhlbeine fesselte und die Oberkörper in Schulterhöhe mit Klebeband an der Stuhllehne fixierte. Er zerrte ihre Arme grob nach hinten und zog die Kabelbinder straff. Dann riss er den Frauen die Klebestreifen vom Mund.

»Wo ist der Koffer?«

Grazyna spuckte vor ihm auf den Boden. Er griff grob nach ihren Brüsten und quetschte sie zusammen. Sie schrie erstickt auf, Tränen schossen in ihre Augen. Er näherte sich ihr langsam und spuckte ihr ins Gesicht.

»Wo ist der Koffer?«

Darya begann zu schreien und riss an ihren Fesseln. Der Mann ließ von Grazyna ab und schlug Darya mit der Faust ins Gesicht. Ihr Kopf flog zur Seite. Er hob ihren Slip vom Boden und stopfte ihn ihr in den Mund. Dann vergrub er seine Finger in ihren Brüsten. Darya krümmte sich vor Schmerz und wimmerte.

»W O I S T D E R K O F F E R?«

Darya schüttelte den Kopf.

Der zweite Mann stand jetzt vor Grazyna und fuchtelte mit seinem Messer vor ihrem Gesicht herum.

»Wo ist der Koffer?«

»Wir wissen es nicht.« Grazyna sah ihn wütend an.

»Wer hilft euch? Wer weiß noch Bescheid?«

»Niemand!«

Der Mann schlug Grazyna brutal ins Gesicht. Er steckte sein Messer weg und griff zur Pistole, die er zwischen ihre Beine rammte.

Sie riss an ihren Fesseln und schrie auf. Alle Farbe wich aus ihrem Gesicht.

Darya schaute panisch auf ihre Freundin. Ruckartig spannte sie ihre Muskeln an. Vergeblich. Sie konnte nur ohnmächtig zusehen.

Dann ließ der Kleine unvermittelt von Grazyna ab und winkte seinen Kollegen beiseite. Grazyna saß mit hängendem Kopf da, ihre Schultern zuckten.

Die beiden Männer zündeten sich Zigaretten an und sprachen leise miteinander. Dann standen sie auf und kamen wieder näher. Beide hielten ihre glühenden Zigaretten über Grazynas Brüste. Sie wand sich panisch hin und her, die Augen weit aufgerissen vor Angst. Sie starrte auf die Glut, die nur wenige Millimeter über ihrer Haut schwebte.

»Wo ist der Koffer? Es liegt bei euch, wie es weitergeht!«

Grazyna schüttelte in schnellen, kaum merklichen Bewegungen ihren Kopf. Tränen rannen über ihr Gesicht.

»Nicht!«, presste sie hervor und versuchte, den Zigaretten auszuweichen. Doch die Männer drückten zu. Grazyna brüllte vor Schmerz, ihre Blase entleerte sich. Es roch nach verbranntem Fleisch.

»Wo ist der Koffer?«

Darya wurde der Knebel aus dem Mund gerissen. Sie weinte.

»Wir wissen es doch nicht! Was für ein Koffer?«, schluchzte sie.

Der Mann vor Grazyna zückte ein Messer. Er öffnete seinen Gürtel und ließ die Hose herunter. Mit seiner Erektion wedelte er vor Grazynas Mund. Das Messer drückte er an ihren Hals.

»Mund auf!«

Er presste die Klinge fester an Grazynas Hals. Blut quoll hervor.

»Ihr Dreckschweine. Lasst sie in Ruhe!«

Für einen kurzen Moment blickte der Mann zu Darya. In diesem Moment öffnete Grazyna ihren Mund weit und stülpte ihn über den Penis. Dann biss sie zu.

Kapitel 86

Kaji trat die Tür ein und stürmte in den Raum. Darya und Grazyna lagen nackt und regungslos am Boden. Die Stühle, an die sie gefesselt waren, waren umgekippt. Unter Grazyna war eine große Blutlache. Ihr Hals wies eine lange und tiefe Schnittwunde auf. Auf ihren Brüsten waren mehrere blutverkrustete Brandmale. Ihre Augen starrten glasig ins Nichts. Es roch nach Urin und metallisch nach Blut.

Kaji sprang zu Grazyna und ließ sich auf die Knie fallen. Er rüttelte an ihrer Schulter und rief ihren Namen. Vergeblich. Seine Augen füllten sich mit Tränen. Er heulte in tiefster Qual auf.

Die zwei Männer am anderen Ende des Raumes waren damit beschäftigt, die Blutung zu stillen. Sie erholten sich schnell von der Überraschung, sprangen zu ihren Waffen und eröffneten sofort das Feuer.

Kaji wurde in der linken Schulter getroffen und herumgewirbelt. Er bot den Kugeln ein breites Ziel.

In diesem Moment rannte Gregori mit erhobener Waffe in den Raum. Er warf sich schützend vor Kaji und feuerte in Richtung der Männer. Nahezu gleichzeitig schlugen die Kugeln ein. Kaji traf eine weitere Kugel in die Brust. Gregori erhielt drei Treffer, einen mitten ins Herz. Er sackte tödlich getroffen zusammen, doch er nahm die beiden Männer mit in den Tod. Der eine war sofort tot, der andere hatte zwei Kugeln in den Bauch bekommen. Er sah ungläubig zu, wie ihm das Blut schwallartig über die Hände lief, und kippte langsam wie ein gefällter Baum nach vorne.

Kaji versuchte sich aufzurichten, aber seine Kraft reichte nicht. Seine Atmung ging rasselnd und flach. Den Blick unverwandt auf das Gesicht der toten Grazyna gerichtet, lag er in vollkommener Stille.

Kapitel 87

Noah hatte sich von einem Taxi zu der Adresse fahren lassen, die Anna aufgeschrieben hatte. Das kleine Haus, etwas abseits einer Ferienhaussiedlung, sah gemütlich aus. Mit dem gepflegten Garten wirkte es friedlich und einladend. Vor der Garage stand ein schwarzer Mercedes. Von Kajis oder Gregoris Wagen war nichts zu sehen. Noah zögerte einen Moment. Sollte er einfach reingehen? Was, wenn sie ihn kommen sahen? Er hatte keine Waffe. Wo waren Kaji und Gregori? Die müssten eigentlich längst hier sein. Der Gedanke an Darya ließ ihn entschlossen auf das Haus zugehen.

Die Haustür stand einen Spaltbreit offen. Die Tür langsam aufdrückend, betrat Noah vorsichtig das Haus und lauschte. Stille. Es gab einen kleinen Flur, von dem mehrere Räume abgingen. Die Türen standen offen. Ein Bad, eine kleine Küche, ein Schlafzimmer mit zwei zerwühlten Betten. Als er das Wohnzimmer betrat, hatte er das Gefühl, sich in einem blutigen Kriegsfilm zu befinden. Ein Schauer lief ihm über den Rücken, die Haare stellten sich auf. Der Boden war voller Blut und übersät mit reglosen Menschen. Das Bild verkleinerte sich für einen Moment, und er hatte das Gefühl, als würde er aus großer Entfernung mit einem eingeengten Blickfeld auf den Raum schauen. Er hörte das Blut in seinen Ohren rauschen. Nach ein paar Sekunden normalisierte sich sein Blick, mit brutaler Härte stach der durchdringende Geruch nach frischem, warmem Blut in seine Nase. Er würgte und erbrach sich.

Eine unnatürliche Ruhe breitete sich in ihm aus. Er wischte sich mit dem Ärmel über den Mund und blickte sich mit der Berechnung einer Maschine um. Offensichtlich ging hier von niemandem mehr eine Gefahr aus. Er fokussierte seinen Blick auf die Person, die direkt vor ihm lag, und erkannte Gregori. Sofort bückte er sich und überprüfte den Puls am Hals. Nichts.

Als er dem bewusstlosen Kaji die Finger an den Hals legte, fiel sein Blick auf die toten Augen von Grazyna. Schnell schaute er zur Seite und an die Wand. Er ertastete einen schwachen Puls. Auf Kajis Hemd hatten sich zwei große rote Flecken gebildet. Aus der Wunde an der Schulter sickerte immer noch Blut. Völlig ruhig zog Noah sein Smartphone und wählte den Notruf. In aller Sachlichkeit schilderte er die vorgefundenen Verletzungen, nannte die Anzahl der Betroffenen und gab die Adresse an. Dann legte er auf und steckte das Telefon wieder weg. In einer fließenden Bewegung zog er sich seinen Pullover mitsamt T-Shirt über den Kopf. Mit den Zähnen riss er das Shirt in mehrere Streifen. Damit und mit einem zusammengeknüllten Stoffrest verband er Kajis Schulter. Kaji reagierte nicht. Mehr konnte er nicht für ihn tun.

Erst jetzt wandte er sich Darya zu. Blut war ihr aus dem Ohr gesickert. Er fürchtete sich vor dem, was ihm bevorstand. Kälte breitete sich in ihm aus. Als würde er auf einen harten Kern zusammenschrumpfen. Für einen stillen Moment schaute er sie nur an, unfähig sie zu untersuchen. Aber alles andere war getan, und er konnte sich dem nicht länger entziehen. Er schaute sich im Raum um, fand eine Decke und ein blutverschmiertes Messer.

Vor Darya auf die Knie fallend, durchschnitt er die Fesseln, schob den Stuhl zur Seite und legte ihr behutsam die Decke um. Er betrachtete sie. Mit ihren geschlossenen Augen wirkte sie, als würde sie schlafen. Von draußen waren Signalhörner zu hören. Der Rettungswagen kam. Noah zögerte den Moment noch hinaus. Erst als er vom Flur die schnellen Schritte der Rettungssanitäter hörte, legte er seine Finger an ihren Hals. Dann brach er weinend zusammen.

Kapitel 88

Noah saß vor Daryas Bett und blickte auf ihren bandagierten Kopf. Sie schlief, und ihre Atmung ging ruhig. Ihr Gesicht sah trotz der Verfärbung friedlich aus. Für Noah war sie wunderschön.

Er hatte den Ablauf des gestrigen Tages wieder und wieder durchgespielt. Die letzten Puzzleteile eingefügt. Hätten sie etwas anders machen können? Würde Grazyna dann noch leben? Gregori?

Die Ereignisse hatten ihn in seinem Inneren empfindlich gemacht. Er fühlte sich offen und verwundbar. Als er jetzt auf Darya blickte und seine Liebe zu ihr körperlich schmerzhaft spürte, liefen ihm Tränen über das Gesicht.

Er wusste noch nicht, wie es Darya wirklich ging. Ob es überhaupt möglich war, weiterhin als Paar zusammen zu sein. Ob sie jemals wieder zärtlich miteinander sein konnten, ohne die schrecklichen Bilder im Kopf zu haben. Er hatte große Angst vor der Zeit nach ihrem Erwachen.

Eine Schwester schaute kurz durch die Tür. Noah drehte für einen Augenblick den Kopf zu ihr und bat um eine Tasse Tee. Als er sich wieder Darya zuwandte, hatte sie die Augen geöffnet. Sie schaute an die Decke.

Er legte seine Hand in ihre.

»Darya, Süße«, leise sprach er sie an.

Es war ihr anzusehen, dass sie sich erst orientieren musste. Als klar war, dass alles ruhig war und keine Gefahr drohte, kamen die Bilder.

»Grazyna?«

Noah schüttelte den Kopf. Als Darya nichts hörte, drehte sie den Kopf und blickte Noah an.

Der hatte Mühe, ihrem Blick standzuhalten. Abermals schüttelte er den Kopf. Daryas Augen füllten sich mit Tränen. Sie schluchzte auf, drehte den Kopf Richtung Fenster und weinte. Noah hätte sie am liebsten in seine Arme geschlossen und wie ein Kind hin und her gewiegt. Ihr über den Kopf gestreichelt, beruhigende Worte ins Ohr geflüstert und ihr versichert, dass alles wieder gut würde. Gern hätte er ihren Schmerz auf sich geladen.

Stattdessen blieb er sitzen, hielt ihre Hand und wartete ab. Als er die Stille nicht mehr aushielt, setzte er sich auf das Bett, beugte sich nach vorn, schmiegte seine Wange an ihre und ließ auch seinen Tränen freien Lauf.

Schließlich legte Darya ihre Hand in Noahs Nacken und streichelte ihn. Dann drehte sie leicht ihren Kopf, suchte seinen Mund und küsste ihn.

Mit vor Tränen und Rotz nassem Gesicht trennten sie sich, lachten verlegen und schauten sich in die Augen.

»Was ist mit Kaji?«

»Der war als Erster bei euch. Wurde angeschossen. Er liegt in Genf in einer Klinik. Die OP ist wohl gut verlaufen.«

Die Schwester brachte den Tee.

»Frau Melnyk, Sie sind wach. Das ist gut! Wie geht es Ihnen?«

»Ja, es geht so. Mein Kopf schmerzt … meine Brüste auch.«

Ein hastiger Blick auf Noah.

»Ich sage Frau Doktor Bescheid. Die wird Sie sehen und befragen wollen und auch ein paar Tests durchführen. Vielleicht wollen Sie sich auch waschen. Ich komme gleich wieder und helfe Ihnen.«

Die verantwortliche Ärztin hatte Noah in den Park geschickt.

Als er wieder ins Zimmer kam, lag Darya mit erhöhtem Kopf, sie hatte ein sauberes Nachthemd an, und ihr Gesicht wirkte frischer. In den Händen hielt sie eine Tasse Tee. Erleichtert stellte er fest, dass sich ihr Gesicht aufhellte, als sie ihn sah.

»Und, was haben die Tests ergeben?«

»Ich habe eine fette Gehirnerschütterung und einen Schläfenbeinbruch. Bettruhe und keine Aufregung sind ihre Empfehlung.«

»Gut, das sollte zu schaffen sein.«

Eine Zeit lang sagte keiner etwas. Noah wusste nicht, wie er zur Tagesordnung übergehen sollte. Er konnte doch nicht so tun, als wäre all das nicht geschehen. Die Pause dehnte sich, bis Darya ihn von seinen Überlegungen erlöste.

»Weißt du, was passiert ist?«

»Ich kann es mir denken. Aber du musst nicht darüber sprechen, wenn du nicht möchtest. Keine Aufregung war die Anweisung.«

»Ich glaube, es ist gut, das auszusprechen. Auch wenn es schrecklich war. Ein einziger Horror. Es wird nicht leicht, aber bitte lass mich reden. Ich kann ja aufhören, wenn ich merke, dass es mir zu viel wird.«

Und so schilderte Darya, wie die beiden Männer ihnen am See aufgelauert hatten, sie gezwungen hatten, in ihren Wagen zu steigen, und wie sie schließlich in den Keller des Hauses gesperrt worden waren.

»Die Männer waren halbwegs freundlich. Wir spürten ihre Brutalität, aber sie ließen uns in Ruhe. Aber als sie uns aus dem Keller holten, war alles anders.«

Unter Tränen und mit vielen Pausen berichtete sie von ihrem Martyrium. Durchlebte noch einmal die grässlichsten Minuten ihres Lebens. Noah hörte zu und versuchte, es auszuhalten. Als sie geendet hatte, wischte sie sich mit dem Handrücken die Tränen aus dem Gesicht und schaute Noah an.

»Weißt du, ich glaube, die Schweine dachten, ich würde reden. Sie hielten mich für die Schwächere von uns beiden. Womit sie recht hatten. Grazyna war viel stärker als ich. In jeder Hinsicht. Die dachten, wenn sie Grazyna quälen und brechen, würde ich reden.« Nach einer weiteren Pause: »Ich hätte es auch getan. Sofort. Aber ich wusste ja nichts. Sie ist für mich gestorben.«

Erneut brach sie in Tränen aus. Laute Schluchzer schüttelten ihren Körper. Noah setzte sich auf das Bett und nahm sie, so gut es ging, vorsichtig in den Arm.

Darya ließ es für einen Moment geschehen. Dann schob sie ihn auf Distanz, suchte seinen Blick.

»Ich habe es dir nicht gesagt, aber wir standen uns sehr nah, Grazyna und ich. Wir haben viel Zeit miteinander verbracht. Du warst bei Balodis arbeiten, und Kaji war Taxifahren. Grazyna war für mich da. Wir haben uns geliebt. Du hast uns ja einmal gesehen. Noah, wir sprachen damals nie darüber. Ich hatte immer das Gefühl, du verstehst es auch so. Vielleicht war ich aber auch nur zu feige, mit dir darüber zu reden. Ich wollte nichts von unser aller Harmonie kaputtmachen.«

Noah erinnerte sich an die Szene in Grazynas Ferienhaus. Bilder stiegen in ihm auf, und er nickte.

»Grazyna war etwas ganz Besonderes für mich. Im Moment kann ich mir nicht vorstellen, über diesen Verlust jemals hinwegzukommen.«

Sie stockte und kämpfte erneut mit den Tränen.

»Es schmerzt so. Wie scheiße muss es erst Kaji gehen.«

»Ja. Ich hoffe, er findet einen Weg, darüber hinwegzukommen.«

»Ach, Noah, das sagt sich so schnell. Wir neigen dazu, den schmerzenden Teil in uns zu verbannen. Ich weiß, wovon ich spreche. Aber dieser Teil weint und ist traurig oder wütend. Grenzen wir ihn aus, finden wir nicht wirklich Frieden. Der Schmerz zeigt sich dann an ganz anderer Stelle. Ich weiß nicht, ob Kaji sich diese Zuwendung gibt.«

Noah dachte über Daryas Worte nach und glich sie mit seinem Umgang mit Verlust ab. Erst seine Mutter, dann Tara, jetzt Grazyna und Gregori. Er fragte sich, inwieweit er achtsam mit seinem weinenden Teil umging. Darya zog ihn auf das Bett und drückte ihn fest an sich.

»Ich bin so froh, dass es dich gibt.«

Kapitel 89

Die Schussverletzung in der Brust war schwerwiegend gewesen. Die Lunge hatte sich nach und nach mit Blut gefüllt, und Kaji war kurz vor dem Ersticken gewesen. Die Notärztin hatte getan, was sie konnte und entschieden, ihn so schnell wie möglich nach Genf zu bringen. Am dortigen Universitätskrankenhaus würde er die besten Überlebenschancen haben. Es war knapp. Doch schließlich gab es Entwarnung.

Darya blieb in Lausanne und Noah auf Anraten der verantwortlichen Ärztin bei ihr. Es wäre für Darya von großer Wichtigkeit, in ein vertrautes Gesicht zu blicken. So war Noah zwei Wochen in Lausanne geblieben und telefonierte mehrmals täglich mit dem Genfer Krankenhaus. Mit Kaji selbst konnte er erst seit ein paar Tagen sprechen. Heute durfte er ihn besuchen.

»Er hat sich für mich geopfert. Verstehst du?«

Kaji starrte geradeaus. Sein Blick war trotz der Begrenzungen des Raumes in die Ferne gerichtet.

Noah nickte stumm. Es saß am Krankenbett und blickte auf den sichtlich geschwächten Kaji.

»Der Russe. Warum hat er das getan?«

»Ich weiß es nicht. Wahrscheinlich, weil er dich retten wollte.«

»Aber ein Russe …«

»Kaji, du wirst wohl damit leben müssen, dass nicht alle Russen deinem Feindbild entsprechen.«

»Ich werde mit vielem, noch viel Schlimmerem leben müssen.«

Lange sagte niemand etwas. Aus dem Park war das Zwitschern der Vögel zu hören.

»Wie geht es Darya?«

Noah zögerte.

»Sie sagt, ihr ist klar geworden, dass alles mit der Gewalt gegen Balodis' Tochter begonnen hat. Dass die Aggression eine Geschichte hat. Für sie ist das vor allem Gewalt gegen Frauen.

Wenn sie wieder fit ist, will sie ihre Kraft einsetzen, um dagegen anzugehen.«

Nach einer kurzen Pause:

»Sie ist innerlich härter geworden, will Rache.«

Kaji nickte und presste seine Lippen aufeinander.

»Das kann ich gut verstehen.«

»Körperlich ist sie schon wieder ganz okay. Sie darf aufstehen, kurze Spaziergänge sind auch schon drin. Der Schläfenbeinbruch wird sie noch eine Weile einschränken. Zum Glück war es kein Schädelbasisbruch.«

»Schläfenbeinbruch? Weißt du, was passiert ist?«

»Willst du das wirklich wissen?«

Den Blick weiter geradeaus an die Wand gerichtet, nickte Kaji.

»Ich weiß auch nur das, was Darya erzählt hat. Es muss ein einziger Horror gewesen sein.«

Noah zögerte.

»Nun sag schon.«

Noah erzählte stockend.

»... sie wussten ja nichts. Das Versteck, in dem Gregori den Koffer mit den Erregern deponiert hatte, kannte schließlich nur Gregori.«

»Und weiter?«

»Da packte der eine sich Grazyna und hielt ihr ein Messer an die Kehle. Er wollte sie zwingen, seinen Schwanz in den Mund zu nehmen.«

Noah stockte erneut. Mit belegter Stimme fuhr er fort.

»Grazyna hat ihm den Schwanz abgebissen. Das Schwein ist durchgedreht und hat ihr die Kehle durchgeschnitten.«

Es folgte eine lange Pause.

»Und Darya?«

»Darya hat getobt und geschrien. Bis der andere Kerl sie schließlich mit einem Faustschlag niedergestreckt hat. Kurz danach musst du gekommen sein. Den Rest kennst du ja.«

Kaji hatte den Kopf Richtung Fenster gedreht, Tränen liefen

über sein Gesicht. Er weinte still in sich hinein. Noah sah hilflos auf seinen sonst so starken und vor Lebensenergie strotzenden Freund. Schließlich nahm er seine Hand und hielt sie in seiner. So saßen sie lange. Jeder in seinen Gedanken und seiner Form der Trauer. Erst als die untergehende Sonne das Zimmer in Dämmerung tauchte, brach Kaji das Schweigen.

»Hat einer von denen überlebt?«

»Nein, die hatten keine Chance.«

»Was ist mit Balodis' Tochter und ihrem Leibwächter?«

»Sind beide tot. Gregori hat sie ausgeschaltet.«

»Und der Koffer?«

»Keine Ahnung. Gregori ist tot. Das werden wir nie erfahren.«

»Die Polizei war hier.«

»Ja, bei Darya auch. Die wollten sich meine Version noch mal von euch bestätigen lassen.«

»Was hast du denen erzählt?«

»Weitgehend die Wahrheit. Allerdings hatte ich das Gefühl, dass sie mir den Teil mit den Mikroben und der Vernichtung der Menschheit nicht geglaubt haben. Die haben mich immer wieder zu Gregori befragt. Und du?«

»Ja, im Prinzip das Gleiche. Die vermuten eine feindliche Operation der Geheimdienste Russlands und Lettlands auf Schweizer Gebiet. Sie halten Gregori, aber auch Anna und ihre Kerle für Agenten und glauben, wir sind denen zufällig in die Quere gekommen. Ich habe nicht versucht, sie vom Gegenteil zu überzeugen.«

Kapitel 90

In diesem Wagen hatten sie gelacht und die Nächte auf engstem Raum verbracht. Jetzt grübelte Noah am Steuer in bitteren Gedanken vor sich hin. Er beschloss, das Wohnmobil in Deutschland zu verkaufen. Zu schmerzlich waren die Erinnerungen.

Kajis Zustand hatte sich so weit gebessert, dass er transportfähig war. Die Behörden in der Schweiz hatten keine weiteren Fragen und ihnen die Erlaubnis gegeben, das Land zu verlassen. Darya und Noah holten Kaji in Genf ab und machten sich auf den Weg nach Riga. Als Erstes würden sie die Eltern von Grazyna besuchen und ein paar Tage dortbleiben. Das würde noch einmal hart werden für alle. Noah graute schon jetzt vor diesem Moment. Aber sie hatten gemeinsam beschlossen, dass es, um Frieden zu finden, notwendig war, sich dieser Situation zu stellen.

Danach würden sie gemeinsam nach Deutschland reisen, vorläufig nach Berlin. Dort wollten sie erst einmal zur Ruhe kommen. Das Geld von Anna würde sie die nächsten Monate über Wasser halten. Auch wenn sich das falsch anfühlte, sie würden es verwenden. Danach würden sie weitersehen. Niemand mochte zu diesem Zeitpunkt länger als drei Wochen planen. Nichts schien ihnen stabil.

Als sie an einer Raststätte um einen der Außentische saßen, drehte sich die Unterhaltung wie so oft in den letzten Tagen um den verschwundenen Koffer. Sie hatten im Hotel recherchiert und auch die Polizei befragt. Aber niemand wusste etwas davon. Gregoris Zimmer war geräumt und seine Sachen eingelagert, auch sein Auto war gründlich durchsucht worden. Der Koffer blieb verschwunden.

»Der kann sonst wo sein. Vielleicht hat er ihn im See versenkt oder einfach in den Mülleimer geworfen.«

»Gregori war ein erfahrener Fuchs. Der wird sich etwas dabei gedacht haben. Nur was, das werden wir nicht mehr erfahren.

Hoffen wir einfach, er war genial, und der Koffer taucht nie wieder auf. Und dass der FSB sich nicht plötzlich für uns interessiert und Antworten haben will.«

»Der russische Geheimdienst, scheiße ja. Was glaubt ihr? Was wäre passiert, wenn Annas Plan geglückt wäre? Wäre die Welt gereinigt worden? Wären wirklich so viele Menschen weltweit erkrankt und gestorben?«

»Denkbar ist das schon. Ihre Begründungen klangen zwar irgendwie nach Größenwahn und Verblendung. Aber die Ausführungen zu den aus dem Gleichgewicht geratenen Milieus decken sich erschreckend genau mit den Theorien, die Professor Goldberg und Darya formuliert hatten.«

»Angenommen, es wäre dazu gekommen. Diese Mikrobe oder was das jetzt war, wäre in den Umlauf gekommen. Wie weiter?«

»Überall dort, wo Menschen eng zusammenkommen, würde sie sich schnell verbreiten. Also Flughäfen, Züge, Stadien und so was.«

»Vermutlich hängt es dann sehr von den Gepflogenheiten des Landes ab, wie schnell sie sich verbreitet. Leben die Menschen sehr familiär oder religiös dicht zusammen, wird es schneller gehen.«

»Wie reagiert die Welt auf so etwas?«

»Ich kann mir gar nicht vorstellen, wie das ist, wenn es nicht nur ein Land betrifft, sondern überall gleichzeitig auftritt. Wie eine Epidemie.«

»Ich glaube schon, dass es grundsätzlich möglich ist, dass sich etwas über die Welt verbreitet. Es gibt Flugverkehr, Schiffsverkehr, Tourismus und Handel.«

»Ja, aber was würde passieren? Ich meine, welche Maßnahmen würden die Länder ergreifen?«

»Keine Ahnung. Die Grenzen schließen? Die Schuld beim Nachbarn suchen?«

»Bestimmt. Und dann?«

»Versuchen, die Mikrobe zu bekämpfen. Die Leute isolieren,

Quarantäne. Ausgangssperren. Bei einem Virus, fieberhafte Suche nach einem Impfstoff. Nur noch mit Vollschutz unter Menschen. Massengräber, Verknappung, Plünderungen, Kämpfe, Militär.«

»Du meinst, wie in dem Film *Outbreak* mit Dustin Hoffman?«

»Wahrscheinlich schon. Ich habe den Film *Contagion* gesehen, Matt Damon und Kate Winslet. So ähnlich stell ich mir das Szenario vor.«

»Warum der ganze Aufwand mit der Bilderberg? Die hätten ihre Mikroben doch viel leichter auf einem großen Flughafen freisetzen können.«

»Auf der Bilderberg kommen führende Menschen aus der ganzen Welt zusammen. Die wiederum haben viele Kontakte in ihren Kreisen. Die Mikrobe wird ja auch vor Staatsmännern nicht haltmachen. Es würde zu Balodis passen, die Herrschenden als Erste treffen zu wollen.«

»Vielleicht wollten sie aber auch nur einen symbolträchtigen Startschuss.«

»Leute, lasst uns weiterfahren. Ist alles nur Science-Fiction.«

Kapitel 91

2019, Montreux, Schweiz

Luisa pfiff vor sich hin. Noch einen Tag arbeiten, und dann würde sie für zwei Wochen Urlaub haben. Ihr Freund würde ihr in Österreich das Skifahren beibringen. Die Vorfreude ließ sie ihren Gerätewagen beschwingt durch die Flure schieben. Mit ihrer Generalkarte öffnete sie das Zimmer 611. Das Zimmer des Gastes, der nicht wiedergekommen war. Komische Sache. Überhaupt, dachte sie, passierten im Moment beunruhigende Dinge im Hotel.

Von einer Kollegin, die für die Suiten verantwortlich war, hatte sie erfahren, dass es zwei Tote gegeben hatte. Erschossen. Die Polizei war da gewesen. Das müsse aber unter uns bleiben, hatte sie gesagt. Das war einen Tag vor der Konferenz gewesen. Wenn das stimmte, war das schon sehr merkwürdig. Sie würde bestimmt nichts sagen. Nichts durfte die Konferenz stören, das war ihr schon klar. Alle waren nervös gewesen. Überall Sicherheitspersonal. Und die Angestellten waren beim Betreten des Hotels durchsucht worden. Das war nun zum Glück vorbei.

Na, das war alles nicht ihr Problem. So lebte es sich am einfachsten. Sie war nur für die Reinigung der Zimmer, für die Handtücher, die Bademäntel, die Seifen und das Auffüllen der Zimmerbar zuständig. Sollten sich doch die Anzugträger darüber die Köpfe zerbrechen.

Mit einem geübten Rundblick erfasste sie den Zustand des Zimmers. Alles im normalen Bereich. Die persönlichen Gegenstände und die Kleidung des verschwundenen Gastes waren eingelagert worden. Das würde hier nicht lange dauern. Vielleicht könnte sie heute sogar etwas schneller sein und am Ende vom Flur noch eine kleine Raucherpause einlegen.

Als sie die Tür zur Zimmerbar öffnete, stutzte sie. Acht Flaschen Cola quetschten sich in den kleinen Kühlschrank. Üblich waren zwei. Dafür fehlten zwei Flaschen Wasser und zwei Flaschen Saft. Sie schüttelte den Kopf. Das war merkwürdig. Sie konnte sich nicht erinnern, den Kühlschrank so falsch befüllt zu haben. Es musste sich um eine Sonderbestellung des Gastes handeln. Offensichtlich war er nicht mehr dazu gekommen, seinen Durst auf Cola zu stillen.

Mir soll es recht sein, dachte sie, nahm die vordersten sechs Flaschen heraus, füllte die fehlenden Bestände auf und schloss die Tür. Die überschüssigen Colaflaschen stellte sie in ihren Gerätewagen.

Das Zimmer wurde ihr jetzt unheimlich. Im Bad fand sie einen ganzen Karton mit Duftkartuschen, die hier absolut nicht hingehörten. Wie waren sie dorthin gekommen? Sie gehörten ins Lager im Erdgeschoss. Sämtliche Toiletten im Bereich der Speisesäle und der Konferenzsäle verfügten über automatische Duftzerstäuber. Mit diesen Duftkartuschen wurden sie aufgefüllt, sie wurden nur dort gebraucht. Was machten sie hier? Mit gerunzelter Stirn und zusammengekniffenen Augen dachte sie nach. Vielleicht hatte die Person, die das Zimmer leer geräumt hatte, die Kartuschen hier vergessen. Egal, sie würde sie am Ende ihrer Schicht nach unten ins Lager bringen. Genug jetzt mit diesem seltsamen Zimmer. Sie war froh, als sie fertig war.

Mit einem letzten Blick vergewisserte sie sich vom ordnungsgemäßen Zustand des Zimmers, schloss die Tür und wandte sich Zimmer 612 zu.

Als sie am Ende des Flures angekommen war, stellte sie ihren Gerätewagen auf die Plattform vor dem kleinen Balkon. Sie griff sich die letzte Cola aus ihrem Wagen, fischte in den Kitteltaschen nach Zigaretten und Feuerzeug und ging nach draußen.

Kapitel 92

2020, Berlin, Deutschland

»Wie kommst du zurecht?«

»Geht schon!«

»Willst du weiter Bauingenieur studieren?«

Kaji presste die Lippen zusammen.

»Die Vorlesungen starten erst in einem Monat. Ich weiß noch nicht. Ja. Erst einmal ist das der Plan.«

»Brauchst du Geld?«

»Ich fahr wieder Taxi. Das passt schon. Ich konnte Balodis' Geld nicht verwenden. Wäre mir wie ein Verrat an Grazyna vorgekommen. Ich lass es mir gut gehen, und sie ist tot, oder so. Keine Ahnung. Vielleicht benutze ich es mal irgendwann für was Großes.«

Noah beobachtete seinen Freund. Der hatte sich verändert. Das Unbeschwerte war verloren gegangen. Er wirkte noch immer dynamisch und zupackend, aber die Leichtigkeit war weg. Kaji hatte sich eine Wohnung genommen und den Kontakt zu Darya und ihm sehr reduziert.

Sie verabredeten sich selten. Immer ging der Impuls dazu von Noah oder Darya aus. Oft hatte Kaji keine Zeit. Er ging selten ans Telefon und rief häufig nicht zurück. Es wirkte so, als ob Kaji durch den Kontakt allzu schmerzlich an ihre gemeinsame Zeit erinnert wurde. Noah und Darya als Paar zu erleben, war sicher ebenfalls nicht leicht für ihn.

»Bist du in der Beratungsstelle gewesen, die Darya für dich rausgesucht hat?«

»Noch nicht.«

Das sagte Kaji nun schon das dritte Mal. Es war nicht einfach, mit ihm über Grazynas Tod und seine Gefühle zu sprechen. Er blockte ab und sprach dann plötzlich von etwas ganz anderem.

Oder er schwieg und die Unterhaltung kam ins Stocken. Sie saßen in einem Café in der Fußgängerzone und schauten auf das Treiben. Noah überlegte die ganze Zeit, wie er die Unterhaltung und die Stimmung unbeschwerter gestalten könnte. Er kam jedoch immer wieder auf das Thema zurück.

Darya und er hielten es für das Beste, wenn Kaji sich Beratung holte oder eine Therapie beginnen würde.

Er wollte eben ansetzen und Kaji noch einmal von den Vorteilen überzeugen. Dieser kam ihm jedoch zuvor.

»Ich weiß schon, was du sagen willst. Lass mal. Beratung macht Grazyna auch nicht wieder lebendig. Und Darya mit ihrem Psychokram. Nicht für jeden ist das das Richtige. Ihr vergesst, dass ich im Krieg war. Ich hatte schon mit Blut, Toten und Verlusten zu tun. Als Soldat entscheidest du dich. Damit komm ich klar. Aber diesmal ist es etwas anderes. Ich hätte sie beschützen müssen. Grazyna wusste nicht, was auf sie zukommen könnte. Sie hat sich nicht entschieden. Im Gegenteil, sie hat uns immer wieder daran erinnert, wie naiv wir an die Sache herangingen. Auch Gregori hatte uns eindringlich gewarnt. Ich habe nicht hören wollen. Ich war in diesem Abenteuermodus und hielt mich für unschlagbar.«

»Aber …«

»Jaja, die anderen waren die Täter, von denen ging die Gewalt aus, und ich kann nichts dafür. Oder du hast Schuld, weil du sie hast joggen lassen. Oder wir haben uns alle dafür entschieden … Das hatten wir alles schon. Noah, ich fühle mich schuldig, und ich werde mit dieser Last leben müssen.«

Für eine Weile versanken beide in ihren Gedanken. Noah dachte zum wiederholten Male daran, ob es anders verlaufen wäre, wenn er die Frauen zurückgehalten hätte oder wenn sie sich früher auf die Suche gemacht hätten. Nur eine Stunde früher. Wie immer spürte er eine Anspannung im Bauch. Auch er würde damit leben müssen.

»Lass uns das Thema wechseln. Wie läuft es mit dir und Darya? Was habt ihr für Pläne?«

»Es läuft gut mit uns. Und wir haben die Wohnung renoviert. Die Böden abgeschliffen. Sieht echt schick aus. Komm uns doch mal besuchen. Das wird dir gefallen.«

Kaji nickte.

»Was werdet ihr weiter tun? Irgendwann ist das Geld ja aufgebraucht. Und als Arzt kannst du hier wohl kaum arbeiten.«

»Das stimmt. Da geht es mir wie dir. Ich weiß es noch nicht. Darya ist da klarer. Sie will als Psychologin mit traumatisierten Frauen arbeiten. Im Moment bewirbt sie sich an einer Institution. Die forscht zu sexualisierter Gewalt gegen Frauen. Vor allem zu Vergewaltigung als Mittel der Unterdrückung und der Kriegsführung. Grässlich, was da passiert. Wenn ich daran denke, wird mir schlecht. Ich verstehe nicht, wie sie das aushält. Aber für Darya ist es seit der Schweiz zum dominierenden Thema geworden.«

Kaji nickte.

»Das kann ich gut verstehen.«

»Ja.«

Sie starrten vor sich hin.

»Manchmal ist das auch anstrengend. Wenn sie mich vorführt und ich in Fallen tappe. Mit männlich dominierter Sprache. Wenn ich typisch männliche Verhaltensweisen zeige und sie mir erklärt, damit werden Frauen unterdrückt. Oder wenn sie mir Werbung zeigt, die Frauen zum Sexobjekt macht. Leider hat sie oft recht.«

Kaji gab einen missbilligenden Ton von sich.

»Warum muss Darya immer so unerbittlich sein? Damit geht sie mir oft auf die Nerven. Sie glaubt, sie weiß, wie die Welt tickt, und denkt, alles lässt sich mal eben so verändern.«

»Ja, ich weiß, dass ihr da oft aneinandergeratet. Aber dass Frauen noch immer weniger verdienen, ist doch unfassbar. Du wärst überrascht, wie oft männliche Denkweisen unseren Alltag und die Forschung bestimmen. Wusstest du, dass zum Beispiel die Sicherheit im Auto auf große Menschen ausgelegt ist? Dass Frauen aber in der Regel kleiner sind und näher am Lenkrad sitzen?

Das führt zu üblen Verletzungen. Oder dass die Medikamentenforschung die Unterschiede zwischen Frauen und Männern nur sehr nachlässig berücksichtigt? Frauen haben dadurch ein viel höheres Risiko bei der Medikamenteneinnahme. Darya sagt, die Welt ist für Männer gemacht.«

Kaji nickte nur. »Ich muss los.«

Kapitel 93

2020, Berlin, Deutschland

Noah schaute ungläubig auf den blauen Container, der in dem eingezäunten Areal einer Spedition stand. Er hatte sich dem Lagerleiter vorgestellt. Der hatte seinen Ausweis gefordert, einen Blick darauf geworfen, eine Kopie gezogen und ihn dann zum Container geführt. Nun hielt er ihm ein Klemmbrett hin.

»Herr Winter, Sie müssten hier unterschreiben. Dann gehört der Container Ihnen.«

»Was meinen Sie damit? Dann gehört der mir? Der ganze Container? Was ist denn da drin?«

Trotz seiner Skepsis unterschrieb Noah wie automatisch den Empfangsbeleg.

»Wenn Sie das nicht wissen. Sie sind der Empfänger. Das Ding gehört nun Ihnen, mitsamt dem Inhalt.«

»Was soll ich denn damit machen?«

»Normalerweise wissen unsere Kunden Bescheid, wenn sie ein Paket in dieser Größe bekommen.«

Der Mann lachte.

»Aber kein Problem. Lassen Sie sich Zeit. Der Container kann hier noch eine Weile stehen bleiben. Der Standplatz und die Stromversorgung für die Heizung sind für ein Jahr im Voraus bezahlt worden.«

»Heizung?«

Noah legte seine Hand an die Containerwand.

»Bezahlt, von wem denn?«

Der Mann blätterte in seinen Zetteln.

»SilentBiota steht hier als Absender. Wenn Sie davon nichts wissen, dann werden die wohl alles bezahlt haben.«

Noah starrte den Mann an. Sein Puls hatte sich beschleunigt, als der Name fiel. Mehr als ein »Aha« brachte er nicht heraus.

»Ich lasse Sie jetzt mal allein.«

Noah blickte abwechselnd von dem Mann zum Container. Sein Blick fiel auf die beiden Zahlenschlösser, mit denen die Türen gesichert waren.

»Wie ist denn der Zahlencode?«

Der Lagerleiter zuckte die Schultern, drehte sich um und ging in Richtung seines Büros davon. Noah ging in die Hocke und zog prüfend an den Zahlenschlössern. Dann zückte er sein Smartphone, um Kaji anzurufen. Für einen Moment fürchtete er, Kaji könnte seine Nummer sehen und den Anruf wegdrücken. Aber Kaji ging sofort ran.

»Kaji, halt dich fest. Du wirst es nicht glauben. Ein Mitbewohner meiner letzten WG hat mich über Umwege aufgestöbert. Er hatte eine Benachrichtigung erhalten, dass ich ein wichtiges Paket so schnell wie möglich von der Spedition abholen muss. Wertvolle und nur für mich bestimmte Fracht und so weiter. Ich also heute hin. Und jetzt kommts: Ich steh hier vor einem riesigen Container. Der gehört nun mir.«

Kaji sog die Luft durch die Zähne.

»Lass mich raten. Der ist blau und kommt aus Lettland?«

»Ja. Genau das.«

Noah zögerte, bevor er weitersprach.

»Kaji, ich weiß, das mit der Schweiz und Grazyna ist noch alles frisch und so. Ich könnte gut verstehen, wenn du nichts mehr mit dem Kram zu tun haben willst. Dennoch … ich wollte es dir mitteilen.«

Auf der anderen Seite entstand eine längere Pause.

»Also, wie ist dein Plan?«, fragte Kaji.

»Ein Bolzenschneider wäre super. Und ich will den Container nicht allein öffnen. Wenn du dabei wärst, wäre das großartig.«

In diesem Moment bog eine Frau um die Ecke und trat auf Noah zu. Er schaute hoch.

»Milana? Was machst du denn hier?«

Noah ließ die Hand mit dem Smartphone sinken und erhob sich.

Die Frau ging nicht auf die Frage ein. Stattdessen kam sie dicht heran und fixierte Noah mit unbewegtem Gesicht.

»Ich habe gleich gesagt, du bist zu jung. Du könntest mein Sohn sein. Aber Aaron wollte nicht auf mich hören. Er sagte, dass ihm die Zeit davonläuft und du ein netter Mann bist. Aber Liebe kann man nicht erzwingen.«

»Häh? Wovon sprichst du? Was machst du hier? Wusstest du von den Vergiftungsaktivitäten von Balodis? Mit Aaron meinst du doch Balodis? Oder? Die Welt zur Schwarmintelligenz zurückführen und Bilderberg, die Schweiz und ewiges Leben und das ganze Zeug? Von Anna? Wusstest du davon?«

Milana blickte ihn unverwandt an. Es sah aus, als würde sie innerlich damit ringen, ob sie ihm überhaupt antworten sollte.

»Noah!« Sie schüttelte den Kopf und verzog ungehalten die Lippen.

»Ja, sicher wusste ich davon. Anfangs natürlich nicht, da war ich zu sehr mit mir beschäftigt. Aber später haben wir alles gemeinsam geplant.«

»Dann warst du ja eine ganz besondere Laborantin. Wo hat er dich denn aufgetrieben? Und der Container, was soll ich mit dem ganzen stinkenden Laborkram? Gehört das auch zu eurem Plan?«

»Du verstehst es immer noch nicht.«

»Was verstehe ich nicht? Klär mich auf.«

Milana zögerte, schaute ihn an und lächelte. Die Pause dehnte sich.

»Ich bin die Tochter von Aaron Balodis.«

»Bitte?«

Noah lachte kurz auf, sammelte sich.

»Die heißt Ada und nicht Milana. Außerdem nannte die sich dann Anna und ist irgendwo in der Schweiz begraben. Ach, was rede ich denn, du kanntest Anna doch.«

Milana stand einfach nur da und schaute Noah an. Ihre Haltung und die Sicherheit, die sie ausstrahlte, verunsicherten ihn.

»Ada müsste etwa fünfzig Jahre alt sein und nicht dreißig. Du bist viel zu jung. Meines Wissens hatte Balodis nur *eine* Tochter.«

Erneut ließ sich Milana Zeit, bevor sie antwortete.

»Mein vollständiger Name ist Ada Milana Balodis. Ada ist gestorben, als sie mich in jener Nacht mitnahmen. Seitdem heiße ich Milana.«

Noah starrte ungläubig auf die junge Frau. Er suchte nach Anzeichen in ihrem Gesicht. Nach Signalen, dass sie einen Scherz mit ihm machte. Doch Milana schaute ihn einfach unverwandt an. Jetzt suchte er nach Falten, Schminke oder verräterischen Operationsnarben. Nichts dergleichen. Im Gegenteil, er blickte in das hübsche Gesicht einer schlanken jungen Frau mit glatter Haut und glänzenden Haaren.

Das konnte nicht sein!

In Noahs Kopf rotierten die Gedanken, und er versuchte, die frischen Informationen mit den anderen Daten in Deckung zu bringen. Gedankenversunken, den Kopf leicht hin und her schüttelnd, starrte er fortwährend auf Milana.

So hörte er das Händeklatschen nicht.

*

Glossar

Solomon Ash (1907 – 1996) gilt als Pionier der Sozialpsychologie. 1951 veröffentlichte er das Konformitätsexperiment: Auch wenn Menschen eine andere Wahrnehmung und Überzeugung haben, entscheiden sie sich aufgrund von Gruppenzwang/Konformitätsdruck schließlich für die Meinung der Masse. Das Experiment zeigte, wie groß der Wunsch nach Zugehörigkeit und Sicherheit ist. Gegen die Massenmeinung zu sein, ist unbequem und stressbeladen.

Ross Ashby (1903 – 1972) gilt als Pionier der Erforschung komplexer Systeme. Auf seinen Arbeiten beruhen die Grundlagen der Homöostase und die Prinzipien der Selbstorganisation. Sein Buch *Einführung in die Kybernetik* gilt als Standardwerk dieser Wissenschaft.

Antoine Béchamp (1816 – 1908) entwickelte die Hypothese des *Pleomorphismus'*. Demnach bestehen alle Lebewesen aus kleinsten Partikeln *(Mikrozyme)*, der Grundlage allen Lebens. Sie können sich je nach Einfluss zu Bakterien entwickeln. Er bestand darauf, seine Forschungen an lebenden Präparaten durchzuführen. Beobachtungen an totem Gewebe waren in seinen Augen unzulänglich.

Bestätigungsfehler ist ein Begriff aus der Kognitionspsychologie. Wir wollen unsere Vorannahmen bestätigt wissen. Dadurch verzerrt sich unsere Wahrnehmung. Weichen von außen kommende Argumente oder Informationen von dem ab, was wir annehmen, blenden wir sie aus oder erklären sie als falsch und nichtig.

Biodiversität oder *biologische Vielfalt* beschreibt die Vielfalt an Pflanzen, Lebewesen und Lebensräumen. Sie hat sich über Jahrmillionen entwickelt. Die einzelnen Arten und klimatischen Bedingungen sind miteinander verwoben und voneinander abhängig. Hohe Biodiversität garantiert Anpassungsfähigkeit und Stabilität. Greift der Mensch in diese verwobenen Systeme ein, hat das Auswirkungen auf die gesamte Biodiversität. So erzeugt beispielsweise der weltweite Einsatz von Pestiziden in der Landwirtschaft ein globales Insektensterben. Das hat weitreichende Folgen für die Bestäubungsmöglichkeiten in der Pflanzenwelt und wirkt sich auf die Vielfalt an Lebewesen und Lebensräumen aus. Der Mensch als Teil der Natur ist auch Teil der Biodiversität.

Gustave Le Bons (1841 – 1931), französischer Mediziner und Psychologe. Veröffentlichte 1895 das Buch *Psychologie der Massen*. Mitbegründer der Massenpsychologie, einem Zweig der Sozialpsychologie. Er vertrat die Auffassung, dass der Mensch, trotz Bildung, in der Masse unter bestimmten Umständen seine Kritikfähigkeit verliert. Er unterliegt dann der psychischen Ansteckung und geht in der Gemeinschaftsseele auf. Seine Handlungen werden von unbewussten Impulsen gelenkt. Er betonte die Anfälligkeit der Masse für Täuschungen und Parolen.

Johan Galtung (geboren 1930) erhielt 1969 die weltweit erste Professur für Friedens- und Konfliktforschung. In über fünfzig Berufsjahren beriet und vermittelte er in mehr als einhundert Konflikten weltweit.

Konflikteskalation nach *Friedrich Glasl*, österreichischer Organisationsberater und Konfliktforscher (geboren 1941). Er stellte 1980 sein stufiges Phasenmodell zur Analyse von Konflikten vor. In neun Phasen beschreibt er den Abstieg von Konflikten in zunehmend primitiveres und unmenschlicheres Verhalten. Um Konflikte zu entschärfen, benennt er unter anderem Moderation und Mediation.

Robert Koch (1843 – 1910), deutscher Arzt, lebte etwa zur gleichen Zeit wie der französische Chemieprofessor *Louis Pasteur* (1822 – 1895). Beide gelten als Entdecker der Krankheitserreger. Sie forschten unabhängig voneinander. Koch wies die Erreger der Tuberkulose und der Cholera nach und erhielt 1905 für seine Forschungen zur Tuberkulose den Nobelpreis. Pasteur entwickelte Impfstoffe gegen Milzbrand und Tollwut. Er führte den Begriff *Mikroben* für die Gesamtheit der Mikroorganismen ein und leitete daraus die Mikrobiologie ab. Koch und Pasteur waren Rivalen und wegen der Spannungen zwischen Frankreich und Deutschland auch Gegner.

Joshua Lederberg (1925 – 2008), Molekularbiologe und Genetiker, war Initiator des *Human Microbiom Projects.* Dieses 2007 gestartete Projekt hat das Ziel, sämtliche genetische Informationen der den Menschen besiedelnden Mikroorganismen zu entschlüsseln.

Bedürfnispyramide oder *Maslowsche Bedürfnishierarchie*, benannt nach dem Psychologen *Abraham Maslow* (1908 – 1970). Diese beschreibt menschliche Grundbedürfnisse in ihrer Wichtigkeit oder Dringlichkeit. Sind Bedürfnisse gefährdet oder unbefriedigt, wächst der Drang, dies zu ändern.

Sieht der Mensch das, was er sehen will, und nicht das, was sich vor ihm befindet, nennt die Psychologie diesen Vorgang *motivierte Wahrnehmung.* In diesen Prozess fließen die individuellen Wünsche und Ängste ein. Informationen werden also entsprechend der Motivation bewertet, das Denken in eine bestimmte Richtung gelenkt.

Stuhlübertragung/Mikrobiomtransfer. Eine von einem gesunden Spender abgegebene Fäkalspende wird in den Darm des Erkrankten gegeben. Anfangs wurde die Fäkalspende per Sonde verabreicht. Heute haben sich Einläufe oder Kapseleinnahmen etabliert. Niederländische Mediziner/innen stellten im Jahr 2013 eine Studie vor: Sie hatten die bis dahin schwer verlaufende und unheilbare Erkrankung *Clostridium difficile* mit nur einer Stuhlübertragung bei 81 Prozent der Probanden geheilt. Diese medizinische Sensation führte zu einer Welle der Forschungen im Bereich Mikroben und Darm. Viele Erkrankungen (etwa Morbus Crohn oder Colitis ulcerosa, aber auch Parkinson und Multiple Sklerose) werden nun im Zusammenhang mit der Mikrobenbesiedlung betrachtet. Es gibt Studien darüber, wie Darmmikroben Angst und psychische Störungen beeinflussen können. Die Beteiligung der Darmmikroben am Alterungsprozess wird diskutiert.

Printed in Poland
by Amazon Fulfillment
Poland Sp. z o.o., Wrocław

87764417R00214